그를 만나기
몇 미터 전

이나미 장편소설

동아

그를 만나기 몇 미터 전

초판 1쇄 인쇄일 | 2019년 07월 11일
초판 1쇄 발행일 | 2019년 07월 19일

지은이 | 이나미
펴낸이 | 박성면
펴낸곳 | (주)동아

출판등록 | 제406-2007-000071호
주소 | 경기도 파주시 문발로 115, 세종출판벤처타운 201-A호
전화 | (031)8071-5201
팩스 | (031)8071-5204
E-mail | bear6370@hanmail.net

정가 | 12,800원

ISBN 979-11-6302-217-6 (03810)

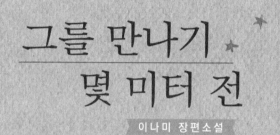

그를 만나기
몇 미터 전

이나미 장편소설

동아

목   차

1. 병맛 컵케이크

아직 열기가 가시지 않은 9월의 어느 날이었다. 햇살을 받은 저수지의 물결이 일렁였다. 소풍을 나온 서주의 시선이 수면 위를 배회하는 순간, 풍덩 소리가 나며 파문이 일었다. 서주의 미간이 살짝 흔들렸다. 시선을 모아 보니 한 아이가 헤엄치고 있었다.

강한 스트로크, 그러다가 힘껏 차오르며 수면 위로 솟구쳐 나온 이는 서주보다 세 살이 많은 사내아이였다. 까맣게 그을린 피부에 강인함이 넘치는 눈빛, 딱 봐도 거침없는 성향이 고스란히 드러났다.

"시진 오빠다."

곁에 서 있던 친구 하나가 호들갑을 떨었다.

"어제도 경찰이 왔다 갔다면서?"

"동네 어귀까지 와장창 부서지는 소리가 다 들렸다고."

"오빠 부모님은 왜 그렇게 못 잡아먹어 안달이라니?"

그 친구의 말에 하나둘 다른 친구들이 거들었다. 말은 이렇게 하지만 사실 그의 부모님이 사이가 나쁜 이유를 모르는 사람은 거의 없었다.

"쉿, 듣겠다."

시진이 저수지 가로 걸어 나가자, 여태 한소리씩 하던 친구들이 입을 꾹 다물었다.

"……."

서주는 가만히 저수지 가로 걸어 나가는 시진을 물끄러미 바라보았다. 가파른 바위 쪽으로 걸어 나간 시진이 바위에 털썩 주저앉아서는 햇볕에 몸을 말리고 있었다. 그리고 언뜻 이쪽으로 시선을 주는 것 같기도 했다.

"혹시 들은 거 아닐까?"

"아무래도 그랬나 봐. 우릴 노려보고 있잖아."

"어쩌지?"

서주의 친구들은 그 시선에 안절부절못하다가 슬금슬금 뒷걸음질 쳐서 달아났다.

"서주야, 뭐 해?"

가다 말고 한 친구가 그녀에게 다가와 팔을 끌었다. 서주는 못 이기는 척 몸을 돌렸다. 시선은 그보다 더 천천히 시진에게서 멀어졌다. 그때까지도 그는 서주를 바라보고 있었다. 느낌이 아니라 분명 그랬다.

친구들이 뛰기 시작했다. 시진에게서 한참 떨어지고 나서야 친구들은 까르르 웃으며 와자지껄 그에 대해 또다시 한마디씩 하기 시작했다. 서주는 그런 친구들이 조금 비겁해 보여 입을 꾹 다물었다.

"아, 어쩌지?"

그러다 뭔가 잊은 것이 생각난 것처럼 우뚝 멈춰 섰다.

"왜?"

"나 아무래도 MP3 두고 온 것 같아."

"어디? 저수지에?"

"응, 아무래도 되돌아가야 할 것 같아."

"같이 가 줄게."

"아냐, 괜찮아."

"하지만……."

"아직까지 있으려고."

"하긴."

"그러니까 걱정 말고 너희들끼리 먼저 가 있어."

서주는 걱정스러운 표정의 친구들을 굳이 등 떠밀어 먼저 보냈다. 친구들이 마지못해 걸음을 떼고 나서도 한참 서 있다가 몸을 돌렸다. 곧이어 저수지 쪽을 향해 최대한 빠른 걸음으로 걸었다.

생일 파티 이후 저수지로 소풍을 나온 것은 시진이 이 시간에 헤엄친다는 것을 잘 알았기 때문이었다. 그는 혼자 있기를 좋아했기에 지금이 아니면 어디엔가 박혀 있을 시진을 찾을 수 없었다. 다행히 그는 여전히 바위 위에서 팔을 베고 누워 있었다.

"오빠."

서주는 그의 곁에 다가가 앉아 무릎을 끌어안았다.

"……."

시진은 눈을 감고 있었다.

"계속 이러고 있다가 감기 걸려."

"……."

"오빠……."

"누가 네 오빠야?"

그러고는 마지못해 눈을 떠 뚱하고 무표정한 얼굴로 말했다.

"그럼 뭐라고 부를까? 오빠가 정해 줘."

"……."

"시진 오빠? 아, 오빠라는 소리 싫다고 했지. 아니면 시진아?"

"……."

"진아?"

"죽는다."

시진이 벌떡 일어나 앉았다.

"오늘 내 생일. 알지?"

서주는 보조 가방에서 컵케이크를 꺼내 그에게 불쑥 내밀었다.

"……."

힐긋 보고는 시진이 말없이 자리에서 일어났다. 외모도 외모지만 서주는 특히 자신을 바라보는 그의 눈빛이 마음에 들었다. 멋모르는 어린아이였지만, 그의 우수에 찬 깊은 눈동자는 그녀의 심금을 울리고는 했다.

시진이 수건으로 대충 몸을 닦은 뒤 낡은 셔츠를 머리 위로 뒤집어썼다. 그때마다 검게 그을린 건강한 근육들이 움찔거렸다. 그의 나이 열넷, 객관적으로 아직 남자로서의 뼈대가 채 완성되지 않았다. 그럼에도 서주의 눈에 시진은 이미 근육질로 보여서 홀린 듯이 그의 모든 동작을 유심히 살폈다.

"뭐, 맛은 장담 못 하지만, 이건 엄마가 내 생일 케이크 만들 때 내가 옆에서 똑같은 재료로 만든 거니까, 한번 먹어 보라고."

"……."

시진은 그녀가 든 컵케이크를 힐긋 본 뒤 이번에도 말없이 걸음을 뗐다. 그의 눈빛과 아름다운 근육에 홀린 듯 멍했던 서주는 화들짝 정신을 차리고는 벌떡 일어났다.

"내 생일 케이크 오빠에게 맛보여 주고 싶었거든."

그러고는 그에게 바짝 따라붙었다. 곧이어 숨이 턱 끝까지 찼다. 아마 입술까지 파래졌을지도 모른다. 그래도 끝까지 컵케이크를 내밀고 종종걸음을 쳤다.

"내 생일 선물과 교환하자고."

처음에는 거의 뛰듯 걸었지만 점점 속도가 느려지는 것을 깨닫고는 생긋 웃으며 덧붙였다.

"뭐야, 내 생일 선물 준비 안 한 거야?"

"……."

"뭐, 안 줘도 상관은 없어. 매년 돌아오는 게 생일이니까. 근데 오빠 생일은……."

"……."

가다 말고 시진이 우뚝 섰다.

"언제야?"

아슬아슬 그의 등에 부딪힐 뻔한 서주도 덩달아 섰다.

"……."

그가 천천히 고개를 돌려 그녀를 노려보았다.

"응? 생일 언제냐고. 내가 그때……."

그러고는 자신을 똑바로 바라보는 시진의 눈빛에, 그녀는 가슴이 쿵, 떨어지는 것 같았다. 두근두근 그녀의 심장이 말도 못하게 뛰었다. 이러다가 멈추는 게 아닐까 싶을 정도로.

"시끄러워."

차갑고 무뚝뚝하게 시진이 말했다. 하지만 말과 달리 그의 깊은 눈동자는 천천히 자신의 안색을 살피는 것을 알고 있었다. 그러니까 더 죽을 맛이었다.

"시끄러워?"

"그 입 좀 다물 수 없냐?"

물론 목소리도 냉랭했다.

'그런데 눈빛은? 눈빛은 분명 날 걱정하고 있어.'

그게 착각이 아님을 그녀는 종종 느끼고는 했었다. 그래서 시진이 아무리 차갑게 굴어도 상처받지 않는 것이다.

"아, 미안. 헤헤헤. 이 컵케이크 먹어 주면 입 다물게."

서주는 머리를 긁적이며 컵케이크를 내밀었다.

"……"

시진이 그녀를 가만히 쏘아보다가 그녀의 손에서 컵케이크를 확 낚아챘다. 그러고는 입으로 가져갔다.

'이봐, 이봐, 적어도 입으로 가져가긴 하잖아? 큭.'

물론 동시에 퉤, 뱉어내긴 했지만 말이다.

"왜? 맛없어?"

"날 독살할 생각이야?"

'그리고 오빠가 이렇게 대거리를 하는 사람은 아니잖아? 나에게만, 흐흐흐, 그러니까 나만 특별한 거야, 나만.'

"어?"

"그렇게까지 날 고문하고 싶으면 이딴 거 말고 다른 걸로 해, 다른 걸로."

컵케이크는 그녀가 처음으로 다른 사람에게 만들어 준 음식이었다. 하지만 그것을 그녀의 가슴에 던지듯 준 그가 퉁명스럽게 말하며 성큼성큼 걸었다.

"그 정도로 엉망이…… 에 퉤, 퉤."

잠시 서운했다.

'어라, 엉망이네?'

이내 맛을 보고는 서운한 감정을 털어내듯 부르르 진저리를 친 뒤 서주는 재빨리 뛰어 그에게 다가갔다.

"병맛이야."

"이상하다, 친구들은 맛있다고 했는데……."

'뭐가 잘못된 거지?'

그녀는 고개를 갸웃거렸다. 무슨 배합이 잘못되었을 것이다. 제대로 섞이지 않았던가. 특별히 만든 이 컵케이크만 이렇게 쓴 이유는 분명 있었다. 아마도 급한 마음에 이 특별한 컵케이크를 만들며 기본에 충실하지 않아서 실패했을 가능성이 농후했다.

'음식은 기본이 참 중요한 거구나. 마음 급하다고 그냥 막 해서는 안 되겠어.'

"넌 그 말을 믿니?"

서주가 이런저런 생각을 하는데, 시진이 한심하다는 표정을 숨기지 않았다.

'기본에 충실해야지, 기본에.'

두 번 다시는 그가 자신을 한심하다는 표정으로 볼 일이 없게 하겠다고 다짐했다. 그렇게 비난을 하면서도 걸음의 속력이 줄어드는 것이 현저히 느껴졌다.

'이러니 내가 안 설레?'

서주는 상기된 표정으로 그를 보았다. 표정이나 말만 들으면 '싸가지 밥 말아 먹었다.'라는 소리가 절로 나왔지만, 이렇듯 그의 행동은 달랐으니 그의 앞에서는 언제나 가슴이 두근거릴 수밖에. 서주는 그의 배려를 분명히 느꼈다.

그녀의 심장에 문제가 있다는 것을 시진은 알고 있었다. 그리고 저수지에서 집으로 오는 길은 거의 1시간이나 걸리는 산길이었다.

그녀가 힘들어하는 내색을 숨기지 않자, 신경 안 쓰는 척하면서도 시진이 잠시 걸음을 멈추고 자리에 앉았다. 무심히 툭툭 잡초를 뽑으면서 자신과의 거리를 가늠하고 있는 것을 한눈에 알 수 있었다.

아무래도 걸음이 더딘 서주를 조금 더 기다려야 할 것 같으니, 시진은 괜히 뽑은 잡초로 메뚜기를 접었다. 천천히, 천천히, 마침내 그녀가 다가오자 시진이 툭 접은 메뚜기를 풀 속으로 던져 버렸다.

"생일 선물 고마워, 오빠."

서주는 메뚜기를 주워들면서 그에게 말했다. 시진이 애가 지금 무슨 소리를 하는 거야, 하는 시큰둥한 표정을 지으며 자리를 털고 일어났다. 그가 다시 걷기 시작했을 때, 걸음걸이의 속도는 현저히 줄어 있었다.

"오빠아, 다리 아파. 더 못 걷겠어."

서주는 몇 발짝 걷기도 전에 그대로 자리에 주저앉아 툭툭 종아리를 쳤다. 그러고는 그의 눈치를 살살 보았다.

'어라?'

하지만 시진은 그녀가 그러거나 말거나 신경도 안 쓰고 걸어가 버렸다.

'설마 이대로 그냥 가 버리는 거 아니야?'

슬그머니 걱정이 되었을 때, 시진이 걸음을 멈추고는 자리에 앉아 다시 잡초를 뜯어 풀피리를 불기 시작했다.

"오빠, 이왕이면 생일 축하곡으로 불러 줘."

서주는 서둘러 다가가 다시 그 앞에 주저앉았다. 시진이 냉랭한 표정으로 그녀를 힐긋 바라보았다. 그런데 풀피리 소리는 생일 축하곡이었다. 그녀는 입이 벌어져서는 풀피리 소리에 맞춰 자신의 생일 축하곡을 불렀다. 자축이 끝나자, 시진이 벌떡 일어났다.

"오빠, 업어 줘."

서주는 앉은 그대로 아기처럼 두 팔을 벌렸다. 마뜩잖은 표정으로 그녀를 굽어보던 시진이 혀를 차고는 서주 앞에 반 무릎을 꿇었다. 그럴 줄 알았다는 얼굴로 서주는 까르르 웃으며 그의 등에 올라탔다. 그의 등은 참 넓고 따뜻했고 사람을 행복하게 만드는 능력이 있었다.

서주는 그의 등에 업힌 채 잡초로 만든 메뚜기로 연신 그의 머리를 쓰다듬었다. 길게 늘어지기 시작한 그림자를 보면서.

'착하다, 착하다.'

그녀는 그러다 그의 그림자도 어루만졌다. 분명히 그림자로 다 보였을 텐데, 시진은 내색하지 않았다. 그녀를 업은 그의 발걸음이 빨라졌다. 서주는 그가 빨리 걷는 것이 싫었다. 더 같이 있고 싶었다.

"오빠, 내려 줘. 이제 괜찮아졌어."

"……."

"내려달라니까? 정말 이젠 괜찮아."

"……."

시진은 묵묵부답이었다. 마을 어귀에 접어들기 전까지. 그제야 그가 투박하게 그녀를 내려놓았다. 시진이 몸을 돌리기 전 잠시 머뭇거리는 듯하더니 쓱 그녀의 머리를 쓰다듬었다.

"생일 축하해."

"응?"

서주는 뻔히 들었지만 새침하게 그를 올려다보았다.

"……."

"뭐라고?"

"……."

그녀를 빤히 보던 시진이 몸을 돌려 가 버렸다.

"고마워, 생일 축하해 줘서!"

서주는 배시시 웃으며, 두 손을 모아 오르막길을 올라가는 그의 등에 대고 소리쳤다. 그렇게 해가 뉘엿뉘엿 기울 때 즈음 돌아온 두 사람은 갈림길에서 헤어졌다. 그녀가 집에 도착했을 땐 친구들은 모두 집으로 돌아간 뒤였다.

"왜 이렇게 늦은 거니?"

어머니가 걱정스럽게 물었다.

"MP3 찾느라."

건성으로 대꾸한 그녀는 집 안으로 들어갔다.

"잊어버리면 어때서, 그냥 친구들과 돌아오지. 애, 뛰지 마!"

어머니의 말을 뒤로하고 서주는 2층에 있는 자신의 방으로 한달음에 뛰어갔다. 방으로 들어가자마자 창가에 매달렸다. 집으로 돌아가는 시진의 정수리가 눈에 들어왔다. 서주는 보조 가방에서 잡초로 만든 메뚜기를 꺼냈다. 그러고는 한쪽 눈을 감은 채 거리를 가늠하여 메뚜기로 그의 정수리를 쐈다.

'착하다, 착하다.'

서주가 이렇게 염불을 외듯 하는 이유는 단 하나였다. 시진이 정말 착한 남자로 자라 어른이 되어서 자신을 신부로 맞았으면 하는 열망을 읊조리는 것이었다.

'물론 오빠가 나에게 지금보다 좀 덜 쌀쌀맞은 척했으면 좋겠어. 그리고 시간이 지금보다 더 빨리 갔으면.'

그녀의 바람을 싣고 시침과 초침이 더디지만 기어이 흘러 해가 바뀌었다.

그리고 점점 햇살이 열기를 품기 시작한 6월 중순. 방학이 한 달 앞으로 다가온 어느 날, 마침 종이 울리자 교실은 아이들의 와자지껄한 목소리로 가득 찼다.

"집에 같이 가자."

지영이 다가와 말했다.

"미안한데, 먼저 가."

서주는 가방을 정리하고는 자리에서 일어나며 말했다.

"왜?"

"살 게 있어."

"같이 가자."

"스쿨버스 놓치면 엄마가 혼내시잖아."

"그럼 넌?"

"나?"

"설마 버스 타려고?"

"응."

"너 멀미하잖아."

"그러니까 버스 타고 간다고. 멀미가 나면 도중에 정류소에서 내렸다가 다음 차 타고 가면 되니까."

"그럼 아주 늦게 도착할 텐데?"

"괜찮아. 다음 차 기다리는 동안 스케치하면 되지."

걱정스러워하는 지영에게 보란 듯이 미리 챙겨 놓은 스케치북을 툭툭 쳐 보였다.

"지영아, 가자. 버스 놓치겠어."

"어? 어."

다른 반 친구의 부름에 어깨너머로 답한 그녀가 서주를 다시 보며 말을 덧붙였다.

"그럼, 먼저 갈게. 내일 보자."

"응, 내일 봐."

서주는 손을 흔들어 보이고는 몰래 웃었다. 지영이 교실을 떠나자마자 그녀는 시간을 확인했다. 초등학교 정문에서 중학교 정문까지 걸어서 3분, 교실에서 정문까지는 어림잡아 10분, 그렇다면 시진이 수업을 마칠 때까지 적어도 30분의 시간이 남아 있었다.

서주는 마지막까지 교실에 남아 있다가 초등학교 건물을 빠져나왔다. 운동장에서 노는 아이들 대부분이 학교 인근에 사는 친구들인 것을 보면, 자신을 태우고 갈 스쿨버스는 이미 떠난 듯했다.

서주는 학교 벤치에 앉아 도서관에서 대출한 책을 읽었다. 햇살이 정점에서 서서히 내려오기 시작한 한낮의 오후, 햇살과 미세한 모래를 실은 바람이 밀려와 서주는 이따금 얼굴을 찡그리며 연신 시간을 확인했다.

그리고 얼마 뒤 그녀는 초등학교 정문에서 3분 거리에 있는 중학교 정문 앞에 섰다. 시진이 수업을 마치려면 아직 5분 이상 남은 것 같았지만 혹시 모를 일이었다. 곧이어 낄낄 웃으며 장난치는 중학생들이 정문을 향해 다가오기 시작했다.

한여름 장마처럼 학생들이 순식간에 불어났을 때, 서주는 시진을 놓치지 않으려고 미어캣처럼 목을 길게 뺐다. 그러나 굳이 그럴 필요는 없었을 것이다. 평범한 중학생들보다 머리 하나는 더 큰 시진은 고등학교 앞에 내놔도 눈에 확 띄게 마련이었다.

단 5분이 지났음에도 나오는 학생들의 수가 현저히 줄었다. 그가 아직 보이지 않는 것을 보면 청소 당번이거나 또 어디선가 반성문을 쓰고 있거나, 혹은 둘 다일 것이다. 서주는 끈기 있게 중학교 교문 안쪽을 유심히 살폈다. 그러다가 친구들과 낄낄대던 중학생 하나와 눈이 마주쳤다. 서주는 괜히 딴청을 피웠지만, 오히려 그것이 더 시선을 끌었는지도 모른다.

"너 귀엽게 생겼네? 이름 뭐야?"

아니나 다를까, 무리 중 하나가 시시껄렁하게 다가와 물었다.

"누구 만나러 온 거야?"

그와 어깨동무를 한 남학생도 물었다.

"말해 봐, 오빠가 불러 줄게."

"……."

새침한 표정으로 고개를 돌리고는 옆으로 비켜섰다.

"오빠 기다려? 오빠가 누군데? 말해 봐."

돌아오는 대답이 없자, 처음에 말 건 남학생이 딴에는 친절하게 물었다. 아마도 자기와 시진을 모르는 것을 보면 이 인근에 살거나 다른 마을에 사는 학생인 듯했다. 적어도 자신과 같은 스쿨버스를 타지 않는다는 뜻이었다.

"오빠 무서운 사람 아니야."

그가 그녀의 머리를 쓰다듬으며 달래듯이 말했다. 서주는 행여 시진을 놓친 것이 아닐까, 혹은 그가 뒷문으로 나간 것이 아닐까, 초조해졌다. 그 와중에 덩치가 커다란 중학생들이 자신을 에워싸고 있으니 더 안달이 났다.

남학생이 자신의 머리를 쓰다듬거나 말거나 서주가 또 미어캣처럼 고개를 쭉 빼고 보고 있는데, 문득 숨이 멎는 듯한 기분이 들었다. 시진이 주머니에 손을 넣고는 유유자적 걸어오고 있었다.

오후의 햇살이 눈이 부실 정도로 그의 몸을 휘감았다. 주변의 모든 빛을 그가 고스란히 흡수한 듯 착각이 일 정도였다. 서주는 넋이 나간 표정으로 그를 보았다. 곧이어 시진과 눈이 마주쳤다.

그녀의 표정이 확 밝아졌다. 반면, 서주와 그녀를 에워싼 학생들을 본 그의 눈썹이 희미하게 꿈틀거리는 것이 보였다. 오빠, 라고 부르기도 전에 시진이 성큼성큼 큰 보폭으로 말없이 다가왔다. 그의 아우라가 범접할 수 없는 기운을 뿜어냈다.

"야, 야, 시진, 시진."

어떤 예감을 느낀 듯이 서주를 에워싼 남학생 하나가 고개를 돌렸고, 황급히 친구의 옆구리를 찔렀다. 흡, 하는 소리에 이어 그녀를 에워싼 남학생들이 홍해처럼 갈라져 옆으로 비켜섰다.

시진이 쓱 다가와 상체를 숙이고 그녀를 물끄러미 보다가, 고개를 비스듬히 들어 그녀의 머리 위에 놓인 남학생의 손을 응시했다. 그 남학생은 살짝 얼이 나간 듯 여전히 서주의 머리에 손을 올려놓은 채였다.

하지만 천천히 그 손을 따라서 시진의 시선이 마침내 남학생에게 올라갔을 때, 그제야 정신이 든 듯 남학생이 흠칫 뒤로 물러났다. 서주의 머리에서 남학생의 손이 떨어지고 나서야 시진이 천천히 상체를 들었다. 그러고는 주위를 쓰윽 훑자, 어쩐 일인지 모두 설설 기는 표정으로 뒷걸음질 치다가 꽁지가 빠져라 도망가 버렸다.

'겁이 나겠지. 나라도 겁나겠다.'

시진이 저렇게 대놓고 겁주려고 했으니.

"나쁜 오빠들 아닌데."

그래서 괜히 자신에게 친절을 베푼 남학생들을 편들어 주었다. 시진을 볼 때마다 입이 벌어지는 것은 어쩔 수 없어 생글생글 웃으며.

"……."

그랬더니 어쩐지 그게 아주 못마땅한 듯이, 혹은 기분이 상한 듯이 또 한 번 눈썹을 실룩이던 그가 말없이 걸음을 떼었다. 여전히 주머니에 손을 넣고서.

"근데 뭐 하다 이제야 나와? 난 청소 당번이어서 늦었어. 오빠도 청소 당번이었어?"

"……."

"난 또 오빠가 반성문 쓰고 있는 줄…… 설마 정말 반성문 쓴 거 아니지?"

"……."

성큼성큼 걷던 시진이 잠시 서서 그녀를 기다렸다.

"난…… 읍…… 괜찮아, 나. 숨 안 차."

"……."

그러고는 그녀가 다가오자, 한 팔로 서주를 번쩍 들어 옆구리에 낀 시진이 길을 건넜다. 세 살 차이였지만, 그녀는 평균 이하의 키에 삐쩍 말랐고, 시진은 평균을 훨씬 웃도는 체격인지라 서주는 대롱대롱 매달려 갔다.

"오빠 두리안이라는 과일 먹어 봤어? 난 한 번도 못 먹어 봤는데, 이번에 지영이가 필리핀 여행을 갔잖아. 거기서 먹어 봤다는데, 분명 과일인데, 꼭 자기 아빠 양말 냄새가 나더라는 거야. 그리고 과일인데 버터 맛이 난대. 그래도 두 번 다시 먹고 싶지 않았대. 나 엿 먹일 아니, 자기 아빠 양말 냄새 먹이려고 싸가지고 오려다가 말았대. 다른 친구들이 자기 양말 냄새로 착각……."

그렇게 그녀는 시진의 옆구리에 대롱대롱 매달려서 재잘재잘 수다를 떨었다. 길을 건넌 시진이 그녀를 내려놓으며 입을 막았다.

"시끄러."

그가 나직이 말하고는 몸을 돌려 스쿨버스 쪽으로 걸었다. 그러고는 열린 문 옆으로 비켜서서 서주가 다가오기를 기다렸다.

"왜 이렇게 늦게 오는 거야? 다음번에도 늦으면 놔두고 출발한다."

스쿨버스 기사 아저씨의 잔소리를 들으며 두 사람은 앞서거니 뒤서거니 버스에 올라탔다. 덜컹, 차가 출발함과 동시에 그녀의 몸이 휘청거리자, 시진이 그녀를 잡아 주었다.

"고마워, 오빠."

서주는 고개를 외로 들어 어깨너머에 있는 그에게 생긋 웃어 보였다. 시큰둥한 시진은 여전히 말이 없었다. 원래 말이 없는 편이긴 했지만, 그가 자신에게까지 이 정도로 말이 없는 건 뭔가 아주 기분이 틀어졌다는 뜻이었다.

'화났나?'

서주는 고개를 갸웃거리며 나란히 빈 두 개의 자리를 찾아 앉았다. 그러고는 어서 앉으라는 듯 옆자리를 손으로 툭툭 쳤는데, 시진은 아랑곳하지 않고 한 자리만 남은 다른 자리에 앉았다.

'뭔지 모르지만, 화났구나. 그래도 그렇지.'

"치."

서주는 입을 뿌 내밀고는 그를 흘겼다.

20여 분을 달린 버스가 서자 학생들이 내렸다. 서주는 시진의 옆자리에 눈독을 들였다. 하지만 그의 옆자리에 앉은 학생이 자신과 거의 비슷한 정류장에서 내린다는 것을 알고는 이내 어깨를 툭 떨어뜨렸다.

괜히 아무 잘못도 없는 시진의 옆자리에 앉은 학생을 노려보았다. 시선을 느낀 학생이 고개를 돌리고는 혀를 베 내밀었다. 이 시간대에, 스쿨버스에 타는 이들 중 서주가 시진의 '껌딱지'인 것을 모르는 이가 없었으니 아마도 약을 올리는 모양이었다.

그때 의자에 머리를 기댄 채 눈을 감고 있었을 시진의 고개가 그 학생 쪽으로 살짝 돌아갔다. 그러자 곧이어 그 학생이 흠칫하더니 고개를 차창으로 돌렸다.

다시 10분이 지나 두 사람은 스쿨버스에서 내렸다.

"오빠, 화났어?"

단지 다른 남학생들의 편을 들어 준 것 때문에 그가 화가 난 것임을 꿈에도 모른 채, 서주는 그의 뒤를 쫄쫄 따라가며 기웃거렸다.

"……."

"왜 화난 건데?"

"……."

"응? 왜 화가 난 거냐니까?"

그리고 앞서거니 뒤서거니 걸었다. 나중에는 서주도 입을 꾹 다물고 있었다. 약이 오른 것도 약이 오른 것이지만, 혹시라도 아버지를 만날까 봐 그랬다. 이상하게도 아버지는 자신과 시진이 친해지는 것을 아주 못마땅하게 여겼던 까닭이다.

얼마 지나지 않아 두 사람은 갈림길에 당도했고, 서로 인사도 없이 각자의 길로 접어들었다. 행여 손이라도 흔들어 주지 않을까, 하는 헛된 기대를 품고 슬쩍 돌아보았다.

"하여튼 얄짤 없어. 그래서 더 멋져, 헤헤헤."

방금 전까지 이유 없이 화를 내는 시진에게 자기도 삐쳤던 것은 잊어버리고, 서주는 또 멋진 그에게 반해 배시시 웃으며 뛰었다.

괜히 설레서.

그러다 서주는 흠칫 놀라 벽에 기대섰다. 설레기도 하고 부주의한 바람에 과부하가 걸려 버려서, 여러모로 심장이 터질 것 같았다. 그렇게 서주는 기대어 선 채 움직이지 않았다. 거칠게 숨을 몰아쉬는 동안에도 그녀는 바보처럼 헤헤헤, 웃고 있었다.

2. 예기치 못한 이별

서늘하지만 전혀 날카롭지 않은 달빛이 내리는 밤이었다. 달이 아주 밝아서인지 컹컹, 동네 개가 요란을 떨었다.

"도대체 왜, 도대체 나에게 왜 이러느냐고!"

"몰라서 물어? 어떤 놈이야! 대체 어떤 놈이기에……."

아니, 어쩌면 시진의 집이 요란해서 개들까지 난리법석을 떠는 것인지도 몰랐다. 유치원 때 배웠던 ABABAB의 패턴, 동네 사람들이 이른바 '퐁당퐁당'이라고 말하는 일이 벌어졌던 까닭이다. 하루 빤하면, 하루 시끄럽고, 그러니까 하루걸러 하루, 시진의 부모님은 싸움을 했다.

서주는 누가 보는 것도 아닌데 숨을 죽인 채 조심조심 일어나 창가에 섰다. 그렇게 숨어서 오늘 오후 시진이 올라갔던 골목 어귀를 가만히 지켜보았다. 세간이 부서지는 소리가 곁에서 들리는 것처럼 아주 생생해서 서주는 어깨를 떨었다.

'오빠는 얼마나 무서울까?'

매를 맞는 건 아닌지, 그녀는 괜한 두려움에 떨었다. 마침내 대문이 열리고 시진이 보일 때까지.

'아! 오빠다.'

그가 대문을 나서자, 서주는 서둘러 창을 열어 놓고 침대 안으로 기어들어 갔다.

'아까 분명 화난 거 같았는데, 혹시 아직도 화나서 안 오는 건 아니겠지?'

그러고는 눈을 꼭 감고 초조하게 그를 기다렸다.

'그럼 내가 찾으러 가면 되지 뭐.'

행여 그가 서리 가득 찬 산속으로 들어간 건 아닌지 걱정하며 얼마의 시간이 지났다. 그럴 경우를 대비해 서주는 또 그를 찾아 도둑고양이처럼 집을 빠져나갈 만반의 준비를 이미 해 둔 상태였다.

하지만 담을 훌쩍 뛰어넘어 벽을 타고 올라와 지붕을 걸어 자신의 창가로 다가오는 기척이 고스란히 느껴졌을 때 서주는 마음을 쓸어내렸다. 살짝 열린 창문이 고요하게 열리더니 그림자가 안으로 들어왔다.

"피곤해, 자자, 오빠."

서주는 기다렸다는 듯이 이불을 들고 자신의 옆을 툭툭 쳤다. 그러자 그림자가 말없이 다가와 그녀의 작은 품을 파고들었다. 사람이 없을 때는 말도 잘 들으면서 왜 사람들만 있으면 무시하는 거지? 라고 생각하며 서주는 자신의 팔을 베고 모로 누운 그의 커다란 어깨를 꼭 안아 주었다.

"오빠, 아까 나한테 왜 화냈어?"

문득 생각이 났다.

"……."

"분명 화났었지? 왜 화가 난 거야?"

"자자."

시진이 그녀의 허리를 꼭 안고 나직이 웅얼거렸다. 그건 절대 말하지 않겠다는 뜻이었다. 어렸지만, 가끔은 채근하지 말아야 하는 것도 있다는 걸 서주는 알았다. 무엇보다 시진이 말을 하지 않으면 다 그만한 이유가 있을 것이라 믿어 의심치 않았던 것이다.

"응. 참, 그리고 내일 오빠 생일이지. 가지고 싶은 거 있어? 뭐 받고 싶은 거 생각해 둬, 선물해 줄게. 아님 내 마음대로 결정한다?"

그녀는 콧소리를 내며, 시진의 머리를 더 꼭 안았다. 한참 세간 부서지는 소리에 이어 사이렌 소리까지 들리고서야 감나무가 있는 시진의 집은 잠잠해졌다. 얼마 지나지 않아 서로의 온기에 기대어 잠이 든 아이들의 고른 숨소리가 어둠에 스며들었다.

다음 날 아침, 눈부신 아침 햇살에 서주는 눈을 번쩍 떴다. 고개를 휙 돌리니 마치 꿈을 꾼 듯 옆에는 아무도 없었다. 하지만 움푹 파인 흔적이 지난밤 일이 꿈이 아니었음을 그녀에게 말해 주었다. 어제도 '퐁당퐁당' ABABAB 패턴 중 시진의 부모님이 싸운 A였다. 서주는 한껏 기지개를 켜고는 용수철처럼 침대에서 빠져나왔다.

"잘 잤니?"

등교 준비를 마친 뒤, 아래층으로 내려오니 부모님이 그녀를 반겼다.

"응."

그 어느 때보다 쾌활한 얼굴로 대꾸한 뒤 식당으로 들어가니, 아버지가 그녀를 위해 의자를 빼 주었다.

"감나무 집 말이에요."

어머니가 그녀의 앞에 밥그릇을 내려놓으며 아버지에게 말했다.

"몇 시에 나가면 돼? 아빠가 데려다줄게."

늘 그렇듯이 아버지는 서주를 보며 말했고, 어머니의 말에 대꾸하지 않았다. 그건 그녀의 입장에서 결코 사소한 것이 아니었다. 서주는 부모님이 사이가 좋지 않다는 것을 어렴풋이 느끼고 있었다. 다만 시진의 부모님과 달리 치고받고 싸우지 않을 뿐임을 알지만 어쩐지 내색하기 두려웠다. 알고 있다는 것을 내색하면 자신의 가정이 조용하지만, 실상은 불화임을 인정하는 꼴이 될 테니 말이다.

"괜찮아요. 근데 엄마 감나무 집이 왜요?"

그래서 그녀 역시 늘 그러했듯 두 분의 분위기를 느끼지 못한 척하며 아버지의 말에 대꾸했다. 이어 어머니에게 서주는 지나가는 어조로 물었다.

"아냐, 넌 신경 쓸 거 없으니까 어서 밥이나 먹어, 늦겠다."

"왜 그래요? 왜 말을 하다 말아?"

"그러게 왜 밥상머리 앞에서 쓸데없는 소리를. 아무것도 아니니까, 넌 밥이나 먹어. 너무 빨리 먹을 필요는 없어, 내가 데려다줄게."

아버지가 어머니를 타박하며 그녀에게 인자하게 웃어 보였다. 서주는 아버지가 이렇게까지 나오니 궁금했지만 참기로 했다.

"참, 지영이랑 같이 버스 타기로 했어요. 그러니까 태워다 주지 않으셔도 돼요."

식사를 마친 뒤, 서주는 자리에서 일어나며 말했다. 버스를 같이 타야 하는 사람은 지영이 아니라 시진이었다. 어제 그의 부모님이 싸웠으니 오늘 아침 시진의 기분이 어떨지 가늠이 되었기에, 서주는 그가 성가셔해도 옆에서 조잘조잘 떠들어 댈 계획이었다. 늘 그러했듯이 말이다.

몇 년 전부터 이 근방에 고급 전원주택 단지가 들어섰다. 뿐만 아니라 그녀가 부모님과 함께 살고 있는 단지보다 더 큰 단지가 두 곳이 있었는데, 교육인프라가 채 구축되지 않은 상태로 입주가 시작되었다.

그 대안으로 지방교육청은 스쿨버스를 투입해 집에서 30분 거리의 학교로 이 일대의 학생들을 실어 날랐다. 그렇게 스쿨버스로 달려 30분 거리에는 초, 중, 고등학교가 걸어서 3분 거리에 따닥따닥 붙어 있었다. 서주는 그곳의 초등학교에, 시진은 중학교에 현재 재학 중이었다.

"지영이?"

지영은 그녀의 집에서 10분 정도 달려야 있는 다른 전원주택 단지에 살고 있는 같은 반 친구였다.

"네."

"그럼 지영이 집에 들렀다 가든지."

"아니 그러지 마요. 그럼 다른 친구들도 태워 줘야 하는데, 다른 친구들은 좀 거추장스럽단 말이에요."

아버지의 말에 그녀는 어깨너머로 대꾸하며 욕실로 들어갔다.

"다녀오겠습니다."

양치를 한 뒤, 서주는 행여 부모님이 자신을 잡을세라 재빨리 현관으로 뛰어갔다.

"애, 애, 조금만 기다려."

아니나 다를까 아버지가 외투를 걸치며 뒤따라 나왔다.

"아빠, 내일, 내일 태워 줘, 내일."

서주는 잡힐세라 신조차 제대로 신지 못하고서 현관을 빠져 나왔다.

"뛰지 마, 힘들어."

마침내 아버지가 체념하고는 그녀의 등 뒤에 대고 다급히 말했다. 서주는 손을 흔들어 보였다. 그녀는 아버지가 쫓아오지 않는 걸 확인하고서야 속력을 줄여 걷기 시작했다. 얼마 뒤, 그녀는 스쿨버스 정류장에 섰다. 내내 시진이 내려올 골목 어귀에 시선을 둔 채로, 이따금 시간을 확인했다. 시간이 흐르자, 점점 그녀의 얼굴에 초조함이 맴돌았다.

"늦네?"

시간을 확인하고는 심지어 안달이 났다. 왜 그런지 모르겠지만, 불길한 생각이 자꾸 들었다. 그녀의 예감대로 스쿨버스가 시진보다 더 빨리 당도했다. 그녀 앞에 버스가 정차하고 문이 열렸다.

"어서 타라."

"잠깐만요."

기사의 채근에도 서주는 내내 시진의 집이 있는 골목 어귀에 시선을 두었다.

"아무래도 오늘은 안 오는 모양이다."

"조금만 더 기다려 주세요."

"다른 친구들까지 기다리게 할 수 없어. 타지 않을 거냐?"

"……."

서주는 갈등 하다가 어쩔 수 없이 스쿨버스에 올랐다. 문이 닫히고 그녀가 가장 뒷좌석으로 걸어가 자리를 잡자마자 버스는 출발했다.

서주는 몸을 틀어 시진의 집 쪽으로 시선을 두었다. 버스에 올라타니 시진의 집이 더욱 잘 보였다. 행여 지금이라도 그가 나타나면 버스를 세울 생각이었는데, 그곳에는 햇살만 가득했다.

'무슨 일이지?'

서주는 끝내 미련을 버리지 못한 채 앉아 있다가 시야에서 시진이 내려올 골목이 완전히 사라지고 나서야 자세를 고쳐 앉았다. 그녀의 미간은 불안과 걱정으로 잔뜩 접혀 있었다. 서주의 기분을 알아챈 것인지 시진을 태우지 못한 버스는 가다 서다를 10여 분 정도 반복하다가 느닷없이 기침하며 끝내 멈춰서 버렸다.

"모두 차에서 잠깐 앉아 있으렴."

기사 아저씨가 차에서 내렸다.

'고장이 나려면 우리 집 앞에서 나지.'

서주는 입을 뿌 내밀고는 창밖으로 시선을 두었다. 스쿨버스 기사가 뒤로 돌아가 엔진룸을 열고서 들여다보았다. 차가 완전히 맛이 갔으니, 이럼 학교에 안 가도 되는 게 아닐까, 스쿨버스 안은 아이들의 웅성거리는 소리로 어수선했다.

"곧 다른 버스가 오기로 했으니, 너희들 옮겨 타야겠다."

기사 아저씨가 문에 반쯤 몸을 걸친 채로 말했다. 그러자 학생들은 이 차가 고쳐질 때까지 기다릴 거라며 아우성을 쳤다. 합법적으로 지각할 수 있는 날인 셈이라 모두 최대한 늦게 등교하고 싶은 속셈이었다.

"아, 잔말 말고 내려."

기사의 말에 서주는 가방을 챙겨 제일 먼저 차에서 내렸다. 그러자 아이들이 하나둘 불만이 가득한 표정으로 뒤이어 내렸다. 아이들은 도로 가에 서서 장난치며 왁자지껄 수다를 떨었다. 기사는 어떻게든 스쿨버스를 고쳐 보려고 온 신경을 그곳에 두었다.

'무슨 일이 있는 거야, 분명. 오빠가 괜찮은지, 확인해야 해.'

서주는 슬그머니 무리에서 나와 가방을 열고 책을 꺼내 들었다. 읽는 척하며 학생들과 기사의 동정을 살폈다. 동시에 은신이 가능한 곳을 찾았다.

아무도 자신에게 관심이 없다는 것을 확인하고서야, 그녀는 조심스러운 동작으로 자리에서 일어나 뒷걸음질 쳤다. 그러고는 낡은 건물 뒤로 몸을 숨겼다.

곧이어 차가 왔고, 아이들을 싣고 떠났다. 서주는 스쿨버스 기사의 눈에 띄지 않기 위해 빙 둘러 걸었다. 이어 최대한 속력을 높여 달리다가 숨이 턱턱 차오르고 하늘이 노래질 것 같자, 색색 거친 숨을 내뿜으며 속도를 늦추었다.

"하악, 하악."

가슴을 쥐고 거친 숨을 몰아쉬던 서주는 뒤를 돌아 기사가 없는 것을 확인한 뒤 마음 놓고 천천히 걷기 시작했다.

'도대체 무슨 일이지?'

걷는 동안에도 서주는 시진이 매우 걱정되었다. 그녀가 알기로, 지난 5년 동안 시진이 학교를 나오지 않은 날은 거의 없었다. 열이 나서 입술이 빠짝 말랐어도 그는 기어이 등교했었다. 그것은 시진이 단 1분도 집에 더 머물고 싶어 하지 않았던 까닭이었다. 그래서 지각한 적도 없었다. 그런 그가 버스를 타지 않았으니 서주로서는 이만저만 걱정되는 것이 아니었다.

'아저씨, 아줌마가 다투는 소리는 지난번과 크게 다르지 않았는데?'

듣기로 시진의 아버지는 한때 이 일대에서 그분의 땅을 밟지 않고는 단 한 발짝도 움직일 수 없다는 소리를 들을 정도로 부동산 갑부였다고 한다. 하지만 전원주택 단지가 들어서고 엄청난 부를 거머쥔 그분의 사람됨이 지나칠 정도로 좋아 오히려 화근이었다고 들었다.

이런저런 사람들이 시진의 부모님 곁에 붙어 정신을 쏙 빼놓았는데, 어느 날 정신을 차리고 보니 수중에 돈이 얼마 남아 있지 않았다는 소리를 언젠가 부모님의 옆에서 들은 기억이 있다.

그중 가장 악랄하게 뒤통수를 친 것은 다름 아닌 시진의 외가였다고 하니, 어찌 보면 가정불화가 끊이지 않는 것은 당연한 결과였다.

시진의 어머니는 자신의 부주의함과 얇은 귀가 집안을 이 지경으로 만들었다고 생각했던 것 같다. 그래서 식당 설거지를 해서라도 남편과 자식을 먹여 살릴 생각이었을 것이다.

시진의 어머니는 전원주택 단지의 고객뿐만 아니라 전국에서 사람들이 몰려드는 유명한 가든에서 찬모로 일하기 시작했다. 그리고 카운터를 보던 가든 안주인이 허리 병이 나 잠시 자리를 비운 사이 그나마 셈이 빠른 얼굴마담 격이 되었다. 하필이면 그 바람에 매출이 급상승한 가든 업주와 시진의 아버지는 매일 밤 시비가 붙었다. 시진의 어머니가 근방에서 알아주는 미인이었던 것이 문제가 된 것이었다.

"여태 뭐 하느라 이렇게 늦게 와!"

"뭐 했겠어요? 당신 벌어먹이느라 힘들게 일하고 왔잖아요."

"일을 해?"

"일을 하지 그럼, 어떻게 월급을 받아요?"

"넌 그게 일이냐? 남자 후리고 다니는 게 일이냐고!"

"또 시작이네, 이 양반."

"뭐?"

"그냥 차라리 죽여!"

어제도 그 일로 죽이니 살리니, 와장창 깨지는 소리와 함께 온 동네를 떠들썩하게 만든 것이다.

'혹시 오늘 아침에 너무 일찍 집으로 돌아가서 매를 맞은 거 아냐?'

서주는 그가 걱정되어 가만히 있을 수가 없었다. 학교를 못 올 정도면 많이 다쳤다는 뜻일지도 모르니 말이다. 행여 길이 엇갈릴까 봐, 서주는 아슬아슬 줄타기를 하듯 도로를 끼고 걸었다. 가다 서다, 고장 난 스쿨버스처럼 마른기침을 토해 내면서도, 그녀는 내내 시진 걱정만 했다.

마을 어귀가 보이자, 서주는 동네 어른들의 눈에 띄지 않기 위해 첩보전이 무색할 정도로 몸을 숨겨 가며 걸었다. 다다다 뛰었다가 건물 뒤에 숨고, 다시 다다다 뛰었다가 건물 뒤에 숨고, 어른들과 맞닥뜨리지 않기 위해 그녀는 온 신경을 기울였다. 그래서 동네가 평소와 달리 조용한 분위기라는 것을 눈치채지 못했다.

'어쩐지 운이 좋아.'

오히려 이런 생각을 했을 정도였으니 말이다. 그러다가 뭔가 이상함을 감지한 것은 모든 동네 어른들이 시진의 집 앞에 모여 있는 것을 본 직후였다. 그 사람들 사이에 그녀의 어머니도 있었다.

'앗, 엄마다!'

몸을 획 숨긴 서주는 기묘한 기분이 들어 천천히 시진의 집

쪽으로 걸어갔다.

"세상에, 이게 다 무슨 일이야."

"이러다가 집값 떨어지는 거 아냐?"

"지금 그게 중요해?"

"중요하지 그럼."

"진즉에 몰아냈어야 한다니까. 내 말 안 듣더니, 이게 무
슨…… 서주야?"

그녀는 멍하니 시진의 집을 보았다. 저걸 뭐라 하는 건지 모
른다. 드라마에서 보았던 POLICE라고 프린트되어 있는 노란
테이프를 어리둥절한 눈으로 보았다.

"너 지금 여긴 웬일이야?"

"엄마."

"버스 놓친 거야? 아닌데 시간이……."

"시진 오빠 집에 저게 다 뭐야?"

"가자."

어머니가 그녀를 다급하게 끌었다. 서주는 멍하니 뒤를 돌
아보았다. 경찰이 시진의 집 대문 앞에서 경계 근무를 하고
있었다.

'맞아, 금줄? 아니 폴리스 라인?'

뒤돌아보다가 불현듯 떠올랐다. 폴리스 라인이 쳐지는 건 사
건 현장이기 때문이라는 것을.

"엄마, 시진 오빠 집에 왜 금줄이?"

"너 이 시간에 왜 집에 온 거야? 혹시 어디 아파? 얘가 왜 이렇게 창백해?"

어머니가 그녀를 끌고 집으로 향했다.

"엄마, 내가 묻잖아!"

가다 말고 서서 짜증을 부렸다.

"넌 몰라도 돼. 스쿨버스를 놓쳤으면 집으로 오면 되지 혹시 걸어갔다가 돌아온 거야?"

그러자 어머니가 그녀의 어깨를 안고는 막무가내로 끌었다.

"시진 오빠는?"

"이 시간까지 대체 어디서 뭘 하고⋯⋯."

"엄마, 시진 오빠는!"

"걔 이름 입에 올리지도 마."

"왜?"

"넌 신경 쓰지 말라니까, 글쎄. 아빠에게 전화 걸어야겠다."

집으로 들어온 어머니가 전화기를 들었다. 서주는 2층 자신의 침실로 올라갔다. 창가에 서서 몸을 빼고는 시진의 집을 바라보았다. 시진의 집 주변에 모여 웅성거리는 사람들, 그들의 발길을 막는 경찰들. 그리고 폴리스 라인 너머 마당에 이어 살짝 보이는 2층 시진의 방 창문 아래 현관이 훌쩍 열려 있는 것까지.

그 현관으로 사람들이 신을 신고 드나들었다. 현관 앞에는 검시관 혹은 형사로 보이는 이들이 모여 이런저런 말을 나누고 있었다. 얼마 지나지 않아 기자들이 몰려왔고 인근, 집 안 할 것 없이 사진을 찍어 댔다. 인터뷰하는 동네 주민도 있었다.

자신을 학교에 데려다주기 위해 아버지가 귀가했을 때, 서주는 이불을 뒤집어썼다. 시진을 너무 걱정한 나머지 얼굴이 창백해진 것은 그나마 다행일지도 몰랐다.

"많이 아프니? 증상이 어때? 아무래도 안 되겠다. 일어나, 병원에 가자."

물론 꾀병으로 아버지를 걱정시키기는 했지만 말이다.

"그냥 쉬면 돼요."

"정말 병원에 가지 않아도 되겠니?"

"정말 괜찮아요, 피곤해서 그런 거니까. 내 몸은 내가 알아요."

"어린 게, 네 몸을 네가 어떻게 알아? 그러지 말고……."

"지금 움직이면 더 힘들 것 같단 말이야."

"그럼 쉬어라."

마지못해 아버지가 방을 나서자, 서주는 이불 밖으로 나와 창가로 다가갔다.

멀리서 웅성웅성 살인이니, 자살이니 험악한 말들이 오고 가서 서주는 창문을 걸어 잠근 채로 내내 시진의 집만 내려다보았다. 자신도 이렇게 두려움이 목구멍까지 차는데, 시진은 오죽했을까 싶었던 것이다.

'대체 어디에 있는 거야, 오빠.'

두려울 그의 어깨를 꼭 안아 주고 싶었지만, 시진은 그녀에게 오지 않았다. 그날도, 그다음 날도, 또 그다음 다음 날도.

　그러다가 열흘 뒤 서주는 저수지에서 그와 만나게 되었다. 그날 시진은 알 수 없는 소리로 악다구니를 하더니 그곳에 그녀 혼자 남겨두고 떠났다. 그 후로 서주는 다신 그를 만날 수 없었다.

3. 그를 만나기 몇 미터 전

주방은 팬에서 화르르 불길이 솟아오르는 한편으로 칼질 소리, 물소리, 온갖 주방 기계들이 돌아가는 소리로 가득했다.

다듬은 재료를 그릇에 담아 주방 보조가 싱크대에 투박하게 내려놓으면, 또 다른 주방 보조가 빠르게 세척한 재료들을 바트에 차곡차곡 담아서 조리대에 가져다 놓았다. 또 한 편에서는 퇴식구로 들어온 접시를 애벌 설거지한 뒤 차곡차곡 트레이에 담아 업소용 식기세척기로 밀어 넣고는 버튼을 동작하기에 여념이 없었다.

첨단 시설을 갖춘 주방은 분업화가 아주 잘 되어 있었다. 채소를 다듬는 주방 보조, 고기를 다루는 주방 보조, 생선만 만지는 주방 보조, 한 사람 한 사람 마치 공장의 자동시스템처럼 일사불란하게 움직였다.

"해감한 조개 얼마나 남았는지, 확인해 봐."

새로 들어온 주문서를 확인하는 사내의 표정은 시종일관 무표정했다. 이 전쟁터 같은 주방을 선봉에서 이끄는 오너 셰프 시진이었다.

"네, 셰프."

그가 어깨너머로 말하자, 해산물을 담당하는 보조 셰프가 대형 냉장고 쪽으로 뛰어갔다. 그때 파스타가 담긴 접시를 보며 시진의 미간이 흔들렸다.

"성준."

"네."

"이런 쓰레기는 너나 먹어, 너나!"

파스타 접시를 확 집어 던지고는 20대의 보조 요리사를 밀어붙였다. 막 보조 셰프 딱지를 떼고 불 앞에 서기 시작한 남자가 창백한 얼굴로 두 손을 가지런히 모으고는 비켜섰다.

새 팬을 가스레인지에 빠르게 내려놓은 시진은 올리브 오일을 둘렀다. 그러고는 마른 청양고추와 마늘 그리고 베이컨을 빠르고 정확한 동작으로 볶기 시작했다.

"해감한 조개는 3인분 남았습니다."

대형 냉장고에서 나온 주방 보조의 말을 들으며 해감한 조개를 넣고 화이트 와인으로 잡내를 잡은 뒤 불을 붙여 냄새를 완전히 날렸다.

"지배인님, 메뉴에서 봉골레 빼요."

그러고는 어깨너머로 홀 지배인에게 지시했다.

"네, 셰프."

"현우."

"네, 셰프."

"쟤, 오늘부터 불 앞에서 빼."

시진은 면을 팬에 넣어 섞으며 성준을 향해 고갯짓하고는 헤드 셰프에게 말했다.

"네, 셰프. 들었지?"

헤드 셰프 현우의 말을 흘려들으며, 시진은 무표정한 얼굴로 접시에 음식을 세팅한 뒤 세심한 손길로 접시 가장자리를 닦았다.

"8번 테이블."

그러고는 벨을 눌렀다. 얼마 뒤, 앞치마를 벗어 바구니에 던져 넣고는 주방에서 나온 시진은 시간을 확인했다.

"현우, 베이컨, 확인해 봐. 관리를 저따위로 한 거야, 아니면 들어온 물건이 애초에 저따위인 거야?"

"베이컨이요?"

헤드 셰프가 눈짓하자, 보조 셰프가 대형 냉장고로 뛰어갔다. 얼마 뒤 보조 셰프가 진공 포장된 베이컨을 들고나왔다.

"한 번 더 그따위로 보내면 끝이라고 전해."

시진은 베이컨을 휙 쓰레기통에 던졌다.

"네, 셰프."

"오후 영업은 네가 알아서 하고."

"아, 오늘 촬영 있는 날이죠, 형님?"

"……."

"셰프."

주방 밖에서도 허물없이 접근하는 것을 딱 질색하는 시진이 차가운 표정으로 바라보자, 현우가 쩔쩔맸다.

"현승휘 씨, 오늘 바움쿠헨 좋았어요."

그는 시간을 한 번 더 확인한 뒤 지나가듯 말했다.

"감사합니다, 셰프."

그러고는 승휘의 수줍은 듯한 목소리를 뒤로하고 자신의 사무실 쪽으로 걸어갔다. 사무실 안으로 들어가 손을 씻고 유니폼을 벗기 시작했다.

땀이 밴 유니폼을 벗어 빨래 바구니에 던져 넣고는 캐비닛을 열었다. 다시 시간을 확인한 뒤 와이셔츠, 커프스, 넥타이 순으로 옷을 갖춰 입고 거울을 보았다. 도도하고 냉랭한 눈빛으로 전신 거울 속 자신의 모습을 보다가 사무실에서 나왔다.

"다녀오십시오!"

그가 복도를 걸어 주차장으로 이어진 문으로 향하는 동안, 만나는 모든 직원이 허리를 숙였다. 시진은 그들에게 일일이

묵례를 해 준 뒤 주차장으로 나와 시동을 걸었다.

"셰프님, 셰프님."

"……."

차에 오르기 직전, 직원 하나가 뛰어왔다. 시진은 역시나 뚱한 표정으로 시선을 돌렸다.

"이것."

숨차게 달려온 승휘가 그에게 행커치프를 내밀었다. 그제야 시선을 비스듬히 내렸더니 행커치프가 있어야 할 자리에 없었다.

"……."

"깨끗이 빨아서 언제든 돌려드리려고 계속 가지고 있던 거예요."

행커치프를 물끄러미 바라보자, 그녀가 서둘러 말을 이었다.

"근래 기회가 없어서……. 오늘 보니 행커치프도 없이 그냥 나가시기에."

"……."

"일전에 저 닦으라고 주신 거 잊으셨어요? 마침 손수건이 없다고."

승휘가 손을 더 뻗으며 말했다.

"……."

시진은 말없이 뒤로 물러섰다. 그러자 승휘의 손이 그의 가슴에 닿지 못하고 어정쩡하게 멈춰 섰다.

"촬영 잘하세요."

승휘는 움찔하면서도 손을 내리지 않았다. 그러자 시진이 드디어 그것을 받아들었다.

"......"

"승리 말로는 이번 시즌도 대박일 것 같다던데요."

"......"

"아, 승리는 제 동생이에요."

"......"

"아, 그러니까 지난 시즌부터 스크립터로 활동하고 있는데 셰프님 출연하시는 방송에 스태프로 있어......"

"요즘 웰빙 시대라 디저트에도 웰빙 바람이 불었다고 말했죠?"

말없이 가만히 듣던 시진은 사무적인 어조로 입을 열었다.

"네? 아, 네."

"단짠단짠 나쁘지 않지만, 단짠단짠 아니어도 고객의 기호를 맞출 수 있는 디저트 연구해 보세요."

"네, 셰프."

승휘의 눈빛이 잠시 흔들렸다.

"그럼, 수고하세요."

그럴수록 시진의 표정은 더욱 냉랭해졌다. 승휘가 한발 물러서자, 차에 오른 시진은 그녀에게 받은 행커치프를 조수석에 던져 놓았다. 그러고는 재빠르게 주차장을 빠져나왔다. 시진은 여전히 무표정한 채였지만, 성가시게 되었다는 생각을 했다.

시진은 조수석에 던져 놓은 행커치프를 힐긋 보았다.

'빌어먹을, 선례를 남기는 건 곤란한데.'

한 달 전쯤이었다. 일주일 상간으로 부모님의 기일이었고, 그의 생일이 바로 어머니의 기일이기도 했다. 일 년 중 아주 짧다면 짧을 수 있는 한 주, 부모님의 기일과 자신의 생일이 끼어 있는 주엔 어쩔 수 없이 좀 감상적으로 변하곤 한다.

어머니의 기일이자 자신의 생일, 그리고 아버지의 기일인 날, 주방에서 흘러나온 불빛에 무심코 안으로 들어갔다.

"퇴근 안 합니까?"

"엄마야!"

커다란 볼에 밀가루를 붓던 승휘가 그의 목소리에 놀라 펄쩍 뛰었다.

"놀랐습니까? 놀라게 했다면, 미안합니다."

"셰프."

"퇴근 안 합니까?"

"다음 주 스페셜로 내어놓을 디저트를 연구하느라."

"뒷정리 잘 부탁드립니다."

"네, 셰프."

"……."

"셰프?"

막 나가려는 그를 승휘가 불러 세웠다. 시진은 역시나 뚱한 표정으로 그녀를 돌아보았다.

"케이크를 만들었는데, 한 조각 하시겠습니까?"

"……."

"오늘 제 생일인데, 다들 바빠서인지 스팸 메시지 말고는 아무도 모르는 것 같아서요."

"오늘이 승휘 씨 생일입니까?"

"네, 셰프."

"……."

"케이크라도 한 조각 먹고 나면 좀 덜 서글플 것 같아서…… 아, 뭐, 괜한 소리를 했네요."

"어디…… 한 조각 먹어 보도록 하죠."

"네? 아, 네, 셰프!"

이상하게 케이크를 보면 한 사람이 떠오른다. 그리고 그 사람을 떠올리면 잠시 기분이 나아졌다가 이내 급격히 나빠졌다. 그래서 시진은 케이크나 디저트 종류를 선호하지 않았다.

하지만 그날따라 감성적으로 변한 시진은 현승휘가 만든 케이크를 나눠 먹었고, 생일에 대하여 이런저런 이야기를 나누었다. 그리고 승휘의 눈물 바람이 이어졌다. 그녀에게 동생이 있는데 어머니가 그 동생을 낳다 목숨을 잃었다고, 그런데 하필이면 그날이 승휘의 생일이기도 하다고.

'부모님 기일과 생일이 겹친 사람이 나 말고 또 있었네.'

당연히 시진은 그녀에게 동질감을 느꼈다. 자리를 옮겨 술을 마셨고, 다음 날 일어났더니 자신의 곁에 승휘가 있었다. 그리고 그날 이 행커치프로 승휘가 눈물을 닦았던 것이다. 마침 닦을 만한 것이 눈에 띄지 않아서 주었는데.

'그걸 왜 들고 간 거지?'

그날 이후로 승휘는 마치 두 사람이 '썸'이라도 타는 것처럼 행동했다. 시진은 그게 아주 불편했다. 시진은 영업장 내에서 공과 사를 확실히 구분했다.

무엇보다도 불과 칼을 다루는 주방에서 공과 사가 무너지면 자연스럽게 사고가 뒤따르기 마련이었다. 그런 맥락으로 주방에서는 사적인 호칭을 절대 섞어 쓰지 못하게 했고, 사내 연애 또한 불가였다. 만일 연애가 하고 싶다면 다른 체인으로 발령을 청해야만 한다는 사규를 만들 정도였다.

그런 의미에서 지난 생일에 뜻하지 않게 관계를 맺은 승휘를 다른 체인으로 보냈어야만 했다. 그러나 그리되면 승휘가 더 오해할 것이 뻔해 그냥 놔둘 수밖에 없었다. 그렇게라도 그날의 일은 우리 두 사람에게 아무 의미도 없었다고 그녀에게 간접적으로 말해 주고 싶었던 것이다.

그러니 머리가 돌아가는 사람이면 그런 맥락들을 이해할 거라 생각했다. 그런데 어쩌면 그것이 오히려 화근이었는지도 모르겠다. 그게 아니면 과자를 굽는 솜씨에 비해 현승휘의 머리가 아주 나쁜 것일지도 몰랐다. 승휘가 마치 자신과 '썸'이라도 타는 것처럼 행동할 때마다 자꾸만 그런 생각이 들었다.

시진은 결코 연애하고 싶지 않았다. 아니, 사실은 결혼하고 싶은 생각이 추호도 없다고 해야 옳다. 그럼에도 여자들은 가벼운 연애를 원하지 않는 듯하고, 그는 결혼할 생각이 없으니 당연히 연애를 하지 않게 되는 악순환이었다. 부모님의 불화를 어려서부터 지켜본 그로서 결혼은 그야말로 무덤이었고 공포 그 자체였으니 말이다.

'아무래도 파티셰에게 확실히 해 두지 않으면 안 되겠어.'

그간 지켜본 바로 승휘는 자기 가족에 대한 욕구가 엄청나게 강해 보였다. 부모의 불행한 결혼생활이 누구에게는 결혼 자체를 공포로 만들고 누구에게는 환상을 갖게 하는데, 시진이 느끼기에 승휘는 후자에 속했다.

시진에게 결혼이라는 단어는 부모님을 생각나게 하는 매개이다. 그리고 그들은 시진에게 아주 진절머리가 나는 자들이었다.

그런데 거기에서 멈추면 좋으련만 그렇게 되지 않았다. 필연적으로 한 아이를 생각하지 않을 수 없으니.

'하아…… 하필이면 걔 생각을 또 이렇게…….'

작고 여읜, 창백하면서도 눈빛만은 그 누구보다 건강한, 그래서 가급적이면 그 누구의 손에 때 타게 하고 싶지 않았던. 문득 그 아이를 떠올리게 될 때면 기분이 묘해진다. 따스하면서도 또 한 편으로는 이런 감정을 느끼는 것에 대한 죄책감이 동반되는, 한 마디로 시진은 결혼이라는 단어 자체가 그냥 불편해지는 것이다.

'생각하지 말자, 이미 과거의 아이인걸.'

가슴 한쪽이 이유 없이 아려오는 상념을 지우며, 시진은 스튜디오에 도착했다. 그가 녹화장 안으로 들어갔을 때는 그 어떤 감정적인 찌꺼기도 남아 있지 않았다. 적어도 겉으로는.

"안녕하세요, 셰프님."

그를 본 사람들이 각자의 자리에서 허리를 굽히거나 고개를 끄덕이며 인사를 건넸다. 시진은 가볍게 묵례하며 분장실로 들어갔다.

"안녕하세요, 셰프님. 늘 정확하시네요."

코디네이터가 시간을 확인한 뒤 생긋 웃으며 말을 이었다.

"이 옷으로 갈아입으시면 되고요. 정 선생!"

"네, 팀장님."

"황시진 셰프님부터 메이크업 부탁해요."

코디네이터의 손에서 협찬 의상을 받아들고 시진은 탈의실로 들어갔다. 옷을 갈아입고 나오자 코디네이터가 붙었고, 얼마 지나지 않아 승휘에게 들은 남동생이라는 방송 스태프가 다가왔다.

"황 셰프님."

"……."

"대본 받으셨죠?"

"네."

"일단 여기에 카메라 워크를 기입해 놓았는데, 확인해 보시는 게 좋겠어요. 아, 물론 다 아시겠지만. 작가님께서 애드리브를 허용하시긴 했지만, 대본과 촬영 취지를 넘지 않는 것이 좋을 것 같아서요."

"……."

"다시 한번 숙지하신 뒤 촬영에 들어가 주세요."

"네, 알겠습니다."

"마이크 착용하겠습니다."

스크립터가 가고 이번에는 음향 담당자가 다가왔다. 그사이 메이크업이 끝난 시진은 자리에서 일어났다.

"테스트해 보시겠어요?"

"아, 아."

― 잘 들리십니까?

스태프가 꽂아 준 이어폰으로 음향 감독의 목소리가 들렸다.

"네."

시진은 짧게 대꾸한 뒤 착용한 마이크가 겉으로 드러나거나 운신에 불편함이 없는지 몸을 살짝 움직여 확인했다. 다행히 아무런 문제가 없는 것을 확인하고는 방송 스태프에게 고개를 끄덕였다. 그러자 음향 스태프가 물러가고 다른 스태프가 다가왔다.

시진은 자신과 함께 심사를 맡은 동료 셰프와 눈인사를 나누었다. 그사이 방송 시작 전의 긴장감이 한동안 스튜디오를 떠돌았다. 그리고 마침내 녹화가 시작되었다. 사회자의 멘트가 끝이 나고 도전자가 카트를 밀고 녹화장 안으로 들어오며 경연의 스타트를 끊었다.

* * *

요리 경연 프로그램은 텔레비전에서 방영된 것과 아주 많이 달랐다. 경연인데, 텔레비전에서 보던 것과 달리 긴장감이나 박진감은 찾아볼 수 없었다. 사람들의 속은 어떠하든 적어도 촬영되는 풍경은 지루하게만 느껴졌다. 적어도 그녀가 느끼기에는 말이다.

어쩌면 촬영을 기다리는 시간이 너무 길어진 탓에 긴장했던 사람들이 슬슬 지친 것일지도 몰랐다. 서주 역시 아무 생각이 없다가 아주 긴 기다림 끝에 자신의 순서가 되어서야 실감이 났으니 말이다.

물론 방송 스태프들은 시종일관 잔뜩 긴장하고 있었다. 칼과 불을 사용하는 방송이니 행여나 불미스러운 사고가 있을까 조금도 긴장을 늦추지 않았다.

'아무리 그래도 인터뷰조차 대본이 끼는 줄은 또 몰랐네.'

간간이 인터뷰와 대기실 풍경을 영상으로 땄다. 사전 인터뷰 때, 특이 사항이 있는 도전자들은 외부 촬영까지 모두 마쳤다고 들었다. 좀 무료해진 사람들은 서로 낯이 익자 자기의 어떤 모습들을 찍어 갔는지 터놓기에 바빴다.

다행히 서주는 사전 인터뷰 때 특이 사항이 없는 것으로 분류되었다. 그다지 내세울 것이 없는 것도 사실이었다. 직업이 교사라는 것도 방송 관계자의 귀에는 그리 특별하게 들리지는 않았을 것이다.

'이럴 줄 알았으면 시진 오빠에 대해 말하는 건데.'

자기들을 따로 촬영해 간 것이 뭐 그리 대단한 일인 것처럼 말하는 도전자들을 보다가 괜히 그런 생각이 들어 입을 삐죽였지만, 사실 그러지 않은 것에 대해 서주는 조금도 후회하지 않았다. 굳이 시진과의 친분을 입에 담지 않는 것은 다 그만한 이유가 있었던 까닭이다.

'오빠는 자신의 과거가 드러나서 도마 위에 오르는 걸 싫어할 거야.'

시진은 오랜 시간 스타 셰프로 자리 잡으며 자신의 사생활이 드러나는 걸 극도로 싫어하고 철저히 함구하기로 유명했다.

'방송도 어찌 보면 요리 같아. 버릴 건 버리고, 숨길 건 숨기고.'

아주 잠깐이지만 지금까지 서주가 경험한 바로, 방송 관계자들은 시청자의 흥미를 끌 만한 내용을 사전 인터뷰 때 선별해 낸다. 그리고 외부 촬영으로 따낸 영상과 오늘 녹화 방송을 더해 밀가루 반죽하듯 조물조물 무쳐서 하나의 근사한 요리처럼 한 편의 방송을 만드는 듯했다.

지난 6개의 시즌이 방영되는 동안, 'Challenge Star Chef K'는 대한민국에서 그 어떤 프로도 따라올 수 없는 요리 경연 프로그램이 되었다. 지난 6개 시즌 동안 우승자는 말할 것도 없고 우승하지 못한 본선 5차전 생방송 요리 쇼 진출자들도 명성을 얻어 요식업계에서 승승장구할 정도라니 매년 경쟁력이 천정부지로 올라갈 수밖에.

'그런 곳에 내가 있다니, 이건 정말 양심 없는 짓이야.'

서주가 시진의 얼굴이나마 가까이에서 보고 안부나 나누자는 지극히 사적인 의도로 챌린지에 지원하여 지금까지 지켜본 결과, 요리 경연이라는 것이 텔레비전으로 볼 때와 달리 흥미롭게 느껴지지 않았다.

그녀의 요리 실력은 사실 평범한 사람보다는 나은 수준이었다. 하지만 요리사로서의 재능까지는 없었고, 그것으로도 모자라 요리사가 되겠다는 포부도 없었다. 그러니 그녀는 다른 도전자들에 비해 대기하는 시간이 더더욱 무료하고 따분하게 느껴졌다.

'그래도 후회 안 해. 욕 조금 먹고 말지 뭐. 그리고 보나 마나

첫 관문부터 미끄러질 텐데, 뭐. 그냥 오빠에게 어떻게 지냈는지 안부나 묻는 거야.'

자신의 이런 속을 드러내면 요리가 천명이라고 생각하는 다른 도전자들에게서 칼이 날아들 것이 분명했다. 그것이 시진과의 관계를 꾹, 함구하고 있는 이유 중 하나였다.

"한서주 씨?"

"네."

"다음, 다음입니다. 미리 준비하고 있다가 바로 들어가시면 됩니다."

방송 관계자의 말이 떨어진 순간만큼은 서주 역시 살짝 떨렸으나 그마저도 곧 가셨다.

'만나면 아주 반갑게 인사해야지.'

시진을 만나기 몇 분 전이어서 가슴이 떨릴 뿐.

'후우, 후우, 잘해 낼 수 있을 거야.'

자주 먹는 음식은 제법 했지만, 특별한 요리를 할 줄 모르는 그녀는 그저 시진이 좋아하는 잡채를 대접한다, 그 이상도 그 이하의 목적도 없었던 까닭이다.

"지금 뭐 만들고 계세요?"

호박을 써는데, 리포터가 물었다.

"잡채요."

"잡채에 호박이 들어가요?"

"네."

"금시초문이네요, 무슨 맛인지 기대가 되는데요?"

"맛을 장담할 수는 없지만, 한 사람만 좋아하면 돼요."

"한 사람이요?"

"네."

"그게 누군가요?"

"비밀."

"훗, 그럼 열심히 하세요, 파이팅."

"넵!"

서주는 거수경례를 한 뒤, 시종일관 여유로운 미소로 정해진 시간보다 빨리 음식을 준비했다. 특별히 신경 쓸 것도 없었다. 그런데 트레이에 만든 음식을 담아 시진이 기다리고 있을 녹화 장소로 이동하는 동안 새삼 가슴이 떨리더니 심장이 터질 뻔했다.

'정말 이젠 오빠를 만나기 몇 미터 전이네. 날 보고 무슨 표정을 지을까? 아, 가슴 떨려. 이러다가 심장 과부하 걸리는 거 아냐?'

서주는 가슴에 손을 올렸다.

'이제 몇 발짝만 더 가면 오빠를 만날 수 있는 거야.'

눈을 질끈 감았다가 뜨며 방송 스태프에게 눈짓하자 문이 자동으로 열렸다. 서주는 정면으로 보이는 시진을 응시하며 그 앞에 섰다.

'날 알아볼까? 난 한눈에 알아봤는데.'

서주는 솔직히 말해 평소 요리에 관심이 없었다. 음식이라는 건 그녀에게 그저 생명을 연명하는 수준, 그 이상도 그 이하도 아니었다. 입이 짧은 편이었고 양보다 질을 추구하는 경향이 강했다.

교사가 된 이후로 매년 호봉이 올라 급여는 만족스러운 수준이었지만, 매번 맛집을 찾아다닐 정도로 풍족하지는 않았다. 개인적인 건강 문제로 비혼주의가 된 그녀는 오래 산다는 가정 하에 노후 대책을 해야만 했다. 늙어 꼬부라질 때까지 부모님에게 손을 벌릴 수는 없지 않겠는가.

'한발 양보해 결혼한다고 해도 아이를 낳는 것은 자살 행위라는데, 어떻게 염치도 없이 결혼을 하겠어? 어떤 남자 인생을 망치려고?'

그런 연유로 서주는 차곡차곡 혼자 늙어갈 대비를 하며, 손수 해 먹는 버릇을 들였더니 음식 솜씨는 자체 평가로 평범한 수준이었다. 자신이 음식을 조리하는 데 엄청난 재능을 가지지 않았다고 그녀는 생각했다.

'뭐 굳이 말하자면, 동네 식당보다 내 입맛에 조금 더 근접하는 수준?'

요리에 관심이 없으니 한국에 이런 프로그램이 있는지조차 몰랐다. 그런데 우연찮게 그녀의 제자가 요리에 지대한 관심을 보였다. 그리고 말끝마다 'Challenge Star Chef K'를 들먹였다.

꼭 도전하여 안나경 셰프와 같은 유명한 요리사가 될 거라고.

제자의 꿈이 그렇다는데, 제자의 롤모델이 프로그램에 나온다는데, 세상천지 그 프로그램과 그 요리사에 대해 안 궁금한 선생이 몇이나 되겠는가. 그래서 몇 달 전 처음으로 서주는 'Challenge Star Chef K 시즌 6'을 시청하게 된 것이다.

'그때 내가 얼마나 놀랐는지, 지금 생각하면 아직도 가슴이 벌렁거려.'

분명 시진이었다. 아무리 눈을 씻고 봐도 그였다. 그렇게 우연히 본 텔레비전 프로그램에서 재회하고는 어떻게 만날 수 있을까 고민했다. 하지만 길게 고민할 필요도 없었다. 이날만을 손꼽아 기다려 왔었다.

그는 서주의 인생에서 한순간 연기처럼 사라진 이후 18년 동안 아주 멋진 사람으로 변해 있었다. 혹시 나쁜 길로 빠진 건 아닌지, 혹시 어디서 매우 힘겹게 살고 있는 건 아닌지. 그 18년 동안 문득문득 했었던 그녀의 걱정이 다 무색해질 정도로.

'물론 예전에도 멋졌어. 하지만 지금이 더 멋져.'

키는 훨씬 더 자라서 프로필상으로 시진의 키가 191㎝였다. 슈트가 잘 어울리는 잔 근육질의 몸매에 훤칠한 이목구비 하며, 그가 방송계를 주름잡는 스타 셰프가 된 것이 하나도 이상하지 않았다.

'얼굴만 잘생겼나? 사실 얼굴 때문에 천부적인 오빠의 실력이 손해를 보는 거야. 재료를 다듬는 것을 보면 아무것도 모르는 내가 봐도 완전 천재야, 천재. 그런 오빠에게 맛없는 것들을 먹였으니 독살하려는 거냐고 묻는 게 전혀 이상하지 않지.'

서주는 시진에게 과거의 사람이었다. 그리고 그의 과거는 그야말로 암흑이었다. 그에게 암흑 같았을 과거의 역경을 딛고 시진이 스타 셰프가 되었다는 사실이, 서주는 자기가 산소 호흡기를 끼고 임용고시를 패스했다는 사실보다 더 값지고 굉장하게 느껴졌다.

'반가워, 오빠.'

아무튼 그런 생각으로 서주는 마침내 그의 앞에 선 것이다. 매일 잠들기 전까지 돌려 보고 또 돌려 보는 그 프로그램에서도 그랬듯, 지금도 뚱하게 느껴지는 시진의 표정은 변함이 없었다. 한 마디로 그는 18년 전과 꼭 같았다.

"안녕하십니까."

서주는 그 어느 때보다 밝게 웃으며 허리를 숙였다.

"네, 반갑습니다. 자기소개 부탁합니다."

가운데 서 있는 중년의 여인이 웃으며 그녀를 맞았다. 인자함으로 아주 많은 팬을 확보하고 있는 여인의 이름은 안나경이었다. 그녀의 왼편에는 지난 시즌에선 보지 못했던 전문가가 있었고, 오른편은 그토록 잊을 수 없었던 시진이 딱 버티고 서 있었다.

"이름은 한서주, 현재 학교에서 아이들을 가르치고 있습니다."

"아, 교사이신가 보네요."

안나경 셰프가 물었다.

"네, 그렇습니다."

"좋습니다. 오늘은 뭘 준비하셨습니까?"

"월과채입니다."

"월과채요?"

"네. 월과채는 궁중 요리로, 월과는 호박을 뜻하고 채는 말 그대로 잡채입니다."

서주는 큰 볼에 담긴 월과채에 마지막으로 참기름을 뿌려 버무린 뒤 접시에 담아 깨를 뿌려 세팅하며 말을 이어 나갔다.

"당면이 들어 있는 걸 봐서, 제가 보기에는 월과채가 아닌 것 같은데요?"

안나경 셰프는 한식 전문가였다. 그녀를 속일 수는 없었다.

"네, 맞습니다. 제 구미에 맞춘 퓨전식이라서 월과채라고 말하는 건 사실 어폐가 있습니다."

"그래도 호박을 넣었으니 월과채다?"

"훗, 네. 당면, 애호박, 소고기, 버섯, 부꾸미를 각종 채소와 함께 볶아 무쳤습니다. 이제 준비 다 되었습니다."

"아, 그래요?"

"네, 다 되었습니다."

물음에 서주가 대답하자, 중년 여인이 제일 먼저 다가와서 맛을 보았다. 살짝 미소 띤 얼굴로 그녀를 보고는 자리로 되돌아가자, 이번 시즌에 처음 출연한 전문가가 다음으로 다가왔다.

"찹쌀 부꾸미의 식감이 참 좋네요."

"감사합니다. 찹쌀가루에 소금 넣고 익반죽을 한 뒤 얇게 부쳐 채 썬 것입니다."

"그래요, 잘 먹었습니다."

새로 출연한 전문가가 자리로 돌아가자, 마지막으로 시진이 그녀에게 다가왔다.

'날 기억하는 거겠지?'

냉랭한 시진의 눈빛에 서주는 내색하지 않으려고 무던히도 애를 썼다. 그가 재료 하나하나 아주 깐깐하게 맛을 본 뒤, 전체적으로 한 입 먹었다. 그러고는 아무 말 없이 꿰뚫을 듯한 시선으로 그녀를 한번 힐긋 보고는 가 버렸다.

'우와, 심장 터질 뻔.'

아주 찰나의 순간 눈이 마주쳤을 때, 서주의 가슴이 두근두근 미친 듯이 뛰었다.

"전체적으로 어우러지는 간이 아주 적당했고, 전 나쁘지 않았습니다. 전 패스입니다."

여자 전문가가 말했다.

'으엥? 내가? 그것도 월과채로 한식 전문가에게 패스를 먹어? 헐!'

그러고 보니 안나경은 대체적으로 여자 도전자에게 아주 관대한 것으로 이미 정평이 나 있었다. 여자 도전자에게만큼은 허허실실, 그렇다고 소질이 없는 사람에게까지 사람이 좋은 것은 아니었다.

안나경을 롤모델로 삼은 제자의 말에 따르면 전공인 한식 요리가 나왔을 때는 촌철살인의 뼈를 때리는 충고를 종종 하는 전문가라고 했다. 어쨌거나 그녀의 입맛에 맞았다면, 오늘 낸 요리가 우연찮게 평범함의 수준을 넘어섰다는 뜻이기에 서주는 사실 의아했다.

'하긴 오빠에게 먹이려고 지극 정성을 다하기는 했지. 오빠는 무슨 평을 해 줄까?'

"전 각 재료의 고유한 식감을 제대로 살리지 못한 것 같습니다. 당근은 너무 익혔고, 소고기의 간은 너무 약했습니다. 또한 버섯은 너무 짜서, 우연찮게 전체적인 간이 딱 맞아떨어진 게 아닌가 싶습니다. 그래서 아쉽게도 전 불합격을 드릴 수밖에 없습니다."

시진이 매몰차게 말했다.

'역시. 멋져, 멋져, 흐흐흐.'

마치 그의 평가가 자신의 음식을 대변해 주는 것이 아닌가, 생각되었다. 처음부터 별 기대는 하지 않았으니 상처를 받지도 않았다. 그래도 시진을 위해 준비한 음식이 그의 구미를 맞추지 못해서 좀 서운하기는 했다.

'더 좋아. 예전 그 모습 그대로야, 원래 오빤 저렇게 냉랭하잖아, 누구에게나. 나에게만 그런 것도 아니고. 어쨌거나 이렇게

만났잖아. 뭐, 대놓고 인사는 할 수 없으니 그건 좀 아쉽지만.'

아주 반갑게 인사를 나누겠다는 처음의 목표는 이루지 못했지만, 어쨌거나 눈인사 정도는 나눈 셈이고 시진이 좋아했던 잡채를 해 주는 것으로 소기의 목표를 달성했으니 충분하다 싶었다.

'그래도 좀 입에 맞았으면 좋았을 텐데.'

"황시진 셰프의 말에 일리가 있습니다. 한서주 씨?"

남자 전문가가 그녀를 보았다.

"네?"

서주는 그제야 자신이 시진을 오랫동안 뚫어지게 본 것을 알아차리고는 서둘러 시선을 돌렸다.

"왜 월과채를 선택하신 겁니까?"

"방송에 나와 만나보고 싶은 사람이 있었습니다. 18년 전에 헤어진 오빠입니다."

그녀는 시진을 흘긋 보았다. 여전히 무표정한 얼굴이었다.

"네? 친오빠요? 뜬금없이? 그렇다면 프로그램을 잘못 찾은 것이 아닙니까? Challenge Star Chef K는 요리 경연 프로그램입니다."

여자 전문가가 의아한 눈으로 물었다.

"훗, 아닙니다. 친오빠가 아닙니다. 친오빠가 아니라 친했던 오빠입니다. 친오빠와 친했던 오빠는 아주 차이가 많죠. 프로그램은 제대로 찾아왔다는 뜻입니다."

서주는 그에게서 시선을 떼며 여자 전문가에게 말했다.

"그래요?"

"네, 잡채는 그 친했던 오빠가 가장 좋아하던 음식입니다. 그렇다고 경연 프로그램에 잡채를 들고나올 수는 없겠다 싶어서, 평소 제가 즐겨 먹는 월과채를 준비한 것입니다. 그리고 이 방송에 출연하면 그 오빠가 절 보게 되겠지요. 아, 물론 통 편집을 당하지 않으면요."

"그럼, 통 편집하지 말라고 해야겠네요?"

여자 전문가가 웃으며 말했다.

"그래 주시면 감사하겠지만, 그럴 수 없다고 해도 상관은 없습니다."

"왜요, 통 편집 당하면 그 친오빠가 아닌 친했던 오빠가 못 보게 되잖습니까?"

남자 전문가가 끼어들었다.

"그냥 그 오빠를 생각하며 음식을 만들고, 그 사실을 이렇게 말할 수 있다는 것만으로도 충분합니다."

"그게 정말 충분하겠습니까? 정신 승리가 아닐까요?"

"정신 승리가 뭐 나쁩니까? 정신 승리도 때로는 자신을 지탱해 주는 한 방편입니다. 저는 현재 인공심장박동기를 달고 있습니다."

서주는 생긋 웃으며 입을 열었다. 그러고는 시진을 잠시 보았다. 나 지금은 괜찮아, 걱정 마, 라는 눈빛으로 바라보다가 다시 시선을 돌렸다.

"네? 지금 인공심장이라고 했나요?"

그러자 남자 전문가가 놀란 표정을 지었다. 그 옆에 있던 여자 전문가도 마찬가지였다. 시진은 말할 것도 없이 변함없는 뚱한 얼굴이었다.

"정확히는 인공심장박동기요. 생체 이식수술 실패로 죽음의 문턱을 넘었던 전 인공심장박동기를 달고 현재 덤으로 인생을 살고 있습니다. 그래서 매 순간 최선을 다하려고 합니다. 밤에 자려고 누웠을 때, 매번 정신 승리든 아니든 이대로 심장이 멈춰도 전혀 후회되지 않는 삶을 살려고 합니다. 전 지금 최선을 다했고 충분히 제 마음이 전달되었으리라, 믿습니다."

"통 편집하면 이건 뭐, 나쁜 방송이 되는 순간이겠군요?"

여자 전문가가 살짝 떨리는 음성으로 물었다.

'아, 이게 아닌데.'

그제야 자신의 의도가 살짝 이상한 방향으로 흐른 것을 느꼈다.

"그렇지 않습니다."

그래서 서주는 황급히 손사래를 쳤다. 자신의 건강을 흥미유발로 끌어들일 생각은 전혀 없었다. 그냥 말하다 보니, 그리고 자신의 상태를 언제나 대수롭지 않게 의연히 받아들이다 보니 아무 생각 없이 그런 말을 입에 올린 것이었다.

"어떻게든 방송을 송출해야겠는데요."

"정말 상관없습니다."

"아무튼 혹시 통 편집 안 될 때를 대비해서 18년 전에 헤어졌던 친오빠가 아닌 친했던 오빠에게 한마디 해 주신다면?"

"맛이 없어도 잡채에 독 안 넣었으니 걱정 마, 오빠. 그리고 멀리서도 응원할게."

서주는 시진을 똑바로 보며 말했다.

'정말 보고 싶었어, 오빠.'

"독이요?"

"처음 제가 해 준 음식을 먹었을 때 그 오빠가 그랬거든요. 설마 자길 독살하려는 거냐고."

'이렇게 만나서 너무 기뻐.'

그러고는 어쩐지 자신의 눈빛을 알아들은 것 같은 그에게서 시선을 떼며 자신에게 묻는 여자 전문가를 보았다.

"아무튼 결정은 해야겠지요?"

그리고 그 곁에 있던 남자 전문가가 배턴을 이어받아 말했다.

"월과채, 이름은 들어본 것도 같은데, 호박과 찹쌀 부꾸미를 넣은 잡채는 솔직히 말해 처음 먹어 봅니다. 지금 생각해 보니 전공이 중식이라 우리나라 음식에 대한 이해도가 좀 떨어졌던 게 아닌가, 반성이 되네요. 오늘 처음으로 월과채를 맛보게 해 주셔서, 18년 전에 헤어졌던 친했던 오빠 대신 먹게 해 주셔서 고맙습니다. 그래서 전 패스입니다."

"……."

'으잉? 아, 이게 진짜 아닌데.'

"감사합니다."

서주는 난감한 표정으로 떠름하게 말했다.

'꼭 그걸 이용한 게 되잖아. 오빠가 뭐라고 생각하겠어?'

"한서주 씨?"

아니나 다를까 시진의 목소리에 아주 찬바람이 쌩쌩 날렸다.

'아, 이게 아닌데…….'

"네."

"앞으로 나오세요."

"……."

'진짜 아닌데.'

"……."

시진이 매서운 눈빛으로 자신을 바라보자, 서주는 마지못해 발걸음을 떼었다. 시진의 앞에 선 그녀는 울상이 되었다. 그런 모습이 고스란히 카메라에 담겼다. 만일 이 장면이 송출된다면 패스를 했기에 감격해서 이러는 것이라고 착각할 것이 뻔했다.

'이거 완전 대국민 사기극인데.'

목에 앞치마가 걸리고, 그녀는 한 발 뒤로 물러났다. 묘한 눈빛으로 그녀를 빤히 보던 시진이 몸을 돌려 제자리로 돌아갔다. 그리고 얼마 뒤 대기실로 들어오는 그녀에게 환호가 쏟아졌다. 이 또한 대본인 것을 알지만, 계획과는 다른 상황 전개인지라 난감한 것은 어쩔 수가 없는 노릇이었다.

* * *

‘심장에 문제 있는 건 재인데, 내 심장이 떨어지는 줄 알았어.’

그리고 시진은 왜 자신이 그런 기분이 들었는지 인정하고 싶지 않았다.

‘그렇게 긴 시간이 흘렀건만.’

"월과채, 전 처음인데요?"

남몰래 시진이 당혹스러워하는 사이, 함진우 셰프가 서주의 음식으로 다가서 한 번 더 먹었다.

"간도 적당하죠?"

안나경 셰프가 뒤따라갔다. 그러고는 뒤를 돌아 시진을 보았다. 녹화 카메라는 여전히 돌아가고 있었다. 그러니 동참하라는 뜻이었다.

‘아무래도 서주를 부각시키겠는데?’

시진은 마지못해 몸을 일으켜 걸음을 옮겼다. 그러고는 간 김에 앞 접시 가득 잡채를 담아 먹었다. 여전히 버섯은 짜고 고기의 간은 약했다. 하지만 서주의 말대로 예전의 독살당할 수준은 아니었으니 음식 조리 솜씨가 일취월장한 것은 사실이었다.

‘그리고 더 예뻐졌…… 아, 지금 이 무슨 황당한…… 빌어먹을.’

"언제는 불합격을 주더니, 생각해 보니까 후회돼요?"

안나경 셰프가 말했다. 그제야 좀 지나치게 먹은 듯했다. 시진은 말없이 앞 접시를 모두 비우고 냅킨으로 입을 닦았다.

'잡채는 자기가 좋아했으면서. 그래서 매번 숨어 있는 나에게 잡채를 먹였으면서, 제멋대로 기억을 각색해.'

그나저나 반갑다고 해야 할지, 화가 난다고 해야 할지, 지금 이게 무슨 기분인지 알 수가 없었다. 오늘 잠깐 떠올리긴 했지만, 상상하지도 못했는데. 서주를 만나게 되자, 심장이 떨어질 뻔하긴 했다. 그런데 예상치 못한 사람을, 예기치 못한 장소에서 만났기 때문이라고 말하기에는 뭔가 부족한 감정이라는 걸 시진은 알고 있었다.

'그래, 어쩌면 부모님의 불행을 잊지 못해서일지도 몰라.'

부모님을 떠올리면, 부모님을 궁지로 몬 자들을 생각하게 되고 그들과 한 짝이나 다를 바 없는 서주까지 기억나곤 한다. 하지만 그녀를 생각하면 지난 십수 년간 마음이 따스해지면서도 또한 죄책감에 시달렸다. 그러니 부모님의 기억에서 시작되는 그녀를 단 한 번도 잊지 않은 것이다.

'아무튼 달갑지 않아.'

그는 간신히 서주의 잔상을 지웠다. 이후로도 긴 녹화가 진행되었다. 지난 시즌에도 그러했듯 시진은 누가 본선에 오를지 한눈에 가닥이 잡혔다. 그가 머릿속으로 그린 본선 진출자에 서주는 당연히 없었다. 하지만 방송 스태프와 전문가의 긴 회의 끝에 이번 시즌의 진행 방향에 대한 가닥이 잡혔을 때, 서주에게 본선으로 가는 길이 열렸다.

'하필이면……. 정말 달갑지 않아. 아주 불편해. 역시 흥미 위

주, 상업 방송이란 건가? 이러다가 아무래도 한서주 본선까지 가겠는데?'

복잡한 표정으로 시진은 스튜디오를 나왔다. 그러다 문득 그녀가 왜 그렇게 빛이 나 보였는지, 그 이유를 떠올리게 되었다. 분명 혈색이 좋아져서 그랬던 것이다.

'하긴 그게 아니면 다른 이유가 있겠어? 인공심장박동기라고?'

결국 수술할 수밖에 없었던 모양이다. 18년 전, 시진은 서주가 종종 파랗게 질려 넘어가는 것을 본 적이 있다. 그럼에도 기어이 자신의 뒤를 쫄쫄 따라다녔다. 아무리 거추장스러운 티를 내도 소용없었다.

그의 기억 속 서주는 파랗게 질린 얼굴로 끝까지 쫓아와서 종내에는 자신이 걸음을 멈추게 만드는 아주 여우 같은 녀석이었다.

그리고 또 한 편으로 서주는 아주 따스한 아이이기도 했다. 술에 취한 아버지에게 매를 맞던 자신을 향해 밤 서리 맞지 말라고, 두려움에 떠는 자신을 찾아와 안아 주던 아이였다. 앞으로 밤 서리를 맞게 될 경우 자기의 집으로 오라는 말도 덧붙였었다.

"아무도 오빠가 내 방에 숨어 있는 건 모를 거야. 그러니까 걱정 말고 와."

그렇게 끈질기게 설득하며 자기 온기로 데운 침대 한쪽을 내어 주던 아이이기도 했다. 그런 아이가 다치는 것을 시진은 볼 수 없었다.

그러다 보니 성가시지만 기다려 주게 되고, 보폭을 맞추게 되고, 숨이 더는 차지 않도록 해 주게 되고, 관심을 가지게 되었다. 나중에는 자신 이외의 다른 아이들이 그녀에게 관심을 보이면 저도 모르게 짜증이 나는, 시나브로 그렇게 되어 버린 것이다. 함께 지내다 보니 어느덧 그 온기에 시진은 익숙해져 갔다. 간혹 부모님이 싸우지 않은 날에도 서주의 온기에 기대어 잠이 들고 싶은 욕심이 생기고는 했다.

물론 두 사람이 점점 머리가 커져서 남녀칠세부동석이라는 말을 끌어들이지 않아도, 그렇게 함께 자는 것은 말도 안 된다는 것을 알았다. 하지만 쉽게 그 온기를 거절할 수는 없었다.

'동생 같은 아이의 품에 안겨 자고 있으면 결핍증이 치유된 느낌이라고 할까?'

하루만 더, 하루만 더, 하다 보니 어느새 그는 훌쩍 자라 변성기가 시작될 나이가 되었다.

"너 지금 어디서 나오는 거야!"

그러던 어느 날 그녀의 아버지에게 그 현장을 딱 걸리고 말았다. 부모님이 싸웠을 때, 아버지의 눈빛에 광기가 어렸을 때

집에서 도망쳐 나와 시진은 늘 그랬던 것처럼 서주의 방에 몰래 숨어들어 서로의 온기에 의지해 잠을 잤다.

그리고 여느 날처럼 새벽 동이 트기 전에 빠져나오다가 그녀의 아버지와 맞닥뜨린 것이다. 서주의 아버지가 다짜고짜 주먹을 날렸고, 그는 날아오는 주먹질을 감내했다. 사실 오해하기 충분한 상황이었다. 부모 된 입장에서 딸아이의 방에서 나오는 사내아이를 곱게 보아 넘길 이가 어디 있는가.

"앞장서!"

그녀의 아버지가 시진을 앞세워 집으로 향했다. 시진은 얼굴이 그야말로 떡이 되어 집으로 들어갔다.

"너희 부모님께 네가 지금 무슨 짓을 했는지 그대로…… 헉, 저게 뭐야?"
"어머니? 어머니!"

그리고 두 사람은 거실 천장 서까래에 목을 맨 시진의 어머니를 보았다. 그가 서주의 집으로 피신한 동안 아버지는 출동한 경찰에 의해 업무 방해로 구속된 상태였고, 어머니는 혼자 집에 있었던 것이다. 아마도 어머니는 사람들의 손가락질을 받으며 이어 오던 그 고단하던 삶을 더 이상 견딜 수가 없었던 모양이었다.

"너 우리 서주 방에 드나들었다고 입 뻥긋하면 죽여 버릴 거다."

"……."

"그리고 내가 널 이 지경으로 만들었다고 어디 말하기만 해. 말해도 누가 네 말을 믿어 줄지 한 번 보자꾸나."

경찰 조사가 시작되기 전에 그녀의 아버지가 협박 조로 말했다. 그는 불과 얼마 전 어미를 잃었는데, 그 어떤 동정도 그녀의 아버지에게서는 찾아볼 수가 없었다. 그녀의 아버지가 윽박지르지 않았어도 시진 역시 서주가 구설수에 오르는 것을 원치 않아서 뒷산에 숨어 있었다고 진술했을 것이다.

시진의 진술과 얼룩덜룩한 그의 얼굴을 본 경찰은 그간 신고 누적으로 아버지의 폭력성을 이미 알고 있어서 더 깊게 묻지 않았다. 그리고 어머니가 왜 극단적인 선택을 할 수밖에 없었는지 모두 짐작하는 눈치였다. 하지만 경찰이 생각했던 것보다 더 추악한 이유가 있었음을 시진은 알고 있었다. 어머니가 무엇을 견디지 못했는지도.

'어머니가 극단적인 선택을 했을 때, 난…….'

서주와 온기를 나누며 아주 깊은 단잠에 빠져 있었다. 그래서인지 그녀만 생각하면 그때의 일이 떠올랐다. 처음엔 수다쟁이에 성가시고 이따금 눈에 빤히 보이는 발 연기로 업어 달라는 귀여운 이미지였으나, 어머니가 그렇게 가시고 나니 서주를 떠올리기가 겁이 났다.

아버지에게 매를 맞는 어머니를 두고 혼자 달아나서는 아주 편안히 잠을 잤다. 그사이 어머니가 그런 극단적인 선택을 하게 되었고, 그 이후 서주를 떠올리면 자연스럽게 이기적이었던 자신의 모습이 겹쳐졌던 것이다.

'그래서 잊으려고 노력했어.'

서주는 자신보다 세 살 어렸지만 유일한 친구였다. 친구는 그저 성가신 존재였다. 동네방네 소문이 날 정도의 가정불화로 사람들에게 동정의 시선을 받는 게 싫었다. 그래서 곁에 사람이 오는 것을 극도로 꺼렸다.

하지만 서주는 그것을 아랑곳하지 않고 수시로 그가 쳐놓은 결계를 부수고 안으로 들어오곤 했다. 그래서 나이 차이와 상관없이 서주가 시진의 가장 친한 그리고 유일한 친구가 된 것이다.

그런데 지금 생각해 보면 당시 서주가 자신의 결핍을 채워주었던 것 같다. 그래서 사실 그녀 이외의 다른 친구 같은 건 필요 없었던 것이다.

서주의 부모님이 자신을 아주 안 좋게 생각한다는 것을 알았다. 그리고 서주의 부모님만 그런 삐딱한 편견을 가지고 있는 것도 아니었다. 동네 사람들은 아버지를 주정뱅이, 어머니를 몸 파는 창녀, 자신을 나쁜 아이로 단정하고 있었으니 말이다.

'그게 다 아버지의 주사로 비롯된 것이 아님을 알았지만 고작 열다섯 살, 난 아무것도 못 했어.'

일주일 뒤 아버지도 어머니와 같은 방식으로 세상을 떠났다. 아내를 앞세운 참담함을 굳이 이해하고 싶지 않아서, 시진은 아버지와의 마지막 일주일을 냉대하며 지냈다. 그 결과가 아버지의 죽음이었던 것이다. 그리고 아버지의 장례를 치르기도 전에 시진은 그가 태어나고 자란 마을에서 쫓겨났다.

"내가 함께 가 주마. 대신, 장지에서 그대로 떠나 주었으면 좋겠다."

그녀의 아버지는 시진을 볼 때마다 윽박질렀다. 기어이 마을을 떠날 수밖에 없도록. 서주의 아버지는 고작 열두 살 그리고 열다섯 살 두 어린아이의 마음을, 그리고 순수하게 서로의 온기에 의지하는 것을 삐딱한 눈으로 보았던 것이다.

'물론 머리가 큰 지금 생각해 보니, 걔 아버지가 그럴 수밖에 없었던 건 알겠어.'

하지만 그때는 끝도 없는 바닥으로 떨어져 내리는 것 같았다. 시진은 일주일 상간으로 부모님을 모두 잃었다. 그리고 서주의 아버지에게는 범죄자 취급을 받았으며 삶의 터전도 빼앗겼다.

'그것도 고작 열다섯 나이에 겪은 일 치고는 참, 엿 같았지.'

시설에는 가고 싶지 않아서 알음알음 친인척을 수소문하여 알아본 시진은 어머니의 먼 일가를 찾아갔다. 하지만 아버지에게 돈푼 꽤나 있었을 때와 아무것도 없는 고아일 때의 대우는 확연히 달랐다.

'서주 부모님도 그렇고, 친척들도 그렇고, 어른들의 바닥을 모두 본 느낌이라고 할까?'

구박이라는 단어를 굳이 생각하고 싶지 않았다. 생각하면 할수록 비참해지니까. 그러나 그대로 지낼 수는 없었다. 시간이 지나면 지날수록 자존감이 바닥이 나 자기 자신을 혐오하는 수준에 이를 것 같았다.

하루는 버스를 타고 외숙의 집에서 학교로 가는데, 학교를 지나쳐도 몸이 굳었는지 내릴 수가 없었다. 시진은 그길로 가출 아닌 가출을 한 것이다. 과거를 뒤로하고, 과거에 있던 모든 것을 잊어버리겠다고 결심한 채 무작정 서울행 기차를 탔다.

'그리고 완전히 잊은 줄 알았어.'

시진이 굳이 과거를 기억하는 시기는 일 년에 딱 일주일, 어머니의 기일이자 자신의 생일 그리고 아버지의 기일이 순차적으로 있는 바로 그 주가 전부였다. 어머니의 기일이자 자신의 생일을 생각하면 당시 마을 사람들의 시선을 잊을 수가 없었다.

'특히 서주 어머니.'

당시 어머니는 싸늘한 시신으로 차가운 바닥에 누워 하얀 천을 덮고 있었다.

"몸 팔아서 동네 질을 떨어뜨리더니, 이젠 집값까지 떨어지게 생겼네, 죽으려면 나가서 죽든가, 쯧!"

그런데 거기에 대고 이런 소리를 지껄인 것이다. 어머니의 주검 앞에서. 시선이 마주쳤다. 그 눈동자에 든 표현할 수 없는 혐오감이 얼마나 강렬했던지, 시간이 아무리 지나도 어머니의 기일만 되면 손에 잡힐 듯 서주의 어머니가 짓던 표정이 선명하게 떠올랐다.

'아버지의 기일을 생각해도 마찬가지야.'

마을 사람들의 눈빛은 고사하고 특히 서주 부모님의 눈빛은 잊으려야 잊을 수가 없었다. 그녀의 아버지는 상황으로 봤을 때 오해할 수 있었으니 충분히 이해했다. 하지만 당시 두 사람 모두 어렸고, 그땐 성적인 그 어떤 분위기도 없었다. 그렇다고 해도 지금 생각해 보면 그녀 아버지의 행동을 이해 못 할 것도 아니었다.

'하지만 이런 말도 있지. 뭐 눈에는 뭐만 보인다고.'

서주의 아버지가 어떤 사람인지 당시 자신을 대하던 행동만 보면 가늠이 된다고 할까? 또한 그 당시 시진은 누구라도 원망하지 않으면 견딜 수 없었다. 그는 서주의 부모님은 물론이고 자신이 알고 있는 모든 어른을 원망했다.

물론 끈 떨어진 연이라고 자신을 구박한 친인척이나 서주의 부모님, 그들을 그저 원망만 한 것은 아니었다. 어떤 의미로는 참 고마운 사람들이기도 했다.

'어찌 보면 그들 덕에 내가 지금 이 자리에 와 있는 거잖아?'

시진의 입매 한쪽이 시니컬하게 올라갔다. 그런데 어느덧 그의 눈빛은 자꾸만 흔들리기 시작했다.

'쓸데없이 예뻐졌어, 빌어먹을.'

자신을 바라보며 생글생글 웃던 서주의 얼굴이 떠올라서 당혹스럽기 그지없었다.

4. Challenge Star Chef K

'Challenge Star Chef K'에 참가하기 전, 서주는 지난 시즌을 이미 몇 번이나 돌려보았다. 방송은 큰 틀에 약간의 변화를 가미한 방식이었다. 그래서 두 번째 경연이 거의 노동 수준에 준하는 일일 것임을 모르지 않았다. 이미 소기의 목적을 달성하였으니 본선으로 가는 두 번째 경연, 예심 2차전에서 굳이 다음 관문으로 넘어갈 이유가 없었다.

예심 2차전의 녹화가 시작되기도 전 방송국에서 학교로 들이닥쳤다.

'통 편집은 아니구나.'

처음에는 그렇게 단순히 생각했다. 그 영상이 두고두고 남아 추억이 될 수도 있겠다, 하는 순진한 생각은 곧 깨어졌다. 방송 스태프가 자신의 주변을 들쑤시고 다니는 바람에 방영되기도 전, 그녀의 건강 문제가 먼저 학교 전체에 퍼졌다.

"아니 그 몸으로 아이를 어떻게 가르치겠어요? 심지어 담임이라니. 고3이 얼마나 중요한 시기인지 몰라요. 그런 선생을 우리 아이 반 담임으로 내정했던 거예요?"

간혹 이렇게 따지고 드는 부모도 있었다. 학교장은 진땀을 흘렸고, 원성이 자자한 학부모들을 진정시키느라 곤혹을 치렀다. 하지만 학교장은 혼자 당하지 않았다. 수시로 그녀를 불러 히스테리를 부려 댔던 것이다.

'단지 오빠를 만나고 싶었고, 오빠에게 잡채 한 그릇 대접하고 싶었을 뿐인데.'

일파만파로 일이 커지는 것을 보며 다음 녹화 때 기권을 하겠다고 말했다. 그러나 방송 관계자의 끈질긴 구애 끝에 서주는 두 손 두 발을 들고 말았다. 결국 서주는 예선 진출자를 가리는 예심 2차전에도 도전하게 된 것이다.

'사실은 오빠를 한 더 보고 싶을 뿐이야.'

그런데 소가 뒷걸음치다 쥐를 잡는 일이 기다리고 있을 줄 누가 알았겠는가.

'으흭! 저, 저건······.'

서주는 놀란 눈으로 허공을 바라보았다.

'헐, 대박.'

예심 2차가 치러지는 캠프 안으로 들어서니 공중에 소고기 반 마리가 떡하니 걸려 있었다.

"보시다시피 이 소는 어제 도축하여 하룻밤 숙성된 소고기입니다. 오늘은 이 소고기를 다루는 법을 알려 드릴 겁니다."

그는 멸균복을 입고 있음에도 조금의 아우라도 손상 받지 않았다.

'그나저나 잘생겼어, 여전히.'

"제일 먼저 앞다리를 해체해야 합니다. 이어 양지, 등심, 뒷다리 순으로 올라가며 이렇게 해체합니다."

소 반 마리를 순식간에 해체하여 작업대에 내려놓으며 말을 이었다.

"지금부터 발골할 겁니다. 염수진 씨?"

"네."

"발골 시 주의 사항이 뭐라고 생각하십니까?"

"비싼 부위를 최대한 살려야 하는 게 아닐까요?"

"물론 틀린 말은 아니지만 발골 시 가장 주의해야 할 것은 다치지 않는 것입니다. 사람도 그러하듯 소마다 체격이 다르고 뼈의 모양이나 위치가 조금씩 다릅니다. 주의해서 칼을 사용하지 않으면 다치게 되어 있습니다. 요리하는 사람의 기본은 내가 사용하는 칼에, 내가 다치지 않는 것입니다."

경외 어린 감탄사로 술렁이던 것도 잠시, 그렇다면 예선을 향한 첫 관문은 소고기와 관련된 중노동일 것이 뻔하다고 여기저기에서 수군댔다.

"자, 이것으로 해서 사골곰탕으로 이용할 뼈들과 부위별 정육이 모두 분리되었습니다."

그리고 그 예상은 빗나가지 않았다.

"이건 흔히 알고 있는 소갈비 부위입니다."

시진이 갈비를 들어 보이며 말을 덧붙였다.

"찜, 탕, 구이에 적합한 부위로, 오늘은 구이로 적합한 손질을 할 겁니다."

위잉, 소갈비를 조각낸 시진이 빠르고 정확하게 손질했다. 칼집까지 착착 자로 잰 듯이 기계적으로 넣어서.

'하, 진짜 이 정도면 오빠랑 나는 운명 아니야? 소갈비 손질이라니, 크크크.'

본선으로 가는 첫 번째 관문에서 또 운이 작용한 것이다.

'진짜 소가 뒷걸음쳐서 쥐 잡게 생겼네.'

서주는 소고기를 매우 좋아했다. 특히 소 숯불갈비라면 사족을 못 썼다. 그런데 식당에서 매번 사 먹기에는 경제적인 부담을 무시할 수 없었다. 일정상으로 10년에 한 번 이른바 배터리를 갈아 끼우고 여차하면 수시로 인공심장박동기를 새것으로 교체해야 하는 자신의 노후를 위해 급여의 70%를 저축하는 이

마당에, 그렇다고 직장인이 부모님에게 용돈을 타 쓸 수도 없었다. 그래서 소갈비를 사다가 집에서 매번 손질하고 양념하여 구워 먹었다. 손질된 것보다 손질되지 않은 것이 더 경제적이었다.

"한서주 씨, 기계 어디 숨겨 놨으면 꺼내 봐요, 칼질 솜씨가 거의 기계인데요?"

그런 우연들이 겹쳐서 안나경 셰프에게 서주는 이런 소리를 듣게 된 것이다.

"……."

"한서주 씨."

"네."

"요리도 안 배우셨다면서 이러면 반칙 아닙니까? 정말 안 배운 거 맞죠?"

"아, 뭐…… 어쩌다 보니, 요리는 생명을 연명하는 데 꼭 필요해서."

"요리는 생명을 연명하는 데 꼭 필요하다? 한서주 씨의 음식을 대하는 자세가 참 마음에 듭니다."

'아, 그런 뜻이 아닌데.'

안나경 셰프는 자신이 무슨 말을 해도 긍정적으로 해석하는 재주가 있었다.

"네, 뭐……."

"한서주 씨?"

"네?"

"수고하셨습니다. 이번 관문을 통과하셨습니다."

"네? 아, 네."

"어째 별로 기쁘지 않은 것 같습니다?"

"아, 전⋯⋯."

'무슨 말을 해도 곡해하시니.'

그것도 하필이면 좋은 쪽으로.

"매사 초연한 건 나쁘지 않습니다. 그 역시 제 마음에 꼭 듭니다."

안나경 셰프가 자신을 특히나 잘 보았다는 것이 한눈에도 보였다. 안나경 셰프는 아주 긍정적인 아우라가 가득한 사람이었고, 세상 모든 이들이 자기와 다를 바 없다고 생각하는 부류인 듯했다. 그러기에 서주는 더더욱 부담이 되었다.

'이러다 정말 본선에 진출할 기세.'

서주는 양심에 찔려 울상을 지었다. 그러고는 저도 모르게 시진을 보았다. 차갑고 냉랭한 그의 시선이 마침 그녀를 향해 날아왔다. 그 찰나의 순간 부딪친 두 사람의 시선이 야릇하게 얽혔다.

'역시 착각이야.'

하지만 이내 그 시선이 무심하게 지나쳐 감과 동시에 서주는 관문을 통과한 다른 도전자들이 있는 대기실로 향했다. 그리고는 또 길고 긴 지루한 시간이 지나갔다.

[선생님 어때요?]

그나마 'Challenge Star Chef K'에 출연하는 것이 꿈인 제자가 없었다면 아주 무료했을 것이다.

[아, 예심 2차 통과.]

[우와, 진짜요?]

[그래, 어쩌다 보니 그렇게 됐어.]

[안나경 셰프님 어때요?]

[좋으시지. 나에 대한 평가가 너무 좋아서 탈이야.]

[평가가 후하긴 하셔도 쉬운 분은 아니에요. 아무튼 부러워요, 선생님.]

[당연히 알지, 정상에 오른 분인데 그리 호락호락할 거라는 생각은 안 해. 안나경 셰프님 사인 받아 갈까?]

[네! 정말 그래 주실 수 있어요? 그럼 같이 사진도 찍어 주세요.]

[사진? 네가 찍히는 것도 아닌데, 굳이 그럴 필요까지야. 좀 창피할 것 같은데.]

[찍어 오세요. 선생님과 더불어 가보로 물리게요.]

"이동하겠습니다."

물론 종종 인터뷰를 따기도 했지만, 서주는 가급적 입을 꾹 다물고 있었다. 촬영에 그다지 협조적이지 않으니 점점 그녀를 보는 스태프의 시선이 곱지 않았다. 이러다가 그 유명하다던 '악마의 편집'으로 자신이 이상한 사람으로 비치는 건 아닌가,

뒤늦게 걱정이 되기 시작했다. 전국적으로 이상한 사람이 되기 전에 서주는 알겠다는 문자를 치다 말고 서둘러 자리에서 일어났다. 예심 1차를 거쳐 예심 2차까지 통과하자 도전자가 절반으로 훅 줄어들었다.

"예선전 경합은 지단을 부쳐 채썰기입니다. 지단을 얼마나 얇고 고르게 부쳐 내는지, 얼마나 일정한 굵기로 썰어 내는지 확인한 이후 본선 진출자 20명을 가려낼 것입니다."

한식을 담당하는 안나경 셰프가 말했다.

'아, 미치겠다. 혹시 이거 몰래카메라 아니야?'

그리고 단 한 시간 뒤, 서주는 기가 막혀서 웃음이 날 지경이었다. 요리는 그저 생명을 연명하기 위한 수단일 뿐인 그녀가 그 경쟁률이 치열하다는 'Challenge Star Chef K' 본선에 진출하게 되었으니 말이다. 서주는 황당함에 그저 웃음만 났다. 본선 진출자는 그녀를 포함하여 모두 20명이었다.

'나 아무래도 평생 쓸 운을 여기서 다 쓰나 봐. 운을 굳이 이런 데 쓰고 싶지는 않은데. 로또라면 또 모를까.'

서주는 떠름한 표정으로 주변을 돌아보았다. 그때 또 한 번 시진과 눈이 마주쳤다.

'뭐, 오빠를 한 번 더 볼 수 있으니 나쁘지는 않아.'

그렇게 생각하는 것도 잠시, 그의 눈빛에 든 멸시가 신경에 거슬렸다. 그녀는 시진의 사소한 변화에도 예민했다. 그가 자신의 본선 진출을 썩 달가워하지 않는 건 누구보다 잘 느낄 수 있었다.

'아니, 내가 뭐, 그러고 싶어 그래? 나도 그만두고 싶다고.'

예심은 주말에 치러져 학교 수업과 상관이 없었고, 앞으로 남은 촬영은 어제부터 시작한 여름방학 시즌과 맞물려 참석할 수 있었다. 사전에 이미 퍼진 일정을 보아하니 본선 5회부터는 학교를 빠지지 않으면 안 될 스케줄이었다. 물론 그때까지 살아남지 못한다는 것에 모든 것을 걸 수도 있지만, 이렇게 계속 운이 작용하다가는 또 모를 일이었다.

'하긴 뭐, 설마 내가 생방송 요리 쇼에 진출할 수 있겠어? 언감생심! 어쨌거나 부탁받은 건 처리해야지.'

"안나경 셰프님?"

"네, 한서주 씨."

"저기 사인 좀."

"저요?"

"네, 팬입니다."

"진짜?"

"아니, 제 말은······."

그런데 어쩐 일인지 자신을 좋게 봐 주는 사람의 기분을 나쁘게 하고 싶지 않았다.

"사진도 찍어 주시면 가보로 물리겠······."

'겠다고, 제 제자가 말했어요.'

"가보씩이나. 좋아요."

안나경 셰프가 웃으며 다가왔다. 서주는 서둘러 휴대폰을 꺼내 연속 촬영으로 한 컷 찍은 뒤 가방에서 자신의 앞치마와 매직을 꺼냈다. 즉흥적이었지만, 그러고 보니 셰프가 꿈이라는 제자에게 주는 선물로 딱이라는 생각이 들었다.

"온수혁에게, 라고 써 주시면 감사하겠습니다."

"온수혁?"

"아, 저보다 셰프님을 더 좋아하는 친구 이름입니다."

"남자 친구예요?"

"아, 그건 아니지만……."

"남자 친군가 봐요, 아무튼 파이팅."

안나경 셰프가 사인한 앞치마를 그녀에게 건넸다.

"감사합니다."

굳이 정정할 필요성을 느끼지 못한 서주는 넙죽 허리를 굽혔다. 안나경 셰프가 그녀의 어깨를 두드리고 지나갔다. 서주는 몸을 일으키고는 제자에게 전화를 걸었다.

"줄 게 있는데, 지나가다 들를게."

― 사인 받으셨어요?

"빙고."

수화기 너머에서 들리는 제자의 환호성에 서주는 황급히 휴대폰을 귀에서 뗐다. 이렇게도 좋을까, 서주는 고개를 절레절레 흔들며 다시 전화를 받았다.

― 사진은요?

"당연히 찍었지."

- 아이스크림 사주실 거예요?

"으잉? 네가 나한테 사줘야 하는 거 아니야?"

익살맞게 웃는 얼굴로 말하다가 시진과 눈이 또 마주쳤다. 역시나 착각일 테지만 두 사람의 시선은 꽤 오랫동안 얽혀 있었다. 하지만 서주는 그에게 다가가지 않았다. 시진도 그런 생각이 아주 없는 눈치였다. 끝까지 서로의 친분을 드러낼 생각은 없었지만, 종종 서운한 생각이 들기도 했다.

'저렇게 거리를 둘 거면, 왜 자꾸 저런 눈빛으로 보는 거야?'

- 그럼 제가 살게요.

'눈빛은 무슨.'

그때 들린 제자의 목소리에 주의를 환기했다.

"매일 먹던 콘으로."

- 당연하죠. 사 놓고 기다리고 있을게요, 선생님.

"네, 네, 제자님."

엄마 미소를 띤 채로 전화를 끊은 서주는 시진을 물끄러미 바라보았다. 이렇게 다가오지도 않고, 다가설 수도 없고, 지난 18년의 세월이 두 사람에게 끝내 좁혀지지 않을 것 같은 틈을 만든 것 같았다.

'역시 첫사랑은 첫사랑으로 남기고, 추억은 추억으로 남겨 둬야 하는 걸지도 몰라.'

그때 시진이 걸음을 뗐다. 성큼성큼 그녀를 향해 걸어왔다. 순간 언제 그런 회의를 느꼈나 싶을 정도로 심장이 미친 듯이 뛰었다.

"전국적으로 꼭두각시가 되고 싶지 않다면 여기서 끝내."

그가 쓱 지나갔다.

"으잉? 방금……."

서주는 몸을 돌려 멀어지는 그의 등을 보았다. 낮은 음성이었기에 제대로 들은 것이 아닐지도 몰랐다.

'나한테 말 걸은 거 맞지? 흐흐흐.'

'그나저나 이 와중에도 변함없네.'

그의 말 한마디에 설레서 그녀는 바보처럼 웃었다. 주머니에 손을 넣고 걷는 그의 뒷모습이 다시 한번 그녀의 가슴을 뚫고 들어와 그대로 박히는 것 같았다. 저렇게 걷다가 뒤따라오는 기척이 느껴지지 않으면 걸음을 멈추고 괜히 잡초를 뜯는 척 자신을 기다려 주고는 했었다. 오늘과는 달리.

'그래, 여기서 끝내는 게 좋을 것 같아.'

이젠 그럴 필요도 없지만, 서주는 자신을 기다려 주지 않고 시야에서 사라진 그에게 한동안 시선을 박았다가 걸음을 뗐다.

* * *

"오늘은 한서주 씨 때문에 갑자기 이렇게 소집한 겁니다."

회의실에 모두 착석하자, 메인 작가가 입을 열었다. 시진은 내내 그녀 생각을 하고 있다가 작가의 말에 흠칫했다.

'왜 자꾸 이러는 거야?'

요 며칠 정신을 차리고 보면 서주를 생각하고 있는 자신을 발견한 게 한두 번이 아니어서 저도 모르게 미간이 접혔다.

"한서주 씨가 왜요?"

처음부터 서주에게 호의적이었던 안나경 셰프가 의아한 표정으로 물었다.

"생각보다 촬영에 그리 적극적이지가 않아서요. 좀 태도가 불성실하다고 할까."

"그래요? 재료를 다룰 때는 성실하던데요?"

"일단 요리에 관심이 없어 보여요."

"그건 처음부터 알고 시작한 거 아닌가요? 애초에 한서주 씨를 본선으로 올리자, 통보한 건 작가님 같은데요? 뭐, 전 애초부터 그녀를 본선 진출자로 점찍어 놓은 게 사실이지만."

"한서주 씨 특기가 한식이라서 마음에 드셨나 보네요?"

메인 작가와 안나경 셰프 사이로 함진우 셰프가 끼어들었다.

"그건 아니에요. 뭐라고 할까, 난 기본은 지키되 결과는 상관없다. 되면 되고 말면 마라, 말아도 난 전혀 흔들리지 않는다, 그런 자세가 마음에 든 거예요. 그런 사람들이 나중에는 꼭 뭐가 되도 되거든요."

"그걸 다른 말로 표현하면, 간절함이 없다는 뜻이잖아요."

안나경 셰프의 말에 메인 작가가 대꾸했다.

"간절함은 다른 도전자들이 풍기는 것만으로 충분하죠. 그리고 그럼에도 이슈가 된다고 피디님께서 본선 진출자로 애초부터 낙점한 거 아니었어요?"

안나경 셰프가 도저히 이해 안 된다는 표정으로 메인 작가를 보았다.

"한서주 씨에게 이야깃거리가 있는 건 인정합니다. 인공심장 박동기는 지난 시즌에 없었던 강력한 이슈이긴 하죠. 아무리 경연이지만 방송은 방송이니까, 흥미를 아예 배제할 수 없다는 것도 알아요. 하지만 한서주 씨가 요리에 관심이 없어 보이는 건 사실이고요. 근데 전 요리에 관심이 없다는 것, 그것이야말로 프로그램에 부적격이라고 생각해요."

그때까지 입을 다물고 있던 시진이 몇 마디 거들었다. 가급적이면 서주의 출연 분을 통으로 들어냈으면 하는 것이 그의 바람이기도 했다. 하지만 거기까지 욕심을 부릴 수 없다는 것을 모르지 않았다. 전문가의 입장으로 프로그램에 출연한 것이지, 이 프로그램을 제작하는 입장이 아니었던 까닭이다.

"황 셰프는 그렇게 생각하세요? 난 좀 다른데요."

안나경 셰프가 반론을 제기했다.

"……."

"설마 제가 한서주 도전자의 이슈만 눈여겨봤겠어요? 한서주 씨가 심장에 대한 이야기를 하기 전부터 전 분명히 그 가능성을 본 겁니다. 월과채. 네, 황 셰프 말대로 각 재료를 적당히 볶지 못했고, 간도 문제였어요."

안나경 셰프와 시진은 시즌 1 때부터 함께 호흡을 맞춰 왔다. 그래서 방송으로만 보이는 안나경 셰프의 허허실실, 관대하고 따뜻한 모습이 사실은 실력 없는 도전자들이 요리에 흥미를 잃지 않게 하기 위한 하나의 방편에 지나지 않는다는 것을 모르지 않았다.

"그런데 그 채소 썰어 낸 거 보셨어요? 요리를 배우지 않았다는 사람이 모든 채소를 그렇게 자로 잰 듯이 썰어 냈어요. 그것만으로 봤을 때 성격이 융통성 없이 꽉 막혔을지도 모르죠. 하지만 전 한서주 씨의 그 융통성 없음이 곧 기본에 충실한 마인드 같아요. 그것으로도 놀라운데 맛이 정말 잘 어우러졌죠. 분명히 황시진 셰프님 말씀대로, 따로 보면 간이 엉망인데 전체적인 조화를 이루어 냈어요."

안나경 셰프는 도전자들에게는 인자해 보일지 몰라도 이렇게 자세히 보면 열띤 말로 평가를 이어 나가는 칼 같은 사람이었다. 다만 그 평가를 전할 때 상대의 감정에 공감하는 자세를 취하는 것뿐임을 모르지 않았다.

그러니 안나경 셰프가 탈락시킨 도전자는 상처를 받는 것이 아니라 오히려 감동하여 다음 시즌 혹은 그다음 시즌에 되돌아오는 경우가 대부분이었다. 그리고 그렇게 되돌아온 도전자 중 종내에는 Top 8에 들어가 토너먼트 형식으로 치러지는 생방송 요리 쇼까지 올라간 케이스가 아주 많았다. 그러니 요리에 꿈을 둔 많은 학생이 그녀를 존경하고 롤모델로 삼고 있는 것이다.

"그 말은 각 재료를 볶으며 간을 보고, 나중에 볶은 재료의 간을 더하거나 뺐다는 증거예요. 이런데 한서주 씨가 과연 요리에 관심이 없을까요? 한서주 씨 본인도 그리고 여기 계신 분들도 뭔가 대단히 오해하고 있는 거 아닐까요? 한서주 씨가 결과에 초연한 태도를 보였기 때문에?"

그런데 중요한 것은 그런 안나경 셰프가 이렇게까지 열을 올리며 두둔한 도전자는 지난 6개 시즌을 통틀어 단 한 명도 없었다는 점이다.

'그렇다면 내가 개인적인 감정을 앞세워 서주에게서 못 본 부분을 안 셰프님은 봤다는 뜻인데? 아냐, 그렇다고 해도 걔가 계속 출연하는 건 어쩐지 좀 곤란해.'

어쨌거나 얼핏 봐서는 정말 불성실하고 간절함이 없는 것이 사실이었으니 말이다.

"제가 보기에 기본은 탄탄해요. 소고기를 다루는 것이나, 오늘 지단을 부쳐 채를 쓴 것을 보면 그건 지단이 아니라 차라리 실이더만요. 확실히 기본기는 있어요. 결과에 대한 초연함 때문에 한서주 씨가 요리에 관심이 없는 것으로 보이는 거지, 그런 걸 보면 아예 관심이 없다고도 단정할 수 없거든요."

"……."

안나경 셰프의 말이 일리가 있어 할 말은 없었다.

"맞아요, 제 생각에도 그래요. 요리에 관심이 없다는 사람이 소갈비를 그렇게 다루고, 지단을 그렇게 부쳐 내어 자로 잰 듯이 채를 썰 수는 없거든요. 정말 요리에 관심이 없는 사람이라면 애초에 월과채를 만들어 먹을 생각조차 하지 못했을 거예요. 다른 건 차치하고 관심이 없는 사람이 찹쌀 부꾸미를 부쳐 음식을 만들어요? 일반인들의 입장에서는 분명히 성가시잖아요. 황시진 셰프님은 정말 그렇게 생각하는 거예요?"

"……."

이렇게 함진우 셰프까지 서주를 두둔하고 나오자 더더욱 할 말이 없어졌다. 그제야 시진은 자신이 왜 그녀를 이곳에서 내보내지 못해 안달인지 곰곰이 생각해 보았다.

'내 불행한 과거가 드러날까 봐? 아니면 나 스스로 그 아이를 통해 기억하고 싶지 않은 과거와 직면하기 싫어서?'

처음 그녀가 스튜디오로 들어왔을 때, 분명 서주가 자신을 만나러 온 것을 알고 있었다. 입으로 말하지는 않았지만, 첫 예심 땐 그 점을 숨길 생각이 없는 눈치였다.

'날 봤으면 이제 그만 가면 되지, 대체 왜…….'

그러다 순간적으로 깨달았다. 방송을 통해 서주가 입에 오르내리는 것이 싫었던 것이다. 그리고 서주가 자신을 만나러 와 준 것을 알고 얼마나 설렜는지 뒤늦게 알아차렸다.

'속도 없이 난 자꾸만 그녀가 걱정돼.'

녹화와 편집을 거쳐 송출되는 방송은 종종 참가자의 의도 혹은 관계자의 의도와는 다르게 전달되는 경우가 많았다. 거기다

메인 작가의 눈 밖에 난 듯하니 서주가 앞으로 어떻게 될지 불 보듯 훤했다.

물론 방송을 만드는 스태프가 개개인의 감정을 프로그램에 녹여 내는 것은 아니었다. 하지만 아주 없다고도 단정할 수 없는 일이었다. 시진은 이런저런 것을 다 떠나 어떤 식으로든 방송에서 서주의 이미지가 소비되는 것이 싫었다.

'간절함이 부족해 보이는 것, 그런 사람이 운으로 본선까지 오르는 것, 더욱이 요리 경연 프로그램에?'

굳이 깊이 생각하지 않아도 그림이 그려졌다. 객관적으로 봤을 때, 요리에 간절함이 없는 서주가 본선에 진출하면 전국적인 비호감이 되는 것은 당연한 일일 것이다. 그건 일반인으로서는 감당할 수 없는 수위의 공격을 받을 수도 있다는 뜻이었다.

'그래, 난 서주가 상처받는 것을 원치 않아. 그리고 그냥 조용히 내 눈앞에서 사라져 줬으면 좋겠어. 괜히 날 흔들지 말고.'

그녀의 부모는 부모고, 서주는 서주였다. 시진은 그것을 혼동하지 않았다. 그리고 서주가 자신에게 얼마나 따뜻한 사람이었는지, 시진은 잊지 않았다.

'그래서 더더욱 서주가 남게 해서는 안 돼.'

'Challenge Star Chef K'는 시진에게 아주 고마운 프로그램이기도 했다. 하지만 그것과 별개로 시즌마다 참가자와 시청자 간의 불협화음이 있었다. 일 대 다수, 그것으로 인해 참가자 개인이 꽤 궁지에 몰리기도 했다. 오늘 이전에는 그들이 어떤 상황으로 내몰렸는지 관심이 없었다. 시진에게는 이른바 인류애 같은 것이 없었다. 그런데 서주에 관해서는 어쩐지 무관심할 수가 없었다.

'방송이 참 무서운 매체라는 걸, 잊어서는 안 돼.'

이미지를 어떻게 만들어 가느냐에 따라, 그 사람이 전 국민의 호감이 될 수도 있고 비호감이 될 수도 있었다. 그런데 이미지는 개인의 힘으로만 만들어지는 것이 아니었다.

'프로그램 방향에 따라 시청자들은 어쩔 수 없이 거기에 휩쓸릴 수밖에 없잖아.'

그런 의미에서 방송을 통해 이 자리까지 오게 된 시진은, 역으로 방송을 통해 바닥까지 끌어내려질 수 있다는 것을 모르지 않았다.

방송은 사람들의 이목을 집중시키는 게 가장 중요하기 때문에 송출된 영상이 의도와 다르더라도 방송 스태프가 개인적으로 방어해 줄 리 없었다. 그러니 그녀가 어떤 식으로 그려질지 걱정이 앞섰다.

'그 또한 이야깃거리니까.'

굳이 사서 할 필요 없었던, 괜히 머리만 복잡해지는 고민 끝에 시진은 아주 불편한 기분으로 귀가했다. 오는 내내 서주에게 전화를 걸어 건강상의 이유로 기권을 하라 종용하는 것이 어떨까, 갈등했다.

이런저런 생각으로 머리가 복잡해진 그가 주차장으로 들어

가기 직전, [1]'ospite d'onore' 주방 안에서 불빛이 새어 나오는 것을 보았다. 시진은 차를 주차한 뒤 뒷문을 통해 '오스삐떼 도노레' 안으로 들어갔다.

"퇴근 안 해?"

"셰프."

주방을 지키고 있던 이는 얼마 전 불 앞에서 내몰린 성준이었다.

"너 내일 새벽시장에 가야 하는 거 아냐?"

"네, 셰프."

시진이 묻자 그가 잔뜩 긴장한 표정으로 두 손을 공손히 모았다.

"그런데 지금 이 시간까지 뭐 하는 거야?"

"그게……."

"네가 만들었어?"

"사용 기한이 지난 재료입니다."

"누가 그걸 물었어? 네가 만들었냐고?"

"네, 셰프."

"……."

"여기."

시진이 말없이 손을 내밀자 성준이 그에게 포크를 건넸다. 그는 성준이 만든 퓨전 음식을 맛보았다.

---

1) ospite d'onore : 이탈리아어로 귀빈

"마른 가지?"

"네, 셰프."

"식감이 나쁘지 않아. 어울리는 것 같아."

성준에게 포크를 건네주며 말했다.

"감사합니다, 셰프."

"그런데, 성준."

"……."

"내가 왜 네 음식을 쓰레기라고 했을까?"

"……."

"그것도 생각 안 해 본 거야?"

"아닙니다, 셰프."

"그래도 여전히 모르는 눈친데?"

"죄송합니다, 셰프."

"다른 걸 하기 전에 기본기부터 탄탄히 채워. 기교부터 익혀서는 안 돼. 넌 벌써부터 너무 요령을 부려. 사실 그날 면 상태 나쁘지 않았어?"

"네, 제대로 삶아지지 않았습니다."

"그런데 그냥 그 면을 사용한 거지?"

"네, 셰프."

"그래서 볶는 과정에서 적당히 익으라고 더 볶았고."

"네, 셰프."

"그럼 소스가 어떻게 될까? 물론 그대로 나갔다고 해도 맛은 나쁘지 않았을 거야. 어쩌면 고객은 몰랐을지도 몰라. 하지만 넌 알고 있지. 고객은 모르지만, 넌 알고 있는 맛의 미묘함이 얼마나 중요한지 생각해 보는 게 좋을 거야. 너 언젠가 독립할 거지?"

"……."

"근데 그런 차이를 그냥 넘겼다가 네가 피땀으로 일군 레스토랑을 말아먹게 된다고, 알아? 기본기부터, 요령은 그다음에."

"네, 명심하겠습니다, 셰프."

"그래서 하는 말이야. 같은 맥락으로 연습도 중요하지만, 넌 내일 새벽시장에 가기로 했는데 이 시간까지 안 자면 어쩌겠다는 거야?"

"……."

"조금 눈 붙였다가 나갈 수도 있고, 쭉 깨어 있다가 나갈 수도 있지. 그런데 그런 상태로 제대로 식재료 고를 수 있어?"

"……."

"아, 한발 양보해 그럴 수 있다고 치자. 그 재료 다듬을 때, 맨 정신이겠어? 내가 무슨 말을 하고 싶은 건지 알지?"

"죄송합니다, 셰프."

"빨리 정리하고 퇴근해."

평소라면 시진은 누군가에게 이렇게 미주알고주알 말하지 않는다. 그는 애초에 그리 친절한 인간이 아니었다. 그저 성실한 것도 좋지만 자신의 본분을 망각한 성실함은 오히려 독이 되기에 말한 것뿐이었다.

'또 감상적이었는지도 몰라.'

불을 밝힌 채 늦게까지 남아 있던 성준을 본 순간 과거의 일이 오버랩 되었던 까닭이다.

'이게 다 걔 때문이야. 걔를 만나서……'

마음이 흔들리고 심란했다. 그래서인지 'ospite d'onore' 본점 건물 최상층에 있는 자신의 집으로 들어가는 그의 뇌리에 자꾸만 과거의 일들이 문득문득 생각났다.

"진주, 야옹."

시진은 거실 중앙에 우두커니 서서 5년 전 길에서 자신을 '집사로 간택'한 고양이를 불렀다. 대꾸가 없었다.

"진주, 야옹, 너 또 울증이야?"

여전히 하얀 솜뭉치가 대꾸를 하지 않자 시진은 녀석이 밥을 먹는 곳으로 나른하게 걸었다. 물과 사료 그릇이 빈 것을 보니 완전히 우울한 상태는 아닌 모양이다, 생각하며 그 자리에 그대로 쪼그리고 앉았다.

어디엔가 또 박혀 있을 하얀 솜뭉치를 찾으려면 이럴 때를 대비해 달아 놓은 홈 CCTV를 확인해야 한다고 생각했지만 몸이 말을 듣지 않았다. 그저 그 상태로 머리가 멍해지더니 자꾸만 시간을 거슬러 올라갔다.

'무슨 객기였던지.'

십수 년 전, 외가에서 가출하여 무작정 서울로 올라온 시진은 노숙을 했다. 그러다가 우연히 누군가에게 한 끼 식사를 얻어먹었다. 오랫동안 굶은 탓인지 아니면 음식을 해 준 주방장의 솜씨가 거의 신의 경지였는지 알 수 없다. 현재까지도 그날 먹었던 그 파스타의 맛을 기억하고 있을 정도였다.

그렇게 배를 채우고 그냥 나갈 수 없어 주방 허드렛일을 해 주었다. 사람 좋은 그 주방장이 배고프면 언제든 와서 음식을 먹고 설거지를 하라고 말했다. 그렇게 시작한 주방에서의 허드렛일이 결국 오늘의 자신을 만들었다.

'지금 주방 보조들이 당하는 건 아무것도 아냐.'

시진은 주방에서 이른바 '갈굼'을 당했다. 시진은 평생 그렇게 당하고 살고 싶지 않았다. 그래서 절치부심, 몰래 연습했다. 처음 그곳에서 먹었던 파스타 맛을 재현하기 위해 틈틈이 숨어서. 그런데 꼬리가 길었는지 밝혀 버렸다.

재료가 사라지는 것을 안 동료들이 헤드 셰프에게 고자질했다. 다행히 굶주린 시진에게 처음으로 파스타를 만들어 주었던 헤드 셰프의 비호로 조용히 넘어갔다. 나중에야 안 사실이지만, 헤드 셰프도 자신이 곧 버릴 재료들로 연습하고, 그것으로 끼니를 때웠음을 알고 있었다.

"어떻게든 살아 보려고 노력한 모양인데, 포기하지 않는 거 그거참 마음에 들어. 좋아, 지금 네가 가장 자신 있는 걸로 만들어 봐."

헤드 셰프는 징계를 주는 대신 그렇게 말했고, 시진은 자신이 가장 맛있게 먹은 음식을 만들어 냈다. 맛을 기억해 내고 재현해 내는 능력이 자신에게 있다는 것을 시진은 그제야 알았다. 헤드 셰프가 만들어 준 바로 그 파스타를 똑같이 만들어 낸 것이다.

"왜 그렇게 저에게 잘해 주신 겁니까?"

독립을 앞둔 어느 날, 헤드 셰프에게 물었다.

"네 눈빛."

"……."

"요즘 그런 눈빛 찾아보기 힘들거든. 딱 내가 진주에서 서울로 왔을 때의 바로 그 눈빛이었어. 어떻게든 잘 이끌어 주면 뭔가 일내겠다 싶었지. 지금 생각해 보니까, 사람 하나는 잘 본 것 같아."

아무튼 헤드 셰프의 비호로 설거지나 하던 주방 보조에서 재료를 다듬을 수 있는 주방 보조로, 다시 파스타 파트 보조 셰프로 단기간 내에 올라갔다. 당연히 주방에서 함께 일하던 직위 고하를 막론한 동료들의 시기가 없어지진 않았지만, 시진은 꿋꿋이 제 할 일을 했다.

'아직도 기억나. 처음 내가 만든 파스타가 테이블로 나갔을 때의 그 떨림.'

사람에게 첫 경험이라는 것은 그게 무엇이든 오랫동안 선명하게 각인되는 모양이다. 시진은 그때부터 주경야독 손을 놨던 공부를 하고, 검정고시를 치르고, 요리 학교를 들어가는 등 바쁘게 살았다. 그 과정이 그리 순탄치만은 않았던지라 시진은 과거의 일은 굳이 떠올리고 싶지 않았다.

그럼에도 요약하자면, 그 와중에도 한 번 일이 술술 잘 풀리니 그에게도 기회가 찾아왔다고 정리할 수가 있었다. 그렇게 자신을 눈여겨보았던 헤드 셰프의 추천으로 레스토랑 주인이 두 번이나 유학을 보내 주었다.

유학 기간은 짧았지만 그에게는 큰 전환점이 되었다. 시진은 타국에서 홀로 요리에 매진했다. 그리고 자신의 실력을 확인하기 위해 미국에서 아주 유명한 요리 경연에 참가했다. 타국 경연에서의 당당한 1위, 그리고 그 이슈가 매스컴을 타게 되었다. 시진은 그렇게 유명해져 귀국했다.

'그런 우여곡절 끝에 독립했을 때의 기분도.'

독립 자금은 요리 경연에서 받은 상금과 그때까지 방치되었던 부모님의 집을 판 돈이었다. 부모님의 집은 그사이 꽤 올라 있었다. 그렇게 집값 걱정을 하더니, 외부인들에게 쉬쉬한 마을 사람들의 노고를 시진이 톡톡히 받은 셈이었다.

거기에서 그의 행운이 끝났다면 여기까지 오지 못했을 것이다. 그의 나이 고작 스물여섯 살 일 때, 방송 관계자의 눈에 띄었다. 한국인 최초 미국인을 상대로 'Challenge Star Chef'에서 우승한 시진은 'Challenge Star Chef K'의 촬영 취지에 부합한 이력이었다.

자연스럽게 시진은 'Challenge Star Chef K'의 심사 위원으로 발탁되었다. 그리고 현재 꾸준한 시청률을 보이며 시즌 7에 이르기까지 활동하기에 이르렀다. 미국에서 대한민국의 요리 방송 판권을 사 온 'Challenge Star Chef K'야 말로 방송계에 본격적으로 이름을 날린 계기가 되었다.

'사실 내 외모 덕을 톡톡히 본 것도 사실이야.'

방송과 동시에 가장 먼저 주목을 받은 건 그의 외모였다. 사실 시청자들에게 그의 요리 솜씨는 뒷전이었다.

'자고 났더니 별이 되었다는 말이 무슨 뜻인지 알겠어.'

방송을 통해 시진은 하루아침에 유명 인사가 되었다. 그리고 그의 실력이 뒷받침되면서 셰프로서의 명성도 따라왔다. 자연스럽게 그가 운영하는 'ospite d'onore'는 예약이 일 년이나 밀릴 정도였다.

강북에서 가장 번화한 거리에서 시작한 시진의 요식 사업이 전국적인 규모의 체인점 사업으로 발전했다. 몇 년 지나지 않아 그의 요식 사업은 전국 22개의 체인점으로 사업의 규모가 커졌다.

자신의 건물을 짓고 그곳에 체인점을 내는 방식을 고수하다

보니, 나중에는 부동산 재테크로 인한 부의 축적이라는 뜻하지 않은 결과를 얻기도 했다.

시진은 자신이 이렇게까지 번창한 것이 방송의 힘 때문임을 모르지 않았다. 그것이 그가 현재 출연하는 네 개의 프로그램 중, 'Challenge Star Chef K'를 특히나 신경 쓰고 있는 이유이기도 했다.

'그래. 시청률을 생각했을 때 서주를 계속 안고 가는 걸 끝까지 말릴 수는 없어.'

제대로 히트를 해서 다음 시즌, 그다음 시즌을 기약하기 위해서는 시청자의 관심을 끌 이슈가 분명히 필요하니까.

'하긴 서주가 전 국민에게 씹히든 말든 나와 무슨 상관이야?'

무엇보다도 그녀의 부모님을 생각하면 이런 걱정이 사실 좀 우스웠다. 부모는 부모고, 서주는 서주다, 하는 생각도 말이 안되었다.

'고작 어릴 때 잠시 느꼈던 감정이 뭐 그리 대수라고 이렇게 흔들리는 거야? 배알도 없이, 쯧.'

내심 이죽거리던 그가 거실에 그대로 누우며 생각했다. 사실 시진은 애초에 방송을 시작하면서 사심이 없지 않았다. 궁지에 몰린 자신의 부모님을 외면했던 그리고 혼자 남은 자신을 구박했던 친척들, 거기다 서주의 부모님까지. 좀 유치하지만 그들이 최상의 위치에 서 있는 자신을 지켜보며 과거의 일을 뼈저리게 후회하기를 바랐던 것이다.

하지만 시간이 흐르고 생각했을 때 그들을 모두 잊고 잘 사는 것만이 복수가 될 것임을 알아차렸다. 그렇게 마음을 비웠다. 그런데 서주를 보니 자꾸만 과거의 일을 떠올리게 되고 그때의 원망이 몰려들어서 피곤할 지경이었다.

5. ospite d′onore, 귀빈

"챌린지 스타 셰프 케이 시즌 7 본선 1차 경합 조별 과제는 그간 고생한 챌린지 스타 셰프 케이 스태프를 위한 오찬입니다. 앞에 보이는 통 속에 각각 다른 색인 네 개의 공이 들어 있습니다. 도전자는 차례로 나와 공 하나씩 뽑게 되는데, 같은 색깔의 공을 뽑은 도전자들이 한 팀이 됩니다. 그럼 먼저 백미경 씨, 앞으로 나와 주십시오."

사회자의 멘트가 끝이 나고, 술렁이던 도전자들이 하나둘 공을 뽑았다. 서주는 붉은 공을 뽑았고, 모두 다섯 명이 홍팀이 되었다.

"메뉴 선정은 제한이 없습니다. 다만 12시 정각, 앞으로 3시간 후에 식탁이 완벽하게 차려져야 합니다. 식사를 모두 마친 스태프들이 각 팀을 상징하는 색깔의 공을 통 안에 넣게 되고 가장 많은 공을 확보한 팀에게는 탈락 과제 우승이 주어집니다. 우승팀 전원에게는 탈락 과제 경연 시 플러스 10분의 요리 시간이 주어지고, 우승팀 중 가장 팀 기여도가 높은 도전자에게는 탈락 과제 재료 선택의 우선권이 주어집니다. 가장 적은 공을 확보한 팀의 모든 도전자에게는 탈락 과제 경연 시 마이너스 10분의 요리 시간이라는 페널티가 주어집니다. 자, 지금부터 시작하십시오."

조가 모두 정해지자 사회자가 말했다. 각 팀의 도전자들은 긴장된 표정으로 곧장 회의에 들어갔다.

"뭐가 가장 좋겠어요?"

"음식의 종류에 대한 폭이 넓지 않아서, 전 여러분들의 의견을 따르겠어요."

홍팀 중 가장 어린 나이의 여자가 물었고, 서주는 한 발 뒤로 물러났다.

"의견을 안 내시겠다고요?"

그러자 다른 팀원들이 뭔가 어이없다는 표정으로 그녀를 보았다.

"미안합니다. 하지만 정말 음식의 종류를 많이 알지 못해요."

"하아······, 알았어요."

그녀를 배제한 열띤 논쟁이 이어졌고, 서주는 그들의 의견을 경청했다.

"음, 직장인의 점심으로는 햄버거도 괜찮을 것 같은데요."

그러다가 무심코 한마디 던졌다.

"햄버거요?"

"아니. 뭐 난, 그냥……."

"언니, 지금 요리 경연 중인 건 아시죠?"

최연소 참가자가 아주 한심하다는 듯이 그녀를 보았다.

"음식에 대한 이해도가 낮다고 설마 그것도 모를까요?"

"그런데 경연 대회에서 건강에 좋지도 않은 인스턴트 음식을 만들겠다고요?"

'이게, 머리에 피도 안 마른 것이 저런 눈빛으로?'

한창 '똘기' 충만한, 특히나 선생 알기를 우습게 알며 기어오르기를 좋아하는 아이들을 수없이 봐 온 서주는 초장부터 확, 기를 꺾어 놓지 않으면 내내 휘둘리게 된다는 것을 알고 있었다. 무엇보다도 뭐, 햄버거가 그리 나쁜가?

'맛만 좋구만. 저도 햄버거라면 환장할 거면서. 나쁘면 또 뭐가 그리 나빠? 나쁘면 안 나쁘게 만들면 되지.'

"그러니까 내 말은 햄버거도 질 나쁜 인스턴트라는 편견을 깨고 보면 그리 나쁜 음식이 아니잖아요. 햄버거에서 인스턴트, 요 단어만 빼면 어떨까 싶은데요?"

서주는 백미경이라는 이름표를 단 최연소 도전자를 빤히 보며 말했다.

"아냐, 그러고 보니 난 괜찮은 것 같은데?"

그녀의 말을 듣고 있던 홍팀 팀장이 관심을 보였다.

"뭐가 괜찮다는 거예요?"

"저도 햄버거는 아닌 거 같은데요? 신중하게 생각해야 해요. 이번 과제는 마이너스 페널티가 걸린 거라고요."

홍팀의 다른 팀원이 발끈하는 최연소 도전자의 말에 역성을 들었다. 이름표에는 이영준이라고 프린트되어 있었다. 이영준이 자신의 편을 들자 최연소 참가자가 기세등등한 표정을 짓고 있었다.

"챌린지 스타 셰프 케이 스태프들은 사실 직장인이잖아요."

그녀가 그러거나 말거나 서주는 조금도 흔들리지 않겠다는 듯 미소 띤 얼굴로 말을 이어 나갔다.

"무작정 한 끼를 만드는 게 아닌, 그 한 끼를 먹는 사람들의 성향을 파악하라는 것이 멘토들의 의도가 아닐까요? 설마 멘토들이 그냥 한 끼 대접해라, 뭐 이렇게 단순한 과제를 제출했을까요? 같은 시간을 공부해도 공부한 효과를 톡톡히 보려면 출제자의 의도를 파악하는 것이 공부한 시간에 비해 높은 성적을 얻는 방법이잖아요."

"쳇, 누가 꼰대 아니랄까 봐. 누가 누굴 가르치려 들어?"

백미경이 들릴 듯 말 듯 한 목소리로 중얼거렸다.

"한서주 씨 말을 듣고 보니까, 그래요. 그런 거 같아요. 정말 단순히 과제를 낸 것 같지는 않거든요."

그러자 이번에는 김은영이라는 이름표를 단 도전자가 끼어들었다.

"제 생각도 한서주 씨 말이 옳다고 생각돼요."

"하지만 직장인을 타깃으로 했다면 왜 하필 챌린지 스타 셰프 케이 스태프겠어요? 직장인은 다른 곳에도 많잖아요."

"그럼 백미경 씨는 햄버거는 안 된다, 이런 뜻이죠?"

"그럼요, 출제 의도를 떠나서 여기가 어디예요? 챌린지 스타 셰프 케이예요. 스타 셰프를 꿈꾸는 이들이 모인 자리라고요. 이런 곳에서 햄버거라니 말이 돼요?"

"백미경 씨의 말이 무슨 뜻인지 알겠어요. 좋아요. 어쨌거나 민주주의니까, 다수결. 햄버거 된다, 손!"

팀장의 말에 팀장과 서주 그리고 김은영 도전자가 손을 들었다.

"이견 없죠?"

"네, 뭐."

백미경의 편을 들 것처럼 행동하던 이영준이 순순히 물러났다.

'이게, 진짜. 나 다른 전문가들 앞에서는 기죽더라도, 적어도 너한테는 안 질 거야. 어디 두고 봐. 이게 어디서 까불고 있어?'

자신에게 들으라는 듯 꼰대를 들먹이던 최연소 도전자를 향해 주먹을 들여 보였다.

그런 짧은 우여곡절 끝에 서주의 의견을 받아들여 간편함과 건강까지 고려한 수제 버거, 웨지 감자 그리고 샐러드로 아주 간단한 메뉴가 착착 선정되었다. 팀장의 주도로 장을 볼 목록이 작성된 이후 각자의 역할이 분담되었다.

"미경 씨는 소스에 자신 있다고 했죠?"

"네."

"그럼 미경 씨는 햄버거 소스와 샐러드 소스를 만들어 주세요. 영준 씨는 웨지 감자, 은영 씨와 난 햄버거 패티를 만들게요. 그리고 서주 씨는……."

"그리고 나머지는 제가 다 하겠습니다."

"훗, 네. 잘 부탁해요."

요리사 경력이 꽤 된다는 가장 연장자인 남자 도전자의 효율적인 업무 분담을 시작으로 별 무리 없이 조별 과제가 준비되었다. 장을 본 뒤, 서주는 남자 도전자 한 명과 함께, 팀장의 지시대로 감자와 샐러드 채소를 다듬고 씻은 뒤, 지시에 맞춰 칼질했다.

그러고는 본격적으로 음식을 조리하는 다른 도전자들에게 폐가 되지 않도록 진척 상황을 유심히 살폈다. 씻은 재료를 순서에 맞게 채워 주고 빈 그릇을 치우는 등 부지런히 머리를 굴려 그들의 손과 발이 되려고 노력했다.

'난 손이 느려. 괜히 다른 것에 손댔다가는 오히려 폐를 끼치게 될 테니까.'

홍팀의 일원은 손이 아주 빨랐다. 그리고 다행히 요식업을 오래 한 팀장의 경험 덕을 톡톡히 보았다. 정확한 시간에 완성된 수제 버거는 스태프들의 선풍적인 인기를 얻었다. 멘토의 의도를 간파한 서주의 제안이 틀리지 않았다는 것이 밝혀졌다. 당연한 결과로 서주가 속한 팀이 첫째 주, 조별 과제 우승을 했다.

"언니는 참 운이 좋은 것 같아요. 우리 덕에 재료 선정 우선권을 가졌네요?"

홍팀에서 가장 어린 여자 도전자가 다가와 웃는 얼굴로 말했다. 물론 연령대는 한정되어 있었지만, 서주는 직업 덕에 꽤 많은 사람을 접했다. 그러니 요즘 말로, 웃으며 사람을 '먹이는' 것이 무엇인지 알았다.

"그러게요. 고마워요, 모두. 아무것도 한 게 없는데, 정말 운이 좋았어요."

하지만 그 말을 들었음에도 싱긋 웃으며 인사한 것은 여전히 카메라가 돌고 있어서 그런 것이 아니었다. 사실 처음에는 그녀가 얄미웠는데, 서주는 요리할 때 최연소 도전자의 눈빛을 보았다.

'우와, 무서워.'

요리에 진지하게 임하는 최연소 도전자의 모습을 본 순간 부끄러워졌다.

'사실 멘토의 의도를 간파한 것도 그냥 뒷걸음쳐서 쥐 잡은 거나 다름없잖아.'

그렇게 생각하고 보니 이따금 의도적으로 자신에게 얄밉게 구는 것이 눈에 뻔히 보였지만 오히려 귀여웠던 것이다.

그리고 무엇보다도 본선에 진출한 20명의 도전자 중 왜 진출했는지 모를 도전자를 손에 꼽으라면, 그녀 역시도 자신을 꼽을 수밖에 없는 상황이었다. 여기까지 온 것에 운이 전적으로 작용했다는 것 또한 처음부터 스스로 인정하던 바였다.

"서주 씨가 왜 아무것도 한 것이 없어요?"

하지만 의외로, 홍팀 팀장이 의아한 눈으로 서주를 보았다.

"사실 그렇잖아요. 제가 소스를 만들었고, 영준 오빠는 웨지 감자, 은영 언니와 아저씨는 페티를 만들었는데, 이 언니가 한 건 아무것도 없잖아요. 전 사실 서주 언니가 어부지리로 우선권을 얻었다고 생각해요."

최연소 도전자는 카메라가 돌아가는 것도 잊고 감정적으로 변해서는 입을 삐죽였다.

"미경 씨, 그렇게 말하면 안 되……."

"모두 수고하셨습니다."

그때, 홍팀 팀장의 뒤로 팀을 돌며 인사하던 시진이 다가왔다. 그가 천천히 좌중을 둘러보았다. 어쩐지 자신과 눈이 마주쳤을 때, 눈썹이 실룩이는 것 같기도 했다. 그렇게 티가 많이 난 것은 아니었다.

'그래도 뭔가 특별한 신호인 건 맞지? 으흐흐흐.'

물론 이 역시 착각일지도 모른다.

"메뉴 선정이 뻔했지만, 차려진 음식은 빠하지 않았어요."

"감사합니다."

홍팀 팀장이 대표로 인사했다.

"그런데 방금 듣기로 한서주 씨가 홍팀에서 그 어떤 보탬도 되지 않았다는 소리를 들었는데요?"

"아, 전…… 사실이 그래서 그렇다고 말씀드린 것뿐인데."

"혹시 이영준 씨, 김은영 씨, 최준혁 씨, 한서주 씨도 백미경 씨와 같은 생각입니까?"

시진이 네 사람을 차례로 보았다.

"……."

"……."

두 명의 도전자는 입을 다물었다. 무언의 긍정이었다.

"네."

서주는 대놓고 인정했다. 그러자 시진이 그녀를 빠히 보았다.

"아닙니다."

반면, 팀장만이 단호하게 고개를 저었다. 시진의 시선이 팀장에게 서서히 옮겨 갔다.

"최준혁 씨, 왜 그렇게 생각하시죠?"

그리고는 물었다.

"제일 먼저 조별 과제의 출제 의도를 간파하고 메뉴 선정을 한 사람은 바로 한서주 씨입니다. 그것이 우리 팀이 우승할 수 있었던 절반의 이유입니다."

"절반이라고요?"

"네, 그리고 나머지 절반의 이유 역시 한서주 씨라고 저는 생각합니다."

"왜 그렇게 생각하시죠?"

"우리가 다른 데 신경 안 쓰고 메뉴에만 집중할 수 있었던 건 다 한서주 씨 때문이라고 생각해요."

"아, 무슨 뜻인지 알겠습니다. 최준혁 씨는 현재 일식 레스토랑을 운영하고 있죠?"

'뭔가 아직까지는 오빠가 나에게 호의적인 것 같은데? 웬일이야?'

"네, 그래서 한서주 씨가 얼마나 큰 역할을 했는지 충분히 알 수 있었습니다."

"다른 분들은 아직 이해를 못 하고 있는 것 같은데, 그렇다면 다른 팀원에게 최준혁 씨가 왜 그렇게 생각하는지 말씀해 주시겠어요?"

"주방에서 음식 한 접시가 완성되기까지의 그 모든 과정이 중요하기 때문입니다. 한서주 씨는 아주 중요한 과정 중 하나인 다듬고 세척하는 것을 잘 처리해 냈어요. 그리고 무엇보다 저는 오랫동안 일식 레스토랑을 운영했지만 한서주 씨와 같이 영리한 주방 보조를 만난 적이 없습니다."

'으잉? 칭찬까지? 대박!'

항상 자신에게 냉정하던 시진 역시 이어지는 준혁의 말에 연신 고개를 끄덕이자 이게 꿈인지 생시인지 모를 지경이었다.

"모든 과정을 머리로 파악하고 있었고, 마치 조리를 하는 나머지 도전자들의 머릿속에 들어간 사람처럼 앞서 행동하여 조금도 불편함이 없도록 안배했습니다. 아마도 한서주 씨와 같은 주방 보조가 있다면 아마 전 아주 게으르고 편안한 셰프가 될 거라고 확신해요."

'나 지금 꿈꿔?'

서주는 몰래 자신의 볼을 꼬집어보았다. 당연히 아팠다.

"네, 그렇습니다."

시진이 홍팀 팀장의 말에 적극 동조하며 말을 이어 나갔다.

"챌린지 스타 셰프 케이가 시즌을 거듭하면서 참가자들의 수준이 날로 높아지고 있습니다. 특히 챌린지 스타 셰프 케이 시즌 7 본선 경합에 든 대부분의 참가자는 김은영 씨, 백미경 씨, 이영준 씨, 최준혁 씨와 견주어도 크게 다르지 않은 실력파들입니다. 그런 의미에서 최준혁 씨의 말이 곧 제가 여러분께 해드릴 조언입니다. 비슷한 실력을 갖추거나 혹은 김현주 도전자처럼 월등한 구성원이 있었던 청팀은 왜 제시간에 식탁을 완성하지 못했고, 아슬아슬하게 제출한 백팀은 왜 팀 간 불협화음이 끊이지 않아 녹화 중단 사태까지 갔었는지, 잘 생각해 보시기 바랍니다."

그러고는 냉랭한 표정으로 좌중을 돌아본 뒤, 마지막으로 서주를 보았다.

"그리고 한서주 씨."

"네, 셰프님."

그녀는 예상치 못한 시진의 칭찬에 얼이 빠진 채로 그를 보았다. 호사도 이런 호사가 없다, 싶었다. 발밑에 구름이 두둥실 떠다니는 것도 같았다.

"오늘 한서주 씨는 조별 과제를 한 본선 진출자 20명 중 가장 돋보이는 도전자였습니다. 한 조직의 구성원으로서 자신이 어떤 위치에 있어야 가장 빛이 나는 사람인지, 한서주 씨는 매우 잘 알고 있었습니다."

'어라? 뭔가……'

하지만 이내 그 구름에 구멍이 뚫리기 시작하는 것이다.

"멘토들의 논의로 홍팀에서 가장 기여도가 높은 도전자를 한서주 씨로 정했습니다. 그러니 재료 선정권을 한서주 씨에게 주는 것이 마땅하지만, 멘토의 그 결정을 제 권한으로 박탈하겠습니다."

'역시. 칭찬은 무슨, 큭.'

시진의 말에 좌중이 술렁였다. 특히 준혁은 이해가 안 간다는 표정이었다.

'아니지, 아니지. 아니야, 오빠의 의도는 그게 아닌 거 같아.'

어쩐지 그녀는 시진이 무슨 말을 하고 싶은지 눈빛만으로도 알 것 같았다.

"지나친 겸손은 오히려 독이 됩니다. 자신이 맡은 일을 폄

하하는 것과 다를 바 없습니다. 그럴 마음가짐이라면 더 이상 셰프로서의 도전은 무의미합니다. 여기서 도전을 멈추시겠습니까?"

"……."

하지만 그것과는 별개로 뼈 때리는 냉혹한 시진의 말에 서주는 움찔했다. 어차피 오래 머물 생각은 없었기에 지금 도전을 멈춘다고 해도 전혀 이상할 것이 없었는데도 가슴이 쿵 떨어지는 기분이 왜 드는지 알다가도 모를 일이었다.

'사실은 더 생존하고 싶은 건가? 아니 왜? 나에게 요리는 생존, 그 이상도 그 이하도 아니잖아?'

"아니면 그 어떠한 사소한 과정이라고 할지라도 자신이 얼마나 중요한 일을 하게 되었는지 인정하고 다음 단계로 넘어가시겠습니까?"

'이건 쫓아내겠다는 건데, 그나저나 묘하게 열이 나네?'

쫓겨나는 것은 탈락과는 또 다른 문제였다. 또한 제 발로 걸어 나가는 것과도 달라서 확실히 기분이 나빴다. 서주는 어지간하면 슬렁슬렁 넘어가는 성향이 강했다. 그러나 오기가 생겨 마음을 먹게 되면 그 일을 꼭 해내야 직성이 풀렸다.

'죽음과 싸워 이긴 나야. 그런 내가 이대로 쫓겨난다고? 탈락도 아니고? 그게 말이 돼? 한서주 너 그러고도 괜찮겠어? 아니, 절대 안 괜찮아. 절, 대, 로!'

"팀장님의 말씀을 들어 보니 제가 아주 많은 것을 놓친 것 같습니다. 여기까지 온 이상 제 발로 나가는 일은 없을 겁니다."

서주는 그 어느 때보다 진지한 표정으로 대꾸했다.

"좋습니다. 그리고 도움이 될지는 모르겠지만, 한마디 드리겠습니다. 안나경 셰프님께서는 한서주 씨를 크게 칭찬하며 이른바 코디네이터의 역할을 도맡아 하여 나머지 홍팀 도전자들의 시너지 효과를 만들었다고 평했습니다. 물론 저도 안나경 셰프님의 말씀에 일부 동조하는 바입니다."

그리고 이어지는 시진의 말은 칭찬에 가까웠지만 아주 차갑고 냉정했다. 그러나 그 이면에서 느껴지는 은근한 조언을 발견할 수 있었다.

'역시 오빠는 날 실망시키지 않아.'

무뚝뚝하지만 결국은 그녀가 원하는 걸 대부분 해 주었던 예전 시진의 모습이 보이는 것도 같았다.

"챌린지 스타 셰프 케이의 진정한 셰프가 되는 관문을 통과하기 위해 도전자들은 수많은 경쟁을 뚫고 본선에 진출한 것입니다. 그리고 많은 경쟁자를 제치고 한서주 씨는 이 자리에 왔습니다. 그러니 한서주 씨는 요리에 좀 더 확신을 가지고 임하는 자세가 필요할 것 같습니다."

'아무래도 날 걱정하는 거 같아.'

"오늘 조별 과제에서 멘토들의 출제 의도를 간파했던 것처럼, 한서주 씨가 앞으로 해야 할 일은 챌린지 스타 셰프 케이의 기획 취지를 좀 더 숙지하는 일입니다."

"네, 알겠습니다."

"한서주 씨."

"네."

"한서주 씨는 안나경 셰프님의 전폭적인 지지를 아주 무겁게 느끼셔야 할 겁니다."

'그래, 날 걱정하는 건 확실해. 그런데 왜 이렇게까지 날 걱정해 주는지 그 이유를 모르겠어.'

무엇보다도 대놓고 널 걱정한다고 말하는 것이 아니라 제삼자를 앞세워 자기는 또 뒤로 빠지는 것이 의아했다.

왜 자신을 우려하는지는 알 수 없지만, 그의 마음이 확실히 느껴졌기에 앞으로 걱정하게 할 일을 결코 해서는 안 되겠단 결심이 섰다.

그간의 안부나 나누자고 지원한 것인데, 서주는 그에게 걱정까지 얹어 주고 싶지 않았다. 무엇보다도 지금 녹화되는 영상들은 다음 주면 송출되기 시작할 것이고, 방송되면 자신의 제자가 눈에 불을 켜고 볼 것이 확실한 이 마당에 쫓겨나는 꼴을 보여 줄 수는 없었다.

"네, 앞으로 더 이상 실망시키는 일, 없도록 하겠습니다!"

생각이 그에 이르자 서주는 반짝 정신이 들어 심지어 주먹까지 불끈 쥐고는 그 어느 때보다 큰 소리로 대답했다. 그러자 시진의 입매가 살짝 흔들리는 것이 보였다.

'으에? 분명 웃은 거 맞지?'

보다 정확히는 웃음을 참는 것이었다.

'날 보고 웃었어. 오빠가, 드디어!'

순식간에 서주의 얼굴이 확 밝아졌다. 다른 것은 다 떠나서 서주는 비로소 10년 아니 정확히 18년 묵은 체증이 확 내려가는 것을 느꼈다. 그도 그럴 것이 18년 전 어쩐 일인지 마지막으로 자신을 바라보던 시진의 눈빛은 증오였던 것이다.

"이제 다시는 만날 일 없었으면 좋겠다."

시진을 만난 마지막 날, 그리고 그가 자신을 저수지에 혼자 두고 간 날. 자신을 바라보며 그렇게 말했을 때의 그 눈빛은 당시에도 지금도 서주를 참 어리둥절하고 황망하게 했다.

'단지 난 오빠를 위로하고 싶었을 뿐이야.'

그런데 그는 자신의 그 위로가 더 비참하고 원망스럽다는 눈빛이었다. 그럼에도 끝까지 시진을 붙들고 위로하려 했다. 하지만 조금도 위안이 되지 않는 눈치였고, 그것도 모자라 시진은 분명 자신을 증오했다.

그 어린 나이에도 그것이 느껴질 정도로 명확하게.

"이 세상에 너랑 나 단둘이 남는다고 해도, 이젠 결코 널 내 곁에 두지 않아. 내 곁에 아무도 없게 되어도 상관없어. 후회해, 너에게 곁을 준 걸 진심으로 후회해. 그러지 말았어야 했어. 네 온기에 기대지 말았어야 했어."

당시 시진은 정확히 그리 말했다. 토씨 하나 틀리지 않고 고스란히 기억할 수도 있다. 고작 열두 살의 나이였던 서주는 그의 말을 모두 이해하지 못했다. 완벽히 이해하지 못했음에도 후회한다는 말을 모르는 바보는 아니었고, 그 말에 꽤 충격을 받았는지 그것은 몸에 각인되어 버렸다.

'대체 왜 그랬을까? 왜 그런 말을? 묻고 싶어.'

서주는 당시 시진이 왜 그런 말을 할 수밖에 없었는지, 문득문득 그를 어떻게든 찾아가 묻고 싶다는 간절한 생각이 들고는 했다.

몇 달 전 'Challenge Star Chef K'를 보고 그의 출처를 알았을 때 드디어 물을 기회가 왔다는 생각도 했다. 그 말을 끝으로 자신의 인생에서 연기처럼 사라져 버린 시진에게.

이곳에 오면 만날 수 있는 걸 알았지만, 어떻게 다가가야 하는지 처음에는 몰랐다. 그저 텔레비전으로나마 만난 이후로 서주는 멀리서 그를 열렬히 응원했다.

'지금 물어보면 답해 줄까? 왜 그런 눈빛으로…… 아냐, 못 묻겠어.'

방송을 통해 일방적으로 볼 수 있었던 시진의 냉랭한 눈빛은 그때와 달라진 게 없었다. 곧이어 그에게 다가갈 방법을 떠올렸지만, 그녀는 시진에게 여전히 물을 수 없었다.

왜 그럴까 자신의 내면을 유심히 들여다보니 두려움이 깃들어 있었다.

'오빠가 떠난 이유가 혹시 나 때문일까 봐. 나와 관계가 있을까 봐.'

그래서 18년 전처럼 시진에게 원망의 말을 또 듣게 될까 봐 두려워하고 있었던 것이다. 그게 아니면 그렇게 시진이 자신에게 퍼부어 댈 이유가 없을 테니.

당시 시진은 종종 알 수 없는 이유로 화를 낼 때가 있었다. 분명 자기 때문인 걸 알겠는데, 그가 말해 주지 않으니 서주는 두려울 때가 많았다. 영원히 그가 화를 풀지 않을까 봐 초조해하다 보면 다행히도 곧 시진은 화를 풀고 예전으로 돌아가고는 했다. 물론 화가 난 이유도 또 그 화가 풀린 이유도 말해 주지 않았다.

아마도 그날 역시 자신도 모르는 어떤 일로 그가 분명히 자신에게 화가 나 있었을 것이라는 생각을 지울 수 없었다.

'여전히 날 증오하고 있을까? 증오하고 있다면 무슨 연유로 아직도 그럴 수밖에 없었던 걸까? 대체 그 이유가 뭘까?'

그랬다. 사실은 단순한 안부를 묻는 것이 아닌 18년이라는 긴 시간 동안 자신의 가슴에 맺힌 응어리를 풀고 싶었는지도 모른다. 그래서 요리라고는 생존의 구실로만 접하던 자신이 이렇게 오직 요리사라는 꿈 하나를 보고 달리는 사람들 틈에 생뚱맞게 끼어 있는 것이 아닌가 하는 생각이 불쑥 들었다.

그런데 황당하게도 그 긴 시간 동안 그녀의 명치 아래에 딱 걸려서 내려가지 않았던 응어리가 애써 웃음을 참는 그 특유의 표정에 확 뚫리더니 쑥 내려가 버린 것이다.

'그래. 왜 떠났는지 그 이유도 이젠 궁금하지 않아. 자세히 돌이켜 보니 딱히 나에게만 향한 눈빛은 아니었어.'

머리가 큰 지금에야 보니, 어쩌면 당시 시진이 원망하는 대상은 그 자신을 포함한 이 세상 모든 사람이었을지도 모른다는 생각이 들었다. 그래, 그저 자신의 불행을 누군가를 원망하는 것으로 표출했을 것이다.

그건 사람이 살다 보면 흔히 할 수 있는 일이었다. 당시 시진은 고작 열다섯 살이었다. 지금처럼 그때도 피지컬이 남달라서 겉으로는 어른스러워 보였지만, 그렇다고 시진이 정말 어른이었던 것은 아니었으니 말이다.

'다 떠나서 오빠를 더 이상 실망시키고 싶지 않아!'

서주는 주먹을 불끈 쥐었다. 그런 마음에 또 운이 작용했는지 모르겠지만, 2명이 스튜디오를 떠나는 첫 번째 탈락 과제에서 서주는 무난하게 통과했다. 물론 시진에게 남들은 뛰어가는데 넌 한량처럼 느릿느릿 기어가느냐는 취지의 아주 냉혹한 지적을 받았지만 말이다.

'그래, 속도 그까짓 거!'

서주는 그 날부터 시장에서 무, 감자, 양파, 당근, 오이를 왕창 사다가 채썰기를 시작했다. 뒤늦은 감이 없진 않았지만 어떻게

든 속도를 높이기 위해 늦은 만큼 배로 노력했다. 덕분에 그녀가 사는 지역의 경로당은 그날부터 익명의 기부자에게 무채 나물, 감자채 볶음, 오이채 무침이 매일 배달되기에 이르렀다.

다시 일주일 뒤. 순식간에 시간이 지나고 두 번째 조별 과제와 탈락 과제를 치르는 날이 왔다. 그리고 그날은 그간 녹화한 Challenge Star Chef K 시즌 7의 첫 방송이 있는 날이기도 했다.

"스타 셰프가 되기 위한 본선 2차 두 번째 관문은 멘토와의 만남입니다. 조별로 여섯……."

사회자의 멘트에 따라 이번에도 제비뽑기를 했다.

"한서주 씨는 홍기, 홍기를 뽑으셨습니다."

순서에 따라 그녀가 푯말을 뽑아 들어 올리자 사회자가 말했다. 서주는 이번에도 준혁의 팀에 들어가게 되었다. 준혁은 30대 중반의 일식 조리사로 멘토와 도전자들이 이구동성으로 우승컵을 거머쥘 유망주로 꼽는 남자였다.

'그냥 프로잖아. 이미, 프로.'

그런데 굳이 준혁이 'Challenge Star Chef K'에 지원한 이유가 뭘까, 생각해 보았다. 아니다, 구태여 생각할 이유가 없었다. 훤칠한 키에 어디서든 빠지지 않을 이목구비의 준혁은 아마도 제2의 황시진이 되고자 지원했을 가능성이 농후했고, 그녀뿐만 아니라 다른 지원자들의 생각도 같았다.

시진이 미국에서 'Challenge Star Chef' 우승자가 된 이후, 스타 셰프가 되어 거의 억 소리 수백 번 나는 부자가 되었다는 건 헛소문이 아니었다. 그는 서주가 상상할 수조차 없는 부자가 되어 있었다. 그러니 누구든 시진의 밝은 면을 보며 그리 생각할 것이다. 단순히 천재적이라고 평할 수 있는 요리 실력과 빼어난 외모로 그가 지금의 이 자리에 올라 부를 거머쥐었다고.

'그런데 오빠에 관한 소문들이 살짝 과장된 점이 없지 않아.'

더러는 그가 '금수저' 정도는 아니어도 '은수저' 정도의 출신이라고 아는 이가 있었다. 특히 그녀의 제자 수혁은 그렇게 철석같이 믿었다.

"왜 그렇게 생각하는 건데?"

"딱 봐도 귀티 나게, 일생 고생 안 한 귀공자 상이잖아요. 도도하고, 까칠하고. 그런 성격이 왜 형성되었겠어요? 딱 봐도 부족함 없이 자라서 그런 거라고요."

"……."

"그나저나 선생님, 정말 그렇게 잘 생겼어요?"

"암, 잘생겼지. 그냥 아주 광채가 나서 바로 보지도 못해. 실명할까 봐."

"우와. 사심이 가득한 표정인데요, 선생님? 그런 의미에서 사진 한 장 찍어서 보내 주세요."

"그래 사심 가득하다, 됐냐? 그리고 오…… 황시진 셰프님은 네 말대로 도도하고 까칠해서 사진 찍자고 덤볐다가는 챌린지에서 꺼지라고 할 사람이거든? 근데 너 안나경 셰프가 롤모델이라고 하지 않았어?"

"꼭 한 사람만 롤모델 삼으라는 법 있나요? 굉장하잖아요. 황시진 셰프님이 홈스쿨링 한 건, 분명히 요리 말고 다른 것에 신경 쓰고 싶지 않아서 그런 걸 거예요."

'왕따'에서 이젠 '은따'의 수준이 된 수혁은 굳이 학교에 다니지 않는 것도 '은따'에서 벗어나는 길이라고 말한 적이 있었다.

"정규 교육을 받지 않아도 저렇게 성공할 수가 있어요. 저도 이참에 학교 그만두고 요리 외길 인생……."

"이게 어디서!"

그녀의 제자처럼 그를 아는 대부분의 사람이 그렇게 알고 있었다. 시진이 열여섯 살이 되기도 전에 밑바닥부터 시작해서 지금의 자리까지 오른 것은 이미 다큐멘터리를 통해 방영된 바 있다.

그런데 엄밀히 말하면 방송을 통해 그가 어떤 유년 시절을 보냈는지는 전혀 나오지 않았다. 다만, 그가 학교에 다니지 않고 열여섯 살의 어린 나이부터 요리의 길을 걸었다고만 소개되었다.

사람들은 각자 자기 뜻대로 해석했다. 시진이 부유한 유년 시절을 보냈으며 요리를 위해 학교에 다니지 않고 외길 인생을 걸었다고, 그렇게 방송을 받아들이는 사람들이 속출했다. 그건 다 귀티 나는 그의 외모 때문이었다.

그녀의 제자인 수혁 또한 그렇게 받아들였고, 급기야 시진을 본받아 학교를 굳이 안 다녀도 될 것이라고 말했던 것이다.

"황시진 셰프처럼 밑바닥부터 차근차근 밟는 것도 나쁘지 않지만 정규 교육을 받고 요리를 전공하면 더 많은 가능성이 열려. 셰프만이 요리를 하는 건 아니잖아? 좀 있으면 우리에게 배식해 주실 영양사 선생님도 요리하시는 거고, 영양을 분석하는 연구원, 네가 좋아하는 라면도 영양학을 전공한 연구원들이 만들어. 그러니까 정규 교육을 받으면 라면 공장에서 어떤 스프를 만들면 대박 날까 연구할 수도 있고, 다양한 길이 열리는데 레스토랑 오너 셰프에만 네 미래를 가두지 마."

아직 학교 다니는 것이 불편하다는 것을 잘 아는 서주는 아주 열심히 수혁을 설득했다.

그녀의 제자인 수혁은 소심한 성격 탓에 친구들과 잘 어울리지 못하고 따돌림을 당했다. 그 사실을 알게 된 서주는 방황하는 수혁을 위해 그녀가 할 수 있는 모든 방법을 동원해 제자의 마음을 쓰다듬어 주었다.

그러다가 요리에 관심 있는 것을 듣고 그 길로 가는 게 어떠냐고 했다가 종종 시진의 이력에 대해 이야기하게 되었던 것이다. 종내에는 그녀까지 요리 업계에 한쪽, 그것도 발끝만 살짝 걸치게 된 셈이었다.

어쨌거나 서주는 제자가 보는 시진의 화려한 모습이 다가 아님을 알았다.

'어쩌면 오빠는 요리가 하고 싶어서 어느 날 갑자기 사라졌을 수도 있어.'

그래, 차라리 그렇게 생각하는 것이 마음이 더 편했다.

"도전자 여러분의 뒤에 미니버스 3대가 있습니다. 보이십니까?"

"네."

진행자의 말에 서주는 상념에서 재빨리 벗어났다. 어쨌거나 지금은 'Challenge Star Chef K'에서 살아남는 게 가장 중요했다. 그리고 죽지 않고 살아남는 일은 그 누구보다 서주가 잘하는 일이기도 했다.

"꽂혀 있는 푯말대로 미니버스에 탑승하시기 바랍니다. 미니버스가 여러분들의 멘토에게 인도할 겁니다."

서주를 비롯한 18명의 도전자가 들고 있는 푯말과 동색의 미니버스로 일사불란하게 이동했다.

"또 같은 조네요?"

준혁이 다가와 말을 걸었다. 다행히도 준혁은 서주에게 처음부터 호감이었다. 원래 사람은 이기적인 동물이라 자신에게 호의적인 사람에게 더 들러붙는 경향이 있다. 물론 서주 역시 그런 부류의 사람이었다.

'으흐흐, 이제부터 찰싹 붙어서 도와 달라고 그래야지.'

"네, 그러네요."

음침한 꿍꿍이를 숨기고 돌아보니 준혁뿐만 아니라 어쩐지 처음부터 자신에게 비호감이었던 최연소 지원자도 같은 조였다.

'하는 짓은 얄미워도 수혁이 생각도 나고. 원래 내가 이에는 이, 눈에는 눈, 되로 받으면 말로 주는 성격이라고 해도 쟤한테는 최대한 똑같이 굴지 말자.'

서주는 그녀에게 눈짓으로 인사했다. 좀 떠름한 표정이었지만, 미경이 그녀를 모른 척하지는 않았다. 미니버스에 탑승한 서주는 준혁과 통로를 사이에 두고 나란히 앉았다. 그사이 친해진 도전자들은 짝을 지어 앉아서 이런저런 수다를 떨었다. 카메라는 그들의 일거수일투족을 담았다.

"혹시 우리 오스삐떼 도노레 본점으로 가는 거 아닐까요?"

얼마 뒤, 차가 테헤란로를 지나 강변 북로를 탔을 때 누군가가 말했다.

"어, 정말 그럴지도 모르겠네요?"

"오스삐떼 도노레?"

누군가 한마디 거들었을 때, 서주는 준혁을 의아한 눈으로 보았다.

"오스삐떼 도노레, 모르세요?"

"알고 있죠. 근데 거기를 왜 가요?"

"황시진 셰프님의 레스토랑이에요."

"오스삐떼 도노레가 오…… 그러니까 황시진 셰프님의 레스토랑이라고요?"

서주는 멍해졌다.

"오스삐떼 도노레가 황시진 멘토의 레스토랑인 걸 몰랐다고요?"

"네, 뭐……. 레스토랑 다닐 때, 레스토랑 주인을 다 알고 다니지는 않으니까요."

'말도 안 돼, 이렇게 가까이에 오빠가 있었단 말이야?'

'ospite d'onore' 본점에서 두 블록만 지나면 그녀가 사는 오피스텔이 있었다. 걸어서 딱 10분 거리였다. 심지어 그 레스토랑은 부모님의 결혼기념일 때마다 서주가 선물로 예약을 해 주는 곳이기도 했다. 그래서 부모님과 그녀는 매년 'ospite d'onore' 본점에서 식사를 했다.

'ospite d'onore, 귀빈. 정말 달에 한번 좋은 대접을 받는 사치를 누리기에 딱 어울리는 레스토랑 이름이잖아.'

서주는 예약이 1년 가까이 밀려 있다는 'ospite d'onore'의 음식을 매우 좋아했다. 그래서 작정하고 매년 돌아오는 특별한 날, 그리고 특별한 날이 없을 때는 그녀가 가장 좋아하는 매월 8일, 단 한 번도 빠짐없이 예약해 두었다.

'ospite d'onore'를 포함하여 단골 맛집에 찾아다니는 건, 그녀가 달에 네 번 유일하게 누릴 수 있는 사치였던 것이다.

정말 맛있는 집은 어떻게든 아예 달에 네 번, 한 집 당 달에 한 번 방문할 수 있도록 예약했다. 그리고 일정대로 서주 혼자 혹은 동료와 함께 정기적으로 찾게 되었다. 'ospite d'onore'를 달에 한 번꼴로 찾아가기 시작한 게 벌써 2년이 되었다.

만일 예약해 둔 날 사정이 생기게 되면 식사권을 만들어 꼭 필요한, 혹은 한 번쯤 그 문턱이 높다는 'ospite d'onore'에서 식사를 해 볼 것을 원하는 다른 사람에게 선물로 주고는 했다. 'ospite d'onore'의 식사권은 '귀빈'이라는 의미와 딱 어울릴 정도로 가장 값진 대접이 되고는 했다.

'그 정도로 성의를 다해 단골 유지를 혼자 열심히 했던 곳이 바로 여기인데? 여기 오너 셰프가 오빠였다고? 오빠가 이렇게나 가까이 있었다고? 헐……'

"정말 한서주 씨는 요리에 관심이 없나 봐요? 난 그냥 다들 하는 소리인 줄 알았는데."

믿기지 않아서 어리벙벙해진 그녀에게 준혁이 말했다.

"으음…… 요리에 관심이 없다기보다는 다른 것에 더 관심이 많다고 하는 게 옳을 것 같은데요?"

서주는 행여 준혁의 호감마저 퇴색될까 봐 정신을 수습하고 신중하게 에둘러서 말했다.

"역시 관심이 없다는 소리로 들리는데, 근데 관심이 없는 사람의 칼질이 그렇게 자로 잰 듯해요?"

하지만 준혁은 이해되지 않는다는 표정으로 물었다.

'음, 이 정도로는 부족한가? 그럼 딴소리로 주의를 돌려야지, 뭐, 어쩌겠어?'

"모르셨구나? 채칼을 사용해요. 몰래 숨겨 와서 사용하는 중이었는데, 클클클."

서주는 괜한 소리를 하며 슬그머니 딴청을 피웠다. 도전자들 사이에서 '한서주'하면 화두가 바로 그것이었다.

'요리에 관심도 없는 사람이 출연하여 인공심장박동기를 빌미로 이슈 몰이를 하는 것이 눈꼴시다. 여태까지 올라온 건 결코 운이 아니라 그녀의 영악함에서 비롯된 것이다. 간절한 우리들의 파이를 빼앗아 가는 몰염치이기도 하다.'

알면서도 못 들은 척하는 건, 그녀는 결코 자신의 건강상의 문제를 이야깃거리로 만들 생각이 없었기 때문이다. 가십의 당사자가 듣고 대수롭지 않게 흘려버리면 그것을 입에 올리던 사람들의 흥미가 혹 떨어지기 마련이니 말이다.

'단지 내 입이 좀 부주의했어. 저 비호감은 내가 치러야 하는 대가지.'

또한 영악해서가 아니라 정말 운이 좋았던 것이다.

'아무리 영악하다고 해도 실력이 없는데, 그런 잔머리로 어떻게 여기까지 올라왔을지 생각해 보면 답이 나올 텐데?'

상식적인 수준에서 아무리 따져도 그녀의 운 말고는 다른 방법이 없음에도, 그저 비난하기 위해 그들은 인정하고 싶지 않은 눈치였다. 서주는 결코 저들의 간절함을 가로챌 생각이 없었다. 꼭 자신의 의지와 상관없이 보이지 않는 운이라는 기운에 등이 떠밀리는 기분이라고 할까?

'그러니까 운이라고, 운. 아, 소리치고 싶다. 내가 여기까지 온 건 그냥 운이라고! 이슈를 이용한 것도 아니고, 영악해서도 아니고, 운, 운, 운이라고!'

도전자들이 뒤에서 하는 말을 다 듣고 있음에도, 이렇게 입을 꾹 다물고 있는 것은 염치를 알기 때문이었다. 왜 그걸 사람들이 모를까 싶었지만, 굳이 따지고 들 이유도 없었다. 또한 다방면으로 자신이 다른 도전자들의 능력보다 모자란 것을 익히 알고 있었기에 입을 다물고 있는 것이었다.

시진의 말대로 자신의 칼질이 다른 도전자들에 비해 속도 면에서 현저히 떨어지고 서툴다는 것은 익히 알고 있었다. 그래서 지난 일주일 동안 손목이 나갈 정도로 칼질을 하고, 그렇게 만든 음식은 필요한 곳에 익명으로 기부하기도 했다.

그리고 아주 천천히 칼질에 집중하는 모습이 더러는 답답하게 보인다는 것도 알았다. 하지만 그건 어떻게도 바꿀 수가 없었다. 아니, 바꾸고 싶지 않았다. 그녀에겐 그럴 수밖에 없는 사정이 있었다.

서주는 사실 칼이 매우 무서웠다. 자신의 가슴팍을 쭉 가른 메스를 직접 본 적은 없는데, 이상하게 그곳에 난 흉터를 보면 자신의 피부에 닿은 섬뜩한 메스의 질감이 기묘할 정도로 현실처럼 느껴졌다.

'그 와중에 손가락에까지 그런 흉터 하나 더 만들 필요는 없잖아?'

그런 느낌을 상상이 아닌 현실에서조차 굳이 느껴야만 하겠는가? 서주는 칼날을 떠올리기만 해도 소름이 끼쳤다. 그렇다고 해서 깊은 트라우마의 수준은 아니었다.

하지만 섬뜩한 것은 섬뜩한 것이어서 재료 대신 자신의 손가락을 썰지 않으려고 다른 사람보다 특히 더 심혈을 기울이다 보니 속도는 자연히 느릴 수밖에 없었다. 그러다 보니 당연히 자른 재료들이 자로 잰 듯 일정할 수밖에 없는 상황이기도 했다.

잘린 재료들이 자료 잰 듯 일정한 데는 또 다른 이유가 있었다. 그 와중에 그녀가 평소 자신의 취향대로 음식의 양보다 질을 포기할 수 없었던 까닭이었다.

'보기 좋은 떡이 맛도 좋다는 말을 사람들이 그냥 하는 것은 아닐걸?'

그런 연유로 여타 도전자에 비하면 아주 느린 속도지만, 그 누구에게 뒤지지 않을 정도로 정확한 칼질을 할 수가 있게 되었다.

그것을 준혁에게 구구절절 말하게 되면 또 이슈 몰이니 뭐니 할 것이 뻔해서 서주는 그냥 채칼을 사용해서 그렇다며 실없는 소리를 하고 말았던 것이다.

"꺅! 정호 오빠, 정말 오스삐떼 도노레로 가는 모양이에요."

그때 북부 간선 도로에서 화랑로로 진입하자, 최연소 도전자가 거의 비명을 질렀다. 서주는 미경의 말에 살짝 긴장했다.

'왜 하필 오빠가 멘토야? 너무 가까이에서 내 실력을 드러내게 되잖아. 실망시키고 싶지 않은데, 역시 실망하겠지?'

그러잖아도 기본기가 없는 자신의 밑바닥을 시진 앞에서 완전히 드러내야 한다는 사실이 매번 부담스러웠다.

"이러다가 유턴하는 건 아니겠지?"

미경과 나란히 앉은 남자 도전자가 살짝 들뜬 어조로 대꾸했다.

'제발, 제발, 유턴해라, 유턴.'

서주는 두 손을 간절히 모았다.

"그런 불길한 소리 하지 마요. 난 한 번도 오스삐떼 도노레에 가 본 적이 없다고요. 생애 처음 가 보는 건데, 지금 아니면 제가 언제 오스삐떼 도노레 주방에 들어가 봐요? 그러니까 제발 초치지 마요."

'제발, 제발.'

흥분해서 엉덩이를 들썩이는 미경에게는 참으로 미안한 일이었지만, 제발 최연소 도전자에게 불길한 일이 벌어지기를 기도했다.

'미경 씨, 오스삐떼 도노레 예약에 못 가게 되면 그때 식사권 선물해 줄 테니 날 원망하지 마요.'

"꺅! 정차해요, 정차한다고요."

'에잇! 역시 남 안 되기를 바라는 게 이루어질 리 없지.'

서주는 마침내 차가 서자 어깨를 푹, 늘어뜨렸다.

미니버스에서 내린 도전자들의 표정에 흥분이 가득했다.

'하아…… 어쩌지?'

반면, 서주의 눈 밑으론 그늘이 지는 기분이었다. 그런 그녀
의 눈앞에 오랫동안 단골을 유지했던 레스토랑이 눈에 들어왔
다. 2층 혹은 2.5층으로 보이는 건물 외관 정면에 'ospite d'
onore'라는 아주 멋진 이탈리아어가 한눈에 보였다.

'오스삐떼 도노레, 그러니까 오빠의 지난 18년이 응집된 곳.'

단골일 때와 확연히 다른 감회가 서주의 가슴에 들어왔다.

"안녕하세요?"

기다리고 있던 매니저가 다가와 도전자들을 친절하게 맞았
다. 몇 번 들렀던 서주에게는 약간 안면이 있었다. 자신을 바라
볼 때, 눈썹이 흔들리는 것을 보면 매니저 역시 알아본 듯했다.

"셰프님이 기다리십니다. 이쪽으로 오시죠."

하지만 그런 내색 없이 움직이는 매니저의 안내를 받아 주방
으로 향하던 서주는 막 복도에서 나오던 누군가와 부딪쳤다.

"죄송합니다."

무심코 사과부터 하느라 고개부터 숙였다 드는 순간 그녀의
눈이 가늘어졌다.

'설마 걔겠어?'

그리고 원래 설마가 사람을 잡는 법이다.

"……."

"……."

두 사람은 동시에 서로를 알아보았다. 그리고 좀 놀란 듯 상대의 표정이 시시각각으로 변하는 것을 지켜보았다.

6. 인간의 악의적인 본능에 대하여

"뭐 해요, 한서주 씨?"

준혁이 그녀를 불렀다.

"네? 아, 네."

거기서 뭐 하느냐는 표정으로 바라보는 그에게 서주는 잰걸음으로 다가갔다. 주방 안으로 들어가기 직전 시선이 느껴져 돌아보니, 입구에서 미간을 잔뜩 찌푸린 'Patissier 현승휘'라는 명찰을 단 직원이 여전히 서주를 보고 있었다.

'현승휘, 널 하필이면 여기서.'

그녀는 내심 투덜대며 주방 안으로 들어갔다. 막 먼저 들어

온 도전자들과 인사를 나누던 시진과 눈이 마주쳤다. 그의 눈길 한 줌이 자꾸만 새삼스럽게 다가오는 것은 다 그만한 이유가 있었다.

'여태 그 맛있는 음식들이 오빠의 손을 거친 거라고?'

순간 서주는 좀 멍해졌다.

'그나저나…… 우와, 섹시해.'

늘 물 흐르듯 핏이 좋은 슈트 차림이었던 그가 유니폼을 입고 있으니 말 그대로 관능적이어서 시진에게서 눈을 뗄 수가 없었다. 그의 시선이 무심히 자신을 지나쳐 멀어지고 나서야 서주는 자신이 숨조차 쉬지 않았다는 것을 알았다.

'우와, 내 심장 또 고장 난 줄.'

두근거리는 가슴을 진정하고는, 지난번 소고기를 해체했으니 이번에는 닭고기 해체하는 것을 보여 주겠다는 시진의 목소리에 귀를 기울였다.

'다음에는 돼지고기 해체하는 법까지 가르쳐 줄 기세.'

생각만 해도 좀 무서워져서 서주는 슬그머니 다른 도전자 뒤로 가서 섰다. 지난번 예심 2차 캠프 때, 공중에 대롱대롱 매달려 있던 소고기의 속을 본 충격에서 아직 벗어나지 못한 까닭이었다.

변명하자면 사람이 살면서 짐승의 살과 뼈가 완벽하게 분리되는 과정을 코앞에서 볼 기회가 몇 번이나 있겠는가.

'솔직히 다들 이미 해체된 소고기를 부위별로 사 오지 않나?

거기다 손질이 더 필요하면 세밀하게 다시 손질하는 게 보통이고.'

더욱이 닭고기는 사실 소고기처럼 그리 비싼 식자재가 아니었다. 그러니 대부분의 주부는 요리의 용도에 맞게 완벽하게 손질된 닭고기로 장을 볼 것이다.

'대체 누가 통닭을 사 와서 뼈를 발라 살만 사용해? 그러니까 내가 왜 저걸 배워야 하는⋯⋯.'

"한서주 씨."

어리바리 서 있는데, 그의 목소리가 가차 없이 날아들었다.

"네!"

"거기서 보입니까?"

"아, 네⋯⋯."

보일 리가 없었다.

"아, 아뇨. 죄송합니다."

그녀의 얼굴이 붉어졌다.

"나에게 죄송할 일은 아닙니다. 다른 팀원에게 죄송할 일이지. 수업의 흐름을 방해하려면 주방에서 나가 주십시오."

시진이 못마땅한 표정으로 그녀를 빤히 노려보자 도전자 중 특히 미경이 꽤 좋아했다. 원래 그가 아주 까칠한 '까칠남', 냉랭한 '냉미남'으로 전 국민이 다 알고 있긴 하지만, 현재 'Challenge Star Chef K' 도전자 중 시진이 특히나 서주에게 더 까칠하고 냉랭하다는 것을 모르는 이는 없었다.

'심지어 오늘 첫 방송 끝나면 전 국민이 다 알게 될 걸? 오빠가 나를 얼마나 싫어하는지. 쳇!'

그런데 생각해 보니, 전문가의 입장에서는 미워할 만했다. 방금 본의 아니게 폐를 끼친 것도 사실이었으니 말이다.

'그리고 이건 관심의 표현이야, 나에게만 특별히. 원래 오빠는 관심 없는 사람이면 무슨 짓을 해도 신경 안 쓰거든. 나만 특별대우해 주는 거니까, 서운해할 필요 없어.'

서주는 다시 심기일전했다. 다른 사람을 누르고 독보적인 위치에 있기까지 시진이 얼마나 거친 바람을 헤쳐 왔는지 알지는 못한다. 지금의 화려한 모습만 보이니 말이다. 하지만 그녀는 바보가 아니었다. 부모 없이 저 자리에 서기까지의 시진에게 거대한 파도가 수도 없이 덮쳤을 것이다.

'그렇게 힘들게 얻은 것을 오빠가 우리에게 그냥 나눠주려고 하는 거야. 그런데 난……. 적어도 몰염치하지는 말자. 정신일 도하사불성!'

서주는 조리대에 바짝 서서 눈에 불을 켰다. 건강상의 이유로 결국은 사범대를 택할 수밖에 없었지만 대한민국에서 내로라하는 단연 톱인 대학의 법학과 그것도 차석으로 합격한 그녀였다. 사범대에서도 4년 내내 과의 탑을 달렸고, 임용 고시조차 차석으로 패스한, 기억력 하나는 끝내주고 집중력 하면 타의 추종을 불허했다. 그 몸으로 할 수 있는 게 공부밖에 없었으니 말이다.

"먼저 날개를 잡고 이렇게 꺾으세요. 다음으로 등 쪽의 뼈와 뼈가 갈라지는 이 부위 보이죠? 이 부위에 이렇게 칼집을 넣은 뒤, 한 번에 쭉 당기면 날개와 가슴살 부위가 이렇게 분리됩니다. 날개와 가슴살은 이렇게 분리해 놓고 다음으로⋯⋯."

말을 이어 가며 시진이 닭 다리 안쪽에 칼집을 넣었다. 이어 닭 등 부위에 도드라진 마디 부분을 엄지손가락으로 힘주어 꺾자 닭 다리가 완전히 분리했다. 이어 분리한 닭 다리 손질하는 법을 일러 준 뒤 나머지 닭을 모두 해체했다.

"그리고 이 뼈는 육수를 낼 때 사용하는 겁니다. 모두 제대로 보셨다면 앞에 있는 닭을 한 번 해체해 보도록 하겠습니다."

'으잉? 저걸 나더러 하라고?'

생닭이라면 모두 해체된 상태이거나 혹은 해체하지 않고 백숙용으로 통째 사용했다. 그러니까 이렇게 굳이 닭을 해체하는 법을 배울 필요는 없었다.

'하지만 기라면 기는 수밖에.'

서주는 자신의 앞에 알몸으로 벌렁 누워 있는 닭을 물끄러미 보았다. 그녀가 통닭을 사서 백숙조차 잘 안 해 먹는 이유는 이 적나라한 속살 때문이었다.

'마치 아주 작은 사람으로 보⋯⋯ 아, 너무 혐오스럽게 생각하지 말자.'

그녀는 고개를 흔들다가 무심코 주변을 보았다. 준혁은 그야말로 독보적이었다. 다른 이들은 잠깐 헤매는 것 같기도 했다.

하지만 적어도 그녀처럼 두려워하지는 않았다. 서주는 다시 헐벗은 닭을 보고는 움찔했다.

"뭐 하십니까?"

시진이 다가와 냉랭하게 물었다.

"네. 지금 부끄러움도 모르고 헐벗은 닭하고 저, 내외하는 중입니다. 창피스러워서……."

그녀는 멍하니 있다가 무심코 대꾸했다.

"……."

그러자 낮게 억누르는 웃음소리가 들렸고, 그 소리에 흠칫한 서주가 고개를 드니 시진의 눈동자엔 웃음의 기척 없이 서릿발만 날리고 있었다.

"아, 죄송합니다."

"한서주 씨, 진지하게 임하지 않을 거라면 그냥 나가도 좋습니다."

그의 입에서 쏟아져 나오는 냉기는 시베리아보다 더했다. 삽시간에 분위기가 냉각되었다.

'대체 꺼지라는 소리를 몇 번이나 들어야 하는 거야?'

"다신 안 그러겠습니다."

서주는 내심 머리를 쥐어박으며 마침내 닭을 잡았다. 그러고는 시진의 말을 떠올렸다. 집중력 하나는 끝내줬기에 다행히 하나도 놓치지 않았다.

'우와, 이게 되네?'

다만 속도가 안 날 뿐. 서주는 시진이 일러준 순서대로 느릿 느릿 그러나 아주 깔끔하게 닭 한 마리를 해체했다.

'헐, 이러다가 나 정말 돼지까지 해체하게 되는 거 아냐?'

그러고는 자신이 내놓은 결과물을 보고 혀를 내둘렀다.

"작업이 끝난 것 같으니 확인해 보겠습니다."

시진이 자신의 자리로 돌아가 바트에 담긴 도전자들에 의해 발골된 닭을 일일이 검사했다. 서주는 자신의 결과물이 다른 도전자들 것에 비해 손색이 없다는 사실에 안도했다.

'준혁 씨에 비하면 좀 그래도 다른 사람들보단 나름 잘한 것 같은데?'

하지만 시진은 별다른 말이 없었다. 서주의 바트를 보고는 힐긋 고개를 들어 그녀를 한 번 더 보았을 뿐이다.

'우이씨, 칭찬은 고래도 춤추게 한다는 말 몰라?'

서주는 입을 쭉 내밀었다.

"해체 우승자는 최준혁 씨입니다."

내내 말이 없던 시진은 마지막으로 준혁이 발골한 닭을 보고 는 표정까지 달라졌다.

'뭐, 인정.'

문외한인 그녀가 봐도 준혁이 해체한 닭은 시진이 해체한 닭 과 조금도 다르지 않았다.

"자, 그럼 각자 해체한 닭으로 치킨 카치아토레를 만들어 볼 겁니다."

시진이 재료를 준비하며 말을 이어 나갔다.

"이탈리아어, cacciatore는 사냥꾼, 수렵가라는 의미입니다. 그러니까 치킨 카치아토레는 사냥꾼의 닭 요리 혹은 사냥꾼 식으로 만든 닭 요리, 뭐 이렇게 해석할 수도 있겠습니다. 아마도 사냥꾼들이 수렵하다가 허기가 지면 아주 편하게 만들었던, 그래서 조리법 또한 아주 단순한 요리가 되겠습니다. 여러분 중 치킨 카치아토레를 만들어 보신 분 계십니까?"

"……."

도전자들은 고요했다.

"드셔 보신 분은?"

좌중을 둘러보던 시진이 다시 물었다.

"……."

서주는 슬그머니 손을 들었다. 치킨 카치아토레는 다름 아닌 'ospite d'onore.' 본점, 그러니까 바로 이곳에서 언젠가 먹어 본 기억이 어렴풋이 났다. 지금은 레스토랑에서 팔지 않는 메뉴였다.

"한서주 씨, 드셔 보셨습니까?"

어쩐 일인지 반가운 기색으로 그가 물었다.

"네, 셰프님."

"……."

그리고는 묘한 눈빛으로 바라보았다.

'잉? 뭐 잘못되었나? 아…….'

그러다가 서주는 그 눈빛이 의미하는 바를 알 것도 같았다.

'오빠도 내가 여기 와 본 적이 있는 게 아닌가, 생각하는 거야.'

이탈리아 요리인 치킨 카치아토레가 그리 흔한 음식은 아니었다. 하지만 이탈리아 요리 전문점에서는 어쩌면 쉽게 찾아볼 수 있는 음식일지도 몰랐다. 그럼에도 시진은 혹시나, 하는 마음이었을 것이다. 서주는 그에게 다른 곳이 아닌 바로 여기에서 먹어 보았다고 말하고 싶은 충동을 느꼈다. 그가 곧바로 시선을 옮기지 않았다면 말이다.

"여러분 중에 맛을 본 도전자가 있으니, 공정을 기하기 위해 제가 만든 치킨 카치아토레를 맛보시기 바랍니다."

시진이 스튜 접시의 뚜껑을 열어 트레이에 올려놓았다. 도전자들은 너도나도 앞 접시에 덜어 먹어 보기 시작했다. 공정을 기하기 위해 먹어보지 못한 다른 참가자들에게만 먹을 기회를 준 것이라 생각한 서주는 침만 꼴깍 삼켰다.

"한서주 씨는 맛보지 않을 겁니까?"

"네? 아, 아뇨, 그럴 리가……."

서주는 재빨리 앞 접시를 들고 시진이 만든 닭 요리를 황급히 덜어 냈다.

'흐음, 그래 바로 이 맛이야.'

한입 넣고는 저도 모르게 황홀한 표정을 지었다. 그러다 순간 준혁과 눈이 마주쳤고, 두 사람은 동시에 픽, 웃어 버렸다.

하지만 시진이 냉랭한 표정으로 두 사람을 번갈아 보자 삽시간에 경직되고 말았다. 그리고 어쩐지 그의 눈빛이 낯익었다.

'맞아, 저건 진짜 화났을 때 짓는 눈빛이야.'

냉랭한 눈빛에도 미묘한 차이가 있다는 것을 서주는 매우 잘 알았다.

'으잉? 근데 왜 화가 나? 설마 내가 웃는 것조차 화가 날 지경이라는 거야? 우이씨, 내가 또 뭐?'

"이제 충분히 드셔 보셨으니 여러분들은 각자의 방식대로 앞에 준비된 재료를 이용해 사냥꾼이 먹었을 법한 닭 요리를 만들어 보도록 하겠습니다."

'갑자기? 나더러 어쩌라고?'

자신에게서 냉랭한 눈빛을 거둔 시진의 말에 서주는 울상이 되었다.

"셰프님, 한 번도 만들어 본 적 없는 이탈리아 요리를 만들어 내라는 겁니까?"

'내 말이.'

"힌트는 사냥꾼입니다. 사냥꾼이 사냥을 하다가 만들어 먹었던 요리입니다. 그러니 조리법이 그리 어렵지 않습니다. 여러분이 재료를 사용하여 어떤 조화로운 맛을 내는지 볼 예정입니다. 그럼 지금 시작하십시오."

아무리 웅성거려도 시진은 손톱도 안 들어갈 무뚝뚝한 표정으로 선언한 뒤 주방 가장자리로 물러갔다. 조리대 앞에 남은 도전자들은 망연자실했다. 서로 웅성거리는 말을 토대로 판단하건대, 하필이면 서주를 포함한 홍팀의 팀원 전부가 이탈리아 요리에는 문외한임이 확실했다.

'아주 악의적이야, 흐음…… 사악해, 사악해.'

어쩌면 그걸 노리고 방송 스태프들이 홍팀을 시진에게 보냈을지도 모른다.

'하긴 경쟁이니까. 그렇다면 어떻게 하지?'

일단 준비된 재료를 쭉 훑어보았다. 방금 자신이 해체한 닭 한 마리, 당근, 양파, 셀러리, 마늘…….

'으잉? 저 풀은 뭐지?'

얼핏 보면 솔잎이나 전나무 잎 같기도 한 풀에 시선이 머문 그녀의 눈썹이 격하게 실룩거렸다.

"최준혁 씨."

서주는 슬그머니 준혁에게 다가가 속삭였다.

"네."

"저건 분명 파슬리고, 저 풀 이름은 뭐죠?"

"네?"

"저 풀, 분명히 솔잎은 아닌 것 같은데요?"

"로즈메리요?"

"아, 로즈메리."

로즈메리는 말라비틀어져 용기에 담긴 것만 보아 왔던 서주였다.

"……."

"감사합니다."

말을 잃은 듯 고개를 절레절레 흔드는 준혁에게 배시시 웃어 보였다. 시선이 느껴져 무심코 보았더니 시진이 또 예의 그 눈빛을 하고 있었다.

'아니. 뭐, 왜? 나만 보면 막 화가 나? 내가 또…… 아, 몰라. 지금 내 발등에 떨어진 불은 치킨 카치아토레야.'

그를 한 번 흘긴 뒤, 서주는 집중하여 나머지 재료를 스캔했다. 그리고 꽤 오래전에 두어 번, 그리고 방금 전에 맛을 보았던 치킨 카치아토레를 떠올려 보았다.

'일단 채소는 다졌어. 그렇다면 채소를 다져…… 아, 아니다. 다진 채소에 비해 닭이 가장 늦게 익을 테니까, 닭부터.'

곰곰이 생각하던 그녀는 손가락을 딱, 튕기며 앞에 준비된 소금과 후추 그리고 올리브 오일로 일단 밑간을 했다. 그리고 다시 손으로 턱을 받치고는 저걸 숙성을 시켜야 할까 말아야 할까 고민했다.

'아니다. 사냥꾼이잖아, 사냥꾼. 사냥꾼이 사냥한 날짐승으로 밑간은 몰라도 숙성을 했겠어? 숙성은 빼고 그냥 하자. 근데 닭 껍질의 식감이 분명 닭볶음탕은 아니었어. 맞아, 표면은 구웠을 거야. 일단 굽자.'

이어 검지를 치켜들고 아하, 하는 표정을 짓다가 재빨리 올리브 오일을 팬에 넉넉하게 두른 뒤 살짝 밑간한 닭을 굽기 시작했다.

'캔 토마토 먼저? 흠…… 아냐, 다른 채소에도 토마토 맛이 배었으니까 다른 채소 먼저. 아, 닭 비린내 잡아 줄 와인? 아냐, 향채들에서도 와인 맛이 났으니까. 일단 향채부터 투하. 흐음, 넓적한 솔잎처럼 생긴 것도 같이 투하. 파슬리? 아, 이건 데코레이션.'

닭을 굽는 프라이팬 뚜껑을 덮어 놓고 채소를 다지면서 또 생각했다. 고개를 흔들었다가, 팔짱을 꼈다가, 손가락을 저었다가, 다시 팔짱을 꼈다가, 손을 들어 손가락으로 턱을 톡톡 쳤다가, 그렇게 고민하며 차근차근했지만 난관에 봉착했다.

'으잉?'

프라이팬 안에는 국물이 흥건했던 것이다.

'분명 내가 여태 먹었던 치킨 카치아토레는 국물 요리가 아니었는데? 에라, 모르겠다.'

서주는 그냥 무식하게 졸이기로 했다. 어쩌면 채소가 더 물러질지도 모르겠지만, 돌이키기에는 이미 늦었다.

'어라? 왜들 날?'

마침내 스튜 접시에 음식을 담고 고개를 드니, 대부분의 시선이 자신에게 향해 있었다.

'왜요? 뭐요? 구경났어요?'

서주는 멀거니 홍팀 도전자들을 마주 보았다.

"언니, 꼭 팬터마임 하는 줄 알았어요."

미경이 슬쩍 다가와 속살거렸다.

"응?"

"팬터마임이요."

"아……."

서주는 배시시 웃으며 멋쩍은 표정을 지었다. 그러니까 미경의 말로 유추하자면, 가만히 머릿속으로만 생각했던 것이 아니라는 뜻이었다. 어떤 시늉을 했기에 팬터마임을 한 것 같다는 소리를 얻어듣나 고개를 갸웃했지만, 이내 별생각 없이 서주는 시진을 보았다. 어쩐지 기다렸다는 듯 그가 시선을 외면해 버렸다.

'꼭 우리 아는 척하지 말자 쪽팔리니까, 라고 말하는 것 같잖아. 대체 내가 무슨 짓을 한 거야?'

서주가 방송을 통해 자신의 팬터마임을 본 것은 방송이 되고 난 후의 일이었다. 시진이 왜 그런 눈빛을 했는지 그때 비로소 알게 되었다. 어쨌거나 오늘 그녀는 제일 늦게 과제를 제출했다. 조리대에는 그녀의 그릇을 포함한 여섯 개의 접시에 어쩐 일인지 색과 모양이 다 다른 닭 요리가 나란히 놓여 있었다.

"여러분들이 눈으로 보기에는 어떻습니까?"

시진이 물었다. 아주 잠깐 서로의 눈치만 볼 뿐, 그 누구도 그의 말에 대답하지 않았다.

"아무래도 한서주 씨의 요리가 셰프님 것과 비슷한 것 같습니다."

마침내 준혁이 입을 열었다.

'엥? 나? 정말요?'

서주는 눈을 커다랗게 뜨고, 검지로 자기를 가리키며 준혁에게 행동으로 물었다.

"제 생각에는 맛을 봐도 크게 다르지 않을 것 같은데, 여러분들은 어떻게 생각하십니까?"

"……."

시진의 물음에 역시나 홍팀은 묵묵부답으로 서로의 눈치를 보았다.

"그럼 일단 직접 먹어 보고 확인해 보죠."

시진이 순차적으로 홍팀의 도전자들이 만들어 낸 치킨 카치아토레를 먹었다. 이어 도전자들도 차례대로 맛보았다. 서주 또한 마찬가지였다. 한 도전자의 치킨 카치아토레를 먹고, 물 마시고, 다시 다른 도전자의 닭 요리를 먹고 물을 마시는 행동을 총 여섯 번 반복했다.

'우와, 대박. 어떻게 이런 맛있는 맛이 나지?'

그것도 매번 이렇게 눈을 동그랗게 뜨고 감탄하면서.

'참 신기해. 같은 재료로 거의 비슷한 시간을 들여 음식을 만들었는데, 어떻게 맛이 이렇게 달라질 수가 있지?'

하지만 모든 도전자가 낸 닭 요리는 모두 맛이 있었다. 단지 맛이 미묘하게 차이가 날 뿐이었다.

"오늘의 우승자는 한서주 씨입니다. 다들 이의 없으시죠?"

"······."

모두 묵묵부답인 상황에서 준혁만이 박수를 보냈다.

'정말? 내가?'

서주는 좀 어리둥절해서 시진을 보았다. 어쩐지 시진의 눈빛에는 놀라움이 담겨 있었다. 그리고 그것은 두 사람이 재회한 뒤 처음으로 그가 보인 냉랭함 이외의 감정이었다. 그래서 서주는 참 설렜다.

* * *

지금 자신이 무슨 기분인지 가늠이 되지 않았다.

'분명 놓친 게 있어.'

시진은 우승을 하고서도 어리둥절해하는 서주를 보았다. 그녀가 이렇게까지 할 수 있으리라곤 전혀 예상치 못했다.

'안나경 셰프님의 말씀이 옳은 건가?'

얼마 전 회의 때, 안나경 셰프가 'Challenge Star Chef K 시즌 7'의 우승자로 서주를 생각한다고 했을 때, 좀 어이가 없었다.

'역시 30년 내공에 내가 못 미치는 건가?'

"오늘 조별 과제 우승 혜택으로······."

"재료 선정권을 주는 거겠죠?"

그의 말을 자르고 최연소 도전자가 입을 삐죽였다. 시진은 표정 없는 얼굴로 최연소 도전자를 바라보았다. 그러자 백미경 도전자가 움찔하고는 입을 다물었다.

"오스삐떼 도노레의 외식 상품권을 드립니다."

시진은 서주에게 상품권이 든 봉투를 건넸다. 그녀의 눈동자가 눈에 띌 정도로 일렁였다. 그 눈동자 때문에 시진의 감정도 묘하게 출렁거렸다.

'처음에는 그저 이슈를 등에 업고 여기까지 온 줄만 알았는데.'

뭔가 대견하기도 하고, 놀랍기도 해서 그는 서주를 물끄러미 바라보았다. 그러자 그녀가 온갖 표정을 지었다. 풍부한 표정은 그녀를 더욱 예쁘게 만들었다. 그래서인지 좀 멍해졌다. 서주의 눈동자가 자꾸 왼쪽 아래로 내려가자, 그제야 시진은 자신이 아직도 봉투 끝을 잡고 있다는 것을 깨달았다. 그는 표정 없는 얼굴로 봉투에서 황급히 손을 놓았다.

"꺅!"

서주가 믿기지 않는다는 표정으로 봉투를 안고 폴짝폴짝 뛰었다. 순간 픽, 웃음이 나는 걸 간신히 참아 냈다.

'얘, 올해 서른 살 아니었어?'

세 살의 나이 차이니 서른은 분명한데, 160㎝ 전후, 어쩌면 더 작을지도 모를 그녀는 작은 얼굴에 오밀조밀한 이목구비로 이십 대 초반이라고 해도 믿을 수 있을 것 같았다.

'하긴 쟤는 예전부터 작았어.'

서주를 떠올리면 귀여움이 전부였는데, 이젠 그것만 보이는 것이 아니었다. 동그란 이마와 눈빛에서 묻어나는 영특함, 특히 익살맞고 표정이 풍부한 얼굴이 아름답지는 않았지만 참 예뻤다. 그러니 최준혁 도전자가 내내 서주의 주변을 맴도는 것이 충분히 이해되었다.

'얼마 전 통화하는 거 보니 남자 친구도 있는 것 같던데, 임자 있으면 저렇게 생글생글 웃지 말지.'

조금 전까지 대견함으로 유쾌했던 감정이 확 사라지고, 괜히 그녀의 남자 친구에 감정이 이입되어 미간을 찌푸렸다. 하지만 이내 폴짝폴짝 뛰던 그녀가 삐끗하자 시진은 어처구니가 없어서 픽, 웃다가 다시 표정을 굳혔다. 다행히 카메라와 사람들의 시선이 모두 서주에게 가 있었다.

'내가 웃을 줄도 알고.'

시진은 좀 놀랐다.

"그럼, 모두 수고하셨습니다."

그러나 내색하지 않고 좌중을 보았다.

"수고하셨습니다."

그의 말에 도전자들이 이구동성으로 말하며 허리를 숙였다. 시진은 도전자들과 맞절한 뒤 매니저에게 눈짓했다.

"수고하셨습니다. 잠시 쉬었다가 저희 매장에서 식사하신 뒤, 스튜디오로 이동하시면 됩니다."

홀 지배인 희진의 말에 도전자들은 술렁였다. 시진은 도전자들이 주방을 나간 뒤에 서주의 치킨 카치아토레를 다시 한번 맛보았다.

그들이 나간 자리를 원래 주인들이 들어와 채웠다. 'ospite d'onore'의 주방은 도전자들의 식사를 준비하기 위해 활기를 띠기 시작했다. 반면, 시진은 좀 멍한 상태로 도전자들이 특히 서주가 만든 닭 요리를 바라보았다.

'그나저나 정말 쟤 뭐야?'

서주가 조리한 음식을 또 한 번 맛본 뒤, 시진은 홍팀 팀장과 소곤거리며 나가는 서주를 보았다. 치킨 카치아토레는 주방에서 이제 막 견습 딱지를 뗀 주니어 셰프 정도라면 누구나 쉽게 만들 수 있는 단순한 음식이었다.

그러나 아무리 그렇다고 해도 그건 몇 달에 걸쳐 눈으로 보고 입으로 맛본 뒤, 어깨너머로 배우고서야 가능한 일이었다. 그러니 접하지 못한 다른 도전자들이 같은 재료로 맛과 풍미가 좋은 닭 요리를 만들어 냈지만, 엄밀히 따져 여러모로 시진이 만들어 낸 치킨 카치아토레와 달랐던 것이다.

'그런데 쟤가 완벽하게 만들어 냈어. 혹시 만들어 본 건? 아니야, 서주는 다른 건 몰라도 거짓말은 하지 않는 여자야.'

시진은 서주를 믿었다. 그렇다면 정말 먹어 본 것만으로 서주가 똑같이 재현해 냈다는 뜻이 된다.

'심지어 각 재료를 넣는 순서도 같았어. 정말 쟤 뭐지?'

좀 혼란스러웠다. 지금까지의 촬영분이 방영되면 그녀가 시청자들의 원성을 살까, 시진은 그것만 걱정했다. 처음에는 어떻게든 내보내야 한다고 생각했다. 하지만 프로그램에서 억지로 하차시킬 순 없으니 방패막이가 되어 주는 것도 나쁘지 않겠다고 마음을 바꾸었었다. 아니 지금 생각해 보니 처음부터 그럴 작정이었던 것 같다. 그것도 전혀 티 나지 않게. 티가 나면 오히려 역효과가 날 것이 뻔했으므로.

그가 보기에 서주는 분명 요리에 관심이 없었다. 적어도 처음에는 그랬다. 아마 그건 서주도 인정할 것이다.

그녀가 어떤 의도로 'Challenge Star Chef K'에 지원했는지 시진은 잘 알고 있었고, 서주는 그걸 숨기지 않았다. 그런데 점점 뭔가 달라졌다.

'그럴 만한 계기가 있었나?'

지금의 그녀는 예선과 180도 전혀 다른 사람이었다. 느닷없이 요리에 취미가 생긴 것도 아닐 텐데, 뭔가 점점 요리사로서의 자질을 갖춰 나가는 것이 그 어떤 도전자들보다 확연히 눈에 띄기 시작한 것이다. 그걸 가장 먼저 알아차린 사람은 서주에 대해 나름 알고 있다 자부하던 시진이 아닌 안나경 셰프였다.

"보이지 않아요? 조리할 때, 점점 진지하게 변하는 눈빛이 전 보여요. 조리대 앞에만 서면 눈빛이 확 달라지는 거, 숫기 없는 가수가 무대에 서면 눈빛부터 달라지는 것과 다를 바 없어요. 관심을 가지고 보면 보일 거예요. 한서주 도전자는 습자지처럼 빨아들일 거예요. 수제자로 키우고 싶을 정도라니까요?"

"이거 누가 만든 겁니까?"

지난번 회의 때 열을 올리던 안나경 셰프의 말을 되새기는데, 언제 도전자들의 음식을 맛보았는지 헤드 셰프가 물었다.

'정말 믿기지 않아.'

"……."

"이거 셰프가 만든 거지요?"

'나도 눈을 감고 먹었다면 내가 만든 건 줄 알았을 거야.'

"……."

이어지는 헤드 셰프의 말을 흘려듣고 시진은 앞치마를 벗어 빨래 바구니에 던져 넣은 뒤, 주방에서 나왔다.

'대단해, 한서주.'

그런데 왜 이렇게 내 밑에 있던 후배가 독립이라도 한 것처럼, 그런 기분이 드는 건지 알 수 없었다.

도전자들이 정원에 옹기종기 모여 있었다. 사무실로 가던 시진은 복도 창가로 다가갔다. 저도 모르게 숨어서 그녀를 훔쳐보게 되었다. 햇살 아래 모처럼 건강하게 빛이 나는 서주를.

"히익!"

그때 막 봉투를 연 서주의 눈이 동그래지는 것이 보였다.

'자라다 만 거 아냐?'

또 픽, 웃음이 났다. 가슴 어딘가가 간질간질 달콤한 벌레가 기어 다니는 것 같기도 했다. 어쩐지 그녀에게서 눈을 뗄 수가 없었다. 이렇게 멀리 떨어져서 보니 비율이 남달라 보였지만, 그럼에도 160㎝ 못 넘겼을 것 같았다.

'그나저나 왜 저렇게 말랐어?'

서주의 허리는 그야말로 한 줌이었다. 그럼에도 낄낄 몰래 웃는 미소는 더없이 맑았다. 피부도 밝아서 말랐음에도 건강해 보였다. 그건 참 다행이지만, 어쩌면 겉보기만 그런 것일지도 모른다는 생각이 들어 갑자기 겁이 났다.

'어쩌면 아슬아슬 버티고 있는 거겠지?'

하지만 그녀라면 인공심장박동기로 끝까지 버틸 것이라는 확신이 들었다.

"언니. 상품권, 얼마예요?"

시진이 서주를 바라보며 저도 모르게 미소 짓는 사이, 평소 서주에게 감정이 좋지 않던 최연소 도전자가 다가와 물었다.

"……."

"우와, 대박!"

서주가 백미경 도전자에게 봉투를 슬쩍 열어 보이자 그녀의 눈이 커졌다.

"대박이죠? 그렇죠?"

"치, 부럽다."

그것도 모자라 입을 삐죽였다.

"부러우면 지는 거예요."

"……."

서주가 유치하게 슬슬 약을 올리자 백미경 도전자가 한동안 노려보더니 몸을 휙 돌려 그녀에게서 떨어졌다.

"아, 미안, 미안해요."

서주가 황급히 다가가 백미경 도전자의 어깨를 안았다. 백미경 도전자가 그 팔을 팩 뿌리쳤다. 두 사람은 잠시 실랑이를 벌였다.

"받아요."

갑자기 서주가 봉투 안의 상품권 중 반을 뚝 떼어 백미경 도전자에게 건넸다.

"왜요? 왜 저한테 주시는 거예요?"

그러자 최연소 도전자는 미심쩍은 눈으로 그녀를 보았다.

"아까 오는 길에 들었어요. 오스삐떼 도노레에 한 번도 못 와 봤다면서요?"

"그런 걸 들었어요?"

"네. 난 종종 와 봤으니까 미경 씨도 와서 먹어 보라고요."

"종종 와 봤어요?"

'종종 와 봤다고?'

시진은 사실 그녀가 치킨 카치아토레를 먹어 봤다는 말에 심장이 터지는 줄 알았다. 혹시 하는 마음이었다. 하지만 이탈리아 음식 전문점에서는 종종 찾아볼 수 있는 음식이었으니 간신히 마음을 다잡았다.

'아, 그래, 그 때문이야.'

서주가 자신의 맛을 고스란히 재현해 냈을 때 의심이 갔었다.

'서주는 내 곁에 있었어.'

그녀의 말에 기묘한 일렁임이 점점 더 커져 그의 가슴에 파문을 만들었다. 고작 자신의 레스토랑에 왔다는 것만으로 이렇게 울렁거리는 것이 통상적일까?

"네."

"그럼 황시진 셰프님 만난 적 있겠네요?"

"아뇨. 오늘 처음 알았어요. 매달 오는 이 레스토랑이 오……황시진 셰프님 레스토랑인 거. 진즉에 알았다면 좋았을 텐데."

'진즉에 알았다면 뭐? 잡채 들고 불쑥 나타나 독살하려던 건 아니라고 말하려고?'

괜히 입꼬리가 실룩거렸다. 어쨌거나 시진은 서주가 이토록 자신과 가까이 있었다는 사실에 자꾸만 묘한 설렘을 느꼈다. 솔직히 그녀의 방문을 미리 알았다고 해도 달라질 것이 없었을 텐데 말이다.

"매달 온다고요?"

"내가 은근 식도락이라서, 자주 가는 레스토랑이 네 군데 있거든요."

"네 군데 나요?"

"네. 내가 가장 좋아하는 8일 혹은 매주 수요일, 주중 가장 힘든 날. 그렇게 해서 달에 네 번, 그러니까 레스토랑도 네 군데. 몇 번 먹고 그 레스토랑 음식을 내가 만들 수 있을 때까지, 정기적으로."

'뭐야, 맛을 기억하고 그걸 재현할 수 있다는 거야? 무슨 음식이든? 그렇다면 재야말로 천재라는 뜻이잖아.'

선득선득 가슴에 바람이 차는 건 차치하고 그는 서주의 말에 또 한 번 놀랐다. 시진 역시 미각이 아주 예민했다. 그것은 요리사로서 아주 큰 재능이었다.

'아무래도 내가 서주를 얕잡아 본 것 같아.'

그렇다면 혹시 안나경 셰프는 이런 걸 꿰뚫어 봤을지도 모른다.

'역시 난 아직 멀었군.'

시진은 사무실로 가 책상에 앉았다. 그러고는 예약 리스트를 열려다가 단골 리스트부터 클릭했다. 한 달에 한 번 왔다면 분명 홀 매니저가 관리하고 있을 테니.

'참, 개인 정보는 잠가 놓지?'

애석하게도 잠긴 개인 정보는 담당자만 열 수 있었다. 담당자는 단골 리스트를 작성하는 홀 매니저 희진이었다.

시진은 멍하니 모니터를 들여다보다가 노트북을 신경질적으로 닫았다. 그러고는 옷을 갈아입은 뒤 홀로 나왔다. 대본에 의하면 이쯤 자신이 홀로 나가 좀 뻔한 영상을 따기로 되어 있었다.

"참 그거 알아요?"

백미경 도전자의 목소리가 들렸다. 홀에 들어가기 직전, 저도 모르게 시진의 발걸음이 멈추었다.

시진은 내일모레면 이 바닥에서 이십 년이었다. 강산이 두 번 바뀌었다는 뜻이다. 그 긴 시간 동안 시진은 이 바닥에서 생활하는 여러 부류의 군상을 만났다. 시진은 어쩐지 벼르는 듯한 뉘앙스만 들어도 백미경 도전자가 어떻게 나올지 알 것 같았다. 그러잖아도 백미경 도전자가 서주에게 비호감인 것이 내내 거슬리던 차였다.

"한서주 언니 완전 장금이라는 거, 모두 몰랐죠?"

"장금이?"

'어떻게 나오나 볼까?'

"네, 장금이. 몰라요? 홍시 맛이 나서 홍시라고 했는데, 왜냐고 물으시면, 블라블라, 뭐 그랬던 장금이요."

"그럼, 한서주 씨가 미각 천재라는 뜻이야?"

서주에게 여러모로 관심을 가지고 있는 홍팀 팀장이 물었다. 그의 표정을 보아하니 복합적이었다. 그리고 대충은 짐작이 가는 바도 있었다. 오늘 서주가 과제를 완벽하게 재현해 낸 순간, 시진은 최준혁 도전자의 표정이 어떻게 변하는지 보았다.

그 눈빛은 분명 시진이 그에게 가진 개인적인 호감 같은 것을 순식간에 날려 버리기에 충분했다. 놀람을 넘은 충격. 홍팀 팀장은 리더십이 강하고 큰 그림을 볼 줄 아는 사람이라 여겼는데, 그래서 이번 시즌 우승자는 그가 될 것이라고 다른 셰프들에게 장담을 했었는데, 바로 그 순간의 표정은 다른 도전자들과 다를 바 없었다.

'사람 보는 눈을 키워야겠어.'

시진은 그 순간 홍팀 팀장에게 매우 실망하고 말았다.

'재능을 보는 능력도 안나경 셰프보다 현저히 떨어지는데, 사람 보는 능력도 이 모양이니, 원.'

"네, 그렇대요. 한서주 언니 말로는 먹어 본 건 웬만해선 다 만들 수 있대요."

"그래? 정말이에요, 한서주 씨?"

백미경 도전자와 말을 주고받던 최준혁이 서주를 보았다. 기존 홍팀 팀장이 서주에게 보였던 호감 같은 건 눈 씻고 찾아봐도 보이지 않았다. 다른 사람들의 눈빛 또한, 그녀가 부정행위라도 한 듯 비난할 만반의 준비를 하고 있었다. 시진은 자신이 저들의 눈빛을 받은 것처럼 기분이 아주 더러워졌다.

'자칫 잘못하면, 일이 커지겠는데?'

그리고 걱정도 되었다.

"네?"

서주는 여전히 사태의 심각성을 모르는지 좀 멍해 보였다. 아니, 멍한 게 아니라 맹해 보였다.

"먹어 본 건 다 만들 수 있냐고요."

"그건……."

"한서주 언니가 방금 저에게 말했어요. 매주 수요일 맛집 탐방을 하는데, 그 맛집 음식을 만들 수 있을 때까지 계속 다닌다고. 그러다가 그 맛집 음식을 재현해 낼 수 있으면 다른 맛집으로 바꾼다고, 저에게 그렇게 말했잖아요?"

"네, 뭐 그렇게 말했죠."

"오스삐떼 도노레도 그런 레스토랑 중 한 곳이라고 했잖아요."

"네, 뭐."

백미경 도전자의 말에 서주가 어깨를 들썩였다.

'저 순진한 바보, 멍청이.'

그는 내심 혀를 찼다. 도전자들은 아직 자신이 지켜보고 있다는 것을 모르는 눈치였다.

"언니, 혹시 치킨 카치아토레도 만들어 본 거 아니에요?"

"아니요?"

백미경 도전자의 물음에 서주는 그제야 감이 오는 듯했다.

'하여튼 남을 경계하지 않는 건 예나 지금이나 마찬가지. 도대체 애가 왜 저리 순진해 빠진 거야?'

도전자들의 눈빛이 어떤지 굳이 가까이서 보지 않아도 알 것 같았다.

'더 놔뒀다가는 아예 제 발로 함정에 걸어 들어가겠어.'

시진은 손을 들어 홀 지배인을 불렀다.

"네, 사장님."

희진이 다가왔다.

"저기 저 여자 도전자, 한서주 씨. 저분 우리 레스토랑 고객입니까?"

"네, 사장님. 매달 둘째 주 수요일 혹은 8일에 오십니다. 일이 있어도 취소가 아닌, 다른 고객을 보내서라도 노쇼를 하지 않는 유일한 분이시라 기억하고 있습니다만?"

'빌어먹을, 자칫 불리해질 수 있겠어.'

"……."

시진은 서주를 믿었다. 서주가 1이라고 하면 1이다. 2를 어떤 경우에도 3이라고 말하지 않았다. 하지만 다른 사람들은 달랐다. 한 사람 한 사람이 밟고 지나가야 할 경쟁자들이었다. 그러니 서주를 믿지 않으려 할 것이다.

"사장님?"

"아, 됐습니다."

"네, 그럼……."

"참, 지배인님."

"네."

"헤드 셰프에게 요리 일지를 가지고 오라고 하세요. 그리고 지배인님은 고객 관리 명단에서 한서주 씨 예약 전화번호를 검색해 리스트를 뽑아 와 주세요. 혹시 한서주 씨 전화번호를 모르신다면……."

"알고 있습니다, 사장님. 어떻게 매달 같은 날 오시는 고객의 전화번호를 모르겠습니까. 지시한 대로 처리하겠습니다."

홀 지배인이 물러갔다.

"언니, 만들어 보신 거죠?"

그때 백미경이 서주에게 의도를 숨기지 않은 채 다시 한번 물었다. 시진은 그 자리에 여전히 남아 홀 안을 관망하고 있었다.

"아니요."

"치킨 카치아토레 드셔 보셨다면서요."

"네."

"먹어본 건 따라 만들어 본다면서요? 그런데 치킨 카치아토레만 안 만들어 봤다고요? 그걸 믿으라고요?"

"그럼, 내가 홍시 블라블라 장금이 같은 미각이라는 건 믿어요?"

"네? 언니가 그렇다면서요."

"그런데 내가 치킨 카치아토레를 안 만들어 봤다는 건 왜 안 믿어요?"

"거짓말이잖아요. 거짓말 들킬까 봐, 저에게 이렇게 뇌물도 주셨고요."

백미경 도전자가 서주에게 받은 상품권을 보란 듯이 내보였다. 그러니 빼도 박도 못하게 생긴 꼴이다.

"그건……."

그녀가 당황했다. 그 순간 나머지 도전자들이 무슨 생각을 하는지, 시진의 눈에 확연히 들어왔다.

7. 예기치 못한 우연의 우연

'맹한 녀석.'

서주는 자신이 베푼 호의가 칼이 되어 돌아올 수 있다는 것을 아직도 모르는 아주 순진한 여자였다.

'쓸데없이 호의를 베풀어서 뒷말 듣는 것도 여전하고.'

학창시절 서주는 자신으로 인해 학교에서 이런저런 구설수에 올랐었다. 물론 자신 또한 그녀의 호의에 증오로 답한 것은 사실이었으니 할 말은 없다. 말론 부모는 부모고 자식은 자식이라고 했지만, 그 사람들과 서주를 여전히 따로 떼어 놓고 생각할 수 없었으니 말이다.

"한서주 씨, 정말 치킨 카치아토레 만들어 보았어요?"

여태까지 서주에게 가장 호의를 보이던 최준혁 도전자가 이번엔 가장 맹렬히 공격하기 시작했다. 최준혁의 변심이 기분 나쁘면서도 또 한편으로는 좋아지는 것, 이 황당한 아이러니를 겪고 나서야 시진은 깨달았다.

'내가 왜 질투를 하는 거야? 아니 웬 질투?'

그리고 두 사람의 반목을 자신이 왜 이렇게 반기는지 알아차린 순간, 시진은 좀 당혹스러웠다. 그녀와 재회한 이후로 마음이 흔들린 것은 사실이었다. 심지어 오늘은 설레기도 했다. 그때까지도 감정의 흐름에 대해 심각성을 몰랐다. 하지만 최준혁을 질투했다는 것을 안 순간, 자각하고 말았다.

자기 자신의 감정을.

'그래서는 안 되잖아?'

사실 여태 일정을 소화하는 동안 서주가 최준혁 도전자에게 가장 많이 의지하는 것은 한 눈에도 보였다. 비단, 오늘 녹화 중 서주가 최준혁 도전자에게 보인 친밀도뿐만이 아니었다. 그런데 돌이켜 보니 그간 그게 은연중에 거슬렸던 모양이다.

"……."

그녀의 입장에서는 그렇게 믿고 의지했던 사람에게 뒤통수를 맞은 격이니, 서주의 얼굴이 창백해지는 것도 당연했다.

'그 정도로 최준혁에게 마음을 주었던 거야?'

시진은 슬그머니 치솟는 질투를 느꼈고 또다시 당혹스러워졌다. 그는 자신이 왜 이러는지 굳이 확인하고 싶지 않아서 아니, 명확해질까 봐 마음을 단속하며 마침내 홀 안으로 들어갔다.

"백미경 씨."

그러고는 최연소 도전자에게 다가가 냉랭하게 굽어보았다.

"네, 셰프님."

백미경 도전자를 시작으로 다른 도전자도 하나둘 자리에서 일어났다. 이 와중에도 카메라는 여전히 돌아가고 있었다.

"식사마저 하세요. 오후 촬영하려면 배가 든든해야 하니까."

시진의 말에 도전자들은 산발적으로 자리에 주저앉았다. 시진은 그들이 완전히 착석하고서야 백미경 도전자를 다시금 보았다.

"뇌물은 이제 그만 돌려주세요."

줬다 뺏는 것은 유치한 짓이지만, 호의를 배은망덕으로 갚는 이에게 서주의 배려는 사치라고 생각했다. 그리고 자신이 정리하는 것이니 엄밀히 말해 서주가 줬다가 뺏은 것은 아니었다.

"네?"

"한서주 씨에게 뇌물을 받으셨다고 하지 않았습니까?"

"그게……. 네."

"그러니까 그만 한서주 씨에게 돌려주시고."

"……."

백미경 도전자가 상품권을 물끄러미 바라보았다. 그녀가 마지못해 상품권을 돌려주는 것을 보고 나서야 시진은 서주에게 시선을 돌렸다.

"한서주 씨?"

그러고는 서주를 불렀다.

"네, 셰프님."

"저희 레스토랑 단골이시라 들었습니다."

"네, 셰프님."

"치킨 카치아토레, 언제 드셨는지 기억나십니까?"

"그건……."

서주가 미간을 찌푸렸다. 표정을 보아하니 열심히 생각하는 눈치였다.

"한서주 씨?"

"죄송합니다. 잘 기억이 나지 않습니다, 셰프님."

결국 창백한 얼굴로 서주가 말했다. 그녀의 표정 때문에 마음이 쓰렸다. 그리고 그 음식을 언제 먹었는지 기억 안 나는 것은 정상이었다. 요의 그 음식은 그의 레스토랑에서 1년 이상 판매하지 않은 메뉴였다.

혹시 도전자 중 서주처럼 단골이 있을 수도 있다고 판단하여 'ospite d'onore'의 예전 메뉴를 골랐다. 그렇게 선정된 메뉴가 누구나 쉽게 따라 할 수 있는 치킨 카치아토레였던 것이다.

"지난 해 봄, 메뉴 개편 때 뺐던 메뉴입니다. 또한 그 메뉴는 지지난해 겨울 한시적으로 판매되었습니다. 아마도 한서주 씨가 저희 레스토랑에서 그 음식을 드셨다면 지지난해 겨울에서 지난해 봄일 것 같은데요?"

그리고 그 정도로 서주가 자신의 주변에 오래 있었다는 뜻이기도 했다. 기분이 묘해졌다.

"그런 것 같습니다."

"지금 상황에서 그런 것 같다고 말하는 건 별 도움이 안 됩니다."

"사실은 정말 기억이 나지 않아요. 확실히 먹어 보았다, 이 정도만 기억해요. 그래서 먹어 보았다고 손을 든 것이고요."

서주가 눈을 찌푸렸다. 울음이 터지기 일보 직전, 그녀 특유의 버릇이었다. 순간 가슴이 덜컥, 시진은 미치는 줄 알았다. 하지만 간신히 마음을 다잡았다. 그리고 더욱 냉정한 눈빛을 했다.

"……."

'울지 마. 적들 앞에서. 네가 약한 모습 보이면 그 약점을 또 물고 뜯을 거야. 네 적은 남녀노소 할 것 없어. 어리다고 경계를 늦춘 건 네 실수라고. 그러니 실수하고 나약하게 울지 말라고.'

시진은 자신에게서 지금 서릿발이 날리고 있음을 모르지 않았다. 어깨를 따뜻하게 안아 주지는 못할망정 오히려 궁지로 몰고 있다는 것도. 이러는 자신도 속이 편한 것은 아니었다.

"죄송합니다."

자신의 생각이 전달된 것인지, 다행히 울지는 않았다. 오히려 강한 표정을 지었다. 서주는 비록 자신보다 어렸지만, 두려움에 떨 때면 꼭 안아 주던 아이였다. 시진은 그 온기에 기대 마음의 평안을 얻고는 했다. 지금 그녀의 표정을 보아하니 그렇게 단단했던 일면이 되살아 난 것 같아 마음이 놓였다.

"지금 죄송하다고 해서 끝날 일이 아닌 것 같습니다. 백미경 씨에게 왜 뇌물을 주었습니까?"

시진은 그제야 한결 수월해진 마음으로 문제를 파헤치기 시작했다.

"뇌물이라니 좀 우스운데, 전 상품권을 백미경 씨에게 뇌물로 준 것이 아니에요."

다행히 대꾸하는 그녀는 강한 일면을 보였다.

"그럼 왜 준 거죠?"

"경합 전, 버스 안에서 백미경 씨가 이 레스토랑에 한 번도 와 본 적이 없다고 했던 말이 마음에 걸려 줬을 뿐이에요."

'너답다, 너다워.'

친구들을 파티에 초대해 놓고, 오지 못한 그가 마음 쓰여 기묘한 맛을 내는 케이크를 직접 만들어 줄 정도로 서주는 심정이 나약해 빠졌다. 그가 보기에는 그랬다.

'그나저나 그런 기괴한 컵케이크를 만들던 녀석의 미각이 어쩌다가 저렇게 예민해졌지?'

"그게 왜 마음에 걸립니까? 전 이해 못 하겠네요."

자꾸만 과거의 모습이 오버랩 되자, 그것을 떨치려는 듯 음성이 냉랭해졌다. 중요한 이 시기에 마음이 또 싱숭생숭해지면 곤란하니 말이다.

"백미경 씨가 챌린지 스타 셰프 케이에 꼭 도전하고 싶어 하는 제 제자와 비슷한 또래라서 마음이 쓰였을 뿐입니다. 오늘 받은 상 중 반은 백미경 씨에게 주고 나머지 반은 그 제자에게 줄 생각이었어요. 맛은 많이 경험하면 할수록 폭이 넓어지는 걸 아니까요."

어찌나 야무지게 말하는지, 괜히 뿌듯해지기도 했다.

"백미경 씨는 한서주 씨의 제자가 아닙니다. 백미경 씨는 한서주 씨의 경쟁자입니다."

그런 속내를 숨기고 더욱 박차를 가했다. 다른 도전자들에게 의혹을 심어 주지 않으려 말이다.

"네, 이젠 저도 그걸 알겠네요. 지금 보니까 백미경 씨는 제가 보호해 줘야 할 제자가 아니었네요."

서주가 씁쓸한 표정으로 백미경 도전자를 보았다. 하지만 백미경 도전자는 아직도 자신이 뭘 놓쳤는지, 또 뭘 잘못했는지 모르는 눈치였다. 어려서, 라고 모든 걸 덮는 건 무책임한 것 같았다. 그냥 백미경 도전자는 그런 부류일 뿐이었다.

"그 상품권이 입막음성 뇌물이 아니었다고 해도 지금 다른 도전자들은 한서주 씨가 부정행위를 했다고 믿는 것 같습니다만?"

시진의 말에 나머지 도전자들은 긍정도 부정도 하지 않았다. 하지만 시진은 그들의 마음이 정확히 어느 쪽으로 기울었는지 잘 알고 있었다. 원래 사람의 마음이라는 것이 그런 것이다.

"한서주 씨, 부정행위 하셨습니까?"

그들을 대신해 시진이 차갑게 물었다. 그래야만 의혹이 남지 않을 테니 말이다. 그런데 의외로 그런 척하는 것이 참 쉬웠다. 오히려 그녀와 이런 시시비비를 주고받는 것을 즐기기 시작했다.

"만들어 본 것이 부정행위다, 라고 사전에 공지하지 않았던 것으로 기억해요."

"그런데 여기 있는 분들은 모두 그게 부정행위다, 라고 판단하는 것 같습니다만?"

"만들어 본 것이 어떻게 부정행위가 돼요? 그럼 챌린지 스타 셰프 케이에 참가하는 모든 도전자가 일생 만들어 보지 못했던 음식으로만 경쟁을 해야 한다는 뜻인데, 그게 말이 된다고 생각해요? 셰프님께서 오늘 저희에게 가르쳐 주신 것도, 셰프님이 태어나기 전에 사냥꾼에 의해 개발된 요리잖아요."

'역시, 생각보다 호락호락한 여자는 아니야.'

시진은 그녀가 참 놀라웠다. 그리고 어쩐지 든든했다. 어디가서 억울한 일 당하고 아무것도 못 한 채 울기만 하는 그런 여자가 아닌 것 같아서 그것도 참 좋았다. 이제 서주 혼자 둬도 잘 해낼 것 같았다.

'맞아, 이젠 내가 필요 없는 어른이 되었지.'

그런데 그런 생각이 그를 좀 쓸쓸하게 만들었다.

"분명 시작 전, 한서주 씨를 비롯한 다른 도전자들에게 물었습니다. 만들어 보거나 맛을 본 사람은 손을 들라고요."

"그래서 전 솔직히 먹어 봤다고 손을 들었어요."

"이후로 공정을 기하기 위해 다른 분들도 모두 한 번씩 드셔 보게 했습니다. 그 취지가 뭐였을 것 같습니까? 한서주 씨가 이미 만들어 본 요리라고 솔직하게 말했다면, 다른 도전자들에게 만드는 법을 보여 주었을 겁니다. 하지만 한서주 씨는 먹어 보기만 했다고 했고, 공평성을 들어 다른 도전자들도 먹어 보기만 한 겁니다."

"그럼에도 만들어 본 것이 부정행위다, 라고 고지하지 않으신 건 사실이잖아요."

'틀린 말은 아니지. 이렇게까지 자신을 변호할 수 있으니 내가 굳이 나서지 않아도 될 것 같긴 한데.'

"네, 그렇습니다. 고지하지 않았습니다."

시진은 순순히 인정했다. 그리고 다른 도전자들을 향해 굳이 몸을 돌리진 않았지만, 그들이 들으라는 듯 단호하게 말했다.

"그러니 전 해 봤음에도 해 봤다고 말하지 않은 것은 부정의 문제가 아니라 도의적인 문제라고 생각합니다."

"부정행위를 한 것이 아니라 도의에 어긋났을 뿐이다, 라고 말씀하시는 겁니까?"

"네. 그 누가 만들어 봤다고 해도, 그게 부정행위라고 정하지 않은 이상 부정행위는 아니죠. 다만 도의상 욕먹을 짓인 것은 맞습니다. 하지만 전 욕을 먹을 이유도 없어요. 결코 치킨 카치아토레를 만들어 본 적이 없습니다."

서주는 조금의 흔들림도 없이 단호했다. 평소 맹하고 구멍이 많아 보였던 그녀인지라, 다른 도전자들이 좀 놀란 눈으로 서주를 새삼스럽게 보는 것 같았다.

"그걸 누가 믿어 줍니까? 증거가 있습니까?"

"그럼 제가 천재적인 미각을 가졌고, 먹어 본 것은 뭐든 만들 수 있다는 백미경 씨의 주장에는 증거가 있어요?"

"이, 입막음으로 준 상품권이요."

서주의 말에 백미경 도전자가 말했다.

"이건 증거가 될 수 없죠. 지금 이 상품권이 제 손에 있으니 뇌물로 줬다는 증거도 되지 못합니다."

"제가 돌려주는 걸 다른 언니 오빠들이 봤어요."

"맞아요, 돌려준 걸 보았죠. 그리고 제가 백미경 씨에게 상품권을 주는 것을 아마 CCTV가 보았을 겁니다. 그 말인즉, 잠시 맡겨 놨다가 돌려준 것이다, 뭐 이런 뜻이죠."

"하! 언니는 지금 억지를 부리고 있어요. 그 상품권이 뇌물이었다는 걸 언니 오빠들이 다 알고 있다고요."

"물론이죠. 억지인 거 알고 있습니다. 그런데 제가 그 음식을 만들어 봤다고 말한 백미경 씨의 주장도, 그 상품권이 뇌물이라는 주장도, 역시 억지라고 말하고 싶은 겁니다. 제가 치킨 카치아토레를 만들었다, 혹은 그 상품권을 뇌물로 주었다는 모든 주장에는 명확한 증거가 없습니다. 음성 녹음을 한 것도 아니고, 목격자가 있는 것도 아닙니다. 즉, 증거는 백미경 씨의 일방적이고 억지스러운 주장밖에 없는데, 그걸 증거로 채택한다면 아마 우리나라의 사법 체계가 무너질 거예요. 자, 이제 여러분들에게 묻겠어요."

'훗, 일단 논리적으로 타격을 주고.'

한 발 뒤로 물러나 있던 시진은 흥미로운 표정을 애써 감추고 그녀를 바라보았다. 그때 서주가 좌중을 천천히 돌아보며 말을 이었다.

"제가 천재적인 미각을 가졌다는 말은 믿으면서 치킨 카치아토레를 만들지 않았다는 말은 왜 못 믿는 거죠? 두 주장 모두 실질적인 증거가 없는데요."

그러면서 날카롭게 말을 이어 나갔다.

"네. 뭐, 굳이 답을 안 하셔도 알 것 같아요. 못 믿는 것이 아니라 믿고 싶지 않은 거죠, 다들? 왜냐, 제가 여러분들의 경쟁자니까. 어떻게 해서든 흠집을 내어 단 한 명이라도 떨어뜨려야 하니까, 안 그래요?"

'인간의 추악한 본성에 팩트 폭격, 감정을 건드린다? 겉보기와 달라. 얕잡아 봤다가는 큰코다치겠는데.'

그가 속으로 웃는 사이 서주는 마지막으로 홍팀 팀장을 빤히 바라보기까지 했다.

"그런 말 하지 마세요, 한서주 씨. 떨어뜨리겠다고 생각하지 않았어요. 그냥 공평하지 않았음을 인정해 달라, 뭐 그런 의도였어요. 하지만 한서주 씨가 아니라고 하니 믿어요. 이번 일은 그냥 해프닝으로 넘깁시다."

최준혁 도전자가 민망한 얼굴로 말했다.

'이쯤 되면 서서히 마무리를 지어야겠지.'

"해프닝이요? 한 사람 순식간에 바보 만들어 놓고요? 공개적으로 이러는 건 제가 가르치는 아이들도 요즘 안 해요. 자기 공부하기 바빠서. 하물며 우린 어떻게든 셰프가 되기 위해 바쁜, 그것도 성인이잖아요. 모두 창피한 줄 아셔야 해요."

서주가 피식 웃자, 팀장의 얼굴이 미미하게 붉어졌다. 다른 도전자들은 서주의 눈을 피하기 급급했다.

"한서주 씨 말 대로, 그냥 해프닝으로 넘기는 건 말도 안 됩니다. 이런 민감한 문제에 관한 한 여지를 결코 남기지 말아야 합니다. 문제를 제기한 사람이 있고, 우린 그 문제를 해결해야 합니다."

시진은 서주의 말에 강경하게 한마디를 거들었다.

"누군가가 이번 일에 책임을 지지 않으면 오늘과 같은 일이 또 발생하리라고 봅니다."

그제야 나머지 도전자들이 슬그머니 발을 빼며 최연소 도전자 쪽만 바라보았다.

'이러니 내가 성무선악설도 아니고 성악설을 주장하는 거라고.'

저들이 또 언제 아까와 같은 시선으로 서주를 볼지 알 수 없는 일이었다. 시진은 불씨를 남겨서는 안 된다고 판단했다. 마침 홀 지배인이 뽑아 온 일지 리스트를 들고 다가왔다.

"이건 저희 레스토랑에서 사용하는 일지입니다."

"……."

도전자들이 여전히 멍한 눈으로 지배인을 바라보았다.

"저희 오스삐떼 도노레 본점에서 일어나는 모든 일이 하루도 빠짐없이 기록되어 있습니다."

하지만 이어지는 말에 점점 눈빛이 달라졌다. 비겁한 인간의 본성을 또 한 번 보았다. 그렇다고 이들이 나쁘다는 뜻은 아니었다.

서주를 제외한 나머지 도전자들이 앞으로 백미경 도전자를 어떻게 대하는지 두고 볼 작정이었다. 시진의 생각으로는 그랬다. 자신의 과실을 인정하고 안 하고, 차후로 하는 행동이야말로 인성의 척도가 되는 것이라고.

'누구는 자신의 허물을 알고 있는 서주를 지금보다 더 배척할 거고, 또 누구는 진심으로 사과한 뒤 같이 잘해 보자고 할 것이며, 또 누구는 이 일지에 눈독을 들이겠지. 이것이야말로 오스삐데 도노레의 정수니까.'

"그리고 이 일지는 저희 레스토랑 대외비입니다. 그러므로 이 일지는 제작진에게 넘기겠습니다. 아울러 한서주 씨가 그간 저희 레스토랑에 방문한 기록도 함께 넘기겠습니다. 그래도 이의가 있다면 따로 열람이 가능하도록 하겠습니다."

시진은 자신의 행동에 충분히 책임질 수 있기를 바란다는 말로 은근히 돌려, 이 일지를 보면 그만한 대가를 치르게 될 것이라고 협박한 뒤 자리를 정리했다. 최연소 도전자는 파랗게 질려 자리에서 일어났고, 나머지 도전자들은 입맛이 뚝 떨어진 표정이었다.

'내 직원들이 공들여 만든 밥상머리에서 매너 없이.'

시진은 차가운 시선으로 도전자들을 훑은 뒤, 상기된 표정의 서주를 보았다. 자꾸만 입꼬리가 올라가는 것을 간신히 끌어내리고 그는 홀에서 빠져나왔다.

* * *

서주는 매회 히트 친 'Challenge Star Chef K'를 제자에게 뒤늦게 들은 뒤, 방송을 통해 시진을 보게 되었다. 그의 성장한 모습에 그녀는 놀랐고 뿌듯했으며 점점 존경하게 되었다. 예전의 그를 좋아했다면, 현재의 그는 경외하게 되었다고 할까? 서주는 'Challenge Star Chef K' 모든 시즌을 VOD로 정주행했다.

그리고 아마도 시즌 4를 시청할 때부터였을 것이다.

'그를 한 번 만나 봐야겠어.'

이제 와 하는 말이지만, 제자가 안나경 셰프를 동경했듯, 서주는 시진을 동경했다. 그렇다고 제자처럼 요리사가 되겠다고 생각한 건 아니었다. 그저 동경하는 사람을 아주 가까이에서 보고, 안부를 나누면 그뿐이라고 생각했다. 이미 정상에 우뚝 서 있는 그와 다시 가까워지는 건 생각도 하지 않았다. 그녀는 그저 시진을 한번 만나보고 싶었을 뿐이었다.

'그런데 이런 경쟁을 뚫고 저 자리에 있었던 거야.'

서주는 시진이 새삼스러웠다. 얼마나 많은 일을 겪었을지, 오늘 겪은 일만으로 모두 공감할 수는 없었다. 하지만 하나를 보면 열을 안다는 말이 있듯이 서주는 오늘 참 서러웠다. 자신이 당한 일 때문이 아니라 의지가지없는 그가 혼자 18년 동안 이런 일을 겪었다고 생각하니 마음이 편치 않았다.

'얼마나 힘들었을까? 얼마나 외로웠을까?'

원래도 시진은 표정이 그리 풍부하지 않았다. 청소년기의 가정환경이 사람에게 얼마나 결정적인 역할을 하는지 잘 알고 있는 서주로서는 그 무표정함과 시니컬함을 이해하고 있었다.

'하지만 지금 생각해 보니 그건 빙산의 일각이야.'

이후로도 계속 이런 환경에 노출되었다는 뜻이니 지금 저 냉혹함에 가까울 정도의 냉정함이 비로소 가슴에 와닿는 것이다.

'오죽했으면.'

서주는 서러움을 삭였다. 고작 이런 일로 시진의 앞에서 징징거리는 것은 한심한 일이었다.

시즌 4를 시청할 때부터 그를 만나야겠다는 마음이 점점 더 깊어져 갔었다. 서주는 결국 시즌 6이 시작되었을 때, 'Challenge Star Chef K 시즌 7'에 지원하고야 말았고 기어이 오늘에 이르렀다.

'끝까지 가겠다고 생각한 것은 아니야. 그저 오빠 얼굴을 보고 싶었을 뿐.'

그런데 오늘에야 비로소 그 생각이 바뀌었다. 시진이 어떤 과정을 거쳐 저 자리에 올랐는지 기어이 경험해 보고 싶었다. 그럼 시진을 좀 더 이해할 수 있을지도 모른다는 생각을 하게 된 것이다.

'그러니까 끝까지 가 볼래. 최선을 다해서.'

서주는 식사하는 도전자들을 보며 서늘하게 미소 띤 얼굴로 또 한 번 그렇게 다짐했다.

"너 오랜만이다?"

식사를 마치고 나오니 승휘가 기다리고 있었다.

"그러네."

서주는 그녀를 시큰둥한 표정으로 보았다.

'그나저나 얘는 내가 오해를 풀게 된 게 영 별로인가 봐?'

자신을 위아래로 훑어보는 승휘에게 서주 역시 지지 않았다. 파티셰 옷을 입은 그녀를 노려본 것이다. 다른 사람이면 몰라도 현승휘, 이 독사 같은 여자에게만은 결코 질 수가 없었다.

'이런 걸 두고 우연의 우연이라고 해야 하는 건가? 시진 오빠가 여기에 있는지조차 몰랐는데, 쟤는 더더욱 가만, 그럼 내가 환장했던 달달 구리들을 쟤가 다 만들었다는 뜻이잖아? 헐. 그런 줄도 모르고 난 속도 없이 맛있다고 좋아했어.'

서주와 승휘는 학창 시절 사이가 안 좋았다. 두 사람이 그렇게 된 이유는 아주 흔하디흔한 일 때문이었다.

서주는 중학교를 졸업하자마자 건강을 위해 서울로 유학을 왔다. 그녀의 병은 중소도시에서 더 이상 감당할 수 없는 지경에 이르렀고, 자신의 심장을 감당할 수 있는 병원은 서울이 유일했다. 그래서 서울에 있는 고등학교에 입학했다.

'당시에 얼굴값 꽤 한다는 여자애들은 4대 천후, 남자애들은 4대 천황이라고 했었지 아마?'

십수 년 전, 그 일대에서 유명했던 여학생 넷, 남학생 넷을 그렇게 불렀다. 서주가 입학한 고등학교에 4대 천황이라 불리던 남학생 중 독보적인 위치에 있는 준수한 남학생이 있었다. 그리고 그 남학생이 하필이면 서주를 마음에 둔 것이다.

'너 같은 여자는 처음이야, 뭐 그런 뻔한 스토리?'

서주는 그 남학생에게 전혀 관심이 없었다. 물론 그 남학생 이전에 시진을 만나지 않았다면 외모에 혹했을지도 모르고, 일이 그렇게까지 꼬이지는 않았을 것이다. 그런데 서주에게는 이미 황시진이라는 독보적인 존재가 있었고, 다른 남자는 모든 방면에서 시진에게 못 미쳤다.

그리고 그 남학생에게 고백을 받았다. 그 남학생뿐만 아니라 꽤 많은 고백을 받았다. 그 유명한 4대 천후에 끼지 못하고 또 학교에서 가장 예쁜 건 아니었지만, 나름 예쁘장한 외모로 서주는 남학생 사이에서 인기가 많은 편이었다.

이른바 '넘사벽'인 4대 천후보다 접근성이 쉽고 무엇보다도 '마지막 잎새'의 현실 버전이니 뭐니, 남자들이 우유보다 더 창백하고 병색이 완연한 여자에게 보호 본능을 느낀다는 것을 그때 몸소 경험했다.

당연히 그 모든 고백을 거절했고, 그중 4대 천황인지 뭔지 하는 남학생의 고백도 마찬가지였다.

'그런데 하필이면 그 남학생을 승휘가 짝사랑했을 줄 내가 어떻게 알았겠어?'

심지어 승휘는 서울로 유학 온 어리바리 그녀에게 처음으로 다가와 큰 도움을 주었던 친구였다. 그리고 승휘는 그 남학생에게 공공연하게 고백했던 수많은 여학생 중 한 명이었다. 애석하게도 그녀는 당시 아이들의 표현에 의하면 '대차게 까인' 여학생 중 한 명이기도 했다.

그런데 그런 남학생이 서주에게 관심을 보였으니, 굳이 말하지 않아도 뻔한 스토리였다. 그럼에도 승휘는 변하지 않았다. 전교적으로 왕따를 당해도 늘 곁에 있어 주었다.

'그리고 왕따 경험이 뭐 한두 해도 아니고.'

시진 때문에 왕따를 직간접적으로 겪었던 서주에게는 대수롭지 않은 일이었다. 늘 그러하듯 반응하지 않았고, 학생의 본분을 지켰다.

덕택에 더 열심히 공부하여 서울로 온 지 단 일 년 만에 자신을 왕따 시키는 모든 아이들을 발밑에 두었다.

"인생은 지금이 다가 아니야. 나중에 돌아봤을 때 누가 승자가 될까? 넌 궁금하지 않아? 십 년 후, 이십 년 후, 네가 재들을 밟아. 폭력이 아닌, 자신 그대로의 모습으로 재들이 네 발밑을 기게 만들란 말이야. 고등학교 때 선생님도 이보다 더한 일을 겪었어. 하지만 난 최후의 승자가 되기로 했어. 오기가 생겨서 적어도 성적으로는 아무도 날 밟지 못하도록 했지."

요즘도 학교에서 종종 왕따를 당하는 아이들이 있다. 그런 아이들을 보면 서주는 방패가 되어 주려고 노력하는 한편, 또 이렇게 말해 주고는 한다. 왕따 문제로 학교까지 떠날 결심을 한 제자 온수혁에게는 특히 더.

내로라하는 대학에 몇 명의 학생을 진학시키느냐가 그 학교 영예의 척도가 되기에 선생님들은 당연히 그녀를 좋아했다. 결론적으로 그 선생님들이 서주를 비호해 주는 결과를 초래했다.

물론 마지막까지 비호를 얻기 위해 선생님이 원하는 학교에 진학하는 것으로 보답했지만, 또 한편으로 자신을 정서적으로 물리적으로 괴롭히던 친구들에게 보여 주기 위함이었다.

아무도 성적으로 서주를 이기지 못하고, 선생님의 비호로 그 누구도 그녀를 건드리지 못했을 때.

'저년이 내 뒤통수를 쳤지.'

뭐, 그것도 영화나 드라마에서 몇 번이나 우리고 우린 방법이어서 식상하다 못해 시큼털털한 과거사를 굳이 생각하고 싶지는 않았다.

'물론 난 당하고만 있는 성격이 아니야.'

결과적으로 사실을 알고 서주가 뒤늦게 맹공격을 퍼부었고, 승휘는 학교를 떠났으니 사실 왕따 당한 일로 앙금이 남아 있지는 않았다.

하지만 인생을 통틀어 서주가 재회하고 싶지 않은 몇 안 되는 사람 중 한 명임은 명백했다. 원칙적으로 모든 사람과의 관계를 호감으로 시작하는 서주였는데, 승휘 탓에 아주 잠깐 인간에 대한 회의를 느꼈으니 말이다.

'그나저나 애가 수준이 떨어졌어. 감정을 표정으로 다 드러내다니.'

자신이 최연소 도전자의 악의로 궁지에 몰렸을 때, 몰래 숨어 지켜보던 승휘의 표정을 보고 그녀는 그런 생각을 했다. 아니면 예전에는 자신이 맹하고 순진해서 승휘의 속을 간파하지 못했고, 그로 인해 당했던 것일지도 모른다.

'아무튼 애랑 여기서 재회할 줄 누가 알았겠어? 그리고 왜 하필이면 오빠 레스토랑이야? 아, 여태 황홀하게 만들어 줬던 그 디저트들 다 뺏고 싶네, 우이씨.'

"이게 얼마 만이야? 만나서 반갑다는 말은 못 하겠다."

승휘가 말했다.

"이하 동문, 간만에 우리 두 사람 마음이 좀 맞는 것 같네."

서주는 이죽거렸다. 기본적으로 사람을 호감으로 대하지만 한 번 비호감으로 낙인을 찍으면 그녀 역시 만만치 않은 공격력을 퍼붓고는 했는데, 그러다가 자신의 잘못을 알고 뉘우치면 다시 호감으로 돌아서는 것이 다반사였다.

'단, 얘는 빼고.'

서주는 그 어떤 일이 있어도 승휘를 용서하지 않기로 했다. 자신의 생명까지 위험에 빠뜨린 인간을 사람 취급하는 게 더 이상한 일이었으니 말이다. 물론 당시 승휘가 서주의 병을 믿지 않았다고 해도 말이다.

"너 또 살 빠졌니?"

승휘가 그녀의 약점을 건드렸다. 서주는 참 징글징글할 정도로 살이 안 찌는 체질이었다. 어떻게든 살을 찌워 보려고 매일 저녁 자기 삼십 분 전 라면을 꾸역꾸역 끓여 먹고 잠든 적이 허다했다.

'단 한 달 만에 결국 포기, 살이 찌기는커녕 역류성 식도염과 위염으로 의사에게 한소리 제대로 들었을 뿐.'

서주는 간혹 자신이 빠짝 마른 장작 같다고 생각했다. 삐쩍 마르려면 다 삐쩍 마를 것이지, 살이 붙었다 싶으면 다 가슴과 엉덩이로만 몰리니, 남들이 들으면 재수 없다고 할까 봐 유일하게 자신의 콤플렉스를 털어놓은 곳이 다름 아닌 승휘였던 것이다.

물론 콤플렉스로 여기던 것도 성장기 때뿐이었다. 지금은 자신의 가슴과 엉덩이에 무한한 애정까지는 아니어도 거기라도 살이 붙어 있으니 얼마나 좋아, 하는 긍정적인 방향으로 생각하기에 이르렀다.

"그러는 넌 키가 더 큰 것 같은데?"

어쨌든 승휘가 악의를 가지고 공격했으니, 서주 역시 만만히 당하고 있을 위인이 아니었다.

"아니거든?"

아니나 다를까 승휘가 발끈했다. 단지 키 때문에 저러는 것은 아니었다. 눈만 뜨면 자라는 것 같다고, 키가 크니 덩치가 더 커 보여 여성스럽지 못하다고, 그래서 그 4대 천황인지 뭔지 하는 남학생이 자신을 거들떠보지도 않는다고 자신에게 투덜대던 것을 잊지 않고 있었다. 즉, 그녀의 공격은 짧은 말 한 마디였지만, 그 속에 내포된 것은 아주 잔혹하기 그지없다는 뜻이다.

"근데 너 요리에 관심 있었어?"

승휘가 이번에는 다른 공격 포인트를 찾아 한심하다는 듯 웃었다. 유치하긴 하지만 아랫입술을 파르르 떠는 것으로 보아 이미 기선 제압을 한 것이나 다름없었다.

아무튼 입 짧은 자신에게 한 숟가락이라도 더 먹이려고 어머니가 음식을 하는 것이 스트레스니, 요리에 '요' 자만 들어도 소름이 끼치니 했던 자신의 말을 승휘가 기억하고 있는 것이다.

'근데 그것도 먹었다 하면 다른 곳이 아닌 가슴과 엉덩이에

살이 붙는다고 별 시답잖은 고민을 하던 사춘기 때나 공격 포인트가 되지, 빙구.'

"그러는 넌 아직도 먹을 것만 보면 환장해?"

픽, 서주는 야유 하듯 웃으며 승휘의 물음에 물음으로 답했다.

"……."

승휘는 당연히 이를 바득바득 갈았다. 예전 승휘는 일단 뭐든 입에 넣고 보는, 아무리 그게 혐오 식품이라고 해도 무조건 몰래 먹어보는 식탐이 있었다. 그리고 그 본성을 잘 숨겼다가 긴장이 풀려 드러나는 순간, 십중팔구 당시 사귀던 남자에게 차이고는 했다. 그래서 그녀에겐 음식 먹는 것을 필사적으로 참아야 하는 일종의 트라우마 같은 것이 있었는데, 그걸 꼬집은 것이다.

"하긴 주방에선 몰래 먹어 볼 것이 많아서 좋긴 하겠다."

매점에 이것저것 새로운 빵이 들어온 날, 굳이 수업 시간에 먹다가 걸린 적이 있다. 그리고 서주는 빵을 먹지 않았음에도 기꺼이 함께 벌을 받았었다. 그렇게까지 한 것은 승휘가 자신의 가장 친한 친구라고 믿었던 까닭이다.

'그때 난 참 순진했는데, 지금은…… 유치해.'

그리고 보나 마나 더 유치해질 것이 뻔했다. 사실은 예전 그녀의 유치함을 꼬집고 싶지 않았다. 그 일이 없었다면 그건 추억일 수도 있었을 테니 말이다.

다만, 승휘의 표리부동을 꼬집고 싶었다. 승휘의 속과 겉이 달라서 자신이 당한 일은 떠올리고 싶지 않아서 꺼내지 않았을 뿐이다.

'남을 공격하면서 내 마음까지 다칠 이유가 뭐 있어?'

서주는 유치하지만 승휘만 괴로울 외모 콤플렉스를 야비하게 계속 건드릴 작정이었다. 원래 서주는 이에는 이, 눈에는 눈, 찌질한 인간에게는 찌질하게, 야비한 인간에게는 야비하게 구는 습성이 있었다.

"그나저나 너 여기서 근무하니?"

서주는 픽, 웃으며 다시 물었다.

"뭐 그럼 내가 놀러 왔겠니?"

승휘가 그녀를 매섭게 노려보며 되물었다.

"달에 한 번은 여기 온 것 같은데, 너 본 적 없는데?"

"홀 직원이 아니라 파티셰거든, 파티셰! 내가 뭐 음식이나 나르는 줄 알아?"

"아하, 파티셰?"

"하긴 뭐 네가 파티셰가 뭔지 알기는 하겠니? 그 주제에 챌린지 스타 셰프가 웬 말이니?"

"근데 동료들은, 네가 홀 직원을 그렇게 생각하는 거 알고 있니? 아, 이제 보니까 우와, 너 코 진짜 잘됐네. 베란다 확장도 했고."

"무, 무슨 소리를 하는 거야?"

승휘가 흠칫했다.

'오호, 아직 외모에 꽤나 민감한가 보네?'

"네 얼굴, 기억 안 나? 그렇게 면상 갈아치웠으니 이제 뇌도 갈아치우는 게 어때? 아무래도 뉴런이 막힌 것 같으니까 말이야. 저기 홀 직원들이 듣고 있는지도 모르고 음식이나 나르는 일이라며 비하하는 그 뇌, 꼭 갈아치워야 한다."

아주 막말 작렬. 말발이 장난 아닌 아이들을 상대로 유치한 기 싸움을 하는 선생이라 그 덕을 톡톡히 보았다.

"야!"

낯빛이 변해 당황하며 뒤를 돌아본 승휘는 서주에게 낚인 것을 알아채고는 파르르 떨다가 팩 소리를 질렀다.

"아, 귀청이야. 그러게 그 주둥이 좀 조심해. 언젠가는 큰코 다쳐, 현승휘."

손가락으로 귀를 후비적후비적 파는 시늉을 하며 서주는 야유하듯 손을 흔들어 주고는 대기하고 있던 미니버스에 올랐다.

두 손을 불끈 쥐고 부들부들 떠는 모습을 끝까지 보며 자리에 앉아서 또 한 번 손을 흔들어 주었다.

그러고 봤더니 다른 도전자들이 자신의 눈치를 살피고 있었다. 서주는 아무렇지 않은 표정으로 특히 준혁에게 미소를 띠어 보인 뒤 자세를 고쳐 잡고 안전벨트를 맸다. 도전자들을 태운 차는 곧장 스튜디오로 향했다.

* * *

　서주의 일명 부정행위 건은 완전히 마무리된 것이 아니었다. 가장 중요한 것이 남아 있었다. 시진은 그것을 간과하지 않았다.

　"정 피디님."

　그는 방송 스태프에게 다가갔다.

　"네, 셰프님."

　막 주변을 정리하던 스태프가 그를 돌아보았다.

　"오늘 저희 홀에서 딴 영상은 삭제하시죠."

　"삭제하라고요?"

　물론 쉽지 않을 것이다. 방송 스태프의 입장에서 오늘 홀에서의 일은 이슈 거리로 충분했으니 말이다. 아마도 이번 녹화분이 방영된다면 그들 말대로 시청률 대박을 치게 될지도 모를 일이었다.

　서주는 차치하고 시진은 자신의 레스토랑이 그런 구설수에 오르게 둘 수 없었다.

　'월척을 낚으려면 그럴싸한 미끼를 던져야겠지?'

　"아무래도 한서주 도전자, 천재인 것 같습니다."

　"네?"

　"이걸 보면 아시다시피 한서주 씨가 저희 매장을 방문해 매주 치킨 카치아토레를 먹었다면, 많이 먹었다고 해도 2회입니다."

시진은 요리 일지와 서주의 예약 리스트를 내밀었다. 매달 온 것은 확실하나 당시 연말이라 예약이 쉽지 않았던 탓에 서주는 지지난해 11월과 지난해 2월에 온 것으로 파악이 된 것이다.

"두 번 먹은 것으로 똑같은 음식을 만들어 내는 건 흔하지 않나요? 황 셰프님도 한 번 드셔 보시고는 거의 똑같이 만들어 내지 않습니까."

"그건 제가 요리를 전공했기 때문입니다. 먹어 보면 안에 들어간 재료를 대략 알아맞힐 수가 있어서 그런 겁니다. 하지만 한서주 씨는 스타 셰프에 도전하기 전까지, 요리에 아예 관심이 없었던 것이 확실합니다. 이 작가님께서도 처음과 달리 방송에 도움이 안 된다고 판단하셨지 않습니까."

"……."

"아무튼 지난해 3월 이후로는 메뉴에서 사라졌고, 이후로 오늘 처음 만든 겁니다. 한발 양보해 정말 만들어 봤다고 해도 두 번 먹고 똑같은 음식을 만들어 내는 건 쉽지 않은 일이죠."

"그렇긴 하네요."

"안나경 셰프님이 한서주 씨에게 뭔가 특별한 것을 보신 듯했지만, 정 피디님도 아시다시피 저는 회의적이었습니다."

그건 방송 관계자 모두 이미 알고 있는 사실이었다. 하지만 그가 왜 그랬는지 진실을 아는 사람은 단 한 사람도 없었다.

"그런데 달라졌다고요?"

"네. 한서주 씨, 분명 아주 민감한 미각을 가지고 있어요. 아무래도 이번 시즌의 다크호스가 될 것 같습니다."

"그 말씀은?"

"네, 우승까지도 바라볼 수 있겠다, 이런 생각이 듭니다."

물론 과장된 말이었다. 교육받지 못한 서주는 분명 한계가 있었다. 그것이 눈에 보였지만 시진은 모른 척했다.

일단 지금 당장은 대중들의 난도질로부터 서주를 막는 것이 급선무였다.

"그럼 막강한 우승 후보자를 흠집 내는 건 곤란하겠네요."

정 피디가 곰곰이 생각하며 중얼거리듯 말했다. 방송 관계자의 표정을 보아하니 뭔가 확실한 미끼가 필요할 것 같았다.

"일단 오늘 주방에서 한서주 씨가 한 번 먹고 완벽하게 요리를 재현해 낸 것까지만 방송하는 게 어떻습니까?"

"그럼 이렇게 하도록 합시다."

"……."

"오늘의 탈락 과제를 도전자의 미각을 확인하는 것으로."

"오늘은 빵과 디저트였죠?"

"제과를 2차 과제로 하면 한서주 씨는 분명 탈락할 겁니다. 이 작가님 말로는 사전 인터뷰 때, 제과는 한 번도 해 본 적이 없다고 말했거든요. 일단 제과를 뒤로 미루고 오늘 한서주 씨의 미각을 테스트해 보는 게 좋을 것 같네요."

"……."

"안 될까요?"

"네, 그것도 나쁘지 않네요."

일단 오늘 'ospite d'onore' 홀에서 찍은 영상이 방송될 때까지 서주의 탈락을 미루는 것이 급선무였다.

만약 지금 탈락하게 되면 오늘 찍은 영상은 방송 관계자에 의해 무조건 방송을 탈 게 확실했다. 버려진 패지만, 시청률을 끌어올리는 데는 그 영상만큼 좋은 것은 없을 테니 말이다. 무엇보다도 시진은 어쩐지 서주의 미각이 아주 발달되어 있을 거라는 확신이 들었다.

"아, 좀 바빠지겠습니다."

"그럼 이렇게 하죠."

"생각해 둔 방법이 있습니까?"

"오늘 각 팀별로 했던 과제들을 맛보게 하는 겁니다. 그리고 안에 뭐가 들어 있는지 알아맞히게 하는 거죠."

"이를테면 홍팀이 만든 치킨 카치아토레를 청팀이 맛보게 하는 걸 말하는 겁니까?"

"네."

"그럼 저희 제작진이 바쁘지는 않겠네요. 그럼, 그렇게 하도록 하겠습니다. 일단 각 셰프님의 요리 과정을 따 놓는 것이 좋겠네요. 양 에프디!"

촬영 방향이 그렇게 완전히 바뀌고 나서야 시진은 슬그머니 뒤로 빠졌다.

그가 손을 씻고 다시 유니폼으로 갈아입은 뒤 막 주방으로 들어서는데, 파티셰가 푸르르 신경질적으로 안으로 들어왔다. 아슬아슬 부딪칠 뻔한 시진은 옆으로 비켜섰다. 그제야 그를 발견한 그녀가 흠칫 멈춰 섰다.

그가 알기로 평소 승휘는 이렇게 덜렁대는 사람이 아니어서, 시진은 의아한 눈으로 그녀를 보았다. 승휘가 얼굴을 붉힌 채로 안절부절못하다가 인사한 뒤 몸을 움직였다.

시진은 불 앞에 자리를 잡고 아주 단순한 조리법으로 닭요리를 만드는 것을 촬영했다.

촬영을 마친 뒤 다시 옷을 갈아입고 사무실에서 나오던 시진은 승휘와 또 맞닥뜨렸다. 의아한 눈으로 그녀를 보았다.

"일전에 말씀하신, 그러니까 웰빙 디저트 샘플이 나와서요."

승휘가 말했다.

"아, 지금은 좀 그렇네요."

시진은 손목시계를 본 뒤 대꾸했다.

"하지만……."

"사무실에 두면 오늘 촬영이 끝난 이후에 먹어 보도록 하죠."

"이건 보관이 좀 어려워요."

"그럼 다음에."

"아, 다녀오세요. 오늘 촬영이 끝난 이후에 드실 수 있도록 조처하겠습니다."

승휘가 얼굴을 붉히며 몸을 돌렸다. 마치 '썸'을 타는 사내를 보는 듯한 그녀의 표정이 거슬려 시진의 미간이 살짝 접혔다가 이내 펴졌다. 어쨌든 서주를 원하는 시기까지 잔류시킬 수 있게 되었으니 말이다.

8. 꼭 하고 싶었던 말 한마디, 보고 싶었어

행운의 연속이라고 말할 수밖에 없을 것이다.

'하긴 오빠와 다시 만난 것부터가 행운인데, 뭐.'

서주는 슬쩍 시진을 보았다. 눈이 마주치자 어쩐지 희미하게 눈썹을 실룩거리는 것도 같았다.

'어? 지금 나한테 아는 척한 거야? 음······ 설마 해가 서쪽에서 떴나? 여기 서쪽이 어디더라?'

"오늘 탈락 과제는 맛보기입니다."

그녀가 고개를 갸웃거리며 서쪽을 찾아 스튜디오를 휘휘 돌아보는데, 주위가 술렁였다. Challenge Star Chef K가 시즌 7까지 오는 동안 그런 과제는 없었던 까닭이다. 그제야 서주는 진행자의 말에 집중했다.

"조별 과제는 각 셰프님에게 많은 도움을 받았을 것이라고 봅니다. 홍팀에서 만든 것은 황시진 셰프님의 치킨 카치아토레."

'또, 또 치킨 카치머시기, 하아…… 질린다, 질려.'

진행자의 말에 따라 뚜껑을 열자, 오늘 오전 내내 들어 이젠 아주 귀가 아플 지경인 닭 요리가 나왔다.

"청팀에서 만든 것은 안나경 셰프님의 소고기 냉채입니다."

이어 뚜껑이 열리자, 아주 맛깔 나는 소고기 냉채가 나왔다. 마지막은 함진우 셰프의 군침이 도는 홍소육이었다.

"그럼 챌린지 스타 셰프 시즌 7 도전자 여러분들은 대기실로 모두 가셔서 대기해 주시기 바랍니다. 두 명의 도전자를 한 팀으로, 호명된 팀은 앞으로 나와 이 음식들을 맛보게 될 겁니다."

도전자들은 모두 진행자의 말에 따라 대기실에 모였다. 제비뽑기로 짝이 정해졌다.

'또 하필이면 백미경이야?'

미경을 보며 서주가 입을 삐죽였다. 오전의 앙금이 남아 있었던 것이다. 상대가 어지간한 실수를 해도 서주는 대부분은 톡 털어 버리는 성격이었다. 생사를 넘나들게 되면 여타의 일들은 대수롭지 않게 여겨지는 법이었으니 말이다.

'하지만 내게 해코지하는 사람에게까지 그럴 정도로 속이 없진 않거든, 흥이닷!'

눈이 마주친 미경도 그녀가 영 마뜩잖은 눈치였다.

"맛보기라면 혹시 미각을 테스트하는 게 아닐까요?"

누군가 입을 열었다.

"아마도 그런 것 같은데요?"

그때부터 술렁술렁.

"제 생각은 좀 다른데, 혹시 맛본 것을 만들어 보라는 게 아닐까요?"

"두 사람씩 불러서요? 그럼 아홉 팀, 녹화 시간이 너무 길잖아요."

"하긴, 그렇다면 아무래도 미각 테스트일 것 같네요."

웅성웅성.

"박형운 도전자, 강치영 도전자, 스튜디오로 가 주시기 바랍니다."

그 와중에 두 명씩 호명되어 대기실을 떠났다. 대기실을 떠난 도전자는 되돌아오지 않았다. 미경과 팀을 이룬 서주는 다섯 번째로 호명되었다. 최연소 도전자와 스튜디오로 되돌아가니, 트레이에 뚜껑이 덮인 요리가 세 가지 있었다.

"백미경 씨, 한서주 씨?"

"네."

안나경 셰프가 호명하자 두 사람이 동시에 대답했다. 그리고 서주의 시선이 시진에게 자연스럽게 흘러갔다. 그 역시 자신을 빤히 바라보고 있었다. 어쩐지 그의 눈빛은 뭔가를 기대하는 듯했다.

'으잉?'

"탈락 과제는 각 셰프님의 음식을 맛보고 안에 무슨 재료가 들어갔는지 맞히는 것입니다. 여러분들은 모두 홍팀이었지요?"

"네."

안나경 셰프가 묻자 이번에도 두 사람은 동시에 대꾸했는데, 서주는 살짝 건성이었다.

'오늘 오빠가 뭘 잘못 먹었나?'

요는 지금 시진의 눈빛이 그동안처럼 냉랭하지는 않다는 점이었다. 그게 의아해서 갸우뚱하고 있는데, 어찌 된 까닭인지 안나경 셰프의 말에 집중하라고 눈짓하는 것이다. 그제야 시선을 돌렸다.

"그럼 홍팀에서 만들어 보았던 치킨 카치아토레는 빼겠습니다. 두 음식 중 상의하여 하나를 고르시면 됩니다."

"……."

"……."

안나경 셰프의 말에 두 사람은 서로 말없이 바라보았다.

'다른 사람이면 몰라도 너에겐 안 져, 절대.'

미경의 눈빛은 분명 그랬다.

'흥, 누가 할 소리!'

서주의 눈빛도 만만치 않았다.

"선택하기 힘드시면 복불복으로 해도 됩니다. 아무 뚜껑이나 열어 나온 음식의 재료를 맞히면 되겠습니다. 어떻게 하시겠습니까?"

"……."

'그나저나 어느 음식이 더 나을까?'

"전 소고기 냉채를 하겠습니다."

서주가 때를 놓친 사이, 미경이 재빨리 말했다.

"소고기 냉채요?"

"네."

"만들어 보셨습니까?"

"아닙니다."

"백미경 씨, 학원 다닌다고 하셨죠?"

"네, 하지만 일식을 전공했습니다."

"그럼 소고기 냉채를 선택한 이유, 물어봐도 되겠습니까?"

"먹은 적이 있습니다. 홍소육은 안 먹어 봤습니다."

"그럼 홍소육도 지금 먹어 보시면 될 것 같은데요?"

"아, 그건……."

"한서주 씨? 백미경 씨의 선택에 따르겠습니까?"

"네, 셰프님."

"왜요?"

"전 두 가지 모두 먹어 봤고 다 맛있었지만, 사실 삼겹살을 좋아하지 않습니다."

그녀의 말에 함진우 셰프가 웃었다. 물론 시진은 내색하지 않았지만 분명 입꼬리가 실룩이는 것을 보았다.

'나 완전 오늘 계 탔어, 크크크.'

"훗, 한서주 도전자는 삼겹살을 안 좋아하는군요. 소고기 냉채 만들어 보셨습니까?"

"아닙니다. 홍소육을 만들어 보았습니다."

서주는 배시시 웃었다.

"방금 삼겹살 싫어한다고 하지 않았습니까?"

"하지만 함진우 셰프님의 홍소육은 거의 환상적인 맛이어서 안 만들어 볼 수가 없었습니다."

"아, 함진우 셰프의 홍소육을 드셔 보셨고, 만들어 보셨군요?"

"맛은 엉망이었지만 네, 셰프님. 만들어 보았습니다. 그래서 저도 소고기 냉채를 선택하겠습니다."

"네. 그럼, 두 분 맛을 보시면 될 것 같습니다."

안나경 셰프가 뚜껑을 열었고, 아주 깔끔해 보이는 소고기 냉채가 나왔다. 소스는 따로 준비되어 있었다. 처음부터 소스에 버무린 미경과 달리 서주는 재료만 따로 하나하나 먹어 보았다. 그리고 소스에 찍어 먹어 본 뒤, 마지막으로 무쳐서 먹었다.

그렇게 한 것에는 다 그만한 이유가 있었다. 어려서 컵케이크를 처음으로 만들어 보았는데, 그것도 시진에게 주기 위해 특별히 만든 것이었다. 좋고 맛있는 건 무조건 다 넣으면 되는 줄 알았던 그녀가 시진에게 줄 생각으로 과욕을 부린 것이다.

그랬더니 결과적으로 망쳤다. 세상 좋고 맛있는 것을 한데

뭉쳐 놓으면 시진의 말 대로 '독' 혹은 '병맛'이 되는 것을 알게 되었다. 그래서 이후로 모든 음식을 처음 해 보고자 할 때 각 재료의 맛을 보고 그 맛이 다른 재료와 어울릴지 판단하는 일이 버릇처럼 자리 잡은 까닭이다.

'우와, 황홀해.'

소스에 버무린 냉채를 입에 넣은 바로 그 순간 그녀의 표정이 경쟁을 잊은 듯 확 달라졌다. 저도 모르게 엄지손가락 척, 그러자 안나경 셰프가 그런 그녀에게 웃어 보였다. 그제야 서주는 현실로 돌아와 마지막으로 소스만 두어 번 더 찍어 먹었다.

"그럼 두 분 자리로 가서서, 소고기 냉채에 든 재료를 모두 적어 내시면 되겠습니다."

안나경 셰프의 말대로 한쪽에 마련된 조리대로 갔다. 칸막이로 막힌 그곳엔 메모와 필기구가 있었다. 서주는 소고기 냉채의 맛을 떠올려 보았다.

'일단 기본적으로 찬물에 담가 핏물을 뺀 소고기를 삶을 때 누린내를 잡으려면…… 아!'

소고기, 물, 통후추, 마늘, 대파, 양파를 빠르게 적어 내려갔다.

'그리고 대하도 삶았는데. 물은 이미 썼으니까 빼고. 대하, 대파, 청주…… 또 뭘 넣었을까? 삶은 새우에서만 분명 신맛이 났는데. 다른 재료에서는 안 나는 걸 보면 식초? 아냐, 식초는 끓이면 날아가 버리잖아? 그럼 준비된 재료에 신맛이 날 리가 없

지. 끓인 뒤에도 신맛을 내는 건…… 아!'

레몬에 이어 냉채에 있었던 수삼, 오이, 배 그리고 밤까지 쭉 적어 내려갔다.

'다음은 소스. 소스의 베이스는 잣이었어. 새콤달콤했고, 잣의 고소함 말고 참기름 향도 났어. 뭐 일단 간은 따로 했을 거고. 잣, 식초, 설탕, 참기름, 소금…… 근데 그게 다가 아닌데? 새우 육수? 아냐, 육수가 해산물 쪽은 아니었어. 은근히 나는 감칠맛은 뭐지?'

새우 삶은 물을 적었다가 서주는 재빨리 검게 칠해 버렸다.

'그렇다고 조미료를 넣지는 않았을 것 같은데?'

그러고는 곰곰이 생각했다.

'조미료가 아닌 감칠맛은 대체……. 아, 소고기를 삶았지?'

마지막으로 소고기 육수를 쓴 뒤 칸막이에서 나오니 미경은 벌써 밖에서 그녀를 기다리고 있었다. 두 사람의 눈이 마주쳤다. 그녀를 보고 미경이 피식, 비웃었다. 어쩐지 자신감이 확 떨어졌다.

'그래도 뭐 최선을 다했으니까. 여기서 살아남지 못한다고 해도 여한은 없어.'

미경에게만큼은 지지 않겠다고 눈빛으로 다짐한 것은 또 잠시 잊고, 최선을 다했으니 이것으로 된 것이라며 스스로를 다독인 뒤, 서주는 멘토들에게 다가가 종이를 내밀었다.

'으잉?'

그제야 메모지에 자신이 고민한 흔적이 고스란히 드러난 것이 보였다. 안나경 셰프와 서주는 메모지 이쪽과 저쪽 끝을 잡고 있었다.

"왜요, 한서주 씨, 더 추가할 것이 있어요?"

"아니, 그게 아니라…… 다시 옮겨 적어 오는 건…… 안 되겠죠. 네, 뭐."

서주는 얼굴을 붉히며 슬그머니 메모지에서 손을 뗐다. 안나경 셰프가 메모지와 자신을 번갈아 보며 웃었다.

'아, 창피.'

그녀는 고개를 살짝 돌려 오만상을 찌푸린 뒤 자리로 돌아가 최연소 도전자의 옆에 섰다.

"백미경 도전자?"

"네."

"이거 보고 무슨 생각이 드십니까?"

안나경 셰프가 서주의 아주 지저분한, 고민한 흔적이 역력한 메모지를 들어 보였다.

"깔끔하지 못하다?"

미경이 서주를 비웃었다.

"그렇네요. 깔끔하지는 않네요."

'아, 쪽팔려. 이걸 나중에 애들이 보면 날 얼마나 놀릴 거야?'

"정 피디님."

안나경 셰프가 자리에서 일어났다.

"네, 셰프님."

"우리 잠시 끊고 가죠."

"네?"

"잠시 끊고 가야 할 것 같아요."

"네, 셰프님. 잠시 장비 체크 좀 하죠."

안나경 셰프의 완고한 말에 잠깐 스튜디오가 소란스러워졌다. 서주와 미경은 동시에 한숨을 푹 놓았다. 안나경 셰프가 두 사람을 향해 다가왔다.

"그런데, 백미경 도전자."

그러고는 미경을 엄한 표정으로 보았다.

"네, 셰프님."

"정말 학원에서 소고기 냉채 배운 적 없습니까?"

"네, 없습니다."

"인터넷으로 레시피를 검색한 적도 없고요?"

"네, 셰프님."

"우리 백미경 도전자는 올해 몇 살이죠?"

"스무 살입니다."

"내가 꼭 백미경 도전자에게 해 주고 싶은 말이 있어요."

"……."

"오랫동안 셰프가 되겠다고 꿈을 꾸었을 것이고, 준비했을 겁니다. 열심히 공부도 했을 거예요. 그렇죠?"

"네, 셰프님."

"그런데 아무래도 기본을 잘못 배운 것 같아요. 요리를 배우지도 않은 한서주 도전자는 아주 기본에 충실했어요. 각 재료의 맛을 보고, 냉채를 만들어서 먹어 보기도 했죠. 반면 백미경 도전자는 그냥 버무려 맛을 보았어요. 그런데 그걸 말하려는 게 아니에요."

"……."

"백미경 도전자, 다시 한번 묻겠어요. 한서주 도전자와 백미경 도전자가 제출한 이 메모를 보고 무슨 생각이 들어요?"

안나경 셰프가 두 사람의 메모지를 미경에게 내보였다.

"아직도 한서주 도전자의 메모가 깔끔하지 못하다는 생각만 들어요?"

"……."

서주가 보기에는 그랬다. 자신이 제출한 메모지는 틀린 재료에 평소의 습관대로 하트를 그려 빼곡하게 흑칠을 해 놓았고, 고민하다 저도 모르게 뭐지? 하는 단어를 몇 번이나 써 놓았다. 거기다 물음표는 또 왜 그렇게 많은지. 그걸 그냥 제출했다니, 오히려 혼나는 쪽은 바로 자신이 아닐까 생각했는데 의외로 안나경 셰프는 미경을 아주 엄한 눈빛으로 보고 있는 것이다.

"백미경 도전자는 이 깔끔한 메모를 단 1, 2분 만에 제출했어요. 그런데 한서주 도전자는 10여 분을 고민했죠. 뭐 할 말 없어요?"

"……."

힐긋 보니 미경의 귀가 빨개져 있었다.

"레시피를 검색해 이미 알고 있을 수도 있어요. 그리고 학원에서 배웠을 수도 있고요. 아, 잣 소스 재료를 써서 제출한 걸 보니 학원에서 배운 건 아닌 것 같긴 하네요. 내 생각이 맞죠?"

"네…… 브, 블로그에서 한 번 보고 만들어 보았어요."

"그랬다면, 그냥 말했으면 좋았을 거예요. 제대로 된 셰프가 되려면 이런 눈속임은 곤란해요. 언젠가 오너 셰프가 되어 백미경 도전자의 이름을 걸고 레스토랑을 운영하면서, 이렇게 꼼수를 부리면 그 음식을 과연 누가 믿고 먹을 수 있을까요? 이건 사소한 것이지만, 나중에 오너 셰프가 되어 재료에 이런 꼼수를 쓰지 않으리라는 법이 없지 않겠어요? 백미경 도전자는 제가 보기에 아주 가능성이 커요. 열정도 대단하고 목표 의식도 뚜렷해요. 그러니까 이렇게 잘못된 길로 가지 말아요. 잔소리가 아니라 기본에 충실하라고, 꼼수가 아닌 정도를 가라고, 선배로서 말해 주고 싶은데 들어줄 수 있어요?"

"네, 셰프님."

"그래요, 우리 미경 씨는 그럴 줄 알았어요."

안나경 셰프가 미경의 어깨를 툭툭 두드려 주고는 자리로 돌아갔다. 그녀를 시선으로 좇는 서주의 눈에 존경심이 묻어났다.

곧이어 촬영이 속개되었다. 승자는 잣 소스에 소고기 육수를 사용했다고 적어 낸 서주였다. 미경은 울음을 터트렸고, 안나경 셰프는 그녀를 안은 채 등을 토닥였다.

'와, 나 운빨 죽여.'

사실 서주는 소스에 소고기 육수를 사용했을 거라고 적어 냈지만 감칠맛 때문이었지, 확신하지는 못했었다. 설마하니 한식 업계에서 내로라하는 안나경 셰프가 감칠맛을 내기 위해 조미료를 썼겠는가, 라는 발상에서 비롯된 것일 뿐.

'그런데 또 내가 뒷걸음치다가 쥐를 잡았어! 난 전생에 분명 소였을 거야! 앞으로 소고기는 자제해야겠어. 종족을 먹을 수는 없잖아, 크크크.'

대체 행운의 여신이 왜 자신을 좋아하는지 알다가도 모를 일이었다. 거기다 모든 감각이 민감한 덕도 톡톡히 본 셈이었다. 서주는 냄새와 맛에 예민했고, 그것이 바로 그녀가 입이 짧아 고생하는 이유이기도 했다. 입안이 민감하여 조금만 거슬려도 한입 이상 못 먹었던 그간의 고초가 싹 사라지는 기분이었다.

백미경 도전자를 포함하여 네 명이 탈락했고, 결과적으로 서주는 나머지 열네 명의 도전자 틈에 끼어 또 그렇게 살아남았다.

'나 이러다가 생방송 토너먼트 여덟 명의 진출자 명단에 끼는 거 아냐?'

그도 그럴 것이 다음 회 차에 세 명, 또 그다음 회 차에 세 명, 총 여섯 명이 탈락한 이후 토너먼트 방식으로 진행되는 생방송을 시작하게 되는 것이다.

녹화가 끝이 나고 매주 그러했듯이 떠나는 도전자와 남은 도전자들이 어울려 회포를 풀었다. 서주는 그럴 때마다 체력이 바닥이 난 상태라 그들에게서 떨어져 나왔다. 이런 점이 다른 도전자들과 섞이지 못하는 가장 큰 원인인 것을 알지만, 서주는 자신의 체력 배터리가 얼마 남지 않았다는 것을 알고 있었다.

'욕심이 화근을 부르는 법, 어쩔 수 없지.'

말은 하지 않았지만, 사실 요리 경연은 그녀의 심장에 꽤 큰 무리를 주고 있었다. 단순히 자신의 끼니를 잇기 위해 한 접시를 만들어 내는 것과 또 다른 차원의 일이었다. 문제는 경연에 참가한 순간부터는 그런 걸 자꾸만 잊게 된다는 점이었다.

인공심장박동기를 단 채로 산다는 것은 조심스러움의 연속이다. 하지만 서주는 다른 이들에게 내색하지 않았다. 이슈를 만들지 않기 위함이기도 했지만, 그녀 스스로도 그것을 의식하지 않고 살아왔던 까닭이다.

그래서 종종 방송 스태프들이 그런 식으로 은근히 몰아가면 못 알아들은 척하기 일쑤였다. 그러다 보니 방송 관계자들도 서서히 서주의 건강 상태에 대해 의식하지 못하게 된 상황이었다.

'사실 방송에 대고 내 심장이 이러니저러니 또 떠들고 싶지 않아.'

하지만 하루 종일 녹화 일정을 소화해 내는 일은 사실상 서주에게 큰 무리가 따랐다. 그러니 지금 그녀의 다리에 힘이 들어가지 않는 것은 어찌 보면 당연한 일이었다.

도전자들이 모두 회식 자리로 이동하여 보이지 않았을 때 서주는 힘듦을 내색하며 터덜터덜 택시 승강장으로 걸었다. 그리고 어쩐지 승용차 한 대가 자신을 따라오고 있다는 것을 느꼈다.

"타."

서주는 무심코 고개를 돌렸고, 시진이 명령조로 말했다.

"괜찮아요."

서주는 처음으로 그에게 말을 높였다. 어렸을 때는 아무렇지 않게 말을 놔 버릴 수 있었는데, 지금은 어쩐지 그럴 수가 없었다. 시간이 그렇게 지났고, 또 시진이 한 업계의 정상에 우뚝 선 것도 선 것이지만, 무엇보다 지금은 자신의 멘토가 아닌가.

"괜찮지 않은 거 아니까, 타."

"……."

그녀가 말없이 바라보자, 시진이 차에서 내렸다. 그러고는 성큼성큼 보닛을 돌아 조수석 문을 열고는 고집스러운 눈빛으로 그녀를 바라보았다. 서주는 그제야 마지못해 시진의 차로 이동했다. 아니 그러려 했는데, 정말 무릎에 힘이 들어가지 않았다. 거의 풀썩 주저앉으려던 순간, 언제 다가왔는지 시진이 그녀를 번쩍 들어 안았다.

"이제 그만 끝내는 게 어때?"

'또 꺼지라는 거야? 그럼 오늘 기대하는 눈빛으로 날 본 건 뭐야? 에…… 설마, 내 탈락을 기대했던 거야? 에잇! 칫!'

"싫어요."

뚱하게 입을 내밀고 서주는 단호하게 고개를 저었다.

"너 셰프 될 생각도 없잖아."

"그래도, 난 한 번도 제 발로 물러나거나 제 손으로 수건을 던진 적 없어요. 기권하지 않는다고요."

말없이 그녀를 쏘아보던 시진이 그녀를 조수석에 내려놓고는 잠시 물끄러미 굽어보다가 문을 닫았다.

"너 한 시간 전부터 창백했어, 알아?"

그러고는 운전석으로 돌아와 서주를 돌아보며 말했다.

"흐응, 그럼 한 시간 전부터 유심히 지켜보고 있었던 거예요?"

삐쳤던 건 잊어버리고 또 그의 말에 생글생글 웃고야 마는 서주였다.

"……."

"뭐야, 나한테 관심이 아주 없는 건 아니었네? 난 또."

웬 실없는 소리냐는 그의 눈빛을 모른 척하고, 서주는 밝은 어조로 말했다.

"내 관심 끌자고 몸 함부로 혹사시키지 마."

시진이 냉랭하게 대꾸했다. 그런데 그 냉랭함과는 미묘하게 다른 뉘앙스가 자꾸만 그녀의 마음을 설레게 했다.

"어떻게 알았어요? 오빠 관심 끌고 싶었는데. 우와, 성공이네."

"……."

"보고 싶었어요."

그래서인지 불쑥 생각지도 못하게 고백하고야 말았다.

'꼭 하고 싶었던 한마디. 난 이 말 한마디 하려고 온 건데, 이제야 하네.'

하고 보니 잘한 것 같았다. 어쨌거나 서주는 마침내 오랫동안 그에게 하고 싶었던 말을 전할 수 있었던 것이다.

"……"

시진의 표정이 더 차갑게 굳었다.

"보고 싶었다고요. 정말 보고 싶었어요."

"집이 어디야?"

차가 출발했다.

"그거 알아요, 오빠? 저 매달 오빠 레스토랑에 간 거."

대답 대신 딴소리를 했다. 좀 더 오래 시진과 실랑이를 하고 싶었다. 그럼 또 빠르게 걷다가도 자신의 걸음에 맞춰 기다려 주던 예전처럼 그가 자신을 봐 줄지도 모른다.

"알아."

"언제부터 알고 있었어요?"

'행여나 몰래 숨어 지켜본 건 아닐까? 그랬으면 좋겠는데.'

또 설레서 가슴이 터지는 줄 알았다.

"오늘."

"그렇구나. 그런데 자주 갔는데 왜 한 번도 오빠를 만난 적이 없을까요?"

이내 실망했지만, 내색하지는 않았다.

"만날 운명이 아니었던 모양이지."

"흣, 맞아. 만날 운명이 아니었으니 거의 이 년 가까이 오스삐떼 도노레에 갔었는데, 한 번도 못 만났죠. 그럼 난 운명을 거스르는 사람인가? 죽을 운명이었는데, 이렇게 멀쩡히 살아 있는 것 보면. 뭐, 제가 좀 그런 사람인 것 같긴 해요."

"네 심장 이제 괜찮은 거야?"

시진이 그녀를 힐끗 돌아보았다.

"빨리도 물어보신다."

서주는 괜히 입을 삐죽이며 웃었다.

"……."

그의 눈빛만 봐도 알 수 있었다. 자신을 얼마나 걱정하는지. 지금 시진의 눈빛이 그러했다.

"멀쩡해요. 저 멀쩡하다고요."

물론 이 또한 착각일지 모르지만 그래도 그녀는 황급히 말했다.

"그런데 왜 그렇게 파래?"

"아, 그래서 저 기다리셨구나?"

"……."

서주의 말에 시진의 눈빛이 잠시 흔들렸다.

"어? 정말인가 보네?"

기대하지 않고 그냥 가볍게 말한 그녀는 매우 기뻤다. 점점 그의 눈에서 감정이 더 많이 보여서 얼마나 행복한지 몰랐다.

"집 어디야?"

그도 그 사실을 눈치챈 듯 빠르게 고개를 돌려 전방을 바라보았다.

"언제부터 지켜보았어요?"

"집 어디냐고?"

"오늘 처음 아니죠?"

"한서주."

"처음이 아니면 좋겠는데."

"너 그냥 내려라."

한동안 그녀를 쏘아보던 시진이 차를 세웠다.

"나 죽을 것 같은데요."

"……."

"정말 내려요? 나 쓰러질지도 모르는데?"

손을 들어 희미하게 떠는 손끝도 보여 주었다.

"다니는 병원이 어디야?"

시진이 무뚝뚝하게 물었다.

'훗, 이봐. 결국에는 이렇게 걱정해 줄 거면서, 크크크.'

"배고파 죽을 지경이라고요, 바보."

"……."

"정말 배고파요. 밥 한 끼, 먹어요. 우리 그 정도는 되는 사이 아닌가?"

"무슨 사이?"

"나 정말, 정말 오빠 좋아했었는데?"

"……."

"그러니까 난 정말, 정말 오빠를 좋아하고, 오빠는 그런 내 마음을 일방적으로 당하는 사이. 뭐, 그쯤?"

"하아."

"배고파 쓰러진다는 말 뻥 아닌데."

거짓말이 아니었다. 한 번에 먹을 수 있는 양이 적어서 서주는 시간마다 한 입씩 뭔가를 먹어 주지 않으면 체력을 유지할 수가 없었다. 그런데 촬영만 들어가면 삼시 세끼만 간신히 챙겨 먹는 게 현실이었고, 한 끼에 먹을 수 있는 양이 많지 않아 늘 허기진 상태였던 것이다.

"……."

그녀를 한동안 쏘아보던 시진이 마침내 차를 몰았다. 그러고는 얼마 뒤 서주가 사는 오피스텔을 지나 'ospite d'onore' 본점에 당도했다. 시진이 차를 세우자, 서주는 아이처럼 들떠서 차에서 내렸다. 그러다가 그대로 풀썩 주저앉았다. 건물 쪽으로 걸음을 떼던 시진이 성큼성큼 다가왔다.

"배가 고파서, 헤헤헤."

서주는 배시시 웃으며 아기처럼 그리고 또 예전처럼 안아 달라 두 팔을 벌렸다. 아주 잠깐 그녀를 노려보던 시진이 원격 시동기로 차문을 잠근 뒤, 몸을 숙여 그녀를 번쩍 안아 들었다.

그러고는 성큼성큼 걸었다.

'이봐. 달라진 게 하나도 없어, 홋.'

예전의 모습이 그에게서 보일 때마다 그녀는 들떠서 자꾸만 웃음이 났다. 환한 얼굴로 서주가 그의 목에 팔을 둘렀다. 시진이 굳었다.

"나 떨어뜨리면 어디 한 군데 부러질걸요?"

서주는 킥, 웃으며 말하고는 그의 목에 얼굴을 묻었다. 그렇게 코를 파묻은 순간 그에게서 뿜어져 나오는 체취가 조금도 변하지 않아서, 시간을 거슬러 올라갔다.

'칼도 안 들어갈 것 같은 지금 성격을 봐서는 날 내던져도 이상할 건 없지만, 적어도 오빠 냄새는 다시 맡았잖아. 이만하면 충분해.'

서주는 빙그레 웃으며 눈을 감았다. 다행히 시진은 그녀를 내던지지 않았고, 걸음을 내디뎠다. 그러고는 얼마 지나지 않아 걸음을 멈추었을 때, 서주는 눈을 떴다.

"0927."

"어라, 내 생일인데?"

"……."

순간 그가 흠칫했다. 그러자 확신이 들었다.

"내 생일 맞죠?"

"누르기나 해."

"헐, 대박."

"안 되겠다, 그냥……."

"아냐, 아냐. 눌러요. 눌러."

시진이 당장이라도 내려놓을 기세라 서주는 황급히 방범 번호를 눌렀다.

"……."

"봐요, 눌렀잖아. 들어가요. 배고파."

문이 자동으로 열리고 그가 나직이 혀를 차는 것 같더니 걸음을 뗐다.

"돌아가신 어머니 생신이야."

"네?"

"9월 27일, 돌아가신 어머니 생신이라고."

"치, 거짓말."

"네 생일을 왜 비번으로 써?"

"알았어요. 알았다고요. 오빠 어머님 생신, 오케이."

실망했지만 내색하지 않고 오히려 그냥 믿어 준다, 하는 표정으로 피식피식 웃었다. 그러자 시진이 그녀를 쏘아보다가 주방으로 들어갔다. 그러고는 멈칫, 섰다.

"현승휘 씨?"

"사장님."

"……."

"지금까지 왜?"

"아, 오늘 디저트 샘플을 확인해 주시겠다고……."

승휘의 시선이 그녀에게 향했다.

"안녕?"

서주는 예사롭지 않은 표정으로 그녀에게 손을 들어 보였다. 그제야 시진은 그녀를 안고 있다는 사실을 깨달은 모양인지, 서주를 내려놓았다. 하지만 서주는 바닥에 발이 닿는 느낌은 들었지만 여전히 무릎에 힘이 들어가지 않는 상황이었다.

다른 때라면 초인적인 힘을 끌어올렸을 것이다. 그러나 시진이 곁에 있어 안일해진 마음 때문인지 일어나려고 할수록 힘이 풀렸다. 그래서 방송국 앞에서 쓰러질 뻔했고, 주차장에서 풀썩 주저앉은 것이었다. 비틀 넘어가는 그녀를 시진이 반사적으로 안고는 깨끗한 조리대 위에 내려놓았다.

"샘플은 먹어 보겠습니다. 그만 퇴근하세요."

'아, 칼바람, 승휘 상처받겠네. 뭐, 나야 나쁘지 않지만.'

"네, 사장님."

승휘가 창백한 얼굴로 입술을 깨물었다. 그러고는 속눈썹 너머로 시진과 자신을 훔쳐보는 것이 고스란히 서주의 눈에 들어왔다. 그때, 시진이 슈트 상의를 벗어 서주에게 툭 던져 주었다. 그녀는 반사적으로 상의를 받아 드느라, 승휘에게서 시선을 떼었다. 시진이 와이셔츠 소매를 걷는 것이 그녀의 시선에 들어왔다.

'우와, 저 불끈거리는 근육 좀 봐. 섹시해, 섹시해.'

서주는 저도 모르게 그의 슈트 상의를 가슴에 안고는 허리를 꼬았다. 그러다가 시선을 느껴 동작을 멈추었다.

'아, 맞다. 여기 오빠와 나, 단둘만 있는 게 아니었지?'

역시 승휘가 그녀를 빤히 쏘아보고 있었다.

"퇴근 안 하십니까?"

그때 앞치마를 입은 시진이 의아한 눈으로 승휘에게 물었다.

"그럼, 내일 뵙겠습니다."

"네, 수고하셨습니다."

"잘 가. 내 꿈은 꾸지 말고."

"……."

서주가 손을 흔들자, 승휘가 빨개졌다가 다시 파래진 얼굴로 서주를 한 번 노려보더니 주방에서 나갔다.

"두 사람 그렇고 그런 사이죠?"

얼마 뒤 승휘가 완전히 레스토랑을 빠져나가는 소리가 들렸을 때, 서주는 웃으며 물었다. 승휘의 세팅 펌, 몸매가 드러나는 특히 풍만한 가슴을 강조하는 원피스에 힐, 그리고 화장. 오늘 낮에 보았던 승휘의 모습은 화장기 없이 아주 깔끔한 복장 상태였던 것을 떠올려 보면 여간 멍청하지 않은 이상 모를 수 없는 것이었다.

"……."

시진이 미간을 찌푸렸다.

"아니면 승휘 혼자 저러는 건가?"

서주는 그런 그를 물끄러미 바라보았다. 감이 잡히지 않았다.

'일방이야, 쌍방이야?'

"……."

"모르겠어요? 승휘, 오늘 단단히 벼르고 기다린 거."

"두 사람 아는 사이야?"

'이렇게 묻는 걸 보면 일방인 것 같기도 하고.'

"네. 고등학교 동창, 내 등에 칼 꽂은 년."

"등에 칼을 꽂아?"

시진의 눈썹이 꿈틀댔다.

"뭐, 덕택에 인공심장박동기를 달고 새 삶을 살게 해 준 은인이기도 하고요."

서주는 어깨를 들썩였다.

"무슨 소리야?"

"고등학교 때 몇 년 동안 학교에서 살던 개가 한 마리 있었는데, 그 개를 아이들이 '선배 개'라고 불렀어요."

그 개는 진돗개 믹스종이었다. 아주 어릴 때 유기를 당했다고 했다. 그런 개가 학교 주변을 배회하니 안타까움을 느낀 경비원이 키우게 되었다.

그런데 그 경비원이 개를 두고 그냥 퇴사해 버린 것이다. 이후 그 경비원을 주인으로 섬기던 개는 아주 침울한 시간을 보냈고, 버림받은 것을 본능적으로 안 녀석은 결국 성질이 좀 나빠졌다.

"아마도 녀석은 조울증을 앓았을 거예요. 뭐, 자기 아빠인 줄 알았던 경비원이 절 버리고 가 버렸으니 그럴 만도 해요. 나라도 조울증에 걸려 버렸을 거예요."

정말 조울증이었는지 아니었는지 알 수는 없으니 편의상, 울증일 때 그 선배 개는 만사 귀찮아하며 누가 와도, 누가 만져도 그저 시큰둥했다.

하지만 그 까마득한 선배 개가 조증일 때는 장난이 아니었다. 지 기분대로 꼬리를 흔들고 또 꼴리는 대로 물어 버렸다. 그래서인지 남학생들은 종종 담력 테스트로 그 까마득한 선배 개를 이용해 먹고는 했다.

'지금 생각해 보면 그건 동물 학대야. 개들이 어려서 뭘 몰랐다고 하기엔 어폐가 있지. 생각이란 건 할 만한 나이였으니까.'

아무튼 학생들은 그 진돗개를 선배, 선배 부르며 일부는 존중하고, 일부는 장난감으로 여기고 또 일부는 도발했다. 아마도 그날은 그 까마득한 선배 개가 조증인 모양이었고, 하필 그때 도발한 것이다.

"애를 풀면 어떻게 될까?"
"뭐라고?"
"너 애보다 더 빨리 달릴 수 있어?"
"그러지 마. 나 심장 터져 죽어."
"심장이 터져?"
"농담 아니다."

"나야말로 지금 심장이 터질 것 같은데, 고작 달린다고 심장이 터져?"

"내 심장은 진짜 터져. 내가 사탕 바구니 달란 것도 아니었고, 정 가지고 싶음 너 가지든지. 그러니까 아무리 기분이 더러워도…… 야!"

아주 심기가 사나워져 있던 녀석을 승휘가 풀어놓은 것이다.

"선배, 쟤 물어!"

2학년 화이트데이 때 그 4대 천황인지 뭔지 하는 소리를 듣던 남학생이, 심지어 한번 고백을 했다가 서주에게 차이기까지 한 그 남학생이, 그녀에게 사탕 바구니를 공개적으로 주었다는 이유만으로.

물론 그 이전에 두 사람의 관계는 이미 악화되어 있었다. 늘 든든한 친구였던 승휘가 사실은 뒤에서 교묘하게 자신을 이간질했다는 사실을 알게 된 직후였기 때문이다.

그날 서주는 그 일에 대해 따지던 상황이었고, 승휘는 사탕 바구니다, 뭐다 마음이 크게 상해 겸사겸사 그 선배 개를 풀었다. 그 순간만큼은 승휘에게서 살해 욕구를 본 것 같았다.

개 줄이 풀린 선배 개가 승휘의 염원을 싣고 완전 눈이 뒤집혀 그녀를 향해 쇄도했고, 서주는 달아났다. 하지만 얼마 도망쳐 보지도 못하고 쓰러질 수밖에 없었다.

서주는 결국 심정지가 왔고, 양호 교사의 심폐 소생술을 받은 뒤 빠르게 병원으로 옮겨져 생명을 건질 수 있게 되었다.

"걘 두 목숨을 위협했어요. 위협만 했게요? 개 때문에 피해를 입은 건 나뿐만이 아니에요. 나중에 학교에 돌아갔더니, 그 선배 개는 결국 도살당했더라고요. 저 때문에. 제 부모님이 길길이 날뛰었거든요. 저런 흉포한 개를 학교에서 길렀다고. 선배 개만 불쌍하게 되었지."

까마득한 선배 개가 도살되었다는 소리를 들었을 때, 서주는 그 날 개를 푼 것이 승휘임을 말하지 않은 것을 두고두고 뼛속 깊이 후회했다.

"아무튼 두 사람 그렇고 그런 사이죠?"

왠지 확인하고 싶어서 거듭 물었다. 그런데 또 확인하고 나면 어떤 기분일지 상상이 되지 않아서 그녀는 곧바로 후회했다.

"내 사생활이야."

시진이 대꾸했다.

"그거 긍정이죠? 내 그럴 줄 알았어."

마음이 뭐라고 표현할 수 없을 정도로 요상했다. 아픈 건 차치하고 좌절감이 든다고 할까?

"……."

"그럼 승휘 말고 날 내보냈어야지. 딱 보면 몰라요? 오늘 오빠 유혹하려고 마음 단단히 먹도 벼른 모양인데, 둔한 건지, 눈치가 없는 건지, 쯧쯧."

서주는 괜히 혀를 차며 고개를 절레절레 흔들었다.

"너 정말 치킨 카치아토레 처음 만들어 봐?"

"아, 이젠 정말 치킨 카치아토레의 '치' 자만 들어도 경기할 지경이네."

자신의 말에 대답은 안 하고 도리어 질문을 하는 시진에 서주는 진절머리가 난다는 듯이 어깨를 부르르 떨었다.

"홀에서 두 번, 오늘 한 번, 정말 단 세 번 맛을 보고 나와 똑같이 만들었다고?"

"그게 뭐 어려워요? 재료들이 눈앞에 버젓이 다 있는데?"

시진이 물었고, 서주는 되물었다. 2차 경합과 달리 1차는 바로 코앞에 모든 재료가 있었기에 그리 어려운 문제가 아니었던 것이다. 물론 조금씩 미묘하게 맛의 차이는 있었지만, 서주가 보기에 모든 도전자도 훌륭한 닭 요리를 내어놓았다.

단지 오늘 자신이 우승한 것은 시각적으로 시진이 만들어 낸 것과 흡사했던 것뿐이었다. 그런데 그 때문에 오늘 오해를 받고, 이 나이에 같은 도전자들에게 왕따 당하고 시달린 걸 생각하면 이젠 두 번 다시 그 음식은 거들떠보고 싶지도 않을 지경이었다.

"……."

"정말 절대 미각이라고?"

"절대 미각은 무슨."

시진의 말에 그녀는 코웃음을 쳤다. 절대 미각이 아니라 단지 입안이 다른 사람보다 예민할 뿐이었다. 그래서 특히 딱딱한 것은 잘 먹지도 않았고, 여태까지 그 맛이 좋다는 비스킷도 몇 번 먹어 보지 못했다.

'먹었다 하면 입안이 홀랑 다 뒤집히니, 참 신경질적인 감각들이야.'

"그런데 어떻게 잣 소스에 소고기 육수를 넣은 걸 알아낸 거지?"

"그게 다 운이었다고요."

"운?"

"잣 소스에 분명 감칠맛이 나는데, 그렇다고 안나경 셰프님께서 조미료를 넣었겠어요?"

"감칠맛을 느꼈다고?"

"왜요?"

"눈 감아."

그가 뜬금없이 명령조로 말했다.

"네?"

"눈 감고 있으라고."

"왜요?"

시진의 말에 그녀는 어리둥절한 표정을 지었다. 사실은 조금 두근거리기도 했다.

"그놈의 왜요는. 감기 싫음 말든지."

"알았어요, 알았다고요. 치."

서주는 조리대 위에 앉아 눈을 감았다.

'혹시? 호호호, 키스하려는 건? 딱 그런 분위기…….'

그런데 눈을 감은 순간, 갑자기 피로가 한꺼번에 몰려왔다.

9. 끝날 때까지 끝난 게 아니야

어느 순간 향긋한 향기가 나서 눈을 번쩍 떴더니, 순식간에 시간이 흘러 바로 코앞에 파스타가 놓여 있는 것이 아닌가. 어리둥절해서 보니 조리대에 누워 잠을 자고 있는 자신의 코앞에 시진이 접시를 대고 있었다.

"저 잤어요?"

부스스 옆으로 일어나 앉으며 괜히 민망해서 물었다.

"……."

시진이 말없이 파스타를 그녀에게 다시 내밀었다.

"고맙습니다."

조리대에 앉은 채 서주는 배시시 웃으며 접시를 받았다. 그가 포크를 건넸고, 그녀는 눈을 초롱초롱 빛내며 파스타를 돌돌 말았다. 한입 커다랗게 밀어 넣고는 이내 황홀한 표정이 되어 엄지를 척 치켜세웠다.

"내가 사용한 육수는?"

시진이 고갯짓했다.

"육수요?"

서주는 파스타를 뒤적였다.

"게살과 모시조개, 그렇다면 둘 중 하나를 넣었을 텐데."

"둘 중 무슨 육수?"

시진이 물었고, 서주는 다시 한번 파스타를 먹었다.

"조개."

"……."

"아니에요?"

"넌 셰프가 될 수 없어."

시진이 단호하게 말했다.

"아니구나. 그럼 게 육수인가? 근데 왜요? 왜 제가 셰프가 될 수 없다는 거예요?"

서주는 의아한 눈으로 그를 바라보며 눈을 깜빡였다.

"체력이 바닥이거든."

"그럼 모시조개 육수가 맞는 거예요?"

시진의 말에 그녀의 표정이 확 달라졌다.

"……"

그런 그녀를 시진이 물끄러미 바라보았다.

"하긴 그래 봐야 복불복, 오십 대 오십. 그래서 셰프가 못 된다는 거죠?"

서주는 씁쓸한 표정을 지었다. 어쩐지 순순히 여기 데리고 와서 밥을 해 준다 싶었다. 아마도 시진의 목적은 이것이었을 것이다.

'나더러 이제 그만 오빠의 인생에서 사라져 달라는 거야.'

"체력이 바닥이면 이 바닥에서 살아남을 수 없어."

괜히 둘러말하는 것일 뿐.

"셰프 될 생각 없어요."

그녀는 어깨를 들썩이며 게살 크림 파스타를 한 번 더 먹었다.

"그런데 왜 지원했어?"

시진이 냉랭한 표정으로 물었다.

"아시면서."

다시 한번 먹은 뒤, 접시를 내려놓았다. 그러고는 그를 빤히 보았다.

"……"

시진이 알 수 없는 눈빛으로 그녀를 마주 보았다. 그러다 무심코 그녀의 입가를 엄지로 훑어 주고는 오히려 그가 흠칫했다. 서주는 그를 똑바로 쳐다보았다. 그의 시선은 역시 흔들림 없었다.

한동안 그렇게 바라보았는데, 꼭 시간이 멈춘 것 같았다. 그리고 흔한 드라마의 클리셰처럼 키스를 해도 조금도 이상할 것이 없는 상황으로 흘러갔다.

물론 그가 그녀의 생각과 달리 움직이기 전까지.

마침내 먼저 시선을 떼고 등을 돌린 시진이 손을 냅킨으로 닦았다. 시진은 그녀의 생각보다 더 자제력이 뛰어났다. 아니 어쩌면 자신의 착각일 뿐, 애초에 그런 분위기 따위가 아니었을지도 모른다.

"보고 싶었다고요."

서주는 그의 등에 대고 말했다.

"……"

역시 아무런 반응이 없었다. 그러나 냅킨을 들고 있는 그의 손에 미묘하게 힘이 들어가는 것이 보였다. 그리고 시진은 분명 긴장하고 있었다.

"아주 많이. 늘 걱정했어요. 못 지낼까 봐."

서주는 끝까지 그의 등에서 시선을 떼지 않았다. 등을 보인다는 것은 흔들리는 마음을 숨기고 싶은 것이라 생각해도 좋을까?

"어서 먹고 집에 가."

마치 그녀의 생각을 읽은 듯이, 시진이 몸을 돌려 시선을 맞추며 말했다. 그 어떤 변화도 없었다.

'역시 착각이야.'

"네."

서주는 그제야 언제 품었는지도 모를 기대를 내려놓았다.

"난 너 보고 싶지 않았어."

시진이 불쑥 말했다. 서주는 괜히 마음 붙일 곳을 찾다가 그가 해 준 파스타 접시를 다시 들어 먹기 시작했다. 어쩌다 보니 꽤 많은 양을 먹었다. 아니 어쩌다 먹은 것이 아니라 맛있어서 먹었다. 하지만 여기까지가 그녀의 한계였다. 벌써 속이 빵빵하게 차오른 것 같더니 더부룩했다.

"왜요?"

서주는 다시 접시를 내려놓고 물었다.

"보고 싶지 않은데 이유가 있어? 아예 잊고 살았어."

그가 되물었다.

"하긴, 싫은 감정도 아무 이유 없죠."

시진의 말을 다 알아들었다는 듯이, 그녀는 어깨를 들썩였다.

"너 싫어하지 않아. 너도 이미 느끼고 있잖아? 예나 지금이나 내가 너 싫어하지 않는다는 거."

"그런데 왜 보고 싶지 않았다는 거예요? 날 잊고 살았다는 건, 내가 오빠에게 어떤 의미도 안 된다는 거죠?"

"보고 싶지 않아서 보고 싶지 않았다고 말했잖아. 너에게 의미를 둘 이유가 뭐야?"

'참 말을 잔혹하게 해.'

"내가 미워서?"

"……."

"왜 날 미워했어요?"

결국 또 한 번 용기를 내어 보았다. 정말 오랫동안 궁금했었다. 재회한 뒤 물어볼까 단 한 번도 고민하지 않았다. 묻지 않을 작정이었으니까. 그런데 도저히 참을 수가 없었던 모양이다. 이렇게 불쑥 용기를 내고만 것을 보면.

"……."

시진의 표정이 굳었다.

"마지막 만날 날, 날 정말 미워했잖아요."

보다 정확히는 증오였다. 그날 그의 눈빛에 담긴 것은.

"과거 이야기하고 싶지 않다. 어서 먹어. 어서 먹고 내 조리대에서 내려와. 내 조리대에 앉은 건 아마 네가 처음일 거야."

시진이 그녀가 내려놓은 접시에 고갯짓했다.

"배불러요."

"고작 그거 먹고?"

그의 눈썹이 또 한 번 미미하게 꿈틀거렸다. 박제 인형 같은, 눈꺼풀을 깜빡이지 않는다면 잘 만들어진 밀랍 인형이라 해도 믿을 수 있는 그의 얼굴에서 오늘만 해도 두 번이나 눈썹이 꿈틀거리는 것을 본 셈이다.

"알잖아요, 나 입 짧은 거."

서주는 별일 아니라는 듯 어깨를 들썩였다.

"……."

"아무리 맛있어도 서너 입 먹으면 끝. 다 알고 있으면서."

"더 안 먹잖아, 그때보다."

그녀의 말에 시진이 디저트 접시를 내밀었다.

"승휘가 만든 거네요?"

'이걸 왜 나한테 줘? 하여튼 눈치가 없어. 아니다. 내가 별거 아닌 거겠지?'

하긴 별거일 이유가 없었다. 두 사람은 18년이나 떨어져 지냈고, 그 긴 시간 동안 늘 그리워했던 자신과 달리 시진은 보고 싶었던 적이 없다고 말했으니 말이다.

"응."

"왜 먼저 안 먹어 보고?"

"너 먹고 남기면."

"그럴 순 없죠."

"먹어."

"오빠를 위해 야심 차게 준비했을 텐데, 내가 먼저 손댄 걸 알면 승휘가 죽이려 들걸요?"

"……."

"지난번에는 까마득한 선배 개를 풀었는데, 이번에는 누굴 풀지 알 게 뭐람. 배도 든든하겠다, 이제 그만 가 볼게요."

서주는 이죽거리며 디저트 접시를 내려놓았다. 그러고는 조리대에서 풀쩍 뛰어내렸는데, 자신의 상태를 과신했던 모양이다. 시진이 반사적으로 그녀를 부축했다.

'아니, 이젠 의지하면 안 되는데, 왜 또 약한 척이야?'

서주는 투덜대며 조리대를 움켜잡았다. 눈을 질끈 감았다가 시진의 손을 부드럽게 쳐내고는 몸의 중심을 잡았다. 여태 그 러했듯이 혼자 잘 지낼 수 있을 것이다. 지금처럼 힘을 내면 말 이다.

'안부도 물었고, 과거의 이야기도 물었고. 오빠 만나서 하고 싶은 거 다 했는데, 미련이 남을 이유가 없잖아.'

"현승휘 씨가 네 병 알고 있었어? 까마득한 그 선배 개 풀 때."

"아뇨? 알면서 그랬다면 그게 인간이겠어요?"

사실은 믿지만 않았을 뿐 듣기는 했다고 말하고 싶었지만, 그랬을 때 시진이 어떻게 판단할지 뻔히 알기에 서주는 양심에 거리끼는 일은 하고 싶지 않은 마음이 컸다. 승휘와 같은 인간 이 되고 싶지 않았다. 당시 승휘는 정말 자신의 건강 상태를 몰 랐다. 끝까지 비련의 여주인공이냐며 믿지 않았었으니까.

"……."

"왜요?"

"잤어."

"네?"

"현승휘 씨와 잤다고."

'대체 무슨 의도야?'

"아……."

'이런 말을 이렇게 불쑥, 아무렇지도 않게…… 아무리 내가

아무도 아니라고 해도, 너무 하잖아.'

"어머님 기일이자, 내 생일에."

"아……."

'그냥 승휘가 그 선배 개를 풀 때 내 건강 상태 알고 있었다고 말해 버릴걸.'

"실망했어?"

그의 말대로 실망했다. 얼마 전까지 시진이 조금은 예전처럼 자신을 대해 준다고 생각하며 설렜던 것이 비참하게 느껴질 정도로.

"내가 그럴 주제는 아닌데, 왜 내가 실망할 거라고 생각해요? 난 오빠에게 의미 없는 사람이라면서요? 내가 실망을 하든 말든 상관없잖아?"

하지만 이렇게 말했다. 실망했다고 인정하게 되면 자존심이 상할 것 같았다.

"데려다줄게."

시진이 앞치마를 벗어 빨래 바구니에 던지며 말했다.

"그럴 필요 없어요. 여기서 엎어지면 코 닿을 거리에 있으니까."

마음이 크게 상한 서주는 걸음을 떼며 말했다.

'뜬금없이 승휘와 잔 이야기를 하는 걸 보면 나와 거리를 두려는 거야. 나더러 알아서 떨어지라는 거지. 오늘 태워 주고, 안아 주고 밥해 준 것에 대해 다른 오해하지 말라고.'

가슴에 돌덩이 하나를 올려놓은 기분이었다.

서주는 그길로 택시를 타고 집으로 갔다. 도저히 걸을 수 없었다. 집으로 들어가자마자 그녀는 먹었던 음식을 모두 게워 냈다.

'역시 그렇게 무리해서 먹었더니.'

맛도 맛이지만 서주는 그와 잠시라도 더 있고 싶은 욕심에 먹고, 먹고 또 먹어 탈이 나 버렸다.

'가만 어머님 기일?'

그렇다면 시진과 승휘의 관계가 몇 달 되지 않았다는 걸 깨달았다.

'내가 조금이라도 더 일찍 찾아왔더라면…… 아, 지금 무슨 허튼 생각하는 거야? 아무래도 정말 기권이라도 해야겠어. 더 허튼 생각하기 전에.'

'Challenge Star Chef K'의 도전을 포기하겠다고 끝내 결심한 뒤에야, 서주는 위액까지 쏟아 내고는 탈진한 채로 침대에 기어들어 갔다.

다음 날, 끈질긴 전화벨 소리에 일어난 서주는 침대에서 흘러내리듯 나와 다시 주방까지 엉금엉금 기어갔다. 그러고는 비상시를 대비해 마련해 둔 달콤한 두유 음료를 몇 모금 마신 뒤, 벽에 기댄 채 눈을 감았다.

'아이고, 하늘이 빙글빙글 도네.'

다시 한 모금, 또다시 한 모금. 천천히, 천천히. 힘겹게, 힘겹게 삼키며 아사 직전의 위를 달래고서야 서주는 고집스럽게 끊어졌다가 다시 이어지고, 끊어졌다가 다시 이어지는 전화를 받을 수 있었다.

"여보세요?"

— 정말 너니?

"무슨 뜬금없는?"

— 챌린지 스타 셰프 시즌 7.

"아."

— 하긴 인공심장박동기를 가진 너와 똑같은 얼굴을 한 한서주가 이 세상천지에 둘이 되겠니?

"봤구나."

— 봤지 그럼. 우리들의 냉미남도 봤겠네?

"봤어."

— 실물도 끝내줘?

"실물이 훨씬 나아. 카메라가 황시진 셰프의 미모를 다 못 담아내."

— 사인받았어? 안아 보기라도 하지. 아니다, 그냥 청혼해라. 바짓가랑이 붙잡고 늘어져. 아니 그냥 혼인신고 해 버려. 절대 놔주지 마!

"야, 야, 전화 끊자. 계속 전화 들어온다."

— 아, 말도 안 돼. 나라면 그냥 그 자리에서 자빠…….

서주는 고개를 절레절레 흔들며 대학 동기의 전화를 끊어 버렸다. 이어 뒤돌아서면 전화벨, 뒤돌아서면 전화벨이 울려 아침부터 정신을 쏙 빼놓았다.

[당연히 만났어. 실물이 나아. 사인 안 받았어. 청혼 안 할 거야. 바짓가랑이 안 붙잡고 늘어져. 혼인신고는 꿈도 안 꿔. 자빠뜨리지도 않을 거야. 그러니까 성가시게 굴지 마.]

그녀는 전화를 받는 대신 일관되게 문자로 회신했다.

[무슨 소리야?]

[혹시 냉미남에게 벌써 차였어?]

[너 취향이 여자 쪽이었어?]

[애가 자다가 봉창을 뜯네.]

[함진우 셰프 유부남이야, 왜 이래.]

[알았어, 네가 싫음 내가 가진다.]

그러자 이런 메시지들이 다시 정신없이 쏟아졌다.

[모두 꺼져!]

서주는 다시 일관되게 회신을 보낸 뒤 혀를 차며 자리에서 일어났다. 뭔가 만들어 먹어야겠다고 생각하는 순간, 다시 벨이 울렸다.

"아, 좀……."

투덜대다가 무심코 보니 그녀의 대학 동기들이 아닌 아버지의 전화였다. 서주는 식탁 의자에 주저앉으며 전화를 받았다. 부모님은 전화를 제대로 받지 않으면 한달음에 달려올 분들이었기 때문이다.

"네, 네, 저 맞아요."

서주는 전화를 받자마자 한숨을 푹 내쉬었다.

— 그게 사실이야?

"네, 네, 사실 맞고요."

— 요즘도 보충 학습 때문에 여름방학에 못 내려온다는 게 말이 돼? 국, 영, 수도 아니고 너 사회 선생이잖아.

'으잉?'

"아…… 네, 뭐."

아직 텔레비전을 못 보신 모양이었다. 서주는 황급히 머리를 굴렸다. 매를 먼저 맞는 것이 좋을지, 나중에 맞는 것이 좋을지. 어디서 듣기 전에 이실직고하는 것이 좋을지, 그냥 나중에 후폭풍을 감당하는 것이 좋을지.

— 몸은 좀 어때?

"최상이죠."

— 그냥 학교 때려치워. 방학이면 푹 쉬면서 충전할 수 있겠다 싶어 허락했는데, 그냥 공기 좋은 곳에서…….

"에이, 아빠. 또 이러신다. 절 온실 속에 가둬 키우시려고요? 제가 몇 번이나 말해요? 정말 싫지만 결국은 제가 아빠 엄마보다 하루라도 더 살 텐데, 그렇게 온실 속에 가둬 놓으시면 아빠 엄마 없을 때 저 어찌 살라고. 이럴 거였음 지금이라도 당장 제 동생 만들어 주시든가요. 나 하나로 끝, 엄마 아빠 없음 의지가

지없게 만들어 놓고 온실 속에 가둬 놓으면 직무 유기야, 직무
유기."

- 컨디션 나쁘지 않은 것 같긴 하네.

서주가 다다다 속사포 랩을 하자, 아버지가 그나마 안심이
되는지 껄껄 웃었다. 그녀가 몰래 숨을 몰아쉬고 있는 것이 보
이지 않을 테니 말이다.

- 난 네 건강 생각해서 선생 하겠다는 거 말리지 않았는데,
혹시 그 때문에 오히려 힘들까 봐 이러는 거지.

'정말 죽기보다 공부가 더 쉬웠어.'

그랬다. 서주가 국내 최상위 대학 법학과를 포기하고 사범대
에 진학한 것은 봄, 여름 그리고 겨울에 있는 긴 휴식 기간 때
문이었다. 그 기간 동안 정기적인 건강 검진을 하고 컨디션을
회복한 뒤 업무에 복귀하면 되었기에 이 직업을 선택한 것이
다. 그런데 막상 하고 보니 적성에도 맞았다

'그러고 보면 난 참 운이 좋은 사람이야.'

무슨 일이든 서주는 마음먹은 대로 혹은 의도치 않았음에
도 매사 수월하게 넘길 수 있었다. 단지, 건강하지만 않았을
뿐이다.

'하지만 골골 팔십이라는 말도 있잖아. 건강운은 없어도, 생
명운은 다 살고 봐야 아는 거라고.'

더욱이 조선 시대에 이런 심장으로 태어나지 않고 21세기에
태어난 것 또한 어떤 의미에서 운이 좋은 것이 아니겠는가. 지

금 태어나지 않았다면 아마 약관이 되기도 전에 옥황상제와 알현했을 터이니.

서주는 늘 위태위태 아슬아슬한 삶을 살아가고 있었고 그러던 중, 죽음의 고비를 벌써 두 번이나 넘겼다. 열여덟 살 초여름 그리고 스물다섯 살 임용 고시를 앞두고.

열여덟 살 봄에 쓰러져 초여름에 컨디션을 회복한 뒤 이식수술을 받았고, 스물다섯 살에는 십 년 교체 주기에서 예정보다 빨리 인공심장박동기에 문제가 발생했다. 스물다섯 살 때 자신이 정말 죽을 수도 있겠다고 생각했다. 그럼에도 서주는 죽음을 목전에 두고 산소 호흡기를 달고서 임용 고시를 준비했고 합격했다. 죽기 직전에 뭔가 하나 꼭 이루고 싶은 욕망이 그 정도로 강렬했다.

'딱 죽었다고 생각했는데, 그런데 살아남았어.'

그나마 다행인 것은 열여덟 살과 스물다섯 살의 그 짧은 사이 의학 기술이 엄청나게 발달했다는 것이다.

'이러니 내가 운이 좋다는 거야.'

스물다섯 살에 정말 죽을 수도 있었는데, 여전히 죽지 않고 이렇게 살아 있으니.

'아무튼 아빠에게 오빠를 만난 건 당분간 말하지 않는 게 좋겠어.'

늘 자신의 건강에 노심초사하는 부모님이 그 프로그램을 본다면 당장 때려치우라고 말할 것이 뻔해서 그런 생각이 들었다.

'어쩐지 이대로 끝내고 싶지는 않아.'

내일 죽을지도 몰랐던 자신이 임용 고시를 보았을 때와 같은 기분이 들었다. 서주는 방송 이야기는 접어 두고 쓸데없는 이야기로 수다를 떤 뒤, 아버지와의 통화를 종료했다.

"이를테면, 그래. 끝날 때까지 끝난 게 아니야."

그렇게 주먹을 불끈 쥐면서.

* * *

― 역시 반응이 저희 기대 대로입니다.

"도전자의 건강에 대해서는 이슈화하지 마시죠?"

― 그럼, 그냥 넘기자고요?

"그럼에도 요리 경연에만 열중하는 걸 부각한다면, 오히려 더 나을 것 같습니다. 이미 시청자들은 한서주 도전자의 건강 상태를 베이스에 간 채로 시청하고 있을 텐데, 방송에서 계속 언급하면 오히려 역효과가 나지 않을까요?"

'Challenge Star Chef K 시즌 7' 첫 방송이 전파를 타자마자 포털은 기다렸다는 듯이 수많은 기사를 쏟아 냈다. 그 기사 밑에 무수한 댓글이 달렸는데, 선하든 악하든 거의 90%가 서주의 인공심장에 관한 내용이었다.

'우려했던 일이야.'

시진은 사실 애초에 그것부터 어떻게든 방송이 안 되게 할 작정이었다. 하지만 말해 봐야 씨알도 먹히지 않을 것을 알아서 이후론 생각조차 하지 않았다. 그런데 지금 생각해 보니 어떻게든 막았어야 했는지도 모른다.

대체로 첫 송출의 반응을 보고 편집 방향의 90%가 정해지고는 하는데, 상상 그 이상의 반응인지라 제작진들이 어떻게 나올지 불 보듯 훤했다.

'왜 이런 곳에 발을 디뎌서는.'

시진은 그녀가 이런 상황을 잘 버틸 수 있을지 걱정이 이만저만이 아니었다. 어린 시절, 불우한 환경에 대한 자격지심으로 그가 일부러 친구들과 어울리지 않는 것인지도 모르고, 서주는 왕따를 당하는 것으로 오해했던 모양이다. 그런 그를 비호하느라 덩달아 왕따 아닌 왕따를 당한 적이 많았다는 것을 모르지 않았다.

그때의 서주는 아주 잘 버텼지만, 지금은 평범한 사람에게 긍정적이든 부정적이든 전국적으로 관심이 집중된 상황이었다. 학교와 같은 아주 국소적인 곳에서 받는 일종의 관심과는 차원이 달랐다.

- 안나경 셰프님과 같은 의견이시네요? 함진우 셰프님은 아직 별다른 코멘트 없었습니다.

"네, 제 생각에도 그렇습니다. 그러니 멘토 셋 중 두 사람이 도전자의 건강상 문제를 거론하지 않았으면 하니, 다수결로 더 이상 한서주 도전자의 건강에 대해 언급을 자제해 주셨음

합니다."

건강이 그러한데 스트레스까지 감수할 수 있을까. 얼굴도 모르는 사람들이 자신의 건강을 들먹이며 관심을 보냈을 때 잘 버틸지 알 수가 없었다. 견딜 만함에도 누군가 자꾸 자신을 환자 취급하면 안 아픈 곳도 아프기 마련이니, 시진은 자신이 그녀를 위해 뭘 할 수 있을지 고민되었다.

'뭘 하든 해 보는 데까지 해 보는 수밖에.'

오늘 대중의 반응 때문에 걱정이 이만저만이 아닌 시진은 미간을 잔뜩 찌푸렸다.

─ 그래도 좀 아까운데, 이슈가 시청률을 얼마까지 끌어올리는지 잘 아시지 않습니까?

"어제 따로 테스트해 보았습니다."

─ 테스트요? 한서주 씨만 따로 불러 테스트를 하셨다고요?

"네. 챌린지 스타 셰프는 내게도 중요한 프로그램이니, 한서주 씨를 계속 안고 갈지 결정을 해야만 했으니까요. 아무래도 한서주 도전자 미각이 천부적인 것 같습니다."

─ 그래요?

"그러니까……."

시진이 프로듀서와 통화를 하던 그때 노크 소리가 들렸다. 고개를 들었더니 파티셰가 문을 열고 들어오다가 흠칫 멈춰 섰다.

"건강상의 문제는 베이스로 깔고, 천재 이미지 쪽으로 가는 것이 좋을 것 같습니다."

그는 승휘에게 들어오라고 손짓한 뒤 말을 이어 나갔다.

"그럼에도 재능이 있다, 시청자들은 이렇게 받아들일 것이 뻔합니다."

– 제작진 회의 때 한번 올려 보겠습니다.

"혹시 의구심이 드시면 이렇게 하는 건 어떻겠습니까?"

– 말씀해 보세요.

"다음 탈락 과제 주제는 디저트로 하죠."

파티셰인 승휘를 힐끗 보던 시진에게 묘안이 떠올랐다.

– 디저트 말입니까?

"어제 한서주 도전자가 디저트 과제를 통과하지 못할 거라고, 사전 인터뷰 때 제과 제빵은 단 한 번도 한 적이 없다고 말씀하지 않았습니까?"

– 네, 아마도 못 넘을 겁니다. 정말 요리 천재라면 모를까.

"그러니까 확인하는 차원에서 디저트를 하자는 겁니다. 이번에 탈락하면 원하시는 대로 편집하시면 됩니다. 단, 여전히 저희 오스삐떼 도노레 홀에서 따간 영상은 절대 송출 불가합니다. 저희 레스토랑의 이미지에 문제가 발생할지도 모릅니다. 저희 레스토랑 이미지까지 실추하면서 멘토 할 생각은 없습니다."

– 그 점은 걱정 안 하셔도 됩니다. 저희 프로그램은 황시진 셰프의 미국판 챌린지 스타 셰프 우승컵과 위상이 콘셉트인 거 아시잖습니까.

시진이 은근히 압박하자, 프로듀서가 펄쩍 뛰었다.

– 도전자들이 황시진 셰프와 같은 성공을 목표로⋯⋯.

'휴우, 다행이다.'

큰 산을 겨우 하나 넘은 것 같았다.

"이만 영업 준비를 해야겠습니다."

이미 편집 방향이 서주의 건강이 아닌 다른 쪽으로 기운 것 같아서 그는 이어지는 프로듀서의 말을 자른 뒤 수화기를 내려 놓았다.

"부르셨습니까, 사장님?"

승휘가 물었다.

"⋯⋯."

그제야 그녀가 노크를 했고, 사무실 안으로 들어온 것을 알 아차렸다. 심지어 들어오라고 자신이 손짓한 것도. 왜 남의 전 화를 엿듣고 있었지? 라고 생각하다가 순차적으로 떠올릴 정 도였다.

"어제 제출한 디저트, 이번 가을 시즌에 내도록 하죠."

"네, 알겠습니다."

"가을 시즌 전에 이벤트성으로 반응부터 살피세요."

"네, 사장님."

"그만 나가봐도 좋습니다."

파티셰에게 말한 뒤 시진은 프로듀서가 전화를 걸어오기 전 자신이 무엇을 하고 있었나, 잠깐 생각했다. 시선을 내려 보니 골치 아픈 영수증이 책상에 가득했다. 시진은 내심 투덜대며 처리해야 하는 영수증을 뒤적거렸다. 이어 승휘가 여전히 그 자리를 지키고 있는 것을 알아채고는 의아한 마음에 그녀를 올려다보았다.

"무슨 할 말이라도 있습니까?"

한동안 시선을 두다가 그녀에게 물었다.

"아, 그게…… 디, 디저트 샘플의 이름을 뭐로 할 건지, 궁금해서요."

"방금 말하지 않았습니까? 이벤트성으로 반응을 살피라고. 그 이벤트로 이름을 공모하라는 뜻이었는데."

"아……."

그러고도 또 한참.

"……."

"그럼."

안 나가고 뭐 하느냐는 표정으로 시진이 빤히 올려다보자, 그녀가 마침내 고개를 숙이고는 몸을 돌렸다.

"그럼 승휘 말고 날 내보냈어야지."

그러다 문득 서주의 말이 떠올랐다.

"딱 보면 몰라요? 오늘 오빠 유혹하려고 마음 단단히 먹고 벼른 모양인데, 둔한 건지, 눈치가 없는 건지, 쯧쯧."

그리고 시진은 그녀가 왜 그런 말을 했는지 알 것도 같았다. 현재 파티셰는 요리할 때 거추장스럽지 않을 정도로 옅은 화장을 한 단정한 모습이었다. 모자 뒤에 있는 승휘의 머리 스타일이 어떨지 가히 상상이 되었다.

그리고 머리카락 한 올도 튀어나오지 않을 정도로 바짝 올려 묶으면 퇴근할 때 어떻게 되는지 모르는 바보도 아니었다. 하지만 평소, 마치 두 사람이 '썸'을 타는 것처럼 행동하던 그녀가 그날은 짙은 화장에 컬, 그리고 몸매가 완전히 드러나는 원피스를 입고 있었다.

'서주가 오해할 만도 해.'

사실은 서주가 오해했으면 해서 일부러 흘린 것도 있었다. 그런데 그게 그녀를 가급적 멀리 떼어 놓고 싶어서인지, 다른 의도가 있었는지 헷갈렸다.

승휘와 잤다는 소리를 하자마자 당장 자신의 혀를 깨물고 싶었던 것을 보면 아마도 후자일지 모른다. 그렇다면 그 다른 의도라는 것이 무엇이었을까?

'설마 질투 유발? 에이 말도 안 돼.'

"현승휘 씨?"

되도 않은 생각 그만하자고, 고개를 재빨리 흔들고는 시진은 문으로 향하는 파티셰를 불러 세웠다.

"네?"

돌아보는 승휘의 눈빛이 어떤 의미인지 모를 바보도 아니었다. 눈칫밥을 먹으며 요리한 게 18년이었다. 게다가 수년의 방송 생활은 그를 더욱 예민하게 만들었다.

"그날, 내 생일인 거 어떻게 아셨습니까?"

행여 몰라서, 툭 미끼를 던져 보았다.

"네?"

"그날."

"……."

"현승휘 씨 생일은 그날이 아니지 않습니까?"

"아, 그건……."

"출생 신고의 문제입니까?"

"아니, 그게 아니라…… 전."

역시 승휘는 당황했다. 'ospite d'onore' 직원들의 생일은 챙겨 주었지만, 지배인이 파티를 주관하면 그저 참석하는 수준이어서, 시진은 승휘의 생일을 몰랐다. 확인할 것이 있어 그냥 툭, 던져 본 것이었다.

'남매의 생일이 어머니의 기일과 같고, 자신의 생일과 겹치는 우연. 그런 거듭되는 우연이 흔하겠어?'

물론 승휘가 잘 둘러댈 수도 있었으리라. 하지만 별안간 훅치고 들어가면 어지간한 사람 아니고는 당황하기 마련이었고, 그가 보기에 승휘는 그 방면으로 비범한 인물은 아니었다. 그러니 시진은 한눈에 알 수 있었다.

'의도가 있어.'

그런데 그런 확신을 한순간, 시진은 승휘가 더 당혹스러워졌다. 그날 어머니의 기일인 것은 모를 수가 없었다. 365일 오픈하는 레스토랑을 방송 이외의 이유로 비우는 단 이틀 중 하루였으니.

기일이면 검은 슈트를 입고 어머니가 계시는 공원에서 하루 종일 산책을 한다는 것을 모르는 직원은 'ospite d'onore'에 없었다. 하지만 그 누구도 어머니의 기일이 자신의 생일인 것을 아는 사람은 없었다.

앞서 말한 대로 'ospite d'onore'에서는 직원들의 생일을 매월 초, 회식과 함께 진행하는 것으로 챙겨 왔다. 거기에는 그의 생일도 포함이었다. 하지만 직원들이 챙겨 주는 시진의 생일은 원래의 생일보다 한 달가량 앞서 있었다.

그의 주민 번호 앞자리는 아주 오래전 조모의 바람대로 음력 날짜를 기준으로 신고하여 생성되었다. 그것이 그의 사주에 크게 영향을 미친다고 조모가 주장한 것이다. 크게 되어 가문을 빛낼 것이지만, 조실부모하여 초년에 고생문이 훤하다는 것이 그가 태어난 일시의 사주였다.

사실 조모의 주장은 말도 안 되는 소리였다. 사주를 믿지 않을뿐더러, 믿는다고 해도 자신의 사주가 양력 생일을 음력으로 바꾼다고 달라지는 건 말이 되지 않으니 말이다.

하지만 미신을 맹신한 조모는 끝내 물러서지 않았고, 결국 그의 주민 번호 앞자리는 음력 생일로 등록이 되었다.

'내 음력 생일을 알고 있다고 해도 과한데, 정확한 생일을 어떻게 안 거지?'

시진은 아주 오랫동안 사람들에게 치이며 살아왔다. 어지간한 사람의 꿍꿍이는 다 볼 수 있다고 자부했다. 하지만 그날 승휘의 의도는 알 수 없었다. 지금까지도 사실은 눈치채지 못했다. 다만, 승휘가 어머니의 기일이자 자신의 생일임을 어떻게 알았고, 그걸 이용했다는 것이다.

그건 아주 큰 의미가 있었다. 그런 일을 계획적으로 할 수 있는 사람이 어떤 일이든 못하겠는가. 심지어 서주를 상해할 목적으로 조울증이 걸린 개를 풀 정도의 위인이라면 더더욱. 시진은 그날 이후부터 지금까지 승휘의 근태부터 확인했다.

'어떻게 안 건지는 중요하지 않아. 이미 지난 일이니까. 다만, 이대로 넘어가면 일이 더 커지겠어.'

무엇보다도 서주에게 그리 해코지를 했다고 하니, 솔직히 이렇게 마주하는 것조차 쉽지 않았다. 그런 여자에게 하필이면 그런 실수를 하다니, 자기혐오에 빠지지 않은 것이 용하다고 할 정도였으니 말이다.

"미안합니다, 현승휘 씨."

자신의 실수에 당당할 수는 없었으니, 그래도 운은 이렇게 뗐었다.

"……"

"그날의 일이 실수였다고 대놓고 말할 수 있을 정도로 나쁜 사람이니 감정 상하지 말라고 그저 뉘앙스만 풍겼었는데, 꼭 이렇게 내 입으로 그걸 들어야 했습니까? 분명히 말씀드립니다. 미안하지만, 그날 실수였습니다. 기억이 전혀 없지만, 기억한다고 해도 마찬가지였을 겁니다."

빠르게 직원 근태 프로그램을 확인하며 시진은 말을 덧붙였다.

"지난달 보건 휴가 가신 것을 보니, 내가 그 일로 책임질 일은 없을 것 같은데, 아닙니까?"

"⋯⋯."

"여자에게 관심 없습니다. 동종 업계에서 일하며 요리하는 사람은 더더욱 거들떠보지 않습니다. 특히 직원은 말할 것도 없습니다. 오스삐떼 도노레 직원이라면 다 아시잖습니까? 현승휘 씨는 여자고, 요리를 하고 심지어 오스삐떼 도노레 직원이니 그 어떤 일말의 가능성도 없습니다."

"⋯⋯."

"불편하면 원하는 대로 하세요. 다른 체인으로 가든지, 오스삐떼 도노레를 그만두든지. 그만두게 되면 내 불찰도 있으니 퇴직금은 두 배로 드리겠습니다."

그가 바라는 것은 그녀가 자신의 레스토랑을 떠나는 것이었다.

"나가라는 뜻인가요?"

마침내 승휘가 입을 열었다.

"어디서 현승휘 씨 같은 파티셰 구하기 힘들다는 거 압니다."

내보내는 것이 맞다. 하지만 시진은 이렇게라도 시간을 주고 싶었다. 승휘가 제 발로 이곳을 나가 이직할 수 있도록 기회를 주고 싶었다.

서주에게 한 짓은 묵과할 수 없지만, 공적인 관계이니 개인적인 감정은 가급적 접어 두려 애를 썼다. 그러니 혹 승휘가 자신의 마음을 완전히 정리하고 공과 사를 확실히 구분할 수 있게 되면 금상첨화일 것이다.

"그럼?"

"난 현승휘 씨가 오스삐떼 도노레 직원으로 아주 훌륭한 디저트를 계속 만들어 내기를 바랍니다. 하지만 계속 현승휘 씨가 지금처럼 공과 사를 구분하지 못하면 나로서도 어쩔 수가 없다고 말하는 겁니다."

"……."

"어쩌겠습니까?"

"새로 출시할 디저트 몇 개 더 개발한 뒤 기획안을 올리겠습니다."

인내를 가지고 시진이 빤히 보자, 입술을 깨물고 마주 잡은 손을 쥐어뜯으며 오랫동안 생각에 잠겨 있던 승휘가 한참 만에 입을 열었다.

"그럼 승휘 씨를 믿겠습니다. 나 또한 앞으로 공과 사를 구분하지 못 하는 일이 없도록 조심할 겁니다. 앞으로도 잘 부탁드립니다. 그만 나가 보셔도 좋습니다."

마침내 거래가 성사되었다는 듯이 고개를 끄덕이는 시진의 말에 승휘가 묵례한 뒤, 그의 사무실에서 나갔다.

'아냐, 그냥 내보내는 게 나은가? 아니지. 공과 사를 구분하기로 했잖아. 저 정도의 파티셰를 구하기는 힘들어.'

게다가 그녀와 보냈던 그 밤이 전혀 기억나지 않아 아무런 감정도 느껴지지 않으니 레스토랑을 위해서는 승휘를 그냥 두는 것이 이익이었다.

그날의 기억이 났다면 좀 난감했을지도 모른다. 하지만 아무 기억이 없었다. 했는지 안 했는지도 확실치 않았다. 그러니 그에게 승휘는 여전히 'ospite d'onore'의 파티셰일 뿐이었다.

다시는 직원과 사사로이 개인적으로 만나지도, 술을 마시지도 않겠다고 다짐했다. 요리를 배우는 동안 국내외 할 것 없이 수많은 여자를 만났다. 그중 일부는 그런 뉘앙스로 접근했다. 하지만 시진은 서른세 살이 되도록 성적인 부분에서 충동적이었던 적이 단 한 번도 없었다.

'특히 유학했을 때는 거의 대부분의 여자들이 성적인 뉘앙스를 풍겨서 성가실 정도였어.'

하지만 분위기를 그렇게 몰아가는 것이 빤히 보이면 시진은 그 어느 때보다 냉철해졌다. 그렇다고 여태 모태 솔로였다는 뜻은 아니었다. 특히 국외에서는 꽤 많은 여자를 사귀기도 했고, 대부분은 깊은 관계까지 갔다. 하지만 마음이 없는 섹스는 절대 하지 않았다.

사귀고 난 후에야 자는 것, 그런 시진에게 그들은 고리타분하다고도 특이하다고도 했지만, 그는 그저 문화적인 차이로 일축하고는 했었다. 요는 충동적이거나 일시적인 말초신경에 단 한 번도 무릎을 꿇지 않았다는 뜻이다.

'그런데 하필이면 직원과⋯⋯ 역시 직원과 사적인 술자리는 자제해야겠어. 감정적으로 변했을 땐, 특히.'

그는 한동안 표정 없는 얼굴로 닫힌 문을 보다가 시선을 내렸다. 처리할 청구서와 영수증들이 그의 관심을 재촉했다. 하지만 여전히 눈에 들어오지는 않았다.

'술이 약한 편은 아닌데, 그날은 대체⋯⋯.'

그도 그럴 것이 어려서 시진은 까마득한 선배들 앞에서 실수하지 않으려고 바짝 긴장한 상태로 술을 배웠기에 요즘에도 어지간히 마셔도 정신을 잃지 않았다. 그래서 술 때문에 본능을 제어하지 못했다는 변명이 통하는 인간도 아니었다.

'그런데 하필이면 그날, 내 저주받은 생일이자 어머니의 기일이었어.'

언제 긴장을 놔 버렸는지, 얼마나 술을 마셨는지 감이 잡히지 않았다. 다음 날, 곁에 있던 승휘와 자신은 모두 나신이었고, 두 사람이 마신 어마어마한 양의 빈 병들을 보고 유추했을 뿐이었다.

'처음으로 필름이 끊겼고, 잔 것 같아. 그건 무슨 변명으로

도 달라지지 않아. 빌어먹을, 근데 왜 자꾸 이런 기분이 드는 거야?'

그는 미간을 쓸었다. 어제 상처받은 서주의 얼굴이 자꾸만 떠올라서 마음이 초조해졌다. 그녀를 해코지한 여자와 잔 것도 잔 것이지만, 그걸 굳이 말해 서주에게 상처를 줬어야 했나, 후회가 막급했던 것이다.

'아, 지금은 이럴 때가 아닌데.'

시진은 수화기를 들었다. 자문 회계사와 업체에 몇 통의 전화를 건 뒤에도 여전히 그 영수증과 청구서들은 시진을 닦달하고 있었다.

10. 언제든 만나게 되어 있었어, 우리는

시진은 사무실에서 나와 주방으로 향했다. 오후 영업 준비 전, 대부분의 직원들이 잠깐의 휴식을 취하는 사이, 성준만 주방에서 소스를 만들고 있었다.

"성준, 넌 왜 쉬지 않고?"

"지금 쉬러 갈 참입니다, 셰프."

"참외 드레싱이야?"

그가 만들고 있는 소스를 향해 고갯짓하며 물었다.

"네, 셰프. 요즘 참외가 제철이라 드레싱을 내는 것도 좋을 것 같아서요."

시진이 손을 내밀자, 성준이 그에게 스푼을 건넸다.

"소금 조금 더 추가, 생크림은 너무 많이 들어갔어."

소스를 찍어 맛본 뒤 시진이 말했다.

"네, 셰프."

"오늘 서비스로 내보내."

"네? 아, 네! 셰프."

"참외 상태 나빠지기 전에 가급적 오늘 다 소비하라고 이르고. 아, 그건 현우에게 따로 지시할 테니까 넌 들어가."

시진은 성준의 어깨를 두드린 뒤 주방에서 나오며 말을 이었다.

"쉴 때 쉬어 줘야 하는 거야."

"네, 셰프."

허리를 거의 90도 각도로 꺾는 성준을 뒤로 하고 시진은 스튜디오로 향했다. 3차 예선전이 있는 날이었다. 긴장되는 것은 다 그만한 이유가 있었다. 그날 이후로 서주를 처음 만나게 되는 셈이니, 자꾸만 교무실로 불려 가는 남학생이 된 기분이 드는 것이다.

"3차 경합 탈락 과제는 디저트입니다."

시진의 말에 좌중이 술렁였다. 나름 제과에 자신 있는 도전자들은 벌써부터 다음 경합을 넘보는 눈치였다. 그중 유독 조용한 사람이 있었는데, 서주였다. 표정이 살짝 흐려지는 것이 한눈에도 보였다.

'미치겠네.'

그는 슬쩍슬쩍 서주의 눈치를 살폈다. 어쩐지 야윈 것 같기도 했다. 그날의 일을 돌이키고 싶었다. 그런데 이미 엎질러진 물이어서 다시 담을 수도 없었다.

그때, 그녀가 곁에 있는 최준혁 도전자에게 뭐라고 속살거렸다. 지난주 두 사람의 사이가 틀어진 줄 알았는데, 그것도 아닌 듯했다. 탈락 과제가 있기 전 조별 과제를 하는 동안에도 두 사람은 내내 붙어 시시덕거렸으니 말이다.

'도움이 필요할 때 등을 돌린 사람과 그새 풀린 거야? 배알도 없어, 어째 넌.'

이상하게 꼭지가 열리는 것 같아서 좀 전까지의 죄책감은 잊어버리고 시진이 투덜거렸다. 이랬다, 저랬다. 사실 서주 앞에서 그의 마음은 갈피를 잡지 못하고 허둥댔다.

전날 두 번째 방송이 있었다. 그리고 그 방송에서 흥미를 위해 서주와 최준혁 팀장을 썸 타는 사이인 양 교묘하게 몰아가기 시작한 것이다.

예심을 준비하면서 두 사람이 인사를 나눈 이후로 최준혁 도전자가 내내 그녀의 주변에서 얼쩐대는 영상을 또 언제 따 놓았는지, 그걸 편집해서 내보냈다. 서주의 건강 문제를 되도록 거론하지 말자는 자신의 말이 먹혀들었지만 왜인지 기분이 좋지 않았다.

'이슈를 만들지 않으면 안 되는 입장을 십분 이해는 하지만 그렇다고 서주의 러브 라인을 그려야 하는 것도 아니잖아?'

그것이 단지 방송 의도일 뿐 사실이 아님을 모르지 않아서 가급적 신경을 쓰지 않으려고 했지만, 그게 쉽지 않았다.

"가장 좋은 디저트란 식사를 통한 포만감으로 긴장되어 있는 위를 이완시키면서 식욕과 공복감을 완전히 떨어뜨릴 수 있는 기능이 가장 중요합니다."

시진은 서주에게서 시선을 떼어 최준혁 도전자에게 다가가며 말을 이었다. 어제 방영된 방송에서 그녀가 예심을 통과한 이후 대기실로 들어가자마자 가장 크게 기뻐한 것은 다름 아닌 최준혁 도전자였다.

모르는 사람이 보면 아니, 시진은 알고 있었음에도 최준혁 도전자가 서주의 지인 혹은 남자 사람 친구쯤으로 보일 정도였다. 심지어 자기가 통과했을 때는 오히려 당연한 일이라는 듯 시큰둥하게 반응해 놓고는 말이다.

대기실에서 그런 일이 있었다는 사실을 어제 방송을 통해 보고 나니 이상하게 가슴이 답답했다.

"식사를 완전하게 마무리해 줄 디저트를 팬트리에 있는 재료로 만들어 내시면 됩니다."

"자, 지금부터 120분의 대장정을 시작합니다."

그의 말이 끝난 이후로 진행자가 3차 경합이 시작되었음을 알렸고, 도전자들은 빠르게 팬트리로 향했다. 서주는 여전히 걱정스러운 표정이었다.

'저 자식이 어디다 손을……'

최준혁이 그런 그녀의 어깨를 살짝 밀며 팬트리로 향했을 때, 앉아 있던 시진은 저도 모르게 엉덩이를 들썩였다. 서주와 최준혁 도전자를 카메라가 빠르게 쫓아갔다.

'딱 봐도 저 영상이 편집되어 송출되겠네. 여기가 무슨 짝짓기 프로그램이야?'

그는 지난 방송 이후로 서주와 최준혁 도전자를 응원하는 댓글이 주를 이루는 것을 보았다. 시진 역시 분위기를 모르는 바 보는 아니어서 시청자들이 두 사람의 러브 라인에 호감을 보이고 있다는 것을 확연히 알 수 있었다. 서주의 건강을 걱정하는 사람 중 두 사람이 잘되기를 바라며 응원하는 이들도 꽤 있는 듯했다.

편집자의 입장에서 멘토들의 의견을 받아들였음에도 이야 깃거리 하나가 제대로 성공했으니 화색이 도는 건 당연한 일이었다.

'근데 난 왜 그런 댓글을 보고 있었던 거야?'

시진은 이런 자신이 좀 의아했다. 'Challenge Star Chef K'가 시즌 7에 이르기까지 그는 멘토로 방송에 참여했고, 유명세를 탔다. 하지만 방송이 끝난 이후 관련 기사를 검색한 적은 없었다.

'아, 물론 시즌 1 때 아주 잠깐 호기심에 찾아보기는 했었지.'

딱 초창기 때 행여 방송 진행에 도움이 될까 싶어서 기사를 검색하기는 했었다. 하지만 촬영장의 분위기와 편집 방향, 포털 사이트 메인에 걸리는 기사 그리고 댓글은 널을 뛰듯 제각각이었다.

사실상 기사는 그에게 전혀 도움이 되지 않았다. 심지어 냉랭한 자신의 태도에 남녀가 갈려 난타전을 하는 것을 본 이후 딱 오만 정이 떨어져 버렸다.

'남자에게 질투가 없다고 누가 말했던가.'

대체적으로 남자 시청자들은 어린 나이에 아주 거만하다며 시진을 깎아내리지 못해 안달이었다. 또한 대체적으로 여자들은 그게 오히려 자신의 능력에 대한 자긍심이라며 무슨 부흥회에 참석한 사이비 광신도들처럼 굴었다. 적어도 그의 생각은 그랬다.

진행에 별 도움이 되지 않는 악플과 선플의 맹렬한 난투극을 본 이후로 시진은 그냥 기사나 댓글을 접하지 않았다. 이후로 'Challenge Star Chef K 시즌 6'이 끝나기 전까지 그는 단 한 번도 기사나 그 기사에 달린 댓글을 찾아본 적이 없었다.

'그런데 왜 요즘 갑자기 기사와 댓글을 확인하고 싶어진 거지?'

그나마 댓글들이 대체적으로 서주에게 호의적이어서 다행이긴 하지만, 다른 사람들이 그녀와 최준혁 도전자를 염두에 두고 있는 것은 영 마음에 들지 않았다. 이러려고 서주의 이미지를 지켜 주고자 한 것이 아니었던 까닭이다.

'그나저나 쟤 왜 날 그림자 취급해? 왜 날 한 번도 안 보느냐고? 하긴 뭐 그럴 수밖에 없겠지. 하아……'

뭔가 아니, 모든 것이 어쩐지 자신이 뜻한 방향대로 나아가지 않는 것 같아 시진은 미간을 찌푸리며 팬트리 안으로 사라지는 서주의 등과 그 등에 손을 얹은 최준혁 도전자를 보았다.

* * *

'그래, 열심히 도전하는 거야. 되든 안 되든, 최선을 다해. 그 외 다른 건 절대 신경 쓰지 말고.'

서주는 다짐하고 또 다짐했다. 그리고 가급적 시진과 시선을 맞추지 않았다. 그러나 자꾸만 의식이 되는 것은 어쩔 수 없었다.

'안 돼, 안 돼, 집중하자, 집중!'

"왜 이렇게 여유롭죠?"

마음을 다잡는데 준혁이 물었다. 그제야 상념을 완전히 털어 버릴 수 있어서 어쩐지 그가 고마웠다.

"여유로워 보여요? 아닌데. 저 지금 멘붕이거든요. 완전 멘붕, 디저트는 만들어 본 적 없어요."

그래서 자연스럽게 웃는 얼굴로 준혁을 볼 수가 있었다. 하지만 그것 때문에 오히려 자신의 발등에 떨어진 당면 과제를 자각하게 되어 웃는 얼굴로 울상이 되는 아이러니를 표정에 담았다.

"만들어 본 적 없어요?"

"먹기만 했죠. 아주 열심히, 잘."

"먹어 봤으니 만들어 낼 수 있을 거예요. 요리에 관심이 있는 사람이라면. 그러니까 너무 걱정 말고 일단 들어가요. 다들 뛰어가잖아요."

"아, 진짜 자신 없는데."

아주 어린 시절 시진에게 주기 위해 컵케이크를 만들어 보기는 했으나, 망하기도 했고 경험으로 치기도 애매한 것이었다. 만드는 방법은 기억도 나지 않으니.

준혁의 손에 서주는 떠밀리듯 질질 끌리는 걸음으로 팬트리 안으로 들어갔다. 디저트 하면 달달한 빵 혹은 케이크가 생각나는지 대부분의 도전자들이 제일 먼저 아주 작은 카트에 밀가루부터 담았다.

'나도 달달 구리 케이크밖에 생각이 안 나, 대략 난감.'

서주는 팬트리 입구에 줄지어 있는 카트 앞에서 서성였다.

"파이팅 하자고요."

준혁이 그녀를 위해 카트 하나를 빼 주고는 먼저 식품 진열대로 다가갔다.

'아무튼 오늘은 팀장님과 오해 아닌 오해가 풀려 다행이야.'

오늘 조별 과제에서도 희한하게 준혁과 한 팀이 되었다. 꼭 짜고 치는 고스톱 같았지만 제비뽑기를 했으니 분명 누군가의 의도는 아니었다. 그런데 우려하는 바가 아주 없진 않았다. 어제 두 번째 프로그램이 방영된 이후로 서주의 전화기에 불이 났기 때문이다.

― 난다, 난다, 냄새가 나.
"무슨 냄새가 난다고?"
― 탄내가 난다고.
"가서 불에 뭐 올려놓고 왔는지 봐."
― 썸 타는 냄새.
"뭐?"
― 최준혁 도전자와 썸 타지?
"타긴 개뿔! 하아, 이제 보니 네가 맡은 그 냄새는 내 가슴이 타는 냄새다. 속을 열어 보일 수도 없고."

[네, 네, 썸 안 타고요, 내 가슴이 타고요, 자꾸 헛소리하면 네 주둥이도 같이 타는 수가 있고요.]

전날은 준혁과 아직 화해하기 전이었으니 서주는 전화가 오는 족족 이런 회신을 메시지로 보냈었다. 그 와중에 우연이 뭐 이리도 많이 겹치는지 오늘 또 준혁과 같은 팀을 이루었고, 가장 연장자인 그가 또 팀장을 맡은 것이다.

하지만 어제 방송을 의식해서 그를 밀어낼 수는 없었다. 조별 과제는 자신 한 사람의 문제가 아니라 팀 전체의 문제였기에 서주는 다른 도전자들을 위해 준혁과 밀접한 소통을 할 수밖에 없었다.

그러다 보니 자연히 어색함이 풀렸고, 준혁이 또 한 번 사과를 하는 바람에 더더욱 거리를 두는 게 우습게 되어 버렸다.

[동네 사람드을! 방송은 방송일 뿐, 착각하지 말자.]

그렇게 전날 대학 동기들에게 일제히 보낸 메시지를 다시금 떠올리며 서주는 경연에만 집중하기로 했다. 물론 불편함이 아주 없는 것은 아니었다. 지난주의 일이 매우 미안한지 준혁이 그녀를 알게 모르게 챙기기 시작했으니 말이다.

'아, 지금은 이럴 때가 아니야.'

서주는 팬트리 내부를 천천히 걸었다. 재료가 뭐가 있는지 일단은 봐야, 뭘 만들어 내도 만들어 낼 것이 아닌가. 물론 다른 도전자들의 카트도 유심히 보았다. 마치 모두 약속이나 한 듯 글루텐 함량이 가장 적은 박력분 한 봉지가 카트 안에 들어 있었다.

'역시 다들 케이크나 과자를 만들 모양인데.'

서주의 문제는 빵, 과자, 케이크를 단 한 번도 만들어 본 적이 없는 것이었다. 특히 케이크를 만들려면 부드러운 거품을 내기 위해 팔의 힘이 가장 많이 필요한데, 그녀는 기본적으로 체력이 약했다.

'아, 이래서 오빠가 나더러 절대 셰프가 될 수 없다고 한 거구나.'

서주 역시 밀가루 진열대 앞에서 꽤 고민했다. 그냥 고민만 했다. 그러다가 방송에서 PPL 되고 있는 각종 기름류, 통조림류, 소스류 등등을 지나쳐 다시 팬트리를 한 바퀴 돌고 났더니, 냉기가 가득한 내부에는 그녀 혼자 달랑 남아 있었다. 어깨를 떨며 고개를 들어 공중에 달린 시계를 확인해 보니 이미 시간이 7분 이상 지나간 뒤였고, 그제야 마음이 조급해졌다.

'후식으로 과일도 좋은데.'

서주는 빠르게 과일을 돌아보았다.

'하지만 과일만 덜렁 깎아 후식으로 내면 제 발로 걸어 나가 겠다는 뜻이겠지?'

그녀는 한숨을 삭인 뒤 다시 팬트리를 돌았다. 그때, 쌀이 눈에 들어왔다. 이어 통조림류를 지나친 그녀의 시선이 과일 냉장고에까지 이르렀다.

'아! 후식이 꼭 과자, 빵, 케이크라는 편견은 버려. 더욱이 난 한국 사람이잖아, 거기다 디저트라고 했지 콕 짚어서 빵, 과자, 케이크라고 한 건 아니잖아. 흐흐흐.'

서주는 재빨리 재료를 카트에 담기 시작했다. 이어 그녀가 마지막으로 팬트리에서 나왔을 때, 이미 다른 도전자들은 밀가루 반죽을 하고 있었다. 서주는 서둘러 자신의 조리대로 갔다. 조리대 위에, 카트에 담아 온 각종 요리 도구와 쌀, 복숭아, 모과, 대추, 복숭아 통조림, 꿀, 설탕, 소금, 베이킹소다 그리고 젤라틴을 빠르게 내려놓았다.

이어 씻은 쌀을 불려 놓고 베이킹소다로 모과를 세척하는 것을 시작으로 재료를 손질했다. 이어 잘게 다진 복숭아 통조림을 조리기 시작했다. 쌀을 불리는 동안 시간이 남아 생 모과로 모과차도 끓였다.

"한서주 도전자, 지금 뭐 하시는 거예요?"

그럼에도 손을 놓고 있을 수 없어 모과를 얇게 저미고 설탕과 켜켜이 작은 병 세 개에 담아 모과청도 만들어 밀봉하고 있는데, 안나경 셰프가 와서 물었다.

"쌀이 불려지는 동안 손 놓고 있을 수 없어서, 모과청을 만들고 있어요."

"아, 떡을 만드실 생각이에요? 그런데 모과청은 왜?"

"네, 디저트로 떡도 나쁘지 않을 것 같아요. 떡과 차는 오……."

"……."

매우 집중한 나머지 현재 자신이 있는 곳도 지난주 두 사람 사이에 있었던 일도 까마득히 잊어버리고, 오빠라고 부르려다 흠칫해서 서주는 시진을 돌아보았다. 오늘 처음 두 사람의 시선이 마주친 셈이다.

'그나저나 뭐가 불만이어서 내내 저런 눈빛이야? 나야말로

짜증이 나는구만, 쳇!'

그의 냉랭한 눈과 마주친 순간 일주일 전 마지막으로 나눴던 대화가 다시 떠올라 그녀는 괜히 쓰렸다. 두 사람은 아무런 관계도 아니니 그가 누군가와 잤다고 말해도 신경 쓸 필요가 없었다. 아니, 그렇게 자기의 마음을 다독였다.

'또 그렇게 따지면 밤 생활을 터놓고 지낼 사이도 아니잖아, 흥! 그딴 말을 대체 나한테 왜 해서 잠도 못 자게.'

"황시진 셰프님의 말씀대로 식사를 통한 포만감으로 긴장되어 있는 위를 이완시키면서 식욕과 공복감을 완전히 떨어뜨리는 아주 탁월한 기능이 있을 것 같거든요."

서주는 그에게 너 따위는 신경도 안 쓰겠다, 하는 뚱한 표정을 지어 보이고는 말을 이어 나갔다. 그게 오히려 자신이 화가 나 있다는 것을 어필하고 있는 것인지도 모르고.

"설마 모과청을 과제로 내어놓을 건 아니죠? 모과청이 잘 되었는지 아닌지 이 자리에서 우리가 확인할 방법이 없는데요?"

함진우 셰프가 물었다.

"그래서 과제로 낼 생 모과차를 따로 끓이고 있습니다. 모과는 비타민C뿐만 아니라 감기에 좋은 여러 성분이 많아 기관지나 폐에 아주 좋은 과일로, 차로 끓여 낼 생각입니다."

"무슨 떡을 만들 예정이죠? 아, 복숭아를 조렸네요?"

이번에는 안나경 셰프가 물었다.

"네, 조린 복숭아 통조림은 반죽에 쓰고 생복숭아를 말아서 떡을 만들어 보려고 합니다."

"그래요?"

"사실은 후식으로 과일이 제일인데, 과일만 깎아 내면
좀……."

"그렇죠. 과일이 입가심으로 딱이긴 하죠. 근데 경합 과제로
는 말이 안 되기도 하죠."

"그래서 과일과 떡을 같이 내려고 복숭아 말이 떡을 준비하
고 있습니다. 조린 복숭아 통조림을 찐 쌀가루에 넣고 버무린
뒤 치댈 예정이에요."

'아! 맞다. 치대야지. 우이씨, 팔 떨어져 나가겠네.'

"네, 그럼 수고하세요."

멘토들이 그녀를 지나 다음 도전자에게 갔다.

'아무리 아무 관계 아니어도 나에게 다른 여자와 잤니, 마니,
어떻게 그럴 수가 있지? 흥!'

서주는 시진의 시선이 다른 곳으로 향하자 그의 등을 노려보
고 서 있었다. 그때 함진우 셰프가 도전자들에게 시간을 상기
시켜 주었고, 서주는 고개를 흔들어 상념을 털어 내고는 불린
쌀을 갈았다.

마치 시진을 갈아 버리기라도 할 기세로.

굳이 온 힘을 이용해 팔로 밀가루 거품을 낼 필요는 없었는
데, 찐 쌀가루를 치대야 한다는 것을 나중에야 떠올린 서주는
내심 끌끌 혀를 찼다. 하지만 사실 그것도 전혀 걱정할 필요는

없었다.

마치 찐 쌀가루가 시진인 양 떡이 되게 치댈 수 있었으니.

"모과청은 셰프님들께 드리는 선물입니다."

얼마 뒤, 서주는 멘토들 앞에 자신이 만든 떡과 차를 내어놓았다. 맑은 차 위에 대추가 동동 뜬 모과차를 한 모금 마시는 것을 보며 살짝 긴장했다. 어쩐지 멘토들이 전에 없이 다른 도전자들에게 냉혹했던 것이다. 짧은 시간에 과자, 빵 그리고 케이크를 만들어 내느라 일부는 좀 미흡했던 모양이었다. 서주역시 다를 바 없어서 꽤 긴장했다.

"한서주 도전자?"

함진우 셰프가 포문을 열었다.

"네, 셰프님."

"우리나라 떡도 이렇게 다양할 수 있다는 걸 알게 해 줘서 고맙습니다."

잔뜩 긴장했던 것과 달리 그나마 호의적이었다. 안나경 셰프도 마찬가지였고, 시진은 적어도 크게 질책하지는 않았다. 표정으로는 떡과 차가 입에 맞았는지 아닌지 전혀 알 수는 없었지만 말이다. 하지만 그리 나쁘지 않았던 모양이었다.

'헐, 대박! 이러다 요리 쇼까지 진출할 기세!'

결국 서주는 본선 4차 경합까지 진출하고야 만 것이다.

"축하해요."

준혁이 자기 일처럼 좋아했다.

"네, 뭐, 팀장님도요."

"아직도 팀장님이래. 모르는 사람이 들으면 우리 회사 동료인 줄 알겠어요."

"아, 뭐, 입에 붙어서요. 세 번이나 제 팀장님이셔서."

"자신 없다더니 순 엄살이었나 봐요?"

"그러게요? 엄살 부린 꼴이 되었네요."

"오늘 회식은 참석할 거죠?"

"네? 아……."

"그러지 말고 참석해요. 매번 빠지니까 다들 한서주 씨 집에 꿀 발라 놨나 보다고 한번 쳐들어가자, 하는 분위기거든요. 오늘 참석 안 하면 기어이 서주 씨 뒤를 밟을 작정도 하고 있어요, 우리."

"쳐들어와요? 어딜?"

"서주 씨 집에요."

"아……. 뭐……."

'아, 몽롱해. 너무 피곤해서 머리 아파. 팔도 끊어질 것 같아. 떡은 치대야 한다는 걸 몰랐어, 바보같이.'

피곤해서 죽을 것 같다고 말하고 싶었지만, 또한 팔이 빠질 것 같다고 말하고 싶었지만 입이 떨어지지 않았다.

'그렇다고 또 회식을 마다할 수도 없고, 아, 난감하네.'

"오늘 오스삐떼 도노레에 모두 초대하고 싶은데."

다른 도전자들과 인사하던 시진이 마침 그녀를 난감함에서 구해 주었다. 물론 그의 레스토랑이라도 힘들긴 마찬가지였지만 'ospite d'onore'에서 집까지는 아주 가까운 거리였으니 그나마 나은 셈이었다.

"좋아요! 전 적극 찬성!"

'그래, 한창 무르익었을 때, 몰래 빠지는 것이 좋겠어.'

서주는 누가 반대할세라 손을 번쩍 들었다.

"여러분 생각은 어때요?"

연이은 시진의 말에 남은 도전자들은 모두 환호성을 질렀다. 그러다 두 사람의 시선이 부딪쳤다.

'흥!'

서주는 획 시선을 돌려 버렸다.

자리를 옮겼고, 그녀가 처음 참석한 회식이자 두 번째 단체로 온 'ospite d'onore'에서의 식사는 지난번과 달리 화기애애한 분위기였다.

"저희 때문에 퇴근도 못 하시고, 정말 고맙습니다."

"음식 너무 맛있네요."

도전자들은 늦은 시간에 자신을 위해 애써 준 'ospite d'onore'의 셰프에게 감사 인사를 했고, 그들은 11시가 넘었음에도 기꺼운 표정으로 뒤에서 도전자들을 수발해 주었다. 단 한 사람만 빼고.

'쟤 표정이 저런 건 뭐, 이해가 가. 퇴근하고 싶어 몸서리가 쳐질…….'

몰래 빠져나가는 게 좋겠다고 생각하며 서주는 시간을 확인하다가 승휘와 눈이 마주쳤다.

'에? 그게 아닌 것 같은데…… 뭐야?'

다 잊은 줄 알았는데 그녀의 눈동자를 본 순간 질투, 증오, 악의, 정확히는 예전이 떠올라 뭔가 오싹했다. 십 년도 더 전에 까마득한 선배 개를 풀었을 때 보았던 승휘의 바로 그 눈빛이었다.

'내가 앙심을 품어도 모자랄 판에, 쟤가 왜 저런 눈빛이지?'

"뭘요, 맛있게 드시는 모습만 봐도 행복한걸요?"

'맞아, 이간질하던 때도 저런 눈빛이었어.'

그날 승휘는 4대 천황인지 뭔지 하는 그룹에서도 손꼽히는 남학생에게 고백하고 한마디로 대차게 까였고, 꽤 오랫동안 학교를 졸업하지 못한 까마득한 그것도 분명히 조증 상태였다. 그랬음에도 그 개를 풀었고.

'그나저나 대체 지금은 왜? 무슨 말을 하려고 저렇게 벼르고 있는 거야?'

"근데 최준혁 씨는 왜 그렇게 서주에게 잘해 주세요? 눈에 띄게 다른 도전자들과 우리 서주를 차별하는 것 같아요."

'끙, 얘가 대체 왜 이래? 내가 저에게 뭘 그렇게 잘못했다고? 설마 십 년도 더 전의 일로 아직까지 앙심을 가지고 있는 거야?'

"네?"

준혁이 좀 당혹스러운 표정으로 승휘를 보았다.

"아, 모르셨어요? 저랑 서주 고등학교 동창이에요."

심지어 승휘가 그녀의 곁에 앉더니 한 팔로 어깨를 부드럽게 감싸고 토닥이기까지 했다. 아니, 토닥이는 것 치고는 좀 강하게 두드렸다.

'친한 척은 왜?'

서주는 뜨악한 표정으로 승휘를 보았다.

"아, 그러시구나."

"어제 방송을 봤는데, 두 사람 정말 잘 어울리는 것 같아요. 다들 썸 타는 분위기라고 떠들던데, 방송이라서 그런 거죠?"

"네, 뭐."

"그런데 사실인 것 같기도 해요. 지금도 이렇게 나란히 앉아 계시고, 최준혁 씨가 우리 서주를 보는 눈빛도 그렇고. 정말 방송이라서 그런 거예요? 서주야, 정말 그런 거야?"

뭔가 교묘하게 몰아가는 것 같았다.

'여기서 정색하면 더 이상해.'

"에헤헤, 얘가 왜 안 하던 친한 척을 할까요? 흐흐흐, 그나저나 네가 바라는 게 뭔데?"

서주는 억지웃음을 지으며 시큰둥하게 물었다.

"내가 바랄 게 뭐가 있어?"

"무슨 말이 하고 싶은 거냐고."

"너 피곤하니? 왜 이렇게 까칠해?"

"피곤해. 그리고 나 원래 까칠해."

"하여튼 성질 머리 예나 지금이나 변함이 없어, 큭. 최준혁 씨에게도 이렇게 까칠해요? 근데 얘는 까칠함이 매력이긴 하죠."

"……."

'나와 팀장님을 왜 못 엮어 안달이지?'

승휘 특유의 선한 웃는 얼굴을 서주는 잠시 바라보았다.

"나한테 까칠하게 군 적은 없는데요?"

"오, 그래요? 그럼 얘가 최준혁 씨에게 잘 보이고 싶은 모양이에요. 내숭은."

'얘가 분명 노리는 게 있는데, 그게 뭐지?'

웃는 얼굴로 곱게 눈을 흘기며 바라보는 승휘를 보니 점점 더 오싹해졌다. 승휘를 무서워하는 게 아니라, 그냥 분위기가 그렇다는 뜻이었다. 겉과 속이 완전히 달라서 더더욱 그런 기분이 들었다.

"너 근데 진짜 대단하다. 셰프님은 널 못 떨어뜨려 난리던데, 이번에도 붙었어?"

의아한 눈으로 보고 있는데, 승휘가 말했다.

"그게 무슨 소리예요?"

"아, 이런 말 하면……."

준혁이 묻자, 승휘가 절대 누설해서는 안 될 말이라도 되는 듯한 뉘앙스를 풍기며 입을 다물었다. 그때까지 삼삼오오 모여 떠들던 다른 도전자들이 그제야 입을 다물고 승휘를 보았다. 그도 그럴 것이 시진이 서주를 아주 못마땅하게 여기고 있다, 너희 경쟁자 중 한 사람이 곧 멘토 때문에 잘릴 것이다, 라는 뉘앙스로 말하는 듯했으니 말이다.

근데 어떻게 보면 시진의 태도가 다른 도전자들에게 새삼스럽지는 않았을 것이다. 사실 시진이 평소 차갑다 못해 살얼음 같은 성격이긴 했지만, 그럼에도 특히나 서주에게 더 냉랭하다는 것을 모르는 도전자가 없었으니 말이다.

특히 아무리 무뚝뚝하게 굴어도 다른 도전자들에게는 요리에 대한 조언을 전혀 아끼지 않았는데, 유독 서주는 아예 무시하는 것처럼 느껴질 정도로 말도 섞지 않았기 때문이다.

하지만 이렇게 대놓고 탈락을 시킬 정도로 시진이 그녀를 싫어한다는 사실은 좀 놀라운지 모든 이목이 승휘에게 향했다. 그런데 입을 꾹 다물어 버리니 오히려 도전자들의 흥미를 부추기는 효과를 낳았다.

"왜 말을 하다 말아?"

"아냐, 아무것도. 제가 친구를 만나서 좀 들떴나 봐요. 전 후식을 준비하러 갈게요. 맛있게 드세요. 너도 많이 먹어."

냄새만 잔뜩 풍겨 놓고, 도전자들이 한마디씩 겉치레로 하는 말을 뒤로하고 승휘가 그녀의 어깨를 퍽퍽 두드리고는 주방으로 향했다.

'아우, 아파라. 이 원수는 내가 꼭 갚고야 만다.'

서주는 뭐 저런 인간이 다 있나, 하는 표정으로 승휘를 시선으로 좇았다. 그때 시진과 눈이 마주쳤다. 언제부터 거기에 있었는지 알 수 없었다. 어쩐지 자신과 나란히 앉은 준혁을 쏘아보는 것 같기도 했다.

'설마 쟤가 지금 오빠 들으라고 팀장님하고 나하고 엮은 거?'

"서주 씨."

"네?"

"저분 친구 맞아요?"

준혁의 말에 그제야 시진에게서 시선을 떼었다.

"네?"

"저분 친구 맞느냐고요."

"아뇨. 그럴 리가요. 쟤는 친하다고 친한 척하는데, 전 전혀 그런 기억이 없어서 그냥 얼굴만 아는 사람이라고 해 두죠."

"그렇죠? 어쩐지 못 잡아먹어 안달이더라니."

"오, 그렇게 보였어요?"

서주는 그제야 새삼스러운 눈으로 준혁을 보았다. 그 누구도 자신과 승휘 관계를 이렇게 간파한 사람은 없었다.

그도 그럴 것이 승휘는 방금 전에도 당사자가 아니라면 전혀 눈치채지 못할 특유의 표정과 미소를 얼굴에 장착했었다. 거기다 심지어 서주를 향한 애정까지 담은 눈빛으로 중무장했던 것이다.

그렇게 가면으로 본심을 숨긴 승휘가 마치 아주 사이좋은 친구들이나 할 법한 우스개, 그러니까 허물없는 살짝 '디스' 정도라는 뉘앙스로 서주의 성격에 대해 말했다. 그런 승휘의 의도가 먹힌 것은 분명했다. 다른 도전자들도 그렇게 생각하는 눈치였던 것이다.

승휘의 실체를 알기 전까지 자신 역시 그 표정과 미소 그리고 눈빛에 속아 버렸으니 말해 뭣하겠는가. 그런데 준혁은 단번에 그것이 교묘한 깎아내림임을 알아차린 것이다. 준혁은 자신의 생각보다 더 처세술이 뛰어나고 눈치가 빠른 남자인 듯했다.

"그렇게 보이는 게 아니라 그렇던데."

"아……."

'팀장님 정말 대단해. 근데 다른 사람들은 왜 모르지?'

서주는 의아한 눈으로 다른 도전자들을 보았다. 다른 도전자들은 언제 서주와 승휘 사이에 팽팽한 긴장감이 감돌았나, 잊어버리고 제각각 수다를 쏟아 내고 있었다.

'아, 이들에게 난 관심 밖이지?'

그제야 얼핏 감이 왔다. 그렇다면 준혁이 자신에게 관심이 많다는 뜻이기도 했다. 서주는 그의 관심이 어떤 성질이라고 해도 갑자기 부담스러워졌다. 누군가 자신에게 관심을 가지고 있다고 느껴지면 제일 먼저 부담이라는 명목하에 이런 방어 기제 같은 것이 발동하는 것이다. 그것이 여태 서주가 모태 솔로일 수밖에 없는 이유이기도 했다.

'그럴 수밖에 없잖아. 난 몸도 약하고, 아이를 낳아서도 안 되고……. 가만, 팀장님이 나랑 사귀자고 한 것도 아닌데 뭐 이렇게까지 오바, 육바를? 아, 아닌데. 이 눈빛 정말 부담스러운데. 이럴 때는 줄행랑이 상책.'

"왜요?"

이런저런 생각을 하다 아무래도 안 되겠다 싶어 작전상 후퇴, 서주가 자리에서 일어나자 준혁이 의아한 표정으로 물었다.

"막간을 이용해서 쟤 머리채 좀 잡고 올게요."

"네?"

"흣, 농담이에요, 농담. 저 잠깐 화장실 좀."

그러고는 화장실에서 곧장 집으로 줄행랑을 놓기 위해 백도 챙기며 배시시 웃은 뒤 자리를 이탈했다.

"넌 참 운이 좋구나."

여자 화장실 입구에서 승휘와 맞닥뜨리고 나서야 그녀는 화장실이 아닌 그냥 집으로 갈 걸 후회했다.

"내가 원래 운이 좋아. 요즘 행운의 연속이거든. 고등학교 2학년 때 누구 덕택에 죽다가 살아난 것도 운이고, 그래서 말인데 정확히 어떤 운을 들먹이고 싶어서 이렇게 날 몸소 기다린 건데?"

"너 요리 안 배운 거 맞아?"

"그게 왜 궁금한 건데?"

"안 배웠는데, 여기까지 왔다고? 그것도 순전히 운으로?"

"그래, 소 뒷걸음치다 쥐잡기. 내가 매번 그걸 해낸다. 아무래도 나 전생에 소였나 봐."

"정말 순전히 운으로 여기까지 왔다고?"

"어. 이쯤 되니까 전생에 소가 아니었다고 해도 현생의 내가 소띠가 아닌 게 정말 이상하거든. 너도 조심해. 너 쥐띠 아닌 건 알지만 누가 알아? 소띠도 아닌 내 뒷걸음질에 쥐띠도 아닌 네가 밟힐지."

"셰프님이 널 떨어뜨리기 위해 탈락 과제를 디저트로 했다는 거 알아? 그런데도 디저트까지 패스하다니, 너 진짜……."

"아, 됐고. 나 지금 엄청 급하거든? 좀 비켜 줄래?"

서주는 손을 들어 승휘의 말을 가로막았다.

"못 들은 척하는 것 좀 봐."

승휘가 이죽거렸다.

"뭐래니?"

"내가 똑똑히 들었어. 셰프님이 널 떨어뜨리기 위해 방송 스태프에게 제안했다니까? 아, 그 프로 스크립터가 내 동생이야. 걔한테 듣기도 했지만, 사실 셰프님이 방송 관계자와 전화를 하는 것도 들었거든?"

'애가 나한테 어떤 짓을 했는지 말해 줬음에도 애 앞에서 그런 전화를 했다고? 이 오빠가 진짜!'

"셰프님이 날 떨어뜨리기 위해 뭘 했든 관심 없고, 좀 비키라고. 여기서 확 볼일 보기 전에."

서주는 실눈을 뜨고 그녀를 노려보았다.

"넌 자존심도 없어?"

승휘도 만만치 않았다. 이러니 도저히 이해가 안 갔다. 10여 년 전 승휘 때문에 죽을 고비를 넘겼다. 역지사지하여 나 때문에 누군가 그 험난한 고비를 넘겼다면 미안해서라도 이렇게 뻔뻔하게 나올 수는 없을 것 같았다. 그러니 오히려 앙심을 품고 저러는 것이 더더욱 이해가 가지 않았다.

"넌 볼일이 급한데도 자존심 타령할 수 있는지 모르지만, 난 볼일이 급하면 그딴 거 신경 안 쓰거든?"

"그렇게까지 싫다는데 끝까지."

"누가 싫대? 네가? 셰프님이? 네가 날 싫다고 하는 건 상관없는데, 셰프님이 날 싫어하든 말든 네가 무슨 상관이야?"

"십 년 전에도 내 앞길을 막더니."

"……."

서주는 기가 차서 말문이 턱 막힌다는 말이 어떤 의미인지 알 것 같았다.

"지금도 달라진 게 없어. 대체 왜 자꾸 나타나 내 인생을 망치는 거야?"

'이건 뭐, 애도 아니고. 억지가 따로 없어. 대체 애 나한테 왜 이래?'

"내가 언제 네 앞길을 막았어? 말은 바른대로 하자. 십 년도 더 전에 내 앞길을 막은 건 너거든? 누가 누구 인생을 말아먹을 뻔했는지, 말해 줘?"

"그러게 왜 그때 상훈이에게 꼬리치래?"

"상훈인 누구야, 대체? 그리고 나한테 꼬리가 어디 있니? 너 생물 시간에 졸았니? 사람 꼬리뼈가 퇴화한 지가 언젠데."

"실없는 소리 하지 말고, 내 말은 당장 기권하란 말이야."

"지금 누가 실없는 소리를 하고 있는지 모르겠네."

"더는 내 앞길 막지 말라고. 넌 대체 나한테 무슨 억하심정이 있어서 십 년 전에도 그렇고 지금도 이렇게……."

"현승휘 씨?"

"……."

한창 다다다 쏘아붙이던 승휘가 획 몸을 돌렸다. 그러고는 그대로 그녀의 등이 굳는 것이 서주의 눈에 들어왔다. 그녀는 시선을 승휘에게서 떼어 언제부터 거기에 있었는지 모를 시진을 보았다.

"지금 디저트 내가야 합니다."

"네? 아, 네."

시진의 냉랭한 어조에 승휘의 목소리가 미세하게 떨리는 것이 느껴졌다. 그녀가 고개를 획 돌려 서주를 무시무시한 표정으로 쏘아보았는데, 그 속에 낭패감이 들어 있었다. 어쨌거나 승휘가 주방 쪽으로 거의 뛰어갔고, 서주는 어깨를 들썩이고는 마침내 화장실로 들어갔다.

"히익, 엄마야, 깜짝이야. 거기서 뭐 해요?"

얼마 뒤 무심코 나오다가 흠칫했다.

"데려다줄게."

"어딜?"

"너 지금 쓰러지기 일보 직전이야."

"상관 마요."

"체력을 키우지 않을 거면 여기서 그만둬."

"그래서 저 탈락시키려고 혈안이 되어 있는 거…… 뭐 하는 거예요?"

서주의 눈이 휘둥그레졌다.

"데려다줄게."

시진이 그녀를 공주님처럼 안고 성큼성큼 걸었다.

"내려놔요."

'그러면서 난 또 왜 오빠 목에 팔을 거는 건데?'

"주저앉기 일보 직전이잖아."

"그 정도로 약하지 않거든요?"

서주는 새침한 표정으로 그를 흘겼다.

"거울이나 보고 말해."

"거울이 있어야 보지. 어서 내려놔요. 누가 보면……."

"여긴 관계자 외 출입금지야."

난감한 표정으로 서주가 주위를 두리번거렸지만, 시진은 끝내 그녀를 안고 개인 주차장으로 들어갔다.

"그날이 가까워져서 그래요."

"뭐?"

"한 달에 한 번 있는 그 날이요."

'아, 이딴 이야기는 왜 해? 우리가 이런 이야기 막 하고 그럴 사이야?'

뒤늦게야 그녀의 얼굴이 붉어졌다.

"……."

"그래서 피곤한 거라고요."

서주는 혀를 깨물고 싶은 심정으로 투덜댔다.

"그럼 지난주에는?"

시진이 물었다.

"그날은 배가 너무 고파서, 말했잖아요."

그녀는 뚱한 어조로 대꾸했다.

"억지인 거 알고 있지?"

"사람 말은 믿어요, 좀."

"억지구나."

"쳇."

시진이 조수석에 내려 주자, 그녀는 괜히 혀를 차며 그를 다시 흘겨보았다.

"그래서, 제 체력이 영 말이 아니어서 탈락시키려고 혈안이 되어 있는 거예요?"

보닛을 돌아 그가 운전석에 앉기가 무섭게 서주는 물었다.

"현승휘 씨 말을 믿어?"

시진이 되물었다.

"……."

그러고 보니 할 말이 없었다.

"누구 말을 믿어야 할지, 나보다 네가 더 잘 알 것 같은데."

"뭐……."

승휘의 말을 믿느니 전과 14범 사기꾼 말을 믿는 게 나을 테니 말이다.

"그런 김에, 너와 최준혁 도전자. 같은 맥락으로 봐도 되지?"

"같은 맥락?"

"여태는 긴가민가했는데, 오늘 현승휘 씨 말하는 거 딱 보니까 너와 최준혁 씨 두 사람 못 이어 줘서 안달인 것 같던데."

시진의 눈에도 승휘의 이간질이 보였던 모양이다.

'그렇다면 내 예상대로 오늘 저 발광은 오빠와 날 이간질하려는 몸부림이었다는 뜻인데?'

"아, 그런 맥락이요?"

또 한편으로 그건 승휘와 시진, 두 사람의 어떤 사적인 관계를 암시하는 것과 다르지 않다는 생각이 들기도 했다. 사적으로 아무 관계도 아닌데, 승휘가 시진과 자신을 이간질할 이유가 없지 않겠는가.

'하긴, 잤다고 했으니까.'

아무리 생각해도 기분이 나빴다. 차라리 다른 여자와 잤다는 소리를 들었다면 좀 나았을지도 모른다.

'하필이면 승휘라니.'

그를 만나지 못한 지난 일주일 동안 서주는 불쾌함에 꽤 허우적거렸다.

"두 사람 사겨요?"

결국 참지 못하고 묻고 말았다.

"……."

차가 막 주차장을 벗어날 때, 시진이 대답 대신 그녀를 힐긋 보았다.

"두 사람 사귀냐고요."

기어이 입으로 그의 답을 듣고 싶었다.

"아니."

'아, 그나마 다행이다.'

시진의 말에 서주는 저도 모르게 안도의 한숨을 몰래 내쉬게 되었다.

"승휘랑 잤다면서요?"

그럼에도 내색하지 않고 아주 퉁명한 어조로 물었다.

"넌 지금 사귀는 사람 있어?"

그녀의 말에 대답하지 않고 시진이 도리어 물었다.

"없어요. 물음에 답은 안 하고 왜 자꾸 딴소리야?"

"내가 왜 그런 말을 했던 건지 모르겠는데, 기억이 안 나."

그가 지금의 화두가 아주 불편하다는 듯이 대답했다.

"네?"

"기억 안 난다고. 내 생일이었고, 어머니의 기일이었어. 심란

한 마음에 술을 진탕 마시고 다음 날 일어났더니 옆에 있었어. 판단은 네가 해."

"그렇게 말하니까 더 궁금하네요. 왜 나에게 그런 이야기를 했어요? 안 해도 상관없었잖아. 우리가 그런 이야기를 나눌 사이도 아니고."

"모르겠다고 했잖아, 모르겠어."

"……."

서주는 할 말이 없었다. 모르겠다는 사람에게 무슨 말이 필요하겠는가. 그런데도 자꾸만 짜증이 났다. 그냥 화가 났다. 이유는 알고 싶지도 않았다. 한동안 침묵에 눌려 서주는 창밖만 쏘아보았다. 가다 서다 반복하는 동안 후미등의 붉은빛 때문에 눈이 시릴 정도의 시간이 흘렀다.

"집이 어디야?"

시진이 물었다.

"집?"

놀라 주변을 둘러보았다.

"어디야?"

"아…… 지나쳐 왔어요."

그제야 시선은 창밖에 있었지만 정확히 본 것은 아무것도 없었다는 사실을 알아차렸다.

"뭐?"

"지나쳐 왔다고요. 강북 오피스텔."

"강북 오피스텔?"

"네. 오빠가 아는 그 오피스텔이 맞을 거예요, 아마."

"……."

시진이 말없이 그녀를 바라보았다. 그렇게나 가까운 곳에 있었느냐고, 그도 아마 그렇게 생각하는 것 같았다.

'언제든 만나게 되어 있었어, 우리는.'

얼마 뒤 차가 유턴했다.

11. 욕심이 아닌 망상, 망상이 아닌 욕심

"그만 올라가."

얼마 뒤, 그의 차가 서주의 오피스텔 앞에 당도했다. 그녀는 말없이 안전벨트를 풀고 조수석 문을 열었다.

"서주야."

시진이 막 차에서 내리려는 그녀의 팔을 잡았다.

"네?"

"……."

"왜요?"

"아니다, 아무것도."

그녀가 느끼기에 할 말이 있는 것 같았지만, 시진은 고개를 흔들었다.

"태워다 주셔서 감사합니다."

뭔가 마음에 남았지만 서주는 몸을 돌려 다시 차에서 내리려 했다. 마음이 복잡했고 혼란스러웠다. 잤지만 기억조차 나지 않고 더욱이 사귀는 것도 아니라니, 화가 났음에도 안도하고, 안도하면서도 자신이 안도하는 이유를 알 수가 없었던 까닭이다.

"서주야."

이번에도 그가 주저하는 표정으로 자신의 팔을 잡았다.

"……"

서주는 말없이 그를 돌아보았다. 두 사람의 시선이 얽혔다. 그렇게 시진을 바라보고 있자니 그녀의 심장이 떨어져 나갈 것처럼 덜컥거렸다.

"푹 쉬라고."

한참 만에 시진이 또 마음에도 없는 말을 했다. 그의 눈빛은 분명 다른 말을 하고 있었는데도 말이다. 그 눈동자에 담긴 것이 무엇인지 알 것 같아서 어찌나 두근거리는지 이대로 물러날 수가 없었다.

"오빠, 전화해도 돼요?"

서주는 그를 대신해 물었다.

"……"

시진은 답이 없었다.

'분명 그걸 묻고 싶은 눈치였는데? 눈빛이 그러했는데, 내가 잘못 본 건가?'

그녀는 차에서 내리며 고개를 갸웃했다. 몸을 돌려 그를 바라보았다. 어둠 때문에 확실치 않게 되었다.

"그냥, 2학기 수업 준비하다가 무료해지면 오빠 목소리라도 들으면 낫지 않을까 싶어서."

서주는 당혹스러워 하며 말했다.

"내가 전화할게."

그가 말했다. 마침 자동차가 지나가는 바람에 잘 듣지는 못했지만 확실히 그렇게 말했던 것 같았다.

"응? 뭐라고?"

"잘 자라고."

"전화한다고? 오빠가?"

재차 물었음에도 아무런 대꾸도 없이 가 버렸다. 서주는 한동안 멀어져 가는 그의 차 뒤꽁무니만 보았다.

"서주야."

그때 어둠 속에서 중년 남자의 목소리가 들렸다.

"어?"

서주는 획 몸을 돌려 의아한 눈으로 어둠 속을 보았다.

"왜 이렇게 늦어?"

그녀의 아버지였다. 차 문을 닫는 소리가 들리고 곧이어 아버지가 가로등 불빛의 영역으로 들어왔다.

"아빠? 웬일이에요, 전화도 없이?"

서주는 반은 놀라고 반은 반가워서 물었다.

"전화했지. 그런데 하루 종일 안 받더라?"

"아…… 미안, 전화했었어요?"

녹화 중이라 벨소리를 무음으로 돌려놓았던 휴대폰은 가방 속에서 그녀에게 완전히 잊힌 채 잠들어 있었다.

"누구니?"

아버지가 시진의 차가 사라진 곳을 향해 고갯짓했다.

"왜, 황시진 오빠. 알죠?"

"우리 집 위에 있던 감나무 집 아들?"

"네, 근래 들어 만났어요."

굳이 거짓말할 필요가 없어 아버지에게 사실대로 말했다.

"왜 진즉 말 안 했어?"

아버지의 어조가 좀 굳었다. 아니 사실은 꽤 굳은 것 같았는데, 내색하지 않으려는 것이 느껴질 정도였다.

"어? 아……."

그게 내심 의아해서 서주는 의구심이 든 눈으로 아버지를 보았다. 그러고 보니 아버지는 아주 오래전부터 시진을 싫어했다. 아버지가 시진을 불편하게 느끼는 것은 동네 사람들이 느끼는 것과 비슷한 감정이었을 것이다.

시진이 마을을 떠난 뒤, 보다 정확히는 다음 날부터 바로 모든 사람들이 시진과 그의 부모님을 망각한 듯 행동했다. 아니,

애초 그 마을에 시진과 그의 부모님이 함께 어울려 살았던 사실조차 없었던 것처럼 말이다.

자신들의 입방아에 한 사람이 극단적인 선택을 한 것에 대한 죄책감으로 동네 사람들이 오히려 시진의 가족들과 안 적이 없는 것처럼 행동한 것임을 까마득히 모르고, 예나 지금이나 서주는 그저 의아하기만 했다.

서주가 시진을 기억하고 그리워 떠올릴 때마다 아버지는 마치 자기 자신의 치부를 드러내는 것과 비슷한 반응을 보였던 것도 갑자기 떠올랐다.

'대체 왜 그러셨지?'

"어릴 때 친구를 다시 만난 것도 아빠에게 말했어야 하는 줄 몰랐어요."

비로소 그때의 일들이 의아하게 느껴졌던 서주는 미심쩍은 눈빛으로 대꾸했다.

"방송 말이야."

'또 오바했어.'

"아, 죄송해요. 말씀드리려고 했는데……."

그제야 아버지가 무엇을 걱정해서 저리 굳어 버린 것인지 알아채고, 서주는 속으로 혀를 찼다. 아마도 아버지는 그 방송을 보거나 누군가에게 듣고 오늘 하루 생업까지 포기하고는 한달음에 달려왔을 것이다.

"힘들지 않아?"

"힘들죠."

눈 밑에 가득한 피로의 기색이 모든 것을 말해 줄 테니, 그리고 아버지 앞에서 거짓말을 해 봐야 소용이 없다는 것을 알기에 사실대로 말했다.

"그럼, 그만두는 게 어때? 네가 걱정되어서."

"알잖아요. 난 절대 기권 안 해. 포기 안 해. 그게 방송이든, 목숨이든."

"알지. 더 말려 봐야 소용없을 것 같으니, 휴식을 방해하면 안 되겠지. 어서 올라가. 피곤해 보인다."

아버지가 순순히 물러나는 것은 서주를 낳고 길렀기 때문에 굳이 말려 봐야 소용없음을 너무나도 잘 알았던 까닭이리라.

"아빠, 그냥 가시게? 자고 가요. 너무 늦었어."

서주는 서운해하며 아버지의 팔을 잡았다. 'Challenge Star Chef K 시즌 7'에 지원한 이후로 근 두 달 동안 예심을 준비하느라, 또 예선을 치르느라 부모님을 뵈러 가기는커녕 전화 통화조차 거의 하지 않았다는 것이 새삼 떠올라 여러모로 불효다 싶었던 것이다.

'여태 속이고, 거기다 하루 종일 기다리게 하고.'

"엄마가 기다려."

아버지가 팔을 잡는 그녀의 손등을 부드럽게 토닥여 주고는 떼어 냈다.

"치, 누가 보면 엄청 금슬이 좋으신 양반들이라고 생각하겠네? 하룻밤 떨어져 지낸다고 죽고 못 사는 부부도 아니면서, 그나저나 몇 시에 올라왔던 거예요?"

"오전 11시쯤."

"그때부터 기다렸던 거예요? 밖에서?"

"아니, 네 오피스텔에서. 반찬도 올려놓을 겸. 이번에 깍두기 참 맛나게 되었더라. 엄마가 싸 주었어. 너 좋아한다고."

"아. 죄송해요, 오늘 정말 정신없이 바빴어."

"올라가. 너 올라가는 거 보고 아빠 갈게."

"네."

"......."

"참, 아빠. 엄마도 아시겠죠?"

오피스텔 입구 쪽으로 발을 옮기던 서주는 몸을 돌려 그 자리에 그대로 서 있는 아버지를 보며 물었다.

"아시지."

"화나셨어요?"

"화를 내는 것보다는 좀 놀랐지."

"싫어하세요?"

"대견해하시지. 엄마나 아빠는 네가 요리에 관심이 있는 줄 몰랐어. 요리가 아니라 뭘 하든 엄마 아빠는 네 편이야."

'어째 거짓말인 것 같기는 한데.'

"훗, 그럴 줄 알았어."

'그나저나 왜 숨기려고 했었지? 분명 본능적으로 이건 숨겨

야 하는 거다, 싶었는데. 부모님이 걱정하실까 봐?'

처음에는 그녀 역시 그런 줄 알았다. 그런데 어쩐지 뭔가 다른 것이 있다는 느낌을 지울 수가 없었다. 자기 자신도, 부모님도.

'특히 아버지. 아버지의 표정이 왜 자꾸 찜찜하게 느껴지는 거야? 뭘 두려워하는 것 같기도 하고.'

"올라가 쉬어라."

"어서 가요. 아빠 차 출발하는 거 보고 갈게요."

"너나 먼저 올라가."

아버지가 어서 가라고 손짓했다. 이러다가 이곳에 서서 날을 새겠다 싶어서, 서주는 아버지에게 손을 흔들어 보이고는 빠르게 오피스텔 쪽으로 뛰었다. 자신이 빨리 시야에서 사라져야 아버지도 출발할 수 있을 거란 걸 알기 때문이다.

"천천히!"

하지만 아버지의 경고를 듣고 이내 속도를 늦추며 몸을 돌려 다시 한번 손을 흔들었다.

"아, 또 깜빡!"

서주는 혀를 내밀고 배시시 웃어 보였다. 첨단 의료 기술로 그녀의 심부에 박아 놓은 인공심장박동기는 충분히 성능이 좋았고, 덕택에 적당히 뛸 수 있을 정도로 강했다.

하지만 부모님은 아직까지도 고등학교 2학년 이전에 그녀가 가지고 있던 심장의 기억에서 벗어나지 못하고, 늘 노심초

욕심이 아닌 망상, 망상이 아닌 욕심 307

사였다.

"조심, 또 조심."

"알았어요. 걱정 말고 어서 가세요. 저 올라가요!"

아버지가 마주 손을 흔들어 주는 것을 보고 나서야 마침내 오피스텔 로비로 들어섰다.

얼마 뒤 집으로 올라오니, 어머니가 바리바리 싸 주었을 음식들이 식탁에 그대로 있었다. 보나 마나 아버지는 후각과 미각이 예민한 그녀가 냉장고에 들어갔다 나온 음식은 입에 대지도 못한다는 것만 생각하고 이 더위에 그냥 반찬들을 식탁 위에 방치했을 것이다.

"아빠는 하여튼."

혀를 차며 결국 음식물 쓰레기가 될 것을 알면서도 서주는 좀 늦은 감이 없지 않은 반찬통들을 냉장고에 차곡차곡 쌓았다.

평소라면 근처 양로원에 기부하면 되는 음식들이었지만, 한여름 그것도 후덥지근한 실내에 방치한 음식들을 기부하는 것은 말도 안 되는 일이었으니 말이다. 냉장고에 음식을 넣자마자 서주는 간신히 이만 닦고 곯아떨어졌다.

다음 날, 하루 종일 서주는 그의 전화를 기다렸다. 해가 떨어지고 나서야 아마도 자신이 잘못 들었나 보다고, 마침내 생각했다.

"오빠."

다시 하루가 바뀌고 나서 그녀는 시진이 전화를 걸어오지 않을 것을 알기에 먼저 걸었다. 마음이 초조해져서 기다리는 건 더 이상 할 수가 없었다.

― 내 전화번호 어떻게 알았어?

"어쩐지 그 말은 묘하게 내 전화번호를 몰라서 전화를 안 했다는 소리로 들리는데요?"

― 엉뚱한 소리는.

"매장에 전화했고, 내 신분을 밝힌 뒤 정말 궁금한 게 있어서 전화를 걸어야겠다고 했더니 가르쳐 주던데요? 그런데 오빠는 제 전화번호 몰라요?"

― 몰라.

"그런데 나한테 전화를 하겠다고 했어요?"

― 그러니까, 전화번호를 모르니까.

시진이 자기는 전화 걸 생각이 전혀 없었다고, 이렇게 앞뒤 안 맞게 말하고 있었다. 거기다 매우 당황한 것이 역력한 목소리로.

'훗, 거짓말쟁이.'

당황해하며 그가 거짓말하는 것이 어쩐지 귀여워서 피식 웃었다.

'역시 잘못 들은 건 아니구나. 말은 저렇게 해도 사실은 전화 걸겠다고 했던 거지?'

"저 배고파요."

그런 확신 때문에 서주는 아주 뻔뻔해질 수가 있었다.

― 밥 먹어.

"배가 고프다고요."

― 밥 먹으라고.

"허기가 져서 손가락 하나도 까딱 못하겠어."

― …….

"알았어요. 그냥 굶죠, 뭐. 바쁘신 것 같으니까, 전화 끊을게요."

서주는 제 할 말만 하고 재빨리 전화를 끊었다. 서운하면서도 또 한 편으로는 묘하게 설레는 이유를 알 수가 없었다. 심지어 전화를 끊자마자 그와 약속한 것도 아닌데 자리를 털고 일어나서 샤워도 하고 옅게 화장도 했다. 그것도 초조하게 연신시간을 확인하며.

'훗, 그럼 그렇지.'

마침내 전화벨이 울렸을 때, 서주의 입이 거의 찢어질 듯이 귀에 걸렸다.

"왜요."

하지만 입술 사이로 흘러나오는 목소리는 뚱하기 그지없었다.

― 몇 층, 몇 호?

"그걸 알아서 뭐 하게요?"

― 그럼 그냥 가?

"15층 7호."

그녀가 다급하게 말하자, 전화가 뚝 끊겼다. 서주는 안달이 나서 후다닥 현관으로 뛰어갔다. 그러고는 문을 열고 빠끔 내다보았다. 그것도 전화를 끊자마자. 이러는 자신이 좀 유치해서 서주는 피식피식 웃으며 문을 닫고 현관 앞에 쪼그리고 앉았다.

"어디까지 왔니? 엘리베이터를 기다린다. 어디까지 왔니? 엘리베이터를 탔다. 어디까지 왔니? 5층, 10층, 15층, 땡! 어디까지 왔니? 엘리베이터에서 내렸다. 어디까지 왔니? 열 걸음 앞, 아홉 걸음 앞……"

그렇게 10여 분이 지났을까? 분명 짧은 시간이었는데 체감상 18년보다 더 길게 느껴진다고 생각할 무렵, 마침내 벨이 울렸다.

'열, 아홉, 여덟…… 아니, 못 참아. 밀당은 개뿔!'

서주는 그대로 쪼그리고 앉아서 속으로 수를 세다 말고 벌떡 일어났다. 순간 휘청했다.

'미쳤다, 그렇게 조심하라고 했는데……. 나도 제정신이 아니야, 큭.'

핑, 이명이 들리고 잠시 눈앞이 까마득해졌다. 그 와중에도 킬킬 웃으며 어지럼증이 가시길 기다렸다.

그렇게 본의 아니게 밀당을 하게 된 서주가 문을 열자, 한 손에 도시락을 든 덩치 큰 시진이 문을 가득 채울 기세로 서 있었다.

"오빠."

"……."

시진이 버티고 서 있었다.

"훗, 들어와요."

그래도 좋아서 자꾸만 웃음이 났다.

"받아."

무뚝뚝한 표정으로 시진이 도시락만 내밀었다.

"……."

그녀는 말없이 그를 물끄러미 보았다. 한동안 두 사람은 문 안과 밖에서 대치했다.

"뭐 해?"

마침내 그가 입을 열었고, 서주는 옆으로 비켜섰다. 들어오지 않으면 도시락을 기어이 받지 않겠다는 표정으로 시진을 빤히 보면서. 그가 마침내 희미하게 혀를 차고는 서주의 집 안으로 들어왔다.

'어차피 내가 해 달란 대로 다 해 줄 거면서.'

등 뒤로 문을 닫고, 시진이 신발 벗는 것을 바라보며 혀를 몰래 내밀었다.

혼자 살기에는 지나치게 넓은 오피스텔이었지만 그가 들어선 순간 그야말로 아이들이 가지고 노는 블록으로 만든 집보다 더 작게 느껴졌다.

'평생 이렇게 같은 집에 있었으면 좋겠어.'

문득 말도 안 되는 그런 욕심이 나서 좀 기가 막혔다. 서주는 천천히 그의 뒤를 따랐다. 시진이 주방으로 들어갔다. 곧이어 그가 욕실을 찾아 들어가자, 그녀는 식탁에 자리를 잡고 앉았다.

시진이 손을 씻고 나와서 도시락을 펼치기 시작할 때까지 손 하나 까딱하지 않고 그의 일거수일투족을 바라보며 말도 안 되는 망상에 사로잡혀 있었다.

'그래, 이건 욕심이 아니야. 욕심은 억지를 부리면 어쩌다가 이루어지기라도 하는 현실이지. 이건 망상이야, 망상.'

"뭐야?"

"응? 아……."

서주는 그가 내민 포크를 받아 들었다. 그제야 시선을 내려 식탁 위에 펼쳐진 도시락을 보았다. 모두 한 입 혹은 두 입으로 끝낼 수 있는 다양한 음식들이 도시락을 가득 채우고 있었다.

"오빠, 기억하는구나?"

"……."

그녀의 뜬금없는 물음에 시진이 얘가 무슨 말을 하냐는 얼굴로 보았다.

"빵집에서 이런저런 빵 다 사다 놓고 내가 한 입씩만 먹은 거. 더럽다 하지 않고 남은 건 오빠가 다 먹어 치웠던 거."

"먹기나 해."

"네, 네, 자알 먹겠습니다아."

그가 고갯짓하자, 서주는 하느님에게 기도하듯 두 손을 모아 시진에게 쾌활한 어조로 인사한 뒤 식사를 시작했다. 한 입 먹고, 물 한 모금, 다시 한 입 먹고 물 한 모금으로 입을 헹궈 가며 천천히. 서주는 가급적이면 그가 해 온 음식을 앉은 자리에서 모두 먹어 치우고 싶었다.

"……."

"오빠, 근데 어떻게 하다가 요리를 하게 되었어요?"

최대한 씹어 삼키며 밥을 먹다가 서주는 문득 생각이나 물었다.

"재료상에 가야 해."

바쁘다는 말인 듯한데, 그렇게 바쁘면 먼저 일어나면 될 걸 기어이 그녀가 밥 먹는 것을 기다려 주면서 이렇게 무뚝뚝하게 말하는 것이다.

"무슨 계기가 있었던 거예요?"

그가 말하는 의도를 무시하고는 다시 물었다.

"……."

"요리는 학원에서 배웠어? 전에 보니 학교는 제대로 안 나온 것 같았는데. 아, 이런 말 기분 나쁜가요?"

"……."

"기분 나쁘라고 하는 말 아냐. 그냥 알고 싶어서 그래요. 오빠가 내가 없는 시간 동안 어떻게 살았는지, 정말 궁금해서."

"배가 고파서."

시진이 끝내 툭 던지듯 그녀의 물음에 답해 주었다.

"응?"

"배가 고파서 요리를 배웠어."

"요리하면서 배곯을 일은 없었어요?"

순간 마음이 아파서 목이 메었다. 그가 얼마나 고생했는지, 구구절절 말하지 않아도 배가 고팠다는 그의 말에 다 축약되어 있었던 것이다. 그래도 내색하지는 않았다. 어쩐지 시진이 그 걸 싫어할 것 같았다.

"그래, 그때부터는 적어도 배는 곯지 않았어."

"……."

'그건 다행이네.'

"그리고 운이 좋았어."

"오빠도 운이 좋았어? 나도 운이 좋았는데. 운이 좋아서 두 번이나 심장이 멈추고도 아직 이렇게 멀쩡하게 살아 있잖아. 얼마나 다행이야? 살아 있으니 이렇게 오빠도 만나고, 오빠가 싸다 준 도시락도 먹고."

"말을 해도 꼭. 네가 겪은 거에 비하면 내가 겪은 건 아무것 도 아니다, 뭐 그런 소리 하고 싶은 거면 그 입 다물고 밥이나 먹어. 제대로 알아들었으니까."

죽음이라는 단어 때문인지 시진은 심장이 철렁 떨어진 듯한 표정으로 차갑게 말했다.

'아, 맞다. 오빠 부모님 모두 돌아가셨지. 거기다 아줌마의 주검은 직접 봤을 테니, 죽음에 누구보다 예민할 텐데……. 가끔 경솔하게 놀리는 이 세 치 혀 때문에 곤란해, 나도.'

"누가 그렇대?"

서주는 좀 미안해져서 풀이 죽은 어조로 대꾸했다.

"아니면 그 입 막아 버릴 테니까."

"내 입을? 내 입을 어떻게 막……."

상체를 일으킨 시진이 훅 다가온다 싶었는데, 별안간 따스한 숨결이 그녀의 입술을 덮었다.

서주의 눈이 동그래졌다. 하지만 시진이 자신의 입술을 부드럽게 빨자, 이내 스르르 감겼다. 곧이어 시진이 흠칫하더니 온기가 멀어져 갔고, 잠시 그대로 숨결을 음미하던 서주는 천천히 눈을 떴다.

"내 입술 맛있어?"

그러고는 몽롱하게 웃으며 물었다.

"소스가 맛있어."

"그럼, 맛있겠지. 오빠가 만든 건데, 어련하시려고."

심장이 말도 못 하게 두근거렸지만 내색하지 않았다. 내색하면 어색해지고, 시진과 어색해지는 것은 딱 질색이었다.

"……."

"방금 그거, 설마 실수라고 말하고 싶은 거 아니지요?"

하지만 짚고 넘어갈 건 넘어가야만 했다.

"나도 내가 왜 그랬는지 모르겠는데……."

'아니다, 끝까지 아무렇지 않은 척해야 했나?'

"……."

"실수는 아니야."

"내가 또 얼마나 기분 나쁜 말을 하면 키스해 줄 거야?"

그의 말을 숨죽인 채 기다리다가 마침내 가슴을 쓸어내린 서주는 또 들떠서 물었다.

"흰소리하지 말고 어서 먹기나 해."

"응."

더 보채면 그냥 가 버릴 사람이라서, 서주는 그냥 배시시 웃으며 밥을 먹었다. 가슴은 두근두근 설렘으로 가득 찼고, 배는 포크가 채 다섯 번을 오가기도 전에 꽉 차 버렸다. 아니 어쩌면 그의 입맞춤으로 먹은 숨결이 폐부를 빵빵 채워서 그런 것일지도 몰랐다.

"미안한데, 더는 못 먹겠다."

그녀는 진심으로 미안해하며 포크를 내려놓았다. 그가 싸 가지고 온 도시락의 5분의 1도 채 먹지 못한 상황이었다.

"그럼, 쉬어. 난 그만 가……."

"아냐, 오빠. 그냥 두고 가요. 다 먹을 거예요. 두고두고 아껴 가며."

어떻게든 빨리 여기에서 나가려고 필사적인 사람처럼 재빠르게 도시락을 갈무리하는 시진의 손을 마다하며 서주가 말을 이었다.

"위는 선천적으로 작지만, 그만큼 소화는 빠르니 이젠 시간마다 한 번씩 배를 채워야 하니까"

"시간마다?"

그가 의아한 눈으로 물었다.

"그래서 학교 내 책상 서랍에는 간식 상자가 있어. 아이들이 종종 몰래 서리해 갈 정도로 빵빵하게 채워 놓거든."

"그런데 녹화 중에는 계속 굶는다고?"

이어 눈썹이 미미하게 꿈틀거렸다. 미간도 잔뜩 접힌 것이 화가 난 것 같기도 했다. 하지만 이 표정이 사실은 걱정이라는 것을 안다.

'18년 전이나, 지금이나 조금도 변하지 않았어.'

"만들면서 먹어. 간 본다는 핑계로."

"그 정도로는 안 될 텐데?"

"뭐야, 또 기권하라는 소리라면……."

"그런 소리를 내가 왜 해? 너 때문에 생전 안 하던 편집 간섭도 하고 있는데."

괜히 좋아서 눈을 흘기는데, 시진이 정말 화를 냈다.

"나 때문에? 편집 간섭?"

서주는 어리둥절한 표정으로 물었다.

"……."

그러자 그가 흠칫하더니 입을 다물었다. 어쩐지 광대 주변이 당황한 빛으로 붉어지는 것 같기도 했다.

"그게 무슨 소리야?"

"두고 먹을 거면 난 그만 간다."

그것도 모자라 서둘러 자리에서 일어나 현관으로 향했다.

"오빠, 무슨 소리냐니까?"

서주는 그의 뒤를 따라가며 고집스럽게 물었다.

"쉬어."

고집하면 시진도 만만찮았다. 결국 그는 고개를 절레절레 흔들더니 황급히 그녀의 집을 떠났고, 혼자 남은 서주는 빙그레 웃었다. 그의 말은 알아들을 수 없었지만 유추했을 때, 요는 그것이었다.

그만두라고 종용하며 시진이 늘 자신에게 했던 말과 달리, 'Challenge Star Chef K 시즌 7'에 계속 도전하기를 바란다는 것과 또 실질적으로 그렇게 되도록 그가 뭔가를 하고 있다는 뜻이었다.

"그것도 나를 위해서, 뭔가를, 훗. 그럴 거면서 괜히 무게만 잡고. 쓸데없이 걱정했네."

그녀는 안으로 들어와 쿵쿵 뛰는 가슴을 쥐고서 침대에 벌렁 누웠다.

"아, 몰라!"

그러고는 두 손으로 얼굴을 가리고는 아이처럼 발을 동동 구르며 웃었다.

그리고 얼마 뒤, 서주는 시진이 싸 가지고 온 도시락으로 이따금 허기를 채우면서, 침대 위에서 뒹굴뒹굴하거나 혹은 엎드린 채로 교과서와 자료를 읽으며, 다음 학기 준비를 마저 했다. 그러고는 방학이 끝날 때까지 이것들을 다 읽을 수 있을지 별생각 없이 계산해 봤더니 개학일이 채 열흘도 남지 않은 것이다.

"가만!"

서주는 벌떡 일어나 탁상 달력을 보았다.

"다음 주 화요일이 본선 4차, 마지막 녹화. 그리고……."

그녀는 탁상 달력을 빠르게 넘겼다. 본선 경합이 끝나고 일정대로라면 4주 휴식 후 돌아오는 화요일이 녹화 방송이 모두 송출된 이후 이른바, 준결승을 향한 준준결승 생방송이 있는 날이었다. 그간 시진에게 온 신경을 쓰느라 시간 가는 줄 몰랐던 것이다.

"아…… 하필이면 우리 학교 중간고사 기간이야."

그제야 서주는 좀 막막해졌다. 물론 다음 주에 있을 마지막 관문을 통과했을 때의 일이었다.

'일이 이렇게까지 크게 될 줄 몰랐어.'

별안간 자신이 'Challenge Star Chef K 시즌 7' 예심을 치렀을 때가 떠올랐다. 정말 아무 생각 없이 시진에게 보고 싶었다는 한마디를 하기 위해, 그 단 하나의 목적의식을 가지고 지원했었다.

그런데 지금까지 이어져 오는 동안 뭔가 많이 바뀌어 버렸다. 자기도 모르는 사이에. 컨디션 조절해 가며 설렁설렁 장난기 가득한 모습으로 임했던 자신이 지금에 와서 보니 거의 탈진할 정도로 경연에 열과 성을 다하고 있었으니 말이다.

"뭐야, 나 정말 셰프가 되고 싶은 거야? 아니면 오빠랑 더 함께하고 싶은 거야? 노선을 확실히 정해."

시진과는 별개로, 아무리 생각해도 요리가 좋아졌다. 비단 몇 주 만에 서주는 자신이 요리하며 경쟁하는 것을 얼마나 좋아하게 되었는지 알게 되었다. 언제는 생명을 연명하는 수단 그 이상도 그 이하도 아니었는지 모를 정도로.

"생방송 요리 쇼에 진출하고 싶어. 그것도 오빠랑 같이."

심지어 결승까지 가고 싶다는 생각이 들었다. 요리의 문외한이었던 사람이 셰프가 되는 건 말 그대로 욕심이지 현실에서 전혀 일어나지 않을 망상은 결코 아니었던 것이다.

하지만 아이들의 중간고사, 현실적인 문제가 바로 코앞에 있었다. 문제는 가르치는 것 역시 그녀의 적성에 맞는다는 점이었다.

"헐, 내가 양손에 떡을 쥐고 이렇게 고민하게 될 줄은 몰랐네."

서주는 예기치 못한 이 상황이 기가 막혀 웃었다.

* * *

"수고하셨습니다."

직원들이 주방을 떠나며 인사했다.

"현승휘 씨는 잠시 남아 주시겠습니까?"

시진은 묵례로 일일이 인사를 전하다가 파티셰를 불러 세웠다.

"네, 사장님."

승휘의 표정을 보아하니 그가 무슨 말을 할지 대략 감을 잡은 눈치였다.

직원들이 모두 귀가한 사이, 시진이 승휘를 데리고 사무실로 자리를 옮겼다.

시진은 5년 전, 길에서 아주 게으르고 숨기 좋아하는 인연을 만나 집에 들였다. 어떤 선한 의지가 있어서가 아니라, 녀석이 그냥 시진을 따라와 터를 잡아 버린 것이다. 이걸 두고 사람들은 '집사로 간택' 당했다고 말한다.

이름을 진주라고 지어 준 고양이를 씻기고 보니 하얀 솜뭉치였다. 녀석의 특기는 가구, 혹은 비집고 들어갈 수 있는 틈에 박혀 있기였다. 사실은 우울증이 심각한 편이었다. 그래서인지 더러는 먹고 마시지도 않은 채 그렇게 틀어박혀 있기 일쑤였다.

"진주, 나 아무래도 제정신 아닌 것 같아."

시진은 종종 그 녀석과 대화를 시도하고는 했다. 혼잣말을 벽에 대고 하는 것보다 덜 멋쩍었던 까닭이다.

"내가 오늘 무슨 짓을 했는지 알아?"

어제 역시 녀석에게 할 말이 있었다. 서주의 오피스텔에서 있었던 일을 누군가에게 말하지 않으면 심장이 터져 미칠 것만 같았던 것이다.

"듣고 있어? 듣고 있음 나와 봐, 할 말이 있다고. 내가 오늘……."

그런데 녀석이 울증 상태였던 모양이다.

"너도 지금 네 코가 석 자구나. 그래도 먹고는 살자, 응?"

아무리 말을 걸어도 코빼기조차 보이지 않았다. 슬슬 걱정이 되었다.

오늘도 사료 그릇을 확인하니 그대로였다. 결과적으로 이틀 동안 밥도 먹지 않고, 물도 마시지 않은 셈이었다. 또 어디엔가 틀어박힌 진주를 찾기 시작했다. 홈 CCTV를 확인하기 위해 제일 먼저 노트북을 켜다가 문득 그런 생각이 들었다.

'그날도 어쩌면?'

그러나 애석하게도 홈 CCTV로 녹화한 영상은 최장 한 달 전의 영상부터만 남아 있었다. 실망한 것도 잠시.

'왜 진즉에 생각을 못 한 거야?'

시진은 자신의 주특기를 살려 보기로 했다. 그의 주특기는 이른바 낚시였다.

"한 달 안에 다른 지점으로 갈지, 퇴사를 할지 결정하셨으면 좋겠습니다."

그는 몰래 휴대폰의 녹음 기능을 켠 뒤 책상에 뒤집어 놓으며 말했다.

"네? 아, 그러니까…… 혹시 그때 일 때문에."

"어느 그때 일을 말하는 겁니까?"

"그러니까 이틀 전, 저와 서주의 말씨름 때문이에요? 어디서부터 들으신 건지 모르지만……."

"거의 처음부터."

"아, 그건, 제가 해명할 수가 있어요. 십일 년? 이 년, 아무튼 우리 고등학교 때 걔가 이 남자 저 남자 막 꼬리를 치고 다녔어요."

'서주는 그런 여자가 아니야.'

다른 건 몰라도 그건 확신이었다. 최준혁 도전자와 시시덕거리는 건 꼴불견이었지만, 서주가 그에게 크게 마음이 있어 그런 것이 아님은 알았다.

물론 생글생글 웃는 얼굴로 대하지만, 그렇게 서주가 대하는 사람은 최준혁 도전자뿐만 아니라 남녀노소 불문이었다. 그러므로 그 웃음이 비단 남자에게만 국한되어 승휘의 말대로 꼬리를 치는 뭐 그런 것은 분명 아니었다.

"……."

하지만 이 여자가 어디까지 할 생각인가 싶어서 말꼬리를 자르지 않고 시진은 그녀를 빤히 바라보기만 했다.

"전 상관없었어요. 제 남자 친구에게 그러기 전까진. 설마 그렇게까지 할 거라고는 생각지도 못했어요. 걔가 왕따였거든요."

'왕따였다고?'

물론 파티셰의 말을 어디서부터 믿어야 할지는 알 수 없었다. 일단 대충 걸러 들을 작정이었다.

초등학교 때는 서주가 잠시 왕따를 당했던 것으로 기억한다. 그건 사람들의 오해로 비롯되었지만, 궁극적으로는 자신의 탓이었다.

그러나 원인인 자신이 사라지고 나서 서주가 누군가에게 왕따를 당할 성격인가, 아무리 생각해도 아니라는 생각이 들었다. 그가 아는 서주는 '강강약약'의 성격을 가지고 있어서 그냥 당하고 넘어가는 여자가 아니었던 것이다.

"왕따인 애가 안쓰러워서 곁에 있어 주고 막아 주고, 그래서 우린 둘도 없는 친구였어요. 아니 그렇다고 생각했는데, 그건 저 혼자만의 착각이었죠."

그가 말없이 경청하고 있자, 승휘가 물 만난 고기처럼 열 띤 표정으로 말을 이어 나갔다.

"정말 친하다고 생각했던 내 친구가 성훈일, 그러니까 제 남자 친구를 가로챘어요. 당연히 화가 났죠. 그래도 어쩔 수 없는 거라 생각하고 잘 지낼 생각이었는데, 두 사람의 행복도 빌어 줄 생각이었는데, 그렇게 친구의 남자를 꼬셔 놓고 차 버린 거예요."

'이게 지금 말이 돼? 서주가 그랬다고?'

"그러지 말지. 누누이 말해서 제가 얼마나 좋아했는지 잘 알았을 텐데. 그래서 넌 그러지 말았어야 했다고 말했는데…… 걔가 질렸대요. 성훈이가 단 며칠 만에 질려서 차 버렸대요. 걔가 제 남친을 빼앗아 가는 바람에 전 얼마나 아팠는데. 걘 질렸다고 하니, 그것도 며칠 만에. 그때 너무 화가 나서……."

"걔를 풀었군요? 듣기로는 졸업도 못 한 아주 까마득한 선배였다면서요, 그 개가?"

시진은 저도 모르게 불쑥 끼어들었다.

"그, 그건…… 무슨 소리를 들었는지 모르겠지만 거짓말이에요. 걔가 얼마나 거짓말을 잘하는지 모르실 거예요. 사장님께서도 속은 거라고요."

그렇게 이미 두 사람의 전후 사정을 서주에게 들었다는 뉘앙스를 풍기자, 승휘가 눈에 띄게 당황했다. 아마도 두 사람의 사이가 그 정도로 가까울지 몰랐던 모양이었다.

"걔를 푼 건 아니다?"

시진은 비릿하게 웃었다.

"네, 제가 푼 게 아니에요. 그냥 풀렸어요. 걔를 풀었다면 전

천벌 받아요. 그 개를 푸는 건 그야말로 살인이에요. 그 개가 얼마나 사나운지 잘 알거든요."

'그게 살인에 버금가는 나쁜 짓인 걸 알고도 풀었다는 뜻이겠 군. 근데 그 맹한 녀석은 그걸 봐줬어. 따끔하게 본때를 보여 주지 않고. 하여튼 똑똑하고 야무진 것 같아도 은근히 허당이야.'

"사실 그것도 중요한 일이지만, 제가 말하고 싶은 건 서주의 일이 아니에요."

서주에 대해 더 이상 승휘가 왈가왈부하는 것을 듣고만 있을 수가 없어서 그는 차갑게 말했다.

"그럼 어떤 일을 말씀하시는 건지?"

시진의 말에 승휘가 어리둥절한 표정을 지었다.

"조용하고 게을러 잘 티가 안 나지만, 내가 고양이 키우는 건 아시죠?"

"진주 말이에요?"

뜬금없이 고양이 이야기는 왜 하느냐는 얼굴로 승휘가 그를 보며 말을 덧붙였다.

"또 어디 숨었어요?"

"승휘 씨도 아시다시피 진주가 종종 어디엔가 틀어박혀 나오질 않아서, 얘가 대체 어디에 숨어 있나 확인하기 위해 홈 CCTV를 달았어요. 그거 달기 전에는 진주를 찾으려면 온 집 안을 다 뒤져야 했거든요."

"그러셨어요? 어떻게 되었어요? 찾았어요?"

"어제도 진주가 사라져서. 네, 오늘 홈 CCTV로 그 녀석을 간신히 찾았어요. 홈 CCTV요."

"아무튼 다행이네요."

시진이 홈 CCTV를 거듭거듭 강조하는 이유를 아직 눈치채지 못한 승휘가 가슴을 쓸어내리며 웃었다.

"홈 CCTV, 달리 생각나는 거 없어요?"

"네?"

그가 묻자, 그녀는 점점 더 이해되지 않는다는 얼굴이었다.

"홈 CCTV는 방마다 달려 있어요."

"그게 왜…… 아."

시진의 말에 어리둥절한 표정을 짓던 승휘의 낯빛이 확 변했다.

"물론 내 침실에도. 홈 CCTV로 진주를 찾다가 문득, 그날의 일이 기억에 없다는 생각이 들어서 혹시나 해서 돌려봤죠."

"아……."

그것도 모자라 점점 흙빛이 되어 갔다.

'결국 기억나지 않는 게 아니라, 아무 일도 없었던 거구나.'

시진은 비로소 확신했다.

"할 말 없습니까?"

"……."

"현승휘 씨?"

"정말 죄송합니다. 전 그냥……."

얼굴이 일그러지더니 승휘가 울상을 지었다.

"왜 거짓말한 거예요? 왜 그랬어요?"

"그렇게 하면 혹시 절 봐 주실까 봐. 한 번 그랬으니까 두 번도 있지 않을까 해서."

"우린 자지 않았어요."

"하지만 잔 거라고 생각하시니까. 어차피 한 번 잤으니 두 번도, 그러다 보면 결국은 마음을 여실 거라고."

이후로 체념한 듯 술술 불기 시작했다. 단지 아주 작은 미끼 하나를 투척했을 뿐인데, 줄줄이 사탕처럼 물려 올라오는 것이다.

"그래서 인사불성이 된 내 옷을 벗기고 옆에 누워 우리가 그랬던 것처럼 꾸민 거라고요? 내가 기억하면 어떻게 하려고 했어요?"

"침실로 가자고 했더니 고분고분 따라오시기에, 기억할지도 모르겠다고 생각은 했어요."

'내 발로 걸어갔어? 인사불성으로? 하긴 축 늘어진 날 질질 끌고 들어갈 순 없었을 테지.'

"그런데?"

"그래도 우기면 될지도 모른다고. 갸우뚱하시다가 결국은 넘어올 거라고 생각했어요."

"그런데 현승휘 씨 의도대로 기억을 못 했죠, 내가."

"네, 그래서……."

"결국 우린 아무 일도 없었어요, 그렇죠?"

"네, 사장님."

"그런데 왜 그런 짓을? 내가 그 증거를 들고 경찰서에 가서 공갈 협박으로 고소할 수도 있다는 생각 안 들었어요?"

"……."

"대답해요."

"네, 아무 일도 없었어요. 그리고 그냥 옆에 눕기만 했을 뿐이라서, 제가 뭔가 바란 게 아니니 공갈 협박은 억지…… 죄송합니다. 그렇게까지 할 생각은 없었어요. 믿어 주세요."

시진이 매섭게 쏘아보자, 승휘가 급기야 울음을 터트렸다.

"믿어 달라는데, 전 못 믿겠네요. 불과 몇 분 전에 한 번 잤으니까 두 번은 못 자겠냐고, 그러다 보면 결국은 마음을 안 열겠느냐고, 말하지 않았어요? 그런데 그렇게까지 할 생각은 아니었다니, 그걸 나더러 믿으라고요?"

"그럼 어떻게 해요? 무릎이라도 꿇어요?"

"나는 잘못을 빈답시고 무릎 꿇는 사람 딱 질색입니다. 무릎은 다른 사람 앞에서 꿇으시고, 이번 달 안에 다른 체인으로 갈지, 그만둘지 결정하세요. 현승휘 씨의 일은 이렇게 마무리하죠."

"이렇게까지 된 마당에 그만두겠습니다."

잠시 고민하는 것 같더니, 승휘가 시진의 단호한 표정을 보고 어쩔 수 없다는 듯이 대꾸했다.

"알겠습니다."

원하는 대답이 나오자 시진은 차갑게 말을 이었다.

"가급적 새로운 파티셰가 올 때까지 기다려 주면 좋겠지만, 그게 힘들면 파티셰 보조, 겸우에게 인수인계하세요."

"그러니까 해고 수당 주세요."

"급여와 퇴직금은 정상적인 날짜에 지급하겠습니다."

"얼마 전엔 퇴직금을 두 배로 준다고 하지 않으셨습니까?"

"그건 이 지경을 몰랐던 며칠 전의 일이고요."

시진은 휴대폰을 들어 현재 녹음이 되고 있음을 알렸다.

"지금 그게 뭐예요?"

"뭔지 몰라 묻는 건 아니죠?"

"지금 녹음하신 거예요? 왜요?"

승휘가 멍한 표정으로 물었다.

"홈 CCTV의 백업은 한 달까지였습니다."

그는 사실을 말했다.

"네? 그게 무슨……."

그녀가 이해되지 않는다는 얼굴로 말끝을 흐렸다.

"이제 그만 귀가하세요."

"가만, 지금 절 속이셨어요?"

그러다가 마침내 어떤 깨달음에 도달한 눈빛으로 물었다.

"그게 화가 나신다면 사과하죠. 속여서 미안합니다."

시진은 이죽거렸다.

"그렇다면 홈 CCTV 증거는 없다는 거죠?"

"네."

그녀가 재차 물었고, 시진은 더 이상 그녀를 속일 필요가 없었다. 의도가 먹혔고, 얻을 것은 모두 얻었으니 말이다. 홀가분해지니 한편으로 마음이 넉넉해졌다.

"노동부에 신고하겠습니다."

그래서 어쩌면 승휘가 이런 되먹지 못한 말을 하지 않았다면 해고 수당을 기존에 생각했던 액수대로 넉넉히 주었을지도 모른다. 지난 5년간 파티셰로 근무를 잘해 주었던 사람이었으니 말이다.

무슨 이유에서인지 고등학교조차 졸업하지 못하고 국비 제과·제빵 학원을 이수한 그녀가 처음 'ospite d'onore'에 왔을 때, 음침한 표정이 신경 쓰였었다. 하지만 학원에서 배운 사람치고 센스가 남다르고 눈썰미가 좋아서 평소 눈여겨보았다.

그러다가 승휘가 견습 딱지를 떼기도 전, 기존에 근무하던 파티셰가 결혼하며 부산 해운대 점으로 전근 신청을 하게 되었다. 그때 시진은 고민할 것도 없이 바로 빈자리에 승휘를 앉혔다.

검정고시로 기본적인 학력을 대신한 자신의 이력 또한 내세울 것이 없는 것은 마찬가지여서, 시진은 직원을 채용함에 있어 학벌에 중점을 두지 않았다. 평소 직원을 평가할 때 그는 그 사람의 능력을 높이 샀고, 승휘 역시 출중한 파티셰로서의 모습을 보여 줬었다.

그런데 지금 생각해 보니 시진은 승휘의 능력만 봤을 뿐, 그녀의 인성을 보지 못했다.

사실 승휘의 인성을 보고 말 것도 없었다. 따로 떨어져 있는 작업 환경도 크게 한몫했을 테지만, 음침하고 내성적이어서 직원들과 잘 어울리지 않았다.

그래서인지 오히려 그게 승휘가 직원들과 큰 트러블을 만들지 않는 장점이 되기도 했었다. 결과적으로 얼마 전까지 아무런 탈이 없어서 지난 5년간 승휘를 자신이 은연중에 믿었던 모양이다.

"무슨 명목으로?"

승휘의 말에 대꾸하면서도 물론 배신감까지는 아니었지만, 씁쓸한 기분이 드는 건 어쩔 수 없는 일이었다.

"방금 저 해고하셨잖아요. 전 정당한 해고 수당을 받아야겠어요."

"지금도 녹음되고 있는 건 아시죠?"

승휘의 말에 시진은 냉랭한 어조로 물었다. 그의 표정은 말할 것도 없이 냉혹하게 보였으리라.

"그건 불법 녹취예요."

떨리는 목소리로 하는 말이 우스워, 저도 모르게 헛웃음이 났다.

"지금 현승휘 씨에게 녹음되고 있다는 사실 알렸고, 승휘 씨뿐만 아니라 내 목소리도 녹음이 되고 있으니 불법이든 아니든 증거로 채택될 겁니다. 명함을 드리죠. 내 고문 변호사에게 확인해 보세요."

"……."

그의 말에 그제야 승휘가 입을 다물었다.

"그만 귀가해도 좋습니다. 그리고 생각이 바뀌었습니다, 현승휘 씨. 인수인계 안 해도 좋습니다. 내일부터 나오지 않아도 됩니다. 당신, 지금 해고라고."

시진은 매몰차게 말했다. 그는 뒤를 돌아보지 않는 성격이었다. 자라 온 그리고 살아온 환경이 그러해서인지 인간관계를 맺고 끊음에 있어서 감정의 동요가 거의 없었다. 그런 그를 진저리난다는 표정으로 보는 이도 가끔 있었다.

지금의 승휘도 마찬가지였다. 한껏 그를 노려보다가 이를 갈더니 몸을 획 돌려 사무실을 나갔다. 시진은 만의 하나를 위해 음성 녹음을 저장한 뒤, 책상에 툭 던져 놓고는 미간을 손가락으로 쓸었다.

'밥은 제대로 먹고 있나?'

문득 그런 생각이 들어서 시간을 확인하니 거의 11시였다. 통상적으로 전화하기에는 전혀 상식적이지 않은 시간이었다.

그리고 전화하는 것이 좋을 것 같지는 않았다. 시진은 애써 휴대폰에서 시선을 떼고 상체를 뒤로 젖혀 의자에 몸을 푹 기댔다.

그때 울리는 벨소리를 듣고 시진은 용수철처럼 벌떡 일어나 휴대폰을 들었다. 아니나 다를까, 서주였다. 저도 모르게 입꼬리가 올라감을 느끼며, 시진은 또 한 번 흠칫했다.

'내가 지금 왜 이러는 거야?'

"……."

좀 어리둥절해서 전화를 받자마자 아무 말도 할 수 없었다.

― 전화 통화하기에는 너무 늦은 시간이에요?

서주는 특유의 쾌활한 목소리로 물었다.

"우린 이 시간이 대체로 초저녁이야."

이런 이야기를 왜 해 주고 있는지 알다가도 모를 일이었다.

― 어쩐지 그럴 것 같아서 전화한 거예요.

"용건?"

― 음, 용건이 있어야 전화 통화를 할 수 있는 거구나. 잠깐만요, 생각해 보고요. 음……

"……."

― 배고파요.

"배가 고파? 잘 먹지도 않으면서?"

― 아무리 생각해도 용건이 그것밖에 없어서. 그럼 마음에 안 차는 것 같으니까, 다른 걸 생각해 볼까요?

"지금 가게에 올 수 있어?"

― 네?

"배가 고프다며. 내가 준비하는 동안 네가 오면 더 빨리 먹을 수 있지 않을까?"

'그리고 더 빨리 볼 수도 있…… 아니, 내가 대체 이런 생각을 왜 하는 거지?'

"피곤하면 쉬어."

서주가 바로 대답하지 않고 당황해하는 느낌이 들어서 기분이 좀 나빠졌다. 그래서 오히려 냉랭하게 말하고야 말았다.

─ 아, 아뇨. 가요. 지금.

그러자 서주가 달려들 듯이 대꾸했다.

"넌 어째 거절을 못 하냐? 이렇게 밀당이 안 되는데 연애는 어떻게 했니?"

그녀의 어조에 그는 그새 나빴던 기분을 잊고 픽, 짧게 웃어 버렸다.

─ 연애 안 해 봤어요.

"뭐?"

'언젠가 남자와 통화하는 것 같았는데? 그때 목소리에 애정이 가득했었는데?'

아마도 거짓말을 하는 모양이다.

─ 내가 어떻게 연애를 해. 이 몸으로는 남자에게 짐일 뿐인데.

"……"

'아, 뭔가 말을 잘못 꺼낸 것 같은데.'

하지만 서주의 말에 거짓말이니 뭐니 하는 생각은 완전히 지워지고 저도 모르게 자신의 경솔함에 미간이 찌푸려졌다.

– 그래서 지금 가지 마요?

하지만 서주가 이내 툭 털며 아무렇지 않은 듯이 물었다. 아마도 늘 이렇게 살아왔던 것 같아서 그는 기분이 묘했다. 자신이 처한 환경을 받아들이는 일이 쉽지만은 않았을 텐데. 어쩐지 자기의 건강 상태에 얽매이지 않고 의연한 모습을 본 것 같았다.

얼마 전 충동적으로 서주에게 키스했던 일이 떠올랐다. 죽음이라는 뉘앙스에, 시진의 머리는 텅 비어 버렸었다. 지금 눈앞에 있는 사람이 죽을 수도 있다는 것을 인지하자마자 이루 말할 수 없는 감정에 사로잡혀 버렸던 것이다.

누군가 죽어 버린다는 것이 그는 두렵고 또 두려웠다. 반면, 나약하다고만 여겼던 서주가 자신이 생각한 것보다, 어쩌면 자신보다 더 담대한 사람일지도 모른다는 생각을 했다. 적어도 죽음을 대하는 자세는 분명 그녀가 더 강한 것 같았다.

"새우 알레르기 있어?"

시진은 그녀에게 되물었다.

– 없어요. 뭐든 못 먹는 거 없어요. 꼴이 이래도.

"바로 출발해."

– 네?

"배고프다며?"

– 네! 그래서 지금 한달음에 달려 나가고 있어요!

수화기 너머에서 들리는 서주의 아이처럼 들뜬 목소리를 들으며 시진은 휴대폰을 끊은 뒤 고개를 절레절레 흔들었다. 그러고는 황급히 자리에서 일어나다가 또 흠칫했다. 들뜬 건 오히려 자기 자신이라는 생각이 들었던 것이다. 심지어 한 번 올라간 입꼬리가 좀처럼 내려오지 않았다.

12. 악연을 끊어 내는 유일한 방법

"한 가지면 되는데, 뭘 이렇게 많이 준비했어요?"

서주가 말했다. 사실 홀에 나온 음식은 주방에 준비된 음식에 비하면 빙산의 일각이었다. 만약 그것을 알게 되면 뭐라고 할까?

'그러니까 내가 지금 무슨 짓을 한 거지?'

몇 해 모자라는 20년 동안 시진은 자신이 한 음식이 음식물 쓰레기가 되는 것을 가장 치욕으로 생각했다. 그런데 오늘 자신이 한 음식의 대부분을 음식물 쓰레기로 만들어 버렸다. 그것도 기꺼이.

더 당혹스러운 것은 얼마 전 서주를 자신의 조리대에 올려놓았던 것이다. 주방은 청결이 우선이고 그것을 반하는 그 어떤 행위도 용납하지 않았다. 조리대에 식자재가 아니라 새로 산 신발을 올려놓았다는 이유로 직원을 해고하기까지 했던 그였는데.

'와, 내가 제정신이 아니었던 건 꽤 오래되었구나. 이런 걸 요즘 현타라고 한다지?'

정말 요즘 말로 '현타'가 와서 좀 멍했다.

"잘 먹겠습니다."

그러나 하느님에게 식전 기도를 드리듯 두 손을 모으고 이렇게 맑게 웃는 모습을 보니 다른 의미로 멍해졌다. 그런 그녀가 너무 맑아서, '현타'고 뭐고 그냥 머릿속에 다른 생각은 전혀 떠오르지 않았다.

'내 주변에 단 한 사람.'

서주의 나이 올해 서른, 아이들을 대상으로 한 직업군에 있으면 그 아이들의 수준에서 좀처럼 벗어나지 못한다는 소리를 어디선가 얼핏 들었다.

'저렇게 해맑은 미소를 짓는 사람이 있는 것도 나쁘지 않겠지. 절대로 죽어 버리지 말고, 끝까지.'

그 말이 틀린 것 같지 않은 것은 그가 열다섯에서 열여섯 살로 넘어가는 시점에 들어온 주방이 그의 속을 곁늙게 한 데 크게 한몫한 것이 사실이었기 때문이다.

하지만 자라 온 환경 때문에 일찍 철이 들 수밖에 없기도 해서 별생각이 없었는데, 여전히 틴에이저 같은 미소를 띠고 있는 서주를 본 순간 그런 생각이 새삼스럽게 다가왔다.

'그래, 이 세상에 단 한 사람쯤은 저렇게 살게 지켜 주고 싶은 건…… 아, 내가 또 무슨 생각. 지켜 주긴 뭘 지켜 줘?'

심지어 서주의 건강한 미소를 꼭 지켜 주고 싶다는 생각이 들자 좀 당혹스러웠다.

"먹어, 식기 전에."

그래서 오히려 냉랭한 어조를 유지하게 되었다.

"흐흐, 네."

그런 그의 속을 아는지 모르는지, 서주는 그저 바보처럼 웃기만 한다. 좋아 죽겠다는 얼굴로.

"……."

전채부터 디저트까지 풀코스로 진행될 예정이라, 말없이 시진은 몸을 돌렸다.

"어디 가요?"

그녀가 황급히 그의 소매를 잡았다.

"메인 접시 준비하러."

시진은 시선을 떨어뜨려 잡힌 소매를 보며 멍하니 대꾸했다.

"또 있어요?"

"못 먹겠거든 남겨."

"아까운데. 그냥 이걸로 충분하니까 앉아요."

"충분해?"

뭘 좋아할지 몰라서 파스타와 세 종류의 샐러드를 전채로 내어 왔을 뿐이다. 그것도 고작 두세 입 먹을 양으로 말이다.

"사실은 혼자 먹기 싫어."

"……."

"혼자 먹을 거면 군이 왜 여길 왔겠어요? 요즘 배달 어플이 얼마나 잘 되어 있는데."

"내 음식을 배달 음식과 비교하는 사람은 네가 처음이야."

시진은 기가 차서 그녀에게 말했다.

"그래서 막 반하고 그랬어요?"

그러자 서주가 생글생글 웃으며 물었다.

"뭐?"

"그런 여자 내가 처음이라면서요?"

"하아…… 관두자. 메인과 디저트는 함께 내어 올게."

"빨리 와요."

"알았으니, 천천히 먹고 있어."

"네에."

그제야 그의 소매를 놔주었다. 꼭 장에 가는 어머니가 떼어 놓은 아이처럼 입을 뿌, 내밀고는 서주가 풀이 죽은 표정을 지었다. 그런 그녀를 힐끗 보고 시진은 절레절레 고개를 흔들며 주방으로 향했다.

주방의 사정을 보고 잠시 현실로 돌아와 다시 한번 고개를 흔들며 혀를 찬 뒤, 서둘러 새우가 들어간 이탈리아식 해산물 꼬치 요리를 만들었다. 이어 미리 만들어 두었던 티라미수를 꺼내 홀로 나왔다.

"배고프다며? 먹고 있으라니까?"

두 손을 얌전히 놓고 기다리는 서주를 보며 접시를 내려놓았다.

"보기 좋은 떡이 먹기도 좋다는 말 못 들어봤어요?"

"뭐래?"

"그 말은 앞에 잘생긴 남자가 있어야 더 먹기 좋다는 뜻이죠."

"그렇게 갖다 붙일 말은 아닌 것 같은데?"

"알아들었잖아요. 내가 무슨 말 하는지."

"……."

"뭐 뜻만 전달하면 되죠."

"먹어, 어서. 늦었어."

생긋 웃는 그녀를 보고 또 픽 웃고 말았다.

"네. 천천히, 꼭꼭 씹어 이거 다 먹어야지."

그제야 서주가 테이블 위로 손을 올려 오믈렛의 일종인 새우 프리타타를 먹기 시작했다. 시선은 그에게 고정한 채로.

"지금 뭘 먹고 있는지 알기는 해?"

그런 그녀가 좀 엉뚱하다는 생각을 하며 물었다.

"지금 제 입으로 들어온 건 달걀이네요. 생크림 그리고 파르메산 치즈 맛이 나요. 찍찍 늘어지는 건 당연히 모차렐라 치즈

일 거고."

눈을 살짝 감고 맛을 음미하다가, 눈을 뜨며 말했다.

"음."

확실히 미각이 발달되어 있는 것 같아서 아주 잠깐 좀 아까운 생각이 들기도 했다. 주방의 일이 얼마나 강한 체력을 요구하는지 잘 알았던 까닭이다.

'Challenge Star Chef K 시즌 7' 본선 생방송까지 진출한다고 해도 서주는 결코 셰프가 되지 못할 것이다. 물론 훌륭한 미각을 가진 사람이 요리사가 꼭 되어야 한다는 뜻은 아니었다. 요식 사업에도 미각을 살릴 다양한 분야가 얼마든지 있었다.

'그런데 애가 요식 업계에 뛰어들 생각이긴 해?'

"지금은 새우에서 마늘 오일 향이 나요."

이러니 점점 더 아까워진다는 거다.

"편으로 썰어 오일로 마늘 향을 냈지."

"어, 이건 방울토마토인데? 요는 오빠 얼굴만 뜯어봐도 제 입에 뭐가 들어오고 있는지 아니까, 걱정 마시라고요."

"홋, 그래."

"파프리카다. 소금과 후추로 간을 했을 거고. 근데 전에 여기에서 먹었던 것과는 맛이 좀 달라요. 그땐 생크림 맛이 난 것 같았는데."

"방금 보니 생크림 상태가 좋지 않았어. 내 얼굴 보면서도 잘 먹는 거 알았으니까, 먹으라고."

"먹고 있잖아요."

"다른 것도."

"사실은 좀 미묘하게 달라요, 맛이. 생크림 때문은 아닌 것 같고."

시진이 다른 접시에 고갯짓하며 말하자, 그녀가 이탈리아식 오믈렛을 한 번 더 먹으며 고개를 갸웃했다.

'설마 그렇게까지 맛에 예민하다는 건가?'

"영업 중에는 오븐에 구워. 오늘 난 프라이팬을 사용했고."

"그런 말이 아닌데."

"그럼?"

"그땐 오빠가 내 앞에 없었다는 걸 말하는 거예요. 이제야 이 오믈렛이 완벽해졌어. 이렇게 완벽한 오믈렛은 처음이에요."

'내가 애한테 너무 과한 욕심을⋯⋯.'

"⋯⋯."

생긋 웃으며 말하는 서주로 인해 시진은 말문이 턱 막혔다. 순식간에 머리가 텅 비어 버리더니, 정신을 차렸을 땐 서주의 입술을 빨고 있는 자신을 발견할 수 있었다.

'지난번에도 이러더니.'

이전에는 음식을 먹는 입술이 사람을 이렇게 현혹시킨 적은 없었다.

눈앞에 있는 사람의 입술이 자신이 만든 음식을 먹고 있다는 것만으로 어느 순간 몽롱해지고, 심지어 저 입술에 내가 아닌 다른 이의 음식이 들어간다는 생각만으로 질투가 나는 지경에 이르는 경우는 처음인지라 시진은 좀 당혹스러웠다.

'미친 거야.'

움찔 뒤로 물러나다가 다시 흠칫했다. 서주의 작은 두 손이 그의 얼굴을 잡고 혀끝으로 자신의 입매를 더듬은 까닭이다. 커진 눈 안 가득 그녀의 발그레한 광대가 들어찬 순간 이성의 끈이 끊어져 버렸다.

분명 그에게 첫 키스는 아니었다. 그런데 꼭 첫 키스하는 애송이처럼 온몸이 부르르 떨릴 정도로 정신이 하나도 없었다. 아니 사실은 그가 진정한 애송이였을 때의 첫 키스도 이러지는 않았다.

혼이 쏙 나간 채로 촉촉하고 야들야들한 혀끝이 입술 안쪽 도톰한 살점을 훑었을 때, 시진은 무아지경에 빠져 그녀의 혀를 빨기 시작했다.

빠앙!

그때, 경적을 울리며 레스토랑 밖 어디에선가 자동차가 도로를 요란하게 달리는 소리가 들려왔다. 그 소리가 그의 뒤통수를 치지 않았다면 여기에서 어떤 일이 벌어져도 전혀 이상하지 않을 정도로 흥분한 상태였다.

"하아, 하아."

시진은 황급히 정신을 수습한 뒤 몸을 떼고는 털썩 의자에 주저앉았다. 서주가 가슴을 들먹이며 혀끝으로 자신의 입매를

핥았다. 두 사람은 가슴을 들먹이며 꽤 오랫동안 서로를 바라
만 보고 있었다.

"혹시 사과할 거면, 하지 마요."

"……."

사실 그녀가 무슨 말을 하는 건지 알 수 없었다. 사과고 뭐고
머리가 여전히 텅 비어 아무 생각도 안 났다.

'쟨 어려서부터 성가시고 귀찮기만 했던 애야.'

그리고 지금 생각해 보니, 자신에게 독점욕을 느끼게 만들었
던 아이이기도 했다.

"시작은 오빠가 했지만 결국은 내가 한 거니까."

"……."

'따스한 아이긴 했지만, 그렇다고 왜 이런…….'

그저 빤히 바라만 볼 뿐.

"두 번째예요."

서주가 속삭이는 어조로 말했다.

"두 번째?"

시진은 연신 혼이 나간 상태로 물었다.

"키스."

"……."

"첫 키스도 못 해 보고 죽을 줄 알았는데, 두 번이나 했으니
이젠 여한이 없다고나 할까?"

"……."

그녀의 말을 듣는 순간 현실로 완벽하게 되돌아왔다.

"고맙다고요. 키스도 못 해 보고 죽었으면 처녀 귀신 됐을 텐데."

"그런 말 굳이 해야겠어? 정말 아무렇지 않아서 그런 표정으로 그런 말 하는 거야?"

제정신이 든 것도 모자라, 심지어 화가 날 지경이었다.

"아, 미안. 늘 죽음과 친구로 지내다 보니, 정말 아무렇지 않거든요."

빙긋 웃으며 어깨까지 들썩인 서주가 그렇게 말했지만 시진은 전혀 아무렇지 않을 수 없었다.

"……."

'죽는다는 소리 할 때마다 돌아 버리겠다, 진짜.'

시진은 그녀를 매섭게 쏘아보았다.

"미안해요, 이젠 그런 소리 안 할게. 죽음이 늘 가까이에 있다는 거지 정말 죽을 거라는 소리는 아닌데. 골골 팔십이라는 전형적인 스토리로 사는 걸 내가 보여 줄 거니까, 걱정하지도 말고. 어쩌면 내가 오빠보다 더 오래 살지도 몰라."

"제발 좀!"

"미안, 미안."

그가 저도 모르게 버럭 소리를 지르자, 서주가 시진을 달래 듯 손사래를 쳤다.

"일어나, 데려다줄게."

"벌써 쫓아내려고?"

"……."

"나 밥 다 안 먹었어."

그는 여전히 방금 나눈 대화 때문에 앙금이 남아 있었지만, 서주는 아주 쉽게 아무렇지 않은 표정을 지었다.

"어서 먹어."

반면, 시진은 명치에 뭔가 걸린 듯 점점 더 불편해졌다. 대체 지금 자신이 무슨 기분인지 갈피를 잡을 수가 없었다. 그러다가 어느 순간 처음과 달리 맛을 느끼기보다 서주가 자신이 한 음식을 꾸역꾸역 먹고 있다는 것을 느끼게 되었다.

"그만 먹어. 억지로 먹지 마."

"아까워서……."

'애가 주방에 남은 것을 보면 경기하겠네.'

시진은 혀를 차며 그녀의 포크를 낚아채듯 빼앗았다.

"넌 디저트나 먹어."

그러고는 그녀가 남긴 음식을 모조리 먹어 치웠다. 18년 전 배를 채울 목적으로 허겁지겁 음식을 먹은 이후, 이렇게 쓸어 담듯 먹는 건 처음이었다. 시진은 됐지, 하는 표정으로 티라미수를 먹고 있는 서주를 보았다.

"어때요? 이런 맛 처음이다, 싶을 정도로 역시 맛있죠? 오빠가 생각하기에도 맛 죽이죠? 누가 이런 걸 만들었나, 싶죠?"

"뭐래는 거야?"

"정말 맛있게 먹었다고요."

"맛있게 먹는 기준이 뭔지 모르겠는데, 적어도 난 억지로 먹는 음식이 맛있게 먹는 거라고는 생각 안 해 봤는데?"

"억지로 먹는 건, 사실 음식 버리는 게 정말 아까워서 그러는 거고, 이번에는 좀 이유가 달라요. 너무 맛있어서 정말 아까웠거든요. 이 맛있는 걸, 그것도 오빠가 해 준 걸 버리는 건 정말 싫어서."

"그래도 억지로 먹지는 마."

"어째 또 밥을 해 주겠다는 소리처럼 들려요?"

"……."

'아, 뭔가 말리는 기분인데.'

정말 그러고 싶은 충동이 일었으니 말이다.

"엥? 맞구나!"

"일어나."

시진은 흠흠, 헛기침을 몰래 하고는 자리에서 일어나 접시를 들었다.

"맞죠?"

서주가 그의 앞을 막아섰다.

"실없는 소리 그만하고."

"맞잖아. 아닌데 왜 얼굴을 붉혀?"

그러고는 그 작은 몸으로 기어이 자신의 앞으로 파고들더니 서주가 얼굴을 들이밀었다. 어찌나 귀여운지. 그런 생각을 함과 동시에 시진은 또 흠칫했지만 이번에는 사실 그다지 놀라지 않았다. 고개를 숙여 그녀의 입술을 부드럽게 빨고는 아주 자연스럽게 서주를 지나쳐 주방으로 향했다.

"세 번째다."

서주가 아이처럼 헤헤 웃으며 그의 뒤를 따랐다.

"뭘 자꾸 세는 거야?"

시진은 달아나듯 성큼성큼 걸으며 어깨너머로 말했다. 그녀가 세는 게 뭔지 잘 알기에, 그의 얼굴이 어쩐지 화끈 달아오르는 것도 같았다. 거기다 자신의 가슴은 왜 이렇게 오두방정을 떠는지.

"키스, 삼세번 뭐 그런 건가? 삼세번 끝나면 이젠 키스 안 해 주는 건가?"

그걸 아는지 모르는지, 서주는 특유의 경쾌하고 쾌활한 어조로 말하며 그의 앞을 번번이 막아섰다. 막 주방에 들어선 그는 또 한 번 흠칫했다.

"어딜 들어와?"

그러고는 휙 몸을 돌려 주방 입구를 막았다.

"네?"

"여긴 관계자 외 출입……."

"으익? 이게 다 뭐예요?"

처음으로 자신의 덩치가 큰 것이 얼마나 다행인지 모른다 생각한 순간, 다람쥐 같은 서주가 이미 주방 사정이 어떠한지 다

봐 버렸다. 정리가 되지 않은 것이 아니라, 밖으로 내어가지 못한 남은 음식들을 말하는 것이다.

"정확한 맛과 정확한 1인분을 준비하려면 이 정도는 해 봐야 하니까."

"버릴 거죠?"

"……."

"헐, 죄 받아요. 못 먹어 주리는 사람들이 지구상에 얼마나 많은지 알잖아요?"

"……."

혼이 나는 이런 기분 참 오랜만이었다. 주방에서 혼이 났던 18년 전으로 거슬러 올라간 시진은 굳은 표정으로 서주를 보았다.

"저걸 다 어쩌자고?"

"머, 먹을 거야, 내가."

이런 말도 안 되는 변명까지 하면서, 그녀의 눈치를 살살 보다가 말을 덧붙였다.

"너 데려다주고."

"저 혼자 갈 수 있어요."

"이 시간에?"

"이 시간에 저 혼자 왔거든요?"

"……."

그건 또 생각하지 못했다. 단지 그녀를 몇 분이라도 일찍 만나고 싶어서, 빨리 배를 채워 주고 싶어서.

'완전 바보가 되었네. 어처구니가 없지만, 애 때문에 정상적인 생각을 할 수가 없어.'

시진은 멍하니 그녀를 바라보았다.

"전 집으로 갈 거니까, 오빠는 여기서 저걸 다 먹어요. 자기 말에 자기가 책임져야 하는 거니까."

서주가 그의 가슴을 툭툭 치며 야유했다.

"고마워요. 정말 맛있게 잘 먹었어요."

그러고는 정말 그럴 기세로 몸을 돌려 걷기 시작했다. 시진은 주머니에서 키를 꺼내며 성큼성큼 다가가 그녀의 어깨를 잡고 주차장으로 끌었다.

"난 정말……."

하지만 채 몇 발짝 가기도 전에 그녀의 입술을 차지하고 말았다.

'모르겠다. 지금은 아무 생각도 하고 싶지 않아.'

작고 앙증맞은 서주가 자신의 품속에 폭 안겨 오는 기분을 이루 말할 수가 없어서.

얼마 뒤, 그녀의 오피스텔 앞에 차를 세운 시진은 다시 한번 그녀의 입술을 덮었다. 아무 생각도 나지 않았다.

"네 번. 아니다, 다섯 번째인가?"

가슴에 뭔가 빵빵하게 차오르는데, 이런 경우는 처음인지라 자신이 지금 무슨 상황에 처했는지 알 수가 없었다.

"세는 건 그만 잊어. 계속할 거니까."

"네…… 으음."

무엇보다 이렇게 앞뒤 잴 것도 없이 본능에 충실했던 적은 없었다. 그래서 자제하기 쉽지 않았음에도 간신히 그녀를 놔주었다. 하지만 차에서 내리려는 서주를 몇 번이나 잡고 난 이후였다.

'뜬금없어. 왜 갑자기 이래? 분명 처음부터 단단히 경계했었는데, 언제 이렇게 된 거야? 이해할 수가 없어.'

그녀가 시야에서 사라지는 것을 보는 내내 자신의 손이 심장 위에 올려진 것을 알아차리고 나서야 고개를 절레절레 흔들었다.

사실 처음 예심에서 서주를 만난 순간, 자신의 심장은 이미 쿵 떨어졌었다. 하지만 그건 결코 만나고 싶지 않은 과거를 원치 않은 장소에서 재회했던 까닭이라 생각했었다.

'그런데 그게 아니었을지도 몰라.'

시진은 좀 혼란스러운 마음으로 'ospite d'onore' 본점으로 돌아왔다. 이어 서주의 명령 아닌 명령대로 남은 음식을 모조리 위 속에 채우고 나서야 집으로 들어갔다.

'정말 요즘 내가 하는 짓이 애 같아.'

연신 고개를 절레절레 흔들며.

"진주, 어디 있어? 너에게 할 말이 있는데."

거실로 들어가며 시진은 멍하니 중얼거렸다.

"아, 소화 안 된다. 진주, 지금 내 상태가 왜 이러냐면."

곧이어 그의 다리 사이로 하얀 솜뭉치가 팔자를 그리며 오락가락하다가 가 버렸다.

"또 혼날까 봐 버려야 하는 걸 입에 쓸어 넣었다고. 들었어?"

그가 하소연하기도 전에.

그 누가 만들었다고 해도 시간이 지나 식어 버린 음식이 기존의 맛을 유지하는 것은 힘들다. 그 탓에 한동안 소화가 되지 않아서 시진은 꽤 오랫동안 서성였고, 그 시간은 자신에게 무슨 일이 벌어지고 있는지 생각하는 데 꽤 유익했다고 말할 수 있었다.

'억지 부리지 말자. 그냥 물 흐르는 대로.'

결론이 그렇게 날 때까지 꽤 긴 시간이 흘렀고 시진은 그제야 간신히 잠자리에 들 수 있었다. 그것도 입꼬리가 귀에 걸려서.

다음 날.

"9번 테이블."

시진은 꼼꼼히 마지막 체크를 한 접시를 내려놓고, 벨을 눌렀다.

"셰프. 12번 테이블에서 뵙기를 청하는데, 어떻게 할까요?"

홀 직원이 접시를 내갔고, 희진이 다가왔다.

"12번 테이블?"

"음식에 문제 있습니까?"

시진은 12번 테이블에 나간 음식 목록을 쭉 확인했다. 주문 상으로는 크게 이상이 없는 1인 식사였다.

"무작정 봬야 한다고."

"무작정 만나겠다고 하는 고객을 내가 모두 만나야 하는 겁니까? 다시."

막 새로운 접시가 완성되어 그의 앞에 내려졌고 그 접시를 힐긋 보고는 전채 파트 담당자에게 차가운 표정으로 말한 뒤, 그는 홀 지배인을 쏘아보았다.

"아뇨, 그게 아니라, 한서주 씨 아버님 되신다고, 그럼 나오실 거라고."

'그 사람을 잊고 있었네.'

"……."

순간 멈칫했다. 고개를 획 돌려 희진을 보았다.

"어떻게 할까요?"

"……."

"오늘 안 계신다고 하겠습니다."

그의 표정이 그 어느 때보다 무시무시해지자, 희진이 굳은 표정으로 말했다.

"비어 있는 룸 있습니까?"

몸을 돌려 가는 그녀의 등에 대고 시진이 물었다.

"3번 룸이 비어 있습니다."

가다 말고 몸을 돌린 희진이 의아한 표정으로 대꾸했다.

"그분 자리를 그리로 옮겨 드리고, 디저트도 3번 룸으로 내어 가세요."

희진이 고개를 끄덕이고 시야에서 사라지자, 그는 앞치마를 벗으며 말을 이었다.

"현우, 잠시 자리를 비울 테니까, 네가 마무리해."

"네, 셰프."

헤드 셰프가 포지션을 잡자, 시진은 앞치마를 빨래 바구니에 던지고는 손을 씻은 뒤, 주방에서 나왔다. 하지만 아주 잠깐 걸음이 떼어지지 않았다.

"그 주제에, 언감생심 누굴 넘봐?"

서주의 아버지가 자신에게 그런 말을 하며 멸시 어린 눈빛을 한 정황은 충분히 이해가 되었다. 당시에는 그저 황당하고 억울했지만, 지금은 남녀칠세부동석이라는 말의 의미를 아는 나이가 되었으니 말이다.

'내 딸 방에 숨어 드나든 걸 알면 나라도 그분처럼 했을 거야.'

때리고, 욕하고, 고립시키고 급기야 삶의 터전에서 몰아내는 일 정도로 그치지 않았을 것이다. 하지만 그런 일을 당했던 그의 나이 고작 열다섯 살이었고, 부모를 한꺼번에 잃었다. 피가 떡이 되도록 맞은 것으로 모자라, 말로 표현할 수 없는 짐승 취급을 당했던 증오를 거두지 않는 것은 이해와는 별개의 문제였다.

'서주와 재회하고서도 이런 상황이 올 수 있다는 생각을 하지 않았어.'

정말 서주를 만난 이후로 자신의 지능이 현저히 떨어진 것이 아닐까, 심각하게 고민이 될 지경이었다.

'어떤 표정으로 날 대할지, 어떤 말을 할지 어디 두고 보자고.'

서주의 아버지가 그때처럼 자신을 대할지 참으로 궁금했다. 그리고 그는 그녀의 아버지에게 벼르고 있던 문제를 따져 보아야겠다고 결심했다. 그냥 묻어 둘 생각이었지만, 이렇게 제 발로 자신의 앞에 왔다니 말이다.

"많이 기다리시게 해서 죄송합니다."

시진은 3번 룸에 노크를 하고 들어가 입구에서부터 허리를 숙였다. 그러나 시선은 서주의 아버지에게 고정한 채로.

"들어와 앉게."

'고압적인 태도는 여전하군. 내가 아직도 의지가지없는 18년 전의 황시진이라고 생각하시는 거겠지?'

자기에게 짓밟히면서도 찍소리 못하던, 자신의 모습을 기억하고 있을 것이 뻔한 서주의 아버지를 똑바로 바라보았다. 예전에도 시진은 호락호락하지 않았다. 그럼에도 그에게 짓밟히면서 아무 소리도 하지 않았던 것은 그가 서주의 아버지였던 까닭이었다.

곧이어 상체를 일으킨 시진은 그에게 성큼성큼 다가갔다. 무표정한 얼굴로 훅훅 다가가면 상대가 얼마나 쫄게 되는지 잘 알았던 것이다.

'시간이 흐른다는 게, 참 여러모로 쓸모가 많아. 저쪽은 늙어 쪼그라들었고, 난 점점 더 강해질 테니.'

"식사 맛있게 하셨습니까?"

기억보다 조금 아니 꽤 많이 왜소해 보이는 그녀의 아버지에게 다가간 시진은 최대한 사무적인 태도로 물었다.

"앉게."

서주의 아버지가 맞은편을 향해 고갯짓했다. 그는 공손하지만 비굴하지 않은 태도로 가리키는 자리에 앉았다. 그리고 빤히 보니 경제적으로 남부러울 것 없는 중년 남자 특유의 자신만만한 표정이 서주의 아버지에게서 보였다.

'저 여유와 자신감은 사실 저 사람이 그렇게 멸시하던 내 것을 가로챈 것에서 비롯된 거겠지?'

"단도직입적으로 말하겠네. 서주를 탈락시켜 주게."

서주의 아버지가 말했다.

"청탁하시는 겁니까?"

시진은 덤덤한 어조로 물었다.

"이게 청탁이든 뭐든 자네 생각하고 싶은 대로 하고 서주를 탈락시켜 주게. 더 이상 자네와 얽히지 않도록 하란 말일세."

"아무래도 사람을 잘못 찾아오신 것 같습니다."

"뭐라? 사람을 잘못 찾아와?"

"안 믿으시겠지만, 전 한서주 도전자를 처음부터 탈락시키자는 쪽이었습니다."

"자네가 뭐라고 우리 서주를 탈락시……."

"……."

"내가 서주를 탈락시키라는 건 실력이 모자라서가 아니야. 자네와 얽히는 것이 싫다는 거지."

시진이 빤히 보자, 서주 아버지의 눈빛이 흔들렸다.

"저도 얽히고 싶지 않은데, 저를 제외한 다른 관계자들은 한서주 도전자에게 이슈가 있다지 않습니까. 그 인공심장박동기인지 뭔지 하는 것 때문에. 방송을 보셨으니 아시겠지만, 자기의 건강을 들먹여 이슈 몰이를 해 여태 살아남은 건 한서주 도전자지, 제가 남긴 건 아니라고 말씀드리는 겁니다."

"누가 뭘 해? 이슈 몰이?"

고의적으로 이죽거리자, 그녀의 아버지가 주먹을 불끈 쥐었다.

"한서주 도전자를 탈락시키고 싶으시다면, 번지수가 틀렸습니다. 안나경 셰프님 혹은 프로듀서를 찾아가야 할 겁니다. 궁금증이 해소되셨다면 그럼 전 이만……."

"앉게. 어른이 말하는 도중 자리를 뜨는 건 대체 어디서 배운 건가? 이래서 가정교육이 중요하다는 거야."

자리에서 일어나려 엉덩이를 들썩이던 시진은 돌아가신 분까지 입에 올리는 서주의 아버지를 빤히 보며 그대로 주저앉았다.

"잘 보셨습니다. 가정교육, 네, 잘 받지 못했습니다. 그래서 폭행에 갈취까지, 가정교육을 얼마나 잘 받으면 그럴 수 있는 건지 잘 모르겠습니다."

그러고는 싸늘하게 말했다.

"뭐라? 무슨 소릴 하는 건가? 뭐, 폭행에 갈취?"

서주 아버지의 주먹이 부르르 떨리는 것이 보였다.

"왜 제가 모를 줄 알았습니까?"

"뜬금없이 무슨 소릴 하는 건지 묻지 않나?"

어지럽게 흔들리는 눈빛을 보아하니 확신이 들었다. 아버지의 임종 직후에 마지막 남은 전답이 서주 아버지의 명의로 이전된 사실을 안 것은 독립하여 'ospite d'onore' 본점을 열기 직전이었다.

시진은 독립 자금이 필요하여 오랫동안 방치되었던 집을 팔 계획을 세웠다. 떠난 지 근 십년 만에 고향을 방문했지만 고향 사람들과는 부딪치고 싶지는 않았다.

그래서 매년 여름이면 혼자 수영하던 저수지로 발걸음을 옮겼다. 그 저수지는 서주에게 악담을 퍼부은 곳이기도 했지만, 그녀와의 추억이 많았던 곳이기도 했다.

그러나 저수지를 끼고 있던 땅은 예전의 모습이라고는 찾아볼 수가 없었다. 없던 도로가 났고, 근린생활시설이 생겼으며 산을 끼고 아파트 단지가 우후죽순처럼 들어선 것이다.

저수지를 보지 못해 아쉬워하던 그때, 문득 이 저수지를 낀 일대의 땅이 사유지고, 소유주가 아버지였다는 것이 그의 뇌리에 떠올랐다.

그제야 시진은 언제 이 땅이 다른 사람에게 넘어갔는지 궁금했다. 겸사겸사 아버지가 생전 가지고 있던 부동산들을 모두 열람해 보았다.

그런데 아버지의 사망 직후, 사망신고 직전에 그 땅이 다른 사람의 명의로 바뀌어 있었다. 그것도 등기되어 있는 판매가를 보니 상식 이하의 헐값에, 바로 지금 자신의 앞에 앉아 있는 이 남자에게.

'위임장은 아버지의 필체가 분명 아니었어.'

아버지는 명필이었고, 돌아가시기 직전까지도 모든 문서를 늘 지니고 다니던 만년필로만 작성했다. 그런 아주 작은 행동은 아버지가 놓지 못하는 과거에 대한 미련에서 오는 것임을 모르지 않았다.

과거 내가 어떠했는지 입으로 떠벌리는 사람이 있고, 어떤 특정된 행동으로 보여 주는 사람이 있다. 아버지가 만년필로 쓰는 정자체가 바로 그것과 일맥상통했다.

모르는 사람들은 괜히 갖다 붙이는 것이라고 말하겠지만, 그것은 아버지가 만년필로 글씨를 쓸 때 얼굴에서 드러나던 자부심, 도도함 등등 그 표정을 보지 못해서 하는 말이었다. 자신의 아버지는 아무리 술에 취했어도 글씨체는 조금도 흐트러짐이 없었다.

'특히 도장만 찍지도 않으셨어.'

아버지는 도장 대신 아주 멋을 잔뜩 부린 사인을 했다. 인감을 찍어야 하는 경우에도 아버지는 꼭 사인을 멋들어지게 휘갈긴 뒤 그 위에다 찍었다.

말씀으론 이래야 인감을 위조하지 못한다고 했지만, 사실은 자기 자신에게 그런 식으로 경고하는 것이다. 도장 쉽게 찍지 말라고, 도장 쉽게 찍어서 자기가 과거의 영광을 다 잃고 이런 꼴이 난 거라고. 하지만 위임장에는 사인도 없이 아버지의 인감만 덜렁 찍혀 있었다.

'내가 아는 아버지는 결코 그렇게 성의 없이 문서를 작성할 분이 아니야.'

땅이 넘어간 것을 본 당시에도 시진은 그리 유추했다. 자신이 잠깐 의탁했던 외숙부가 임의로 작성한 위임장으로 서주의 아버지와 손을 잡고 아버지에게 얼마 남지 않은 재산을 모두 갈취한 것이라고.

'그나마 집이 남아 있었던 것은 불행 중 다행이었다고 해야 할지.'

어쨌거나 그때도 지금도 시진은 그랬을 것이라고 그저 유추할 뿐이었다. 표면상으로는 누가 봐도 합법적인 절차에 따라 이루어진 거래로 보였고, 무엇보다도 서주의 아버지 같은 사람을 두 번 다시 만나고 싶지 않아서 당시에는 그냥 넘어간 일이기도 했다.

"그 말인즉슨, 내가 도둑질을 했다는 건데, 이건 모함이고 명예훼손이네. 아무리 본때 없이 자랐다고 해도 증거도 없이, 버릇도 없이."

그런데 지금 이렇게 눈동자가 파르르 흔들리는 것을 보면 확신을 안 하려고 해도 안 할 수가 없었다.

"모함이라면 역시나 번지수 잘못 찾으셨습니다. 제 외숙에게 가서 모함이니 뭐니 따지셔야지요."

무엇보다도 그의 주특기는 낚시였다.

"자네 외숙?"

"양영수 씨, 기억 안 나십니까? 두 분이 제 유산을 도중에 해드셨다고 하시던데."

"무슨 그런 말도 안 되는 소리를 하는 건가! 난 정당하게 자네 아버지에게 그 땅들을 사들였네. 자네 아버지가 직접 나에게 판 거란 말일세. 단지 경황이 없어 대리인이 끼었을 뿐인데, 지금 뭘 알고 협박을 하는 건가?"

'내가 세 살 어린애도 아니고 저걸 믿을 거라 생각하는 건가.'

"협박으로 들리셨다면, 죄송합니다. 그런데 한 가지는 짚고 넘어가야겠습니다. 어머니 돌아가신 이후 아버지가 돌아가시기까지 그 일주일 동안, 아저씨는 제 아버지를 어디서 만나셨습니까?"

"뭐?"

"방금 정당한 부동산 거래를 하셨다고 하셨잖습니까? 제 아버지를 어디서 만나서 거래를 하셨습니까?"

그가 생각했을 때 정말 합법적으로 아버지가 땅을 넘겼다면, 분명 그 시기가 어머니 돌아가시기 이전은 아니었다. 시진은 분명히 기억하고 있었다. 어머니가 돌아가시고 얼마 뒤, 보았던 일이 있었다.

"그날 아저씨가 저희 집에 찾아와 땅을 넘겨 달라는 걸, 소금까지 뿌려 가며 저희 아버지가 거절하는 걸 똑똑히 보았습니다. 사실 제가 그 상황을 본 걸 아저씨도 알지 않습니까?"

그날 그 모든 광경을 목격한 자신을 무시무시한 표정으로 한껏 노려보고는 서주의 아버지가 옷에 묻은 소금을 탈탈 털며 나갔으니 말이다.

"아버지 목에 교살 흔적이 보인다는 소견도 있었는데, 혹시 그때 아버지를 만난 사람이 아저씨셨습니까?"

물론 이 또한 낚시였다. 사실상 그런 소견은 전혀 없었다. 그의 아버지는 어머니의 죽음을 견디지 못했다. 어머니의 장례식장에서 그의 아버지는 충격에 빠져 아예 얼이 나가 있었다.

아버지는 어머니를 그토록 사랑하셨나 보다. 그래서 의처증에 걸렸고 그 패악을 부린 것임을 이미 알고 있었지만, 그 깊이를 두 분 생전엔 알지 못했었다. 하긴 자신의 가산을 어머니 때문에 다 잃었음에도 끝내 놓지 못했으니. 평범한 사람이었다면 이혼이라는 걸 골백번도 더 했을 일이었을 테니.

"무슨 말도 안 되는 소리를 하는 건가? 난 자네 아버지를 만난 적이 없네!"

서주의 아버지가 펄쩍 뛰었다.

"그러니까 제가 묻잖습니까. 만난 적이 없는데 어떻게 부동산 거래를 하신 겁니까?"

"자네 외숙이……."

"땅 주인이 팔 의사도 없는 땅을 대리인을 통해 사들였다는 게 말이 됩니까? 그 땅은 조상 대대로 장남에게 물리는 선산이 낀 땅입니다. 그 땅은 팔 수 있는 땅이 아닙니다. 그걸 아저씨도 저희 아버지에게 들어 이미 알고 있었잖습니까?"

사실 선산을 끼고 있었기 때문만은 아니었다. 그 땅은 과거의 영광을 떠올리게 하는 아버지의 만년필과 같은 의미였고, 그래서 가산이 기울어 일대의 모든 땅이 넘어가도 그 땅이 그때까지 남아 있었던 이유이기도 했다.

"제가 바보로 보이십니까?"

"……."

"다시 묻겠습니다. 전답이 넘어간 등기 서류를 보면 부동산 거래 일자가 버젓이 나오는데, 날짜가 분명 아버지 돌아가신 직후였습니다. 어머니 돌아가신 날 오전 이후, 아버지가 돌아가시기까지, 대체 언제 제 아버지를 만나 거래를 성사시킨 겁니까?"

"두말할 것 없고, 돌아가시기 전에 이미 모든 거래가 성사되었으니 그건 그냥 절차상의 문제였다는 것만 알아두게."

"그러니 묻잖습니까. 어머니 장례식장에서 사라진 아버지를 대체 어디서 만나 부동산 거래를 하신 건지? 간단한 질문인데, 왜 자꾸 다른 소리를 하십니까?"

"대리인 자격으로 자네 외숙과 거래를 했다지 않나!"

"그 대리인이 저에게 한 말이 있어 묻는 겁니다."

물론 들은 말은 없었다. 외숙의 집에 의탁했을 때, 시진은 조상 대대로 내려오는 땅이 넘어간 것을 몰랐다. 그리고 외숙의 집에서 무작정 가출한 이후로 시진은 외숙을 적어도 면대면으로 만난 적이 단 한 번도 없었던 것이다.

물론 시진이 방송을 타기 시작하자 외숙이 접촉을 시도했지만, 그는 눈 하나 깜짝하지 않았다.

처음 얼마간은 레스토랑으로 외숙이 들락거리기는 했지만, 또한 그럴 때마다 흔들림 없이 공권력의 도움을 받았다. 경찰을 불러 쫓아낸 것으로도 모자라 접근 금지 판결까지 받아 냈더니, 몇 해 전에는 온갖 말로 그에게 악다구니를 퍼부어 댔다.

하지만 그 이후로 발걸음을 하지는 않았다.

"대체 그 작자에게 무슨 소리를 들어서 이러는 건지 모르겠네, 난. 도박 빚 때문에 허덕이는 걸 살려 놨더니, 배은망덕도 유분수지. 역시 피는 못 속이는 거야. 더 할 말 없네!"

서주의 아버지가 파르르 떨며 자리에서 일어났다.

"……"

"서주에게 얼찐대지 말게."

그대로 앉은 채 그런 그를 빤히 보자, 그녀의 아버지가 명령하듯 말했다.

"아저씨 주특기가 번지수 잘못 찍기인 것 같습니다. 그 말씀 또한 제가 아니라 한서주 도전자에게 하셔야 할 것 같습니다. 저를 찾아온 건 한서주 도전자지, 제가 아저씨 따님을 찾아간 건 아닙니다."

"……."

그러고는 시진의 말에 턱을 실룩거리더니 몸을 획 돌려 룸을 나갔다.

'악연이야.'

룸에 남은 그는 상체를 의자에 깊숙이 묻으며 표정을 굳혔다. 아버지 살아생전 서주의 아버지와 실랑이를 벌였던 것이 떠올랐다.

왜 그 땅에 그렇게 눈독을 들였는지 모르겠지만, 서주의 아버지가 그 땅을 사겠다고 자신의 아버지를 회유, 설득 나중에는 윽박지르기까지 한 것을 여러 차례 보았다. 그러고는 기어이 그 땅을 의지가지없는 열다섯 살 사내아이에게서 가로챘다. 그의 외숙과 작당하여 아주 헐값에.

한서주는 그런 작자의 딸이었다.

'서주를 만나게 되면 저 사람도 만나게 된다는 것을 모르지 않았는데, 왜 또 잠깐 잊어버린 거지?'

부모를 모두 잃은 자신에게 땅을 가로챈 것도 챈 것이지만, 지금은 굳이 떠올리고 싶지 않은 모욕과 멸시가 여전히 자신의 가슴에 응어리로 남아 있다는 사실을 그 사람과 재회하고 나서야 비로소 깨달았다.

　'저런 인간과는 인연을 맺고 싶지 않아.'

　그러려면 답은 하나였다.

　'지금이라도 늦지 않았어.'

　기억하고 싶지 않은 과거의 망령들과 단절할 수 있는 건 서주와 인연을 맺지 않는 것이 유일한 방법일 것이다.

13. 이젠 그 사람 없이는 괜찮지 않을 것 같아

'오빠, 은근히 변덕이 죽 끓듯 하는 사람이네?'

단 며칠만의 변화가 서주는 의아했지만, 또 한 편으로 그런 그의 냉랭함이 다행이라는 생각이 들기도 했다. 모든 현상에는 인과관계가 있는 법이다.

대체 어떤 인과로 시진이 다시 서릿발을 날리게 되었는지는 모르지만, 일어나는 현상을 보면 그 본질을 파악할 수 있듯이 분명 다 그만한 이유가 있을 것이라고 서주는 생각했다.

'무엇보다 나 역시 오빠가 저러는 게 나아.'

며칠 전, 서주는 매우 설렜다. 나중엔 심장이 아플 정도로.

너무 뛰어서 겁이 날 지경이었다. 오죽하면 심장에 문제가 있을까 두려워한 나머지 주치의를 찾아가야 할 정도였으니 말이다. 다행히 심장에는 아무 문제가 없었다. 병원에서는 비정상적으로 뛰는 일도 없었다.

하지만 검사실에서 나와 결과를 기다리는 동안 그제야 그녀는 현실을 직시하게 되었다. 두근두근, 이 아슬아슬한 심장이 기어이 사랑에 빠진 것이다. 하긴 그리 새삼스러운 일도 아니었다.

'더 갔다가 무슨 일이 기다릴지 뻔히 알면서.'

서주는 아이를 낳을 수 없었다. 그건 아이를 잉태할 자궁의 문제가 아니었다. 비실비실해 보이는 겉보기와는 달리 그녀의 자궁은 꽤 건강했고, 난소나 난자도 나이에 비해 아주 젊고 활력이 넘쳤다.

비단 자궁뿐만 아니라 거의 모든 장기가 그렇다고 말하며 주치의가 혀를 내둘렀을 정도였다. 그건 평소 소식하고, 푹 쉬고, 너무 골골거리지 않으려고 가벼운 운동을 빼지 않고 정기적으로 한 덕이기도 했다.

'그럼에도 난 아이를 낳을 수가 없어. 아무리 건강해도 거기에는 조건이 있는 거야.'

아마도 임신하게 되면 아이와 자신의 목숨 중 어느 쪽을 선택해야 하는 갈림길에 설 수도 있었다. 확률상 그러지 않을 수도 있지만, 말 그대로 확률상의 문제였다. 그런 불확실성에 누군가의 미래를 담보할 수는 없는 일이었다.

'하물며 오빠인데.'

서주는 조금도 주저함 없이 아이는 사람의 미래라고 생각하는 부류였다.

물론 딩크족도 있고 여러 가지 사정으로 미래를 계획할 수 없는 사람들도 있었지만, 그녀는 그 어느 곳에도 끼지 못했다. 서주가 비자발적인 독신주의를 택한 이유도 다름 아닌 아이라는 미래를 기약할 수 없었던 까닭이다.

'다행히 난 운이 좋은 여자야.'

그 운에 기대어 보면 아이를 미래로 생각하지 않는 딩크족을 만날 수도 있을지 모른다. 하지만 그럼에도 자신과 타인의 미래를 불확실한 운에 기댈 수 없다는 것을 그녀 또한 모르지 않았다.

'그래도 역시 안 되는 건 안 되는 거야.'

시진이 딩크족일 수도 있다. 아울러 아닐 가능성도 크다. 어느 쪽인지도 모르는 시진에게 희생을 강요할 수도 없었다. 만일 그가 딩크족이 아니라면 액면 그대로의 희생일 테니 말이다. 물론 자신이 김칫국부터 마신다고 할 사람도 있을 것이다. 그가 사귀자고 한 것도 아니었으니 말이다.

'내가 그걸 기대하고 있다는 게 문제라는 거지.'

더 기대하기 전에 정리하는 것이 옳다고 그녀는 결심했다. 오늘 녹화가 있는 날이었고, 서주는 뭐라고 말해야 할까 고민했다.

하지만 굳이 고민까지 할 필요는 없었으리라. 자신이 애써 마음을 접지 않아도 되도록 시진이 이렇게 나와 주니 그녀로서는 참 좋았다.

'이런 걸 보면 역시 난 운이 좋은 여자라니까?'

자신의 마음과는 별개로 말이다.

'으잉?'

이런저런 생각을 하며 서주가 막 시선을 돌리자, 예기치 못한 인물과 눈이 마주쳤다. 그녀가 손을 들어 보였다.

'뭐야, 쟤? 혹시 오빠가 데리고 왔나?'

그녀는 의아한 눈빛으로 시진을 보려다가 흠칫했다. 오늘따라 냉랭한 이유, 어쩌면 알 것도 같았다.

'헐, 그 잠깐 사이에 재랑 오빠 관계에 급진전이 있었나 봐.'

촬영장에 데리고 올 정도면 굳이 설명이 필요 없는 상황이었다.

'난 또 그런 줄도 모르고. 아이니 미래니 훗, 역시 김칫국 제대로 드링킹.'

서주는 내심 혀를 차며 대기 중이었다. 이런 경연 프로그램에는 대본이 없을 거라 생각했는데 그렇지 않았다. 스크립터도 있었고, 채 몇 분 전까지 남자인 스태프가 도전자들을 모아 놓고 오늘 촬영 방향이 어떻게 될 것인지 상세히 설명했다. 그리고 그 남자 스태프 옆에 있는 의외의 인물이 다름 아닌 승휘였던 것이다.

"안녕."

기어이 다가와 아는 체했다. 적어도 이런 기분일 때, 그 누구보다 자신이 만나기 싫은 사람이 다름 아닌 승휘였는데 말이다.

"어, 네가 여긴 웬일이야?"

"그냥 촬영이 어떻게 되나 궁금해서 와 봤어."

"그래?"

"쟤가 내 동생이거든."

승휘가 여태까지 곁에 있었던 스크립터에게 고갯짓했다.

"동생?"

'그러고 보니 명찰이 현승리였어.'

"응."

승휘가 고개를 끄덕였지만, 눈빛은 이곳에 온 연유에 대해 다른 말을 했다. 승휘가 의미심장한 눈으로 시진을 보았던 까닭이다.

하긴 업무 중에 촬영장까지 온 승휘가 누구의 허락을 받고, 또 누구와 함께 온 것인지 굳이 귀로 듣지 않아도 알 수 있었다.

"들기로는 탈락 과제 재료가 소고기라던데?"

"……."

"셰프님이 말씀해 주시더라고."

"그런 이야길 왜 나에게 해?"

"왜 하면 안 돼?"

"아무리 짜고 칠지도 모른다는 방송이어도 이건 경연이거든? 경쟁이란 말이야."

"아, 이런 실수."

"……."

마치 그제야 깨달은 사람처럼 깜짝 놀라는 시늉을 하는 승휘를 서주는 말없이 노려보았다.

"그럼 다른 도전자들에게도 말해 줘. 공평하게. 근데 누구한 테 들은 거냐고 물으면 뭐라 할 거야?"

"……."

"다른 사람들 분위기 보니까 너랑 셰프님이 아는 사이인 거 모르는 것 같던데. 두 사람이 아는 사이라는 사실을 알면 어떻 게 나올까? 여태 셰프님이 모두를 속이고 과제를 넌지시 다 알 려 준 거라면?"

"네 마음대로 해."

"뭐?"

"말을 하든 말든 네 마음대로 하라고. 그래 봐야 오빠가 구설 수에 오르는 거고, 오빠가 잃는 게 더 많겠지?"

여기까지 승휘를 데리고 올 정도면 서로 좋아하는 사이일 텐 데, 승휘가 시진에게 해를 끼칠 리가 없다고 생각했다.

"무엇보다도 저 스태프, 네 동생이라며?"

그래서 더 강하게 나가기로 한 서주는 스크립터를 향해 고갯짓하며 말을 이었다.

"메인 멘토가 구설수에 올라 챌린지 스타 셰프가 망하면 네 동생도 타격이 클 텐데?"

"……."

아니나 다를까 승휘가 이를 갈며 그녀를 노려보았다. 그러거나 말거나 서주는 할 말을 했다.

"너 진짜 마음보 좀 곱게 써. 안 그러다가는 가진 것조차 다 잃게 된다? 나야 어차피 요리가 꿈이었던 사람이 아니지만, 다른 사람들은 무슨 죄를 지어 피해를 당해야 하니? 내 말은, 네가 그런 식으로 나오면 다른 사람들에게까지 피해가 간다는 뜻이야. 어지간하면 생각이라는 걸 하고 살자, 응?"

"그래, 너 잘났다. 어디서 훈계야? 아주 지가 선생인 줄 알아. 너 진짜 재수 없어."

한참 쏘아보던 승휘가 부르르 떨었다.

"아닌데? 여기까지 올라온 거 보면 몰라? 난 아주 재수가 좋은 사람이라고. 그리고 나 선생 맞아."

"선생이면 학생이나 가르쳐. 날 가르치려 들지 말고. 대체 왜 자꾸 내 인생에 끼어들어 재를 뿌리는 거야?"

"내가 언제 재를 뿌렸……."

"촬영 들어갑니다! 도전자들께서는 촬영장 밖으로 이동해 주시기 바랍니다."

방송 스태프의 말에 승휘가 그녀를 한껏 노려보고는 자리를 떴다. 서주는 도전자들 쪽으로 이동했다. 조별 과제가 시작되었다.

"우리 아무래도 전생에 무슨 인연이 있었나 봐요."

스튜디오에서 치르는 조별 과제에서 또 준혁과 한 팀이 되었다.

"그런 거 같네요."

"이쯤 되면 두 사람 그냥 사귀는 게 좋지 않을까요?"

"그럴까요?"

같은 팀이 된 도전자가 말했고, 준혁이 익살맞은 표정을 지었다.

"아쉽네요, 남자 친구가 없었다면 저도 심각하게 고려해 볼 생각이었는데."

서주는 능구렁이 담 넘어가듯 웃었다. 그러다가 시선을 떼어 승휘 쪽을 슬쩍 보았다. 아니나 다를까 시진과 함께 있었다. 두 사람이 무슨 말을 하는 건지 알 수는 없었지만, 나름 심각해 보였다.

그러다 시진과 눈이 마주쳤다. 웃는 서주의 얼굴을 보더니 어쩐지 그의 표정이 더욱 굳었다.

"한서주 씨, 남자 친구 있어요?"

"네."

황급히 시진에게서 시선을 떼어 준혁을 보았다.

"하지만……."

"남친 정도는 없는 사람처럼 보이죠? 저도 알아요, 삐쩍 마른 멸치 같이 생겨서 무 매력인 거."

여전히 웃는 얼굴이었다.

"아니, 그건 아니고요."

서주가 은근슬쩍 자신을 비하하며 더 밝게 생글생글 웃자, 준혁이 새삼스러운 표정으로 그녀를 보았다.

'그래, 그날 일은 그냥 꿈이었어.'

시진이 참을 수 없다는 듯 키스를 퍼부어 댔을 때, 서주는 아주 잠깐 폭신폭신한 구름 위를 걸어 보았다. 그러니 미련을 가질 이유가 없었다.

"연애는 다음에 하시고 회의부터 하죠?"

다른 팀원이 말했고, 두 팀으로 나뉜 도전자들은 주제에 맞춰 테이블을 완성하기 위해 머리를 싸맸다.

"한 테이블에 사계절을 담으라는 건 대체 무슨 의미일까요?"

준혁이 말했다.

"음식에 사계절을 어떻게 담을 수 있죠?"

남자 도전자 한 사람이 대꾸했다.

"여름이면 시원한 음식, 겨울이면 따뜻한 음식, 뭐 그런 걸 올리라는 걸까요?"

서주는 한마디 거들었을 뿐이었다.

"한서주 씨, 말이 되는 소리를 해요. 그렇다고 팥빙수와 호떡을 구워 낼 수는 없잖아요. 아무래도 조화를 보겠다는 것 같은데."

여자 도전자가 그녀의 말을 걸고 넘어졌다.

"제철 재료를 사용하는 건 어떨까요?"

그녀는 유심히 생각하다가 다시 물었다.

"설마 그렇게 단순하겠어요?"

"제 생각에는 기본, 기본이 중요한 것 같거든요."

"한서주 씨는 요리에 대해 뭘 얼마나 안다고 기본을 들먹이시는 거죠? 배운 적도 없다면서요?"

"물론 배우지는 않았지만……."

어쩐지 여자 도전자는 그녀가 입만 열면 시비조였다. 결국 그녀는 입을 다물었다.

이름이 김현주인 여자 도전자는 평소 뭐든 자신의 의견이 아니면 상대방을 묵살하는 성향이 있는 사람임을 뒤늦게 알아차린 것이다.

"김현주 씨, 무슨 그런 소리를 하는 거예요?"

준혁이 서주를 위해 한마디 거들었다. 거의 매주 같은 팀이 되다 보니 이젠 그녀도 준혁이 자신의 파트너쯤으로 느껴지기도 했고, 그 역시 마찬가지인 듯했다.

"두 분 사귄다고 지금 역성을 드는 거예요?"

그걸 꼬집으며 여자 도전자가 이죽거렸다.

"이보세요!"

서주는 발끈하는 준혁을 재빨리 잡아당기고는 고개를 흔들었다.

"사랑 타령은 딴 데 가서서 하시고, 우리 주제에 집중하죠?"

그러거나 말거나 여자 도전자가 코웃음을 쳤다.

'아니. 이 여자가 북치고, 장구 치고, 장난이 아니네.'

어쩌다 보니 김현주 도전자와 첫 팀을 이루는 것인데, 적응이 쉽지 않겠다는 생각이 들었다. 그러고 보니 본선 조별 경쟁에서 김현주 도전자가 든 팀은 희한하게 시시비비가 많았다는 것도 마음에 걸렸다.

우여곡절 끝에 다른 사람들의 의견을 묵살하며 리더하기 좋아하는 김현주 도전자의 주도로 아이디어가 모아졌다.

봄의 맛을 표현하는 오이 샐러드를 주축으로 한 전채와 닭을 주재료로 한여름의 냉채 그리고 송이를 기본으로 한 메인으로 가을을 표현하기로 했다. 마지막으로 겨울을 의미하는 호떡으로 만든 디저트까지 서주가 속한 조는 코스 요리를 만들기로 했다.

'결국 내 의견을 받아들일 거면서, 쳇.'

하지만 표면적으로 보면 의견을 주도적으로 낸 사람은 김현주 도전자가 되었다. 더욱이 요리를 배운 적이 없는 서주는 은근히 배제되는 상황이었다.

하지만 그녀는 매회 그러했듯이 자신에게 처한 상황에서 최선을 다했다. 누구처럼 두 사람의 몫을 할 수는 없겠지만, 한 몫이라도 제대로 하고 싶었다.

그러나 초반부터 삐걱거리더니, 하나의 음식을 만드는 데 조율이 잘 되지 않았고, 그 과정에서도 각자 요리하는 방식이 달라 난항이었다.

여태 본선에서 조별 과제를 하며 이런 일은 또 처음이라 조리대 앞에서 늘 찬찬했던 서주 역시 좀 불안해졌다. 그녀뿐만 아니라 과제를 제출할 시간은 빠르게 다가오는데, 이러다가는 제시간 안에 끝내지 못할지도 모른다는 생각 때문인지 팀원들 모두 초조한 기색이었다.

지시받은 대로 서주는 유자청을 베이스로 한 소스를 만들기 시작했고, 냉채에 사용할 닭을 손질했다. 닭을 손질하는 법은 시진에게 이미 배워 조금 손이 느렸지만 어렵지 않게 해낼 수 있었다.

손질한 닭을 씻어 차가운 물을 받아 삶아지는 동안 샐러드에 사용할 채소를 씻었다.

"서주 씨, 블렌더 좀 주세요."

10여 분이 지난 뒤, 누군가 그녀에게 말했다. 서주는 무심코 손을 뻗었다. 바로 그 순간 편수 냄비 손잡이에 손이 걸렸고, 뭔가 확 떨어졌다.

그녀는 반사적으로 그것이 바닥으로 나동그라지기 전에 잡았다. 다름 아닌 자신이 닭을 넣어 삶고 있던 냄비였다. 다행히 냉채로 사용될 닭은 살릴 수 있었지만, 냄비 속에 있던 뜨거운 국물이 넘쳐서 서주의 손은 엉망이었다.

'대체 이게 왜 여기?'

서주는 덴 손을 쥐고 어리둥절한 표정으로 자신이 떨어지기 직전 그것도 맨손으로 잡아서 올린 냄비를 보았다.

'이게 왜 여기 있지?'

오른쪽 손목과 손등 그리고 손바닥까지 화상의 통증이 엄습하자 입술을 질끈 깨물고서 말이다. 그때 몸이 확 딸려 올라갔고, 싱크대 쪽으로 상체가 숙여졌다.

정신을 차렸을 땐, 시진이 그녀의 손을 흐르는 찬물에 대어 주고 있었다. 서주는 멍하니 그를 보다가 그의 뒤에 서 있는 김현주 도전자에게 시선을 돌렸다.

'저 도전자인가 봐.'

김현주 도전자의 표정을 보아하니 자기 때문에 벌어진 일에 꽤 놀라 창백한 얼굴이었다. 단언컨대 분명 고의는 아니었을 것이다.

"참지 마."

시진이 이를 갈 듯 말했다.

"응?"

"피가 나고 있다고."

"안 나는데?"

그의 말에 환부를 보며 서주는 고개를 갸웃했다. 얼굴은 찡그린 채였다.

"네 입술 말이야."

"아……."

"아프게 깨물고 참지 마."

"그럼 울어요?"

"차라리 울기라도 해."

"쪽 팔리게."

그러잖아도 울고 싶어서 그를 흘겨보았다. 그러다가 다시 김현주 도전자와 눈이 마주쳤다.

"정신을 어디다 팔고 있는 거야? 거기다 냄비는 왜 올려놨어? 올려놨음 올려놓은 걸 잊지 말아야 할 거 아냐. 그만두라고 했지? 너 셰프 못 된다고."

마침 그때 시진의 속사포 랩이 방언처럼 터졌다. 그러자 김현주 도전자의 안색이 더 파래졌다.

"잘못했어요. 그러니까 그만해요. 그러잖아도 아파 죽겠는데, 치."

"어지간해야……."

"그만 하라고요."

서주는 김현주 도전자의 눈치를 보며 아무 생각 없이 손을 들어 시진의 입을 막아 버렸다.

"이러다 흉 지겠다."

시진이 물집이 잡히기 시작하는 손목과 손등을 보며 혀를 찼다. 화기가 가시자, 시진이 이번에는 얼음물에 담근 깨끗한 거즈를 환부에 덮어 주었다. 피부에 물집이 더 크게 잡히기 시작하자, 도저히 응급 처치로 안 되겠다 판단한 시진이 그녀를 번쩍 안아 들었다.

서주는 통증 때문에 경황이 없어 정신이 하나도 없었다. 다른 도전자들이 그 모습을 어떻게 봤을지, 걱정되었을 때는 병원으로 옮겨져 치료를 받고 난 이후였다.

'승휘가 또 입방정 떨겠네.'

시진이 강제로 자신을 입원시킨 뒤 돌아가고서야 아차 했던 것이다. 승휘는 현재 시진을 좋아하는 듯했고, 자기가 좋아하는 남자가 다른 여자에게 신경을 썼으니 또 어떻게 튈지 눈에 선했던 것이다.

하지만 길게 걱정할 시간이 없었다. 이미 강한 진통제 처방으로 그녀의 정신은 흐리멍덩해졌고, 이내 깊은 잠에 빠지고 말았다.

"녹화 어떻게 되었어요?"

얼마나 잠을 잤을까, 인기척에 눈을 뜨고 보니 사방이 어둠이었다. 서주는 졸린 눈으로 그를 보았다.

"지금 녹화가 중요해?"

"전 중요하지는 않지만, 다른 도전자들은 중요하죠."

"수삼 냉 삼계탕은 괜찮았어."

"아, 다행이다."

"최준혁 도전자는 다음 라운드에 진출했고. 그게 궁금한 거지?"

"네, 뭐…… 그런데 우리가 그렇게 나올 건 아니었던 것 같은데. 혹시 의심받지 않았어요?"

"너 최준혁 도전자 좋아해?"

서주의 물음에는 대답하지 않고 시진이 물었다.

"뜬금없이?"

"……."

"좋아해요."

"아프지 않아?"

시진의 눈썹이 꿈틀거렸다. 뭔가 삭이는 표정이었다.

"아파요. 근데 안나경 셰프님도 좋아해요. 함진우 셰프님도 좋아하고요. 감독님도 좋고, 또 누가 있더라……."

그녀는 손을 들어 보이며 말했다. 화상 부위는 손목에서부터 손등 그리고 엄지와 그 아래 있는 손바닥까지였다.

"좋아하는 사람 많아 좋겠다. 아프면 울어."

그제야 어쩐지 안도하는 표정으로 시진이 턱을 실룩이며 거즈가 감긴 그녀의 손을 보았다. 하필이면 오른손이었다.

"그 정도는 아니고."

"쉬어."

"여태 잤거든요?"

"그럼……."

"가지 마요."

"……."

서주가 재빨리 그의 소매를 잡고 늘어지자, 몸을 돌려 가려던 시진이 걸음을 멈추었다.

"오늘만 곁에 있어 줘요."

더 욕심부리지 않을 생각이었다.

"……."

"수술받고 처음 며칠간 혼자 병실에 있었는데 견디기 힘들었어요. 부모님은 제 병원비를 대야 하니까 생업으로 바쁘셔서, 또 가끔은 비어 있는 집에도 내려가는 바람에 자리를 비우셔야 하니까 24시간 딱 붙어 계신 건 아니었거든요. 근데 지금도 좀 그런 것 같아. 그때 일이 막 떠올라요. 그나마 이번에는 하루면 될 것 같아요."

그나마 3도 화상은 아니었으나 2도가 넘고 환부도 예상보다 넓어 입원 치료가 불가피한 상황이었다. 그렇다면 며칠 병원에서 생활해야 하는데, 아주 오랫동안 투병하며 했던 병실 생활이 오버랩 되었다.

'역시 누울 자리 보고 다리 뻗는 거겠지.'

몇 해 전 정말 심장의 문제로 죽음의 고비를 넘나들면서도 혼자 잘만 그리고 아주 의연하게 견뎠던 병실 생활이었다. 반면, 지금은 죽을 것도 아니고 고작 2차 감염 예방과 통증 치료를 위해 입원한 것뿐인데도 두려웠던 것이다. 그때와 지금이 다른 것은 병의 경중도 경중이지만, 시진이 있고 없고의 차이

뿐이었다.

'오빠 앞에선 자꾸만 어리광이 늘어. 이러면 안 되는데.'

그래도 병실에서만큼은 어리광을 부리고 싶었다. 서주는 투병하면서 단 한 번도 어리광을 부린 적이 없었다. 부모님이 더죽을 것처럼 굴었으니 말해 뭣하겠는가.

"가벼운 옷으로 갈아입고 올게."

아무튼 간절함을 담아 올려다보고 있으니 그가 마침내 고개를 끄덕였다.

"오빠."

"……"

그러고는 그녀가 부르자 시진이 몸을 돌리다가 멈춰 섰다.

"정말 다시 올 거예요?"

서주는 아이처럼 보챘다.

"음."

그가 다시 고개를 끄덕이고는 걸음을 떼었다.

"오빠. 거짓말 아니죠?"

"……"

그러다 다시 붙잡혀 또 끄덕이고는 걸음을 뗐다.

"오빠."

"아냐, 거짓말."

또 붙잡히자, 시진이 어깨너머로 말하고는 병실을 떠났다.

"통과했어요?"

— 네.

"결국 마지막 관문을 넘어섰군요. 다음은 생방이네요."

— 부러워요?

"그럼요. 아무튼 축하해요!"

— 만일 생방송에 진출했다면 한서주 씨, 셰프가 되었을 거예요?

수화기 너머에서 준혁이 물었다.

"누가 전 셰프가 될 수 없다고 그러던데요?"

— 왜요? 누가?

"저질 체력이라서. 있어요, 그런 사람. 팀장님도 아시잖아요. 누가 제게 대놓고 그런 말을 했는지."

그녀가 말한 '그런 사람'이 그때 병실 문을 열고 들어왔다. 사고가 난 후 일주일 하고 사흘이 지났고, 서주는 결국 'Challenge Star Chef K 시즌 7'에서 하차했다. 그녀의 오른손 화상 정도가 심각하여 칼을 쓸 수 없었던 까닭이다.

그날 부상 당사자였던 서주는 몰랐지만, 시진이 거의 용수철처럼 전광석화와 같은 속도로 뛰어와 서주의 환부를 처치했다.

시간의 압박에 더해 불과 칼이 옵션으로 있는 'Challenge Star Chef K' 시즌 중에 도전자의 부상은 늘 있는 일이었다. 그것을 가장 빠른 시간에 적절히 대처하기 위해 의료팀이 미리 대기하고 있는 상황이었다.

시진의 포지션은 지난 6시즌 동안 자신의 자리를 지키는 것이었다. 그가 도전자의 부상에 누가 말릴 수 없을 정도로 개입하고 병원까지 실어 나른 경우는 없었다는 뜻이다.

그런 멘토가 경연 도중 자리를 이탈하는 사상 초유의 사태가 일어났던 것이다.

"최준혁 도전자?"

그녀가 전화를 끊자, 시진이 휴대폰에 고갯짓하며 물었다.

"네."

서주가 대답하자, 한동안 그가 물끄러미 보았다. 관자놀이가 살짝 흔들리는 것을 본 건지 만 건지 모를 정도로 아주 미묘한 표정의 변화를 보이던 시진이 그녀에게 다가왔다.

"머리 감겨 줄게."

"네."

그의 말에 서주는 순순히 자리에서 일어났다. 두 사람은 병실에 딸린 욕실로 들어갔다. 입원 다음 날 설치된 완전히 뒤로 젖힐 수 있는 의자에 앉자마자, 시진이 그녀의 머리 위에 자리를 잡았다.

시진이 수온을 조절하는지 기척이 느껴졌다. 눈을 감고 있으니 곧이어 그가 서주의 머리를 감기기 시작했다.

'난 정말 운이 좋은 거 같아.'

하필이면 오른손을 다쳐 이런 호사를 누리고 있으니 말이다.

'하지만 오빠 없을 때 혼자서 샤워한 건 비밀, 큭.'

심지어 서주는 양손 모두 사용할 수 있었다. 하지만 그걸 속였기에 환부를 밀봉하고 샤워를 할 때마다 부러 자신의 머리카락을 손수 감지 않았다.

병실로 돌아온 시진이 그녀의 머리카락을 말려 주었다. 서주는 그를 빤히 바라보았다. 시선을 느끼고 있음에도 시진은 별다른 내색이 없었다.

머리를 말려 주는 느낌이 좋아서 서주는 저도 모르게 눈을 감았다. 이렇게 눈을 감고 있으면 느껴지는 그의 손길이 참 좋았다.

드라이어가 꺼지자, 서주는 눈을 뜨고선 아쉬움을 숨기지 않고 그를 바라보았다. 시진이 그녀의 앞에 무릎을 꿇고 앉았다.

"손 내밀어."

그러고는 퉁명스럽게 명령했다. 서주는 순순히 그에게 손을 내어 주었고, 상처 부위를 닦아 주듯 소독했다. 지난 열흘 동안 시진의 지극한 간호 덕에 상처는 거의 아물었다. 그리고 이틀 전부터 의료진이 아닌 그녀가 직접 소독해도 좋다는 지시를 받았다.

최초 입원 후 나흘 정도 꽤 강력한 진통제 덕에 비몽사몽 잠이 들었지만, 이젠 진통제 없이도 소독이 가능하기에 이르렀다. 그 결과 의료진으로부터 내일은 퇴원해도 좋다는 허락이 떨어졌다.

하지만 아직은 움찔할 수밖에 없었다. 본능적으로 고통을 기억하는 것이다. 그녀가 움찔 저도 모르게 손을 빼려 하자, 그가 고개를 들었다. 두 사람의 시선이 마주쳤다. 시진의 눈동자에 감정이 드러났다.

"아파?"

그런 눈빛으로 물었다. 아프다고 말하면 시진은 어쩔 줄 몰라 하고는 했다.

"……."

그래서 이렇게 고개를 흔들 수 있는 것이 얼마나 다행인지 몰랐다.

"아프면 말해."

그가 조심스럽게 환부를 닦으며 말했다.

"그냥 본능이에요. 엄살 부리는 거라고요. 이건 다 오빠 탓이야. 나 이렇게 엄살 부리는 스타일 아닌데."

"……."

그녀의 말에 시진이 다시 고개를 들었다.

"오빠가 있으니까 엄살 부리게 되는 거라고. 오빠가 누울 자리, 난 그 위에 다리 뻗는 쪽, 오케이?"

"내 탓이라고?"

"그럼 누구 탓일까?"

서주는 입을 삐죽이며 그를 보았다. 다시 마주친 두 사람의 눈빛이 잠시 얽혔다. 익숙한 눈빛이었다. 보름 전쯤이었다면 아마도 서주는 그의 품에 안겨 있었을 것이다. 그때 그는 키스를 좋아했던 것 같았다.

시진의 키스는 꼭 지진처럼 전조가 있었는데, 그 전조가 다름 아닌 지금 자신을 바라보는 이런 눈빛이었던 것이다. 그런데 어쩐 일인지 그날 이후 시진이 그녀를 향해 어떤 벽을 세워놓고 있었다. 그녀를 극진히 간호하면서도 그 벽 너머에서 결코 이쪽으로 넘어오지 않겠다는 의지가 다분했다.

'이건 좋은 징조야. 그렇게 생각해야 해.'

서주는 그와 어떤 특별한 뉘앙스로 얽히고 싶지 않아서, 그렇게 생각하기로 했다. 그를 사랑하지만 그렇기에 더더욱 시진과 얽어서는 안 된다는 생각을 지울 수가 없었다.

서주는 아이를 낳을 수 없고, 그가 아이를 바란다면 그 마음을 희생해야만 하는데 시진을 너무나도 사랑해서 그럴 수가 없었다.

그랬다. 그런데 그냥 생각만 그렇게 하는 것이다. 마음은 따로 놀았다. 자신의 건강 상태를 보면 안 되는 것인데, 씁쓸하고 쓸쓸한 것은 어쩔 수가 없는 노릇이었다.

어쨌거나 한동안 두 사람의 시선은 얽혀서 떨어질 줄을 몰랐다. 병실에서는 거의 매일 비슷한 일이 발생했다. 그러다가 오늘은 다른 날과 달리 두 사람의 시선이 아닌 숨결이 서서히 가까워지던 찰나, 서주가 먼저 가까스로 마음을 잡았다.

"오빠 오늘은 집에 가서 자요."

"……."

시선을 떼며 하는 서주의 말에 시진이 몸을 일으켰다.

"내일이면 퇴원인데 굳이 여기서 잘 필요 없어."

"내일이면 퇴원이니 굳이 여기서 자는 거라고."

그녀의 만류에도 그가 기어이 소파에 이부자리를 폈다. 그러고는 자리에 앉아 서주를 빤히 바라보는 것이다.

'건너오지도 않을 거면서 왜 저렇게 바라보는 거야?'

참아 내기 참 힘든 눈빛으로.

"왜 굳이?"

"여태 여기서 잤는데, 마무리는 끝까지 지어야지."

"마무리?"

'무슨 마무리를 말하는 거지? 정말 나와 끝을 낼 작정인 거야?'

"그만 자라."

시진이 먼저 소파에 누웠다. 보호자 침대는 그의 키에 비해 너무 좁았고, 소파는 꽤 짧았다. 그나마도 소파는 긴 다리를 걸어 놓고 잘 수 있어서 환자 보호자 침대보다 낫다고 했던 것이 열흘 전이었다.

'처음부터 여기서 자지 말라고 할 걸.'

사실 첫날만 있어 달라고 했었다. 하지만 시진은 그녀의 입원 기간 동안 내내 점심과 저녁 도시락을 날랐고, 퇴근한 뒤에는 병실로 돌아와 이곳에서 아주 불편하게 잠을 잤다. 서주가 고심 끝에 그만 집으로 가도 좋다고 말해도 소용없었다.

솔직히 말하자면 정말 그러길 바란 것은 아니어서 몇 번 말하고 못 이기는 척, 아니 적극적으로 서주는 그가 병실로 잠을 자러 오기를 기다렸다. 무엇보다도 아직 자신이 부상을 당한 것을 부모님이 모르시는 상황이어서 보호자가 필요하기도 했었다.

그런데 이젠 마무리를 언급하며 곁에서 자는 그가 자꾸만 의식이 되어서 진심으로 불편해졌다. 오늘 밤이 지나면 그를 만날 수 없을지도 모른다는 생각에 마음이 불편했다.

서주는 부상 때문에 'Challenge Star Chef K 시즌 7'에서 하차한 상황이었다. 그리고 개학하자마자 병가를 낸 학교로 그녀는 곧 돌아가야만 했다. 그러니 이 병실을 떠나면 시진을 만날 명분이 없었다.

그럴 바에 차라리 매도 빨리 맞는 것이 낫다고 오늘 그냥 자신의 인생에서 나가 주었으면 하는 생각이 들기도 한 것이다. 서주는 이런저런 상념에 잠겨서 결국 밤을 새웠고 새벽녘에야 잠이 들었다.

다음 날 오전, 서주가 느지막이 일어났을 때 병실에 시진은 없었다.

혼자 남겨진 것을 알았을 때, 왜 그렇게 눈물이 나는지 알 수가 없었다. 거의 아문 화상 부위가 아프다는 핑계도 될 수 없어서 입술을 꾹 깨물고 있었다.

"일어났어?"

그때 병실 문이 열리고 안으로 들어오는 시진을 보자마자 서주는 너무 안도한 나머지 그만 소리 없이 눈물을 뚝 떨어뜨렸다.

"왜 그래?"

시진이 놀라 다가왔다.

"……"

"아파? 갑자기? 다 아물었다고 했는데?"

"아픈 게 아니야. 그냥…… 나쁜 꿈꿨어요."

'오빠랑 이렇게 끝인 줄 알았어.'

"꿈?"

"악몽이었어."

일어나 보니 시진이 곁에서 없어진 꿈.

'나 아무래도 괜찮지 않을 것 같아.'

지금 생각해 보니 그의 부재에 이렇게 큰 의미를 부여할 이유가 없었다. 바로 그 순간 깨달았다.

이젠 시진 없이는 안 되겠다고.

여태 자신이 남자 친구를 사귀지 못한 것이 아니라 자신의 주제를 너무 잘 알아서 안 사귄 것이라고 생각했는데, 그것이 아니었음도.

'그 남자들이 오빠가 아니었을 뿐이야. 내 남자 친구는 오빠였어야 해.'

서주는 자신의 눈물을 닦아 주는 시진을 보며 생각했다. 이젠 그 무엇으로도 자신을 속일 수가 없다고.

자신이 늦잠을 잔 사이 시진은 퇴원 수속을 모두 밟았다고 했다. 그 덕에 병원 밥이 나오기도 전에 그녀는 퇴원했다.

병원에서 그녀를 실은 시진의 차가 곧장 서주의 집으로 향했다. 겨우 열흘 동안 병원 생활을 했음에도 잡다한 살림살이들이 늘어나서, 시진이 그것들을 바리바리 싸 들고 그녀의 오피스텔 안으로 먼저 들어갔다.

"이건?"

얼마 뒤 야유하듯 묻는 그의 손에 아주 민망한 물건이 대롱대롱 매달려 있었다. 혹시 몰라 열흘 전 사고 당시 부모님께 당분간 집에 오지 않아도 좋다고 전화를 했었다. 그 바람에 집 안이 정리되어 있지 않았다. 마지막으로 자신이 이 집에서 나간 날, 건조대에 있던 속옷을 걷어 대충 식탁 위에 올려놓았던 그 상태 그대로였다.

"앗, 오빠, 그건!"

그녀는 얼굴이 화르륵 붉어져서 황급히 다가갔다.

"누누이 강조하지만 정리 정돈 철저, 넌 그게 잘 안 되더라."

아닌 게 아니라 제대로 정리하며 요리하라는 잔소리를 'Challenge Star Chef K 시즌 7'에서 경쟁하는 내내 그리고 그녀가 불의의 사고로 하차할 때까지 들었다.

요리하면서 제대로 정리가 안 되어 있는 것이 위생도 문제지만 얼마나 위험천만한 일인지를. 그리고 서주는 그게 결코 잔소리가 아님을 익히 경험했다.

지난번 닭 삶은 물에 손을 데는 그런 일들이 다반사로 일어나는 것이 주방이었다.

심지어 설거지하겠다고 무심코 손을 넣었다가 정리하지 못한 칼이 싱크대 안에 있어 손가락을 벤 도전자도 있었던 것이 기억났다.

'그건 잔소리가 아니라 걱정하는 소리였어.'

"이리 줘요."

비로소 깨달음을 얻은 서주는 그의 손에 들린 브래지어를 확 낚아챘다. 깨달음은 깨달음이고 부끄러움은 부끄러움이었으니.

"정리가 제대로 되어 있지 않으면……."

하지만 시진이 더 빨랐고, 서주는 어떻게든 그 민망한 물건을 빼앗으려고 혈안이 되어 있었다.

"이리 달라고…… 앗!"

옥신각신, 결국 두 사람의 스텝이 엉켰다 싶었을 때, 중심을 잃은 서주가 그의 가슴에 부딪히며 뒤로 발랑 넘어갔다. 시진이 반사적으로 그녀를 부축하려고 손을 뻗었고, 그 역시 중심을 잃고 함께 넘어지는 불상사가 벌어졌다.

그렇게 그대로 넘어졌다면 그녀가 육중한 그에게 깔렸을 것이다. 하지만 서주가 다치는 것을 원치 않았는지 그 와중에도 시진이 순발력을 발휘하여 본능적으로 그녀를 확 돌려 자신이 아래로 떨어졌다.

결국 서주는 그를 가슴으로 깔고 넘어진 꼴이 된 것이다. 그 상태로 얼어붙은 서주는 눈만 동그랗게 떴다.

14. 기꺼이 견뎌야 하는 것들

'이게 무슨……'

창졸간의 일인지라, 서주는 동그랗게 뜬 눈만 깜박였다. 머리가 텅 비어 버릴 정도로 그의 얼굴이 아주 가까이에 있었다.

특히 어쩐지 어지럽게 흔들리는 시진의 눈동자가 너무 가까웠다. 자신이 깔고 있는 시진의 숨소리는 낮지만 격하고 뜨거웠다. 멀리 어디선가 소음이 들려왔지만 그야말로 서주에게는 무의미했다.

오로지 속을 꿰뚫어 볼 듯 올려다보는 시진의 눈빛 때문에.

'그래, 오빠가 키스 전조 증상을 보일 때는 언제나 이렇게 눈

빛이 깊었지?'

그의 시선과 딱 정면으로 부딪친 서주는 필연적으로 그의 눈을 들여다볼 수밖에 없었다. 냉랭하게만 느껴졌던 그의 눈동자에 감정이 다 비쳐 보일 정도였다.

물론 냉랭한 그의 눈동자 역시 좋긴 하지만, 이렇게 감정이 비쳐 보이는 것은 그런 것과는 차원이 다른 이루 말할 수 기분을 느끼게 했다.

막연히 시진의 냉랭한 눈동자에 사실은 미미한 감정이 깃들었다고 느끼는 것과 직접 눈으로 확신할 수 있는 것은 엄연히 달랐다.

'심장이 터질 것 같아. 이러다 멈추는 거 아냐?'

아울러 탄탄한 그의 가슴이 숨을 쉴 때마다 들먹였고, 서주는 자신의 몸이 그에 맞춰서 움직이는 것을 느꼈다. 꼭 맞붙어서.

'이 와중에 잘생겼어. 눈썹도 멋지고.'

특히 가까이에서 본 시진의 피부는 매우 부드러워 보였다. 살짝 튀어나온 광대뼈에 윤이 났다. 특히나 저도 모르게 내려뜨린 그녀의 시선에 닿은 쭉 뻗은 콧날 아래 입매는 매우 근사했다.

'보이는 것만큼 감촉도 멋질까?'

문득 그런 생각이 들어 서주는 숨 쉬기도 거북해졌다. 어쩌면 심장에 기계적인 문제가 생겼을지도 모른다.

'움직일 수가 없어.'

간신히 시진에게서 떨어져야겠다고 생각했는데, 심장에 문제가 생긴 것인지 그녀의 몸은 굳어서 말을 듣지 않았다.

'아니, 움직이고 싶지 않아.'

"흡!"

그럼에도 계속 이 자세를 유지할 수 없다는 생각에 그녀가 간신히 정신을 수습하고 상체를 드는 순간, 서주의 눈이 휘둥 그레졌다.

자신의 등을 쓰다듬듯이 오르내리는 시진의 커다란 손이 그녀보다 더 빨랐던 것이다. 더욱이 그가 일어나려는 자신의 등을 움켜잡고는 확 끌어당겼으니 말이다.

'이마도 조각 같아.'

천천히 그의 얼굴을 더듬던 그녀의 시선이 이마에 닿았다.

'어떤 감촉일까? 피부가 너무 좋아서, 부드러울 것 같은데.'

생각과 동시에 이마에 흘러내린 머리카락을 만지려 손이 저도 모르게 움직였다. 손끝에 닿는 이마의 온기가 어쩐지 짜릿했다.

생각만큼 그의 피부는 매끄러웠다. 그녀의 손끝이 아슬아슬 온기를 더듬어 부드러우면서도 이율배반적으로 단단한 뺨까지 내려가는 동안 시진은 꼼짝하지 않고 그녀를 올려다보았다.

서주의 손끝이 거칠거칠한 턱까지 내려오는 동안에도.

'손이 아니라 내 입술이 닿으면 더 근사할 것 같아.'

그러니 이런 말도 안 되는 생각을 하게 되었다. 아니 생각에만 그친 것이 아니었다. 부드러우면서도 또 한편으로 거칠거칠한 그의 턱에 서주는 어느 순간 입술을 누르고 있었다. 더 이상 가까워질 수 없을 정도로 가까워진 시진의 깊은 눈동자를 들여다보며.

'그렇게 무표정하던 오빠의 동공이 풀리고 있어.'

그런 생각이 들기 직전, 그의 입술이 뜨겁고 격렬하게 자신의 여린 입술을 차지하고 마치 모조리 삼켜 버리기라도 할 것처럼 빨아 댔다.

그러자 서주의 눈이 절로 서서히 감겼다. 눈을 감으니 자신의 입술을 짓눌러 대고 비비고 빨아 당기고 잘근잘근 깨물어 대는 움직임이 에로틱하게 느껴졌다.

'숨을 쉴 수가 없어.'

그 바람에 머리가 핑 돌았다.

'심장이 정말 멈추려나 봐.'

그런데 이렇게 달콤한 순간 자신의 심장이 영원히 멈춘다고 해도 나쁠 것 같지는 않았다. 아니, 차라리 짜릿할 것도 같았다.

하지만 생존 본능은 자신이 생각했던 것보다 더 강렬해서 서주는 본능적으로 입을 벌리고는 숨을 들이켰다. 그러나 입안으로 밀려들어 오는 것은 공기뿐만이 아니었다.

시진의 혀가 입안 깊숙한 곳으로 공기와 함께 물밀 듯이 밀고 들어와 제 마음대로 휘저었다. 그래서인지 여전히 숨을 쉴수가 없었다.

'그런데도 느낌이 좋아.'

서로의 혀가 맞닿은 순간, 시진이 부드럽지만 단호하게 그녀의 혀를 휘감아서 흡입했다. 그러자 이상하게도 입안이 아닌 다른 곳으로 시진의 혀가 들어와 휘저어 대는 것처럼 간질거리고 짜릿했다.

그러다가 자신의 몸이 갑자기 빙글 돌아가는 느낌이 들자마자, 서주는 그의 단단한 무게가 영혼이 빠져나간 것처럼 맥없는 자신을 짓누르는 것을 느꼈다. 동시에 시진이 그녀의 입술을 거칠게 물어뜯었다.

"아앗."

서주는 저도 모르게 날카로운 비명을 터트리며 그제야 현실로 돌아왔다. 죽지도 않았고, 심장은 필요 이상으로 잘 뛰고 있었다.

두 사람의 입술이 잠시 떨어졌다. 그것도 모자라 시진의 커다란 손이 부지불식간에 그리고 서슴없이 서주의 블라우스 아래로 파고들어 맨살에 닿았다.

"하아, 하아…… 으음."

그녀의 몸이 의지와 상관없이 떨렸다. 다시 부딪쳐 온 시진의 혀가 입 안쪽 보들보들한 살점을 집요하게 훑는 동안, 온기가 가득한 그의 커다란 손바닥이 브래지어 위에서 위압적으로 움직였다.

"으음."

심지어 그가 억세게 자신의 가슴을 움켜쥐는 순간, 그녀의 온몸이 소리 없이 짜릿한 비명을 질렀다. 동시에 놀랍게도 또 이성이 살짝 돌아와서 그 찰나의 순간 무아지경에 빠져 버렸다는 사실을 알아차렸다.

그때, 그의 손이 헤집는 자신의 오른쪽과 왼쪽 유방 사이에 있는 기다란 흉터와 가슴 둔덕에 있는 그보다 짧은 흉터가 의식되었다.

'안 돼, 여기에서 멈춰야 해!'

그제야 서주의 본능이 소리쳤다.

'갑자기 왜 이렇게 된 거야?'

그녀는 눈을 번쩍 뜨고는 생각했다. 사소한 옥신각신에 이어 어쩌다가 이렇게까지 된 것인지. 그런데 생각이 길게 이어지지 않았다. 시진의 손길 때문인지, 머리가 다시 흐리멍덩해진 것인지.

'아냐, 멈추고 싶지 않아!'

생각이 멈춘 것에 그치지 않고, 그녀의 자아는 보다 원색적인 갈망을 느끼며 자신의 입안을 집요하게 파고드는 그에게 매달렸다.

그것도 모자라 시진의 커다란 손이 자신의 브래지어 위로 땡글땡글 뭉친 가슴을 움켜쥐고서 억세게 주물러 대자, 전율이 흐르는 듯 몸이 연신 움찔거렸다.

"하아, 하아."

두 사람의 입술이 다시 떨어지고 시진의 입술이 미끄러져 턱을 타고 내려갔다. 동시에 그의 손가락이 늑골 아래에서 브래지어 안쪽으로 파고드는 느낌이 너무 아찔해서 정신이 하나도 없었다.

"앗, 아파."

뒤이어 거칠게 숨을 몰아쉬는 그녀의 뾰족해진 젖꼭지를 손가락으로 꼭 움켜쥐어 당기자, 서주는 다시 한번 짜릿한 비명을 내질렀다.

그럼에도 멈추지 않고 시진이 유두를 두 손가락으로 잡아당기고 엄지로 꾹 눌러 돌리고 손가락의 도톰한 살 부분으로 어루만지는 동안 서주는 가슴을 들먹이며 그를 바라보았다. 그의 손이 수술 자국을 귀신같이 찾아내더니 길고 매끄럽게 어루만졌다.

"여기 아직 아파?"

그가 나직이 물었지만 제대로 알아듣지 못했다.

"으응, 아파."

그녀는 여전히 가슴을 들먹이며 자기가 무슨 말을 하고 있는지도 모른 채 무작정 대꾸했다. 또 한편으로는 그의 쉰 목소리가 또 어찌나 관능적인지, 서주는 그만 자지러질 것 같기도 했다.

"놔줄까?"

"아니, 아니, 그러지 마요."

그래서인지 서주는 그의 어깨를 꼭 움켜쥐고서 바들바들 떨었다. 그러고는 고개를 젖힌 채 도리질하며 거의 흐느꼈다.

"이러지 말라고?"

시진이 쉰 목소리로 물었다.

"아니, 내 말은……."

"응?"

"……."

"아니면, 만져 달라고?"

서주는 노골적인 그의 손끝의 움직임에 따라 온몸을 떨었다. 시진의 한 손이 점점 아래로 내려가더니 그녀의 아랫배를 에로틱하게 만지는 것과 함께 고개를 숙여 입술로 목 안쪽을 더듬었다.

기분 탓인지 자신의 피부에 닿는 그의 입술이 푸딩처럼 촉촉하고 부드러웠다. 그리고 뜨겁고 감미로웠다.

"만져 달라고?"

"으응."

서주는 고개를 젖힌 채 신음하며 자신의 목덜미로 이동하는 그의 숨결을 만끽했다. 뱃속을 짜릿하게 만드는 그 촉감 때문인지 다리 사이가 점점 뜨겁게 달아올라 축축해지는 기분이 들었다.

'이런 기분 처음이야.'

그리고 나 아닌 다른 누군가에게 만져진다는 것이 이토록 달콤한 파문을 만드는 것인지도 처음 알게 되었다.

"여기?"

그의 손이 다시 그녀의 살결을 매끄럽게 타고 올라와 브래지어 속에 있는 한쪽 젖꼭지를 만지작거렸다. 동시에 그녀가 가슴을 들먹일 때마다 다른 쪽 젖꼭지가 컵 속에서 따갑게 짓눌리는 기분도 들었다.

시진이 손톱으로 단단해진 젖꼭지 끄트머리를 긁어 대다가 손가락으로 아프도록 잡아당기자.

"아앗!"

서주는 날카롭게 비명을 지르며 고개를 젖혔다. 그러자 시진이 기다렸다는 듯 그녀의 목덜미를 깨물었다. 그리고 그의 손은 서주의 몸을 만졌다.

"흐으으응."

동시에 그녀의 다리 사이, 아니 그보다 더 깊은 곳이 점점 조여들기 시작했다.

움찔움찔.

'금방이라도 폭발할 것 같아.'

그러다가 시진이 깨문 자신의 목덜미를 거칠게 흡입하는 순간, 울컥울컥 뭔가가 몸 안에서 흘려 내려 팬티를 축축하게 적시기 시작하는 것을 고스란히 느낄 수 있었다.

서주는 자신의 마른 몸이 이토록 민감할 줄 몰랐다. 그녀의 몸은 시진의 손길 아래에서 기어이 꽃을 피워 냈다.

"아아아."

그에게 목덜미를 내어 준 서주는 눈을 꼭 감은 채로 신음했다. 감고 있는 눈 속에서 요지경이 어지럽게 펼쳐졌다.

"아흐훗!"

소변이 나올 것 같던 그 순간, 그제야 서주는 믿을 수 없지만 자신이 바로 그 절정에 올랐다는 것을 알아차렸다.

'말도 안 돼.'

절정이라는 건 단 한 번도 겪어 보지 않았지만, 사실 겪어 보지 않았다고 모르는 것은 아니었다. 서주는 원초적으로 내재하는 감각만으로 자신이 절정에 올랐음을 모르지 않았다는 뜻이다.

그런데 다른 것도 아니고 고작 목덜미를 깨물렸을 뿐인데 오르가슴이라니, 그녀로서도 사실 놀라울 따름이었다. 무엇보다도 서주는 자신이 후각과 미각만 예민한 게 아님을 오늘에야 비로소 알게 되었다.

"벌써 가 버리면 나중에 어떻게 하려고 그래?"

시진이 어쩐지 냉랭하게 물었다.

"으응?"

"너, 남자 손길에 너무 익숙한 거 아냐?"

"무슨……."

서주는 어리둥절한 표정으로 그를 보았다.

"반응이 너무 능숙하다고."

"아…… 그건……."

차가운 그의 어조가 당혹스러워서인지 아니면 아주 쉽게 오르가슴을 느껴서인지 서주의 볼이 상기되었다. 그제야 시진의 손가락이 여전히 자신의 유두를 놔주지 않고 있다는 것을 깨닫고, 서주는 그의 손을 떼어 냈다.

시진의 손이 그녀의 가슴에서 선선히 떠나 아래로 내려갔다. 그녀는 그에게서 벗어나 상체를 일으키려 했다. 그런데 그의 손이 자신의 몸을 놔주지 않고, 허벅지 안쪽을 어루만지기 시작했다.

"그, 그만해요."

'왜 저런 말을 하지?'

그의 말을 들으며 생각했다. 서주는 알 수 없는 복잡한 기분으로 몸을 떨며 뒤로 물러나려 했다.

"진심이 아닌 거 알아."

"놔줘요."

"진심이라면 여기가 이렇게 축축해지지 않았을 거야."

푹 젖어 버려 간질거리고 심지어 따끔거리기까지 했으니, 그의 말대로 서주는 자신의 몸이 얼마나 축축한지 이미 알고 있었다.

"지, 진심이야."

그럼에도 서주는 간신히 정신을 가다듬으려고 고개를 흔들면서 그의 어깨를 완강히 밀었다.

"진심인지 아닌지 확인해 보면 알겠지."

"어떻게 확인하겠다는 거야?"

그러고는 저도 모르게 미간을 찌푸리며 그를 보았다.

"글쎄, 어떻게 확인할까?"

그러자 시진이 그녀의 미간에 입술을 눌렀다. 느닷없이 냉랭해졌던 그의 목소리와 달리 그 입술의 감촉은 매우 자상하게 느껴져서 이질감이 느껴졌다. 어처구니가 없지만 그 다정한 감촉 때문에 눈물이 날 것 같았다.

"흐으응."

그래서 서주는 고개를 흔들어 그의 입술을 피하는 데 온 신경을 집중했다. 이어 관자놀이로 내려오는 그의 숨결을 피하는 데 급급했다.

그 때문에 서주는 자신이 입고 있는 바지의 단추가 풀리고 지퍼가 내려가는 것을 몰랐다. 그녀가 알아차렸을 때는 이미 시진의 손이 바지 안쪽으로 파고든 직후였다.

"정말 민감해."

"뭐, 뭐 하는 거예요?"

서주는 황급히 허벅지를 오므리려고 했다. 하지만 시진의 손이 이미 다리 사이를 차지한 뒤였다.

"하, 하지 마. 흐으으읏."

그것도 모자라 그가 잇새로 목덜미를 잘근잘근 깨물어 대는 통에 정신이 하나도 없었다. 머릿속에서 뭔가 빙글빙글 돌고 있는 것 같았다.

"뭘 하지 마?"

"하아, 하아, 하지 말란······."

'혼이 나가는 것 같아.'

정말 어지러운 것 같기도 했다. 어설픈 심장으로 달음박질한 이후 숨이 찬 것과 비슷한 느낌이었지만, 또 한편으로는 완전히 다른, 뭐라고 표현할 수 없는 기분이 들었다.

"음?"

"제발······ 아!"

시진이 목덜미를 잘근잘근 깨무는 것으로 모자라 혀끝으로 핥다가 짜릿하게 빨아들이자 서주는 멍하니 입을 벌렸다. 아니, 어쩌면 그가 팬티의 젖은 중심부를 손가락으로 꾹 눌러 버려서인지도 몰랐다.

"제발 뭐?"

시진이 자신의 몸 안으로 통하는 부위를 천천히 어루만지며 목덜미를 씹어 대는 통에 서주의 몸이 파르르 떨렸다.

"이건 말도 안 돼! 하웃······."

망연자실, 순식간에 속수무책으로 알 수 없는 높은 곳으로 휩쓸려 올라갔다.

시진이 젖은 팬티 위에서 가장 민감한 핵심을 단번에 찾아 노골적인 리듬으로 문질러 대다가 꾹 누르기를 반복하는 동안, 서주는 또 한 번 오늘 이전에는 단 한 번도 겪지 못한 소용돌이에 휘말려 버렸다.

"아흑!"

체감상 영원처럼 느껴졌지만 사실은 아주 짧은 시간이 흘러, 몸 안이 제멋대로 조여들고 움찔대더니 뭔가가 팍하고 터져 버렸다.

숨이 턱 막히더니, 말로 표현할 수 없는 감각이 그녀의 온몸을 훑어 내리다가 다시 다리 사이로 움직여 뭔가 한가득 흘러넘쳤다.

"너무 쉽게 가 버리는 거 아냐?"

"창피해."

시진의 말에 서주는 울먹였다. 자신이라고 이러고 싶었겠는가. 야유하는 것인지, 빈정거리는 것인지 모를 그런 냉랭한 눈빛으로 자신을 굽어보는 그의 시야 아래에서, 서주는 자기가 이런 모습인 것이 꽤 수치스러웠다.

"흐흑."

급기야 울음까지 터지니 모멸감에 그녀의 마음이 찢어지는 것 같았다.

'더 미치겠는 건 그럼에도 내가 더 많은 것을 바란다는 거야.'

거기다 더 당혹스러운 것은 그의 커다란 손이 팬티 위로 엉덩이를 주물러 댈 것이 아니라 안으로 들어와 그것보다 더 노골적인 것을 해 주길 바라고 있다는 점이다. 보다 더 원초적이고, 야릇한 리듬으로.

'대체 난 어떻게 생겨 먹은 인간이야?'

수치심에 몸을 떨어도 모자랄 판국에 그녀의 몸 안은 다른 의미로 욱신욱신 아니 간질거렸다. 아울러 흥건하게 젖은 팬티의 솔기 부분에 닿은 살점은 따끔거리고, 그의 손이 바지 밖으로 나가 버렸을 때는 안타까워서 더 울음이 났다.

그것도 모자라 시진이 자신의 블라우스 단추를 풀어내자 비로소 바라는 대로 된 것이라는 안도감이 물밀 듯이 밀려들었다.

나아가 고개를 숙인 시진이 블라우스 단추를 풀어내면서 쇄골을 입술로 훑었을 때는 미쳐 버리는 줄 알았다. 아래로 미끄러진 그의 숨결이 브래지어 위로 삐져나온 도톰한 살점을 깨물었다.

"으흡!"

서주는 그의 머리를 쓸어안고는 등허리를 위로 휘어 올렸다. 때를 기다렸다는 듯이 들떠 상기된 살점들을 잘근잘근 씹어 대며 시진의 손이 등으로 돌아가 브래지어 후크를 풀어냈다. 그러자 빳빳하게 고개를 치켜든 젖꼭지를 누르던 압박감이 사라졌다.

'수술 자국을 보이게 되었어.'

아주 잠깐 의미 없이 그런 생각이 들었다. 의료진을 제외한 그 누구에게도 보여 주지 않았던 자신의 심부에 길게 난 상흔을 시진에게 마침내 보이게 된 것이다. 그건 아주 특별한 의미였다.

"감촉이 좋아."

그가 나직이 속삭였다. 그러고는 브래지어를 밀어 올린 시진의 손가락이 한쪽 젖가슴을 어루만지고 주물러 대며 동시에 다른 쪽을 한껏 베어 물었다. 이어 엄지의 도톰한 살점으로 젖꼭지를 어르고 비벼 대며 다른 쪽 젖꼭지를 혀끝으로 빙글빙글 감았다.

"아학, 아학."

거칠게 숨을 몰아쉬며 서주는 가슴을 들먹였다. 그렇게 들먹이는 그녀의 가슴을 시진이 가득 물어 흡입했다.

"하아, 하아, 아아아……."

혓바닥으로 유륜을 핥다가 다시 빨아들이면서 다른 쪽 가슴을 커다란 온기로 주물러 대는 통에 서주는 그의 머리를 싸안은 채로 온몸을 들썩이며 신음했다.

"하아…… 웃……!"

시진이 한쪽을 마음껏 맛본 다음 가슴골 쪽으로 움직여 길게 난 수술 자국을 혀로 핥았다. 서주는 그 상처를 아주 자랑스럽게 여겼다.

누군가에게 보이는 건 창피한 일이지만 적어도 자기가 품었던 삶의 의지를 고스란히 드러낸 곳이었다. 더욱이 감각이 둔한 부위를 누군가 이렇게 애정 어린 촉감으로 만져 줄지는 전혀 몰랐다.

서주는 붕대를 감지 않은 손을 내려 그의 머리카락을 쓸며 굽어보았다. 상흔 위를 날름거리는 혀끝이 감미로운 것은 굳이 그곳에 촉감을 느낄 수 없어도 알 수 있었다.

수술 자국을 마음껏 핥아먹은 뒤, 시진이 다른 쪽으로 움직였다. 그러고는 혀끝으로 뾰족한 유두를 위아래로 쓸고, 입술로 깨물어 잘근잘근 씹어 대고, 또다시 한껏 베어 물어 빨아 대는 동안 서주는 그의 머리를 쓸어안은 채로 도리질하며 헐떡였다.

"흐아아아앗!"

그렇게 그의 입술, 혀, 숨결 그리고 손이 서주를 무아지경으로 몰아갔다. 어느 순간 눈앞에서 폭죽이 터지는 것 같더니 순식간에 팬티가 흥건해졌다.

"아흣!"

끝내 끝없이 올라가던 것이 떨어져 내린 순간, 그 한순간은 온몸이 무감각해지는 것 같았다. 그러다 느닷없이 세포 하나하나가 생생하게 살아나서 민감해질 대로 민감해진 자신의 몸이 다시 공중에 둥둥 떠다니는 것도 같았다.

"하아, 하아."

서주는 파들파들 몸을 떨며 무기력하게 들숨과 날숨 사이에서만 존재했다. 눈을 감은 채 의식이 돌아오는 동안 그녀는 젤리처럼 축 늘어져 있었다.

"그렇게 가 버리면, 앞으로는 견딜 수 있겠어?"

그의 목소리에 눈을 떴다. 서주는 눈앞의 상이 이지러진 것을 깨닫고서야 자신의 눈가가 축축하게 젖어 있는 것을 알아차렸다.

"으응?"

아직도 몸 안쪽이 짜릿짜릿 떨리고 있어서 여전히 흥분 상태였던지라, 시진이 무슨 말을 하는지 알아듣지 못한 채 눈만 깜빡였다.

"날 견딜 수 있겠느냐고."

"뭘, 흐흣, 뭘 견뎌야 하는 건데요?"

절로 울먹이듯 물었다.

"궁금해?"

그가 되물었다.

"몰라, 오빠가 지금 무슨 말을……."

서주는 고개를 숙여 자신의 입술을 차지하는 숨결에 더 이상 말을 잇지 못했다. 살짝 부풀어 오른 자신의 입술을 핥은 뒤 자연스럽게 입안으로 밀고 들어오는 동안, 시진의 손이 자신의 엉덩이를 어루만지는 것을 느꼈다.

'못 참겠어.'

시진이 제발 자신의 바지 위로 엉덩이만 주무를 게 아니라 차라리 벗겨 내고 보다 노골적인 것을 해 주길 바랐다. 곧 그래 주지 않는다면 미쳐 버려서 자신이 어떻게 할지 알 수가 없을 정도였다.

'하고 싶어.'

시진이 혀로 입안을 헤집으며 커다란 손으로 감질나게 자신의 통통한 엉덩이를 쓰다듬고, 주물럭대고 움켜쥐는 동안 그녀는 시진에게 차마 말도 못 하고 그저 그의 입술과 손길 아래에서 버둥댔다. 서주는 갈증이 나서 견딜 수가 없었다.

'하고 싶어 미칠 것 같아.'

그게 뭔지 모르지만 지금보다 더한 것을 하고 싶은 갈증 때문에 몸서리가 날 정도였다. 키스만으로 이런 데 다른 건 상상 그 이상일 것이라는 본능적인 기대 때문에 무서우리만큼 흥분하고 말았던 것이다.

그녀의 본능은 여태 느꼈던 쾌감은 아무것도 아니라는 걸 매우 잘 알아서 폭발할 지경이었다.

'제발.'

그때 시진의 손이 팬티 안쪽으로 밀고 들어오자 매우 반가워서 심지어 눈물이 솟구치는 것 같았다. 그가 뭘 하기도 전에 아랫배 깊숙한 곳이 수축하면서 떨었다. 그리고 마침내 시진의 손가락이 살점을 갈라 몸 안으로 들어가는 통로를 쓰윽 건드렸다.

"으흡!"

그것만으로 엄청난 자극을 받은 서주의 몸 깊은 곳이 맹렬하게 조여들기 시작했다.

오죽하면 욱신욱신 고통스러울 지경이었다. 그의 손가락이 통로 입구 위 은밀한 부위를 비벼 대자, 그녀는 몸을 바들바들 떨며 고개를 젖혔다.

"아학! 하아아아."

그리고 그녀는 거칠게 숨을 몰아쉬며 고개를 내저었다. 시진의 손가락이 능숙하게 입구 주변을 어루만졌다. 점점 더 흥건해지며 심지어 부풀어 오르기까지 한 갈라진 틈 바로 안쪽 살점을 매만지는 순간, 그녀의 몸이 격하게 경련하며 하늘 높이 치솟았다.

정상에 높이 오른 바로 그 순간.

"흐아아아아앗!"

허공에서 그녀의 온몸이 또 한 번, 산산이 부서져 비산했다.

얼마 뒤.

"하아, 하아."

그저 아득하기만 했다.

'대체 몇 번 느낀 거야?'

온몸이 욱신거리는 것 같았다.

'여태 뭘 했는지, 기억도 안 나.'

머리끝에서 발끝 어느 부위에도 힘이 들어가지 않아 몸을 축 늘어뜨린 채 거칠게 숨을 몰아쉬었다. 시진이 자신을 번쩍 안아 들자, 서주는 힘없이 축 늘어져 그의 어깨에 머리를 기대고 눈을 꼭 감았다.

체력이 바닥난 것으로 모자라 온몸이 축축한 느낌이었다. 특히 아직 벗지 못한, 여전히 입고 있는 속옷이 축축했다.

시진이 그녀를 침대에 내려놓았다. 서주는 침대에 등을 댄 채 멍하니 누워 그를 보았다. 그녀의 몸은 움찔움찔 야릇한 여운에서 벗어나지 못한 채였다. 시진이 그녀를 굽어보며 옷을 벗기 시작했다.

"이제 시작인데 벌써 녹초가 된 거야?"

셰프는 될 수 없겠지만 내 여자가 되려면 체력을 길러야 한다나 뭐라나? 아무튼 시진이 뭐라 말했지만, 사실 서주의 귀에는 아무것도 들리지 않았다. 그저 자신 앞에서 옷을 벗는 시진의 기척만이 들릴 뿐이었다.

"불을 끄는 게 좋겠어요, 오빠."

"이미 다 봤는데."

그녀의 말에 시진이 재킷을 벗어 옆에 내려놓고 넥타이를 풀어 아무렇게나 던져 놓으며 대꾸했다.

"하지만……."

"넌 내 몸이 궁금하지 않아?"

이어 와이셔츠 소매 단추를 풀었다.

"난……."

'그래, 그렇게 가 버리는 걸 다 보였는데, 이제 와 뭘 더 숨기려고?'

생각해 보니 그랬다.

"음?"

시진이 콧소리로 물었다. 끝까지 몽롱한 그녀의 눈을 바라보며.

"보, 보고 싶어요."

그 눈빛 때문에 점점 더 발그레해진 그녀가 몽롱한 목소리로 말했다. 다른 쪽 와이셔츠 단추를 푼 그가 나른하게 앞섶 단추를 풀기 시작했다. 서주는 침을 꿀꺽 삼키며 자신의 앞에서 옷을 벗는 시진을 바라보았다.

단추 하나, 둘, 셋…… 그렇게 와이셔츠가 점점 더 넓게 벌어지고 그 사이로 자신과 달리 아무런 상처도 없이 탄탄하고 매끄러운 그의 가슴이 드러났다.

묘하게 설레고 부끄러웠다. 그래서 서주는 얼굴을 붉히면서도 도저히 그에게서 눈을 떼지 못했다.

"서주, 다른 남자와 자 봤어?"

"응?"

그가 뜬금없이 묻자, 서주는 멍하니 되물었다.

"다른 남자와 잔 적 있느냐고."

"그걸 왜 물어요?"

"……"

'원래 남자들은 이런 순간 저런 걸 묻는 거야?'

그렇다면 참 남자들은 매력이 없는 동물일 것이다. 하지만 아이러니한 것은 저렇게 묻는 시진에게 전혀 매력이 떨어지지 않는다는 점이다.

"혹시 내가 최준혁 씨와 잤느냐고 묻고 싶은 거야?"

그래도 해 둬야 할 말은 해 둬야만 했다.

"글쎄?"

"설마 오빠도 흥미 위주의 편집을 그대로 믿는 거야?"

그도 그럴 것이 전날 방영된 'Challenge Star Chef K 시즌 7' 예선전을 보고 자신을 모르는 사람이라면 어떤 오해가 있을 수도 있겠다고 생각했던 것이다. 자신이 모든 사람에게 일단 호감으로 시작하고 생글생글 잘 웃어 준다는 것을 서주 역시 모르지 않았다.

그런데 하필이면 'Challenge Star Chef K 시즌 7' 예심과 예선전을 치르며 그녀에게 호의적인 사람은 준혁 단 한 사람뿐이었고, 자연히 그녀가 유일하게 생글생글 웃으며 장난 아닌 장난을 치며 허물없이 지낸 사람 또한 준혁 단 한 사람이었던 것이다.

그러니 꽤 오랫동안 한 팀이었던 준혁과 자신이 포털에서 어떤 기사들을 쏟아 내고, 어떤 댓글이 달리며, 어떻게 구설수에 올랐는지 서주 역시 모르지 않았다.

하지만 단지 프로그램의 재미를 위해 그렇게 몰아가는 것임을 시진이 모르지 않을 것이라 생각했던 그녀는 의아한 눈으로 그를 보았다.

"……."

"그거 다 조작인 거, 누구보다 오빠가 더 잘 알잖아?"

"묻는 말에 네, 아니요, 라고 대답하는 게 힘들어?"

시진은 진심이었다.

"……."

그의 진지함이 황당했다.

"네, 아니요."

시진이 채근했다.

"아니. 최진혁 도전자뿐만 아니라 그 누구와도 자지 않았어요."

어쩐지 그가 그 구설에 대해 아주 신경을 쓰고 있는 것 같아서, 서주는 차갑게 대꾸했다. 기분이 묘하게 나빠졌다.

'꼭 날 이렇게 헤픈 사람으로 만들어야겠어?'

자연히 그런 눈빛이 될 수밖에 없었다.

"그 누구와도?"

시진이 재차 확인했다.

"그래."

"왜?"

"뭐?"

그녀는 대체 그가 궁금한 게 뭔지 몰라 어리둥절했다. 자신이 다른 남자들과 자지 않았다는데 눈동자에 비난의 빛 또한 보이니 더더욱.

'내가 남자와 안 잤다는 말이 저런 표정을 지을 정도야?'

"왜? 연애는 했을 거 아냐?"

시진이 물었다. 누누이 연애를 하지 않았다고 말했음에도 말이다.

'아, 그렇다면 여태 내가 거짓말하고 있었다고 생각하는

건가?'

그게 아니면 지금 그의 눈빛이 설명되지 않았다.

"설마 여태 내가 거짓말하고 있었다고 생각한 거야? 다시 말하지만, 연애 같은 건 한 적 없어."

사실 연애할 기회가 없었다. 보다 정확히는 그녀 자신에게 연애할 기회를 주고 싶지 않았다.

지금 역시 이런 소리까지 들으며 하고 싶지 않았다. 아무리 흥분했고, 불과 몇 초 전까지 그와 하고 싶어서 안달이 났었다고 해도, 그 때문에 여전히 몸 안이 간질간질하다고 해도 말이다.

"정말 연애조차 하지 않았다고?"

"오빠, 이제 그만……."

기분이 아주 불쾌해진 서주는 상체를 일으키고는 그만 가 달라고 말할 작정이었다. 그런데 이번에도 시진이 빨랐다. 재빨리 다가와 침대에 걸터앉더니, 그녀의 어깨를 안았다. 동시에 그녀의 관자놀이 부근에 그가 입술을 눌렀다.

"이럴 기분 아니에요."

서주는 고개를 흔들어 그를 밀어냈다.

"왜 연애를 안 했느냐고."

그러나 아주 쉽게 그녀를 제압한 시진이 귓가에 속삭였다.

"오빠."

뜨거운 숨결이 혹 귓속을 파고들자, 서주는 움찔거리면서도 더욱 힘을 내어 그를 밀어냈다.

"왜 안 했어?"

그 또한 아주 쉽게 힘으로 누르고는 목덜미를 깨물었다. 동시에 이미 오래전에 풀어진 블라우스를 아래로 확 끌어 내렸다.

"하지 마. 그리고 왜 그런 걸 자꾸만 물어? 원래 남자들은 이럴 때 그런 걸 묻고 시작하는 거야?"

서주는 더욱 거칠게 저항하며 그를 밀어냈지만, 그녀를 아주 쉽게 제압한 시진이 커다란 손으로 후크가 풀어져 유명무실해진 브래지어 안 탱글탱글 흔들리는 그녀의 젖가슴을 누르고 부드럽게 움켜쥐었다.

"아앗! 아흐흥."

바로 그 순간 그녀의 저항도 행동만 그럴싸하고 실속이 없게 되어 버렸다. 다른 남자가 이랬다면 모르긴 몰라도 그 사람의 매력이 확 떨어졌을 것이다. 그리곤 물어뜯든 어쨌든 필사적으로 반항을 했을 텐데 말이다.

'그런데 왜 오빠에게는 그럴 수 없는 거야?'

"너 이렇게 예쁜데 남자들이 가만히 놔뒀다니 신기해서."

"뭐?"

"네가 내 곁에 있었다면 절대 가만히 안 놔뒀을 텐데 말이야."

이 또한 깊이 생각해 보면 아주 기분이 나쁜 말이었을 것이다. 그런데 서주는 깊이 생각할 수 없었다. 시진이 예쁘다고 말한 순간부터 정신을 차릴 수가 없었던 탓이다.

"이렇게."

그가 자신의 가슴을 애무하며 목덜미에 키스를 해 댄 바람에 더더욱.

"하아, 하아…… 내가 예뻐?"

그녀의 온몸에 짜릿한 전율이 흘렀다. 간질간질 짜릿짜릿, 목덜미를 훑고 깨물고 빨아 대면서 브래지어를 밀어내어 옆으로 던져 버리자마자, 시진이 그녀를 향해 무게를 실어 왔다. 결국 서주는 다시 천장을 보고 침대에 눕게 되었다.

"그래, 예뻐. 너무 예뻐서, 나라면 절대 널 그냥 안 놔뒀을 거라고."

그의 입술이 목덜미를 지나 쇄골을 훑고 가슴으로 내려가 상처를 훑어 댄 뒤 늑골을 타는 동안, 시진의 커다란 손이 자신의 엉덩이를 부드럽게 어루만졌다. 그러자 그녀의 온몸에서 야릇한 것들이 곤두서는 기분이었다.

"내가 정말 그 정도로 예쁘다고요?"

말라비틀어진 이런 모습을 예쁘다고 해 주니 자극적이었다. 누군가 이런 장면을 보았다면 자신에게 연애를 몰라도 너무 모른다고 손가락질했을지도 모른다. 예쁘다는 고작 말 한마디에 봄눈 녹듯 심장이 사르르 녹아들었으니 말이다.

심지어 그의 말 한마디 때문에 다른 건 다 잊어버리고 마른 자신의 몸이 어쩐지 섹시하게 느껴지기도 했다. 아니면 마른 몸에 비해 살점이 토실토실한 가슴이 정말 섹시한 것일지도 모른다.

"내가 예뻐서 가만히 안 놔두면?"

그녀는 몸을 부르르 떨며 물었다.

"덮쳤을 거야, 지금처럼."

시진의 입술이 그녀의 배를 문질러 대자, 몸이 격하게 파닥거렸다.

"오빠, 어쩔 생각이에요?"

그가 자신의 바지와 팬티를 끌어 내렸다. 서주는 반사적으로 몸을 들썩이며 물었다. 자연스럽게 그의 바지와 팬티가 허벅지 아래로 내려갔다.

"어쩔 생각이냐고?"

시진이 그녀의 아랫배 근처에서 고개를 들며 되물었다. 그러고는 그녀의 다리를 한쪽씩 부드럽게 들어 바지와 팬티를 벗겨 옆으로 던졌다. 그녀는 결국 그렇게 속수무책으로 그리고 기꺼이 나신이 되었다.

"으응?"

서주는 가슴을 들먹이며 그를 바라보았다.

"정말 처음인 거야?"

그녀의 눈동자에 본능적인 두려움이 비치자, 시진이 조금은 놀라운 눈빛으로 보았다.

"그래. 그래서 묻잖아. 이제부터 어쩔 생각이냐고. 여전히 내가 거짓말하는 것 같아요?"

"그래, 사실 안 믿겨. 처음치고는 반응이 꽤 능숙했는데."

서주의 말에 시진이 미간을 찌푸렸다.

"정말 처음이야. 믿지 못하겠거든……."

"믿어."

그러고는 곧이어 그녀가 울상이 되자, 시진이 빙그레 웃었다.

"……."

어쩐 일인지 그가 진심으로 기쁜 듯해서 그런 시진이 서주는 좀 의아했다.

"하지 않았다는 걸 믿을 수 없을 정도로 반응이 능숙해서 내가 가르칠 필요가 없겠어."

"내가 뭘 어떻게 했다고 자꾸 능숙하다고 말하는 거야?"

시진의 말에 그녀는 눈을 흘겼다.

"타고난 건가?"

살짝 고개를 갸웃하며 그가 손으로 속살을 쓰윽 갈랐다.

"무슨 소리…… 흐음."

"이거 봐."

수줍게 달아오른 얼굴로 허리를 휘자, 시진이 다시금 웃었다.

"하아, 하아…… 뭘?"

"네 반응을 봐."

이번에는 좀 음흉하게 보였다.

"내 반응?"

'대체 내 반응을 어떻게 보라는 거야?'

그럼에도 역시 잘생긴 얼굴이어서, 서주는 홀린 듯이 그를 바라보았다.

"내가 만질 때마다 네 골반이 얼마나 야하게 튕겨지는지."

그렇게 말하며 시진이 그녀의 몸 안에 손가락을 밀어 넣었다.

"으음!"

서주는 그의 팔을 쥐고는 몸을 파르르 떨었다. 몸이 절로 경련했다. 그런 그녀를 묘한 눈빛으로 유심히 바라보며, 시진은 마치 제 몸처럼 그녀의 몸 안쪽을 손가락으로 쓰다듬고 찌르고 휘저었다.

"아아아."

그녀는 그제야 의도하지 않았음에도 자신의 몸이 뒤틀리고, 튕겨지고 한껏 휘어지는 것을 느꼈다.

느닷없이 몸 안이 수축하더니 눈앞이 순식간에 하얘졌다. 알 수 없는 감각의 회오리에 몸이 그대로 휩쓸리더니 이어 새하얀 별빛이 소용돌이쳤다. 몸이 제어할 수 없는 속도로 젖어 들어가더니 급기야 덜덜 떨렸다.

"하악, 하악."

서주는 빳빳하게 굳어 헐떡였다.

"흐으흑."

느닷없이 눈물도 속수무책으로 터져 나갔다.

"아흐윽!"

뒤이어 미친 듯이 경련하던 내부에 엄청난 열기가 모이더니,

숨을 쉴 수 없을 정도로 뜨거운 애액이 폭발하듯 뿜어졌다. 영원히 끝나지 않을 것 같았다. 서주는 펑펑 흐느끼며 부들부들 떨었다.

자기가 왜 울고 있는지도 모른 채.

15. 결국 미치게 만들어

'어쩔 수 없게 되었어.'

시진은 그녀를 내려다보았다. 지난 열흘 동안 그는 자신의 욕망과 싸워 왔다. 번번이 졌음에도 여태 무사했던 것은 화상으로 인한 서주의 고통이 말도 못 하게 컸던 까닭이다. 하지만 며칠 전부터 그런 방패가 완전히 사라졌다.

지난 열흘 동안 서주는 빠르게 회복되었고, 다행히 터지지 않은 수포 안에서 피부가 왕성하게 돋아났다. 이틀 전에는 수포가 각질처럼 말라 떨어져 나가기도 했다. 일부 새 피부가 완전히 생기지 않은 상태라 여전히 붕대를 하고 있었다.

하지만 그가 심혈을 기울여 수포를 관리한 덕에 지금처럼만 효과 좋은 연고로 공을 들이면 생각보다 큰 흉은 생기지 않을 것이라는 전문가의 소견도 들었다.

'그래도 여전히 쓰릴지도 모르는데, 어떻게 이런 반응을?'

쾌락을 아는 여자의 눈빛, 사내의 아래에서 올려다보는 마치 닳고 닳은 사람처럼 음란하고 교태 어린 표정을 보았다면 이 여자는 능숙해, 누구나 그렇게 생각을 했을지도 모른다. 그녀의 눈동자에 든 본능적인 공포를 보지 않았다면, 결코 믿을 수 없을 정도로 욕망에 들뜬 서주는 야했다.

'내가 찌질한 거 알아.'

서주가 처음이라는 사실에 한심하게도 환호를 터트릴 뻔했으니 말이다. 변명하자면 시진의 머릿속에는 천사와 악마가 같은 비율로 들어차 있었다.

천사는 오히려 서주가 여태 연애를 하지 않았다는 사실을 믿지 말라고 했다. 이렇게 예쁜 그녀가 연애를 하지 않았다는 건 이 땅에 있는 모든 남자의 눈이 삔 것이라고. 그런데 한편으로는 어쩐지 연애를 하지 않은 이유를 알 것도 같아서 마음이 아팠다.

그의 내면에 있는 천사는 그런 결정을 한 서주가 안타깝고 화가 났다. 건강과는 별개로 서주는 사랑받아 마땅한 여자였던 까닭이다.

반면, 악마는 그냥 이 땅에 흔한 '찌질이'였다. 굳이 긴 말이 필요 없었다.

'그런데 저런 표정으로 다른 놈 아래에 있을 걸 생각만 해도 돌아 버리겠는 걸. 죽여 버리고 싶어지는걸. 아니, 사실은 얘가 다른 사람에게 웃어 주는 것부터 짜증이 나.'

그리고 어느 순간 팽팽한 접전을 이루던 저울이 순식간에 한쪽으로 기울었다. 추가 기운 것이 천사 쪽이었으면 좋겠지만 당연히 악마 쪽이었다.

그래서 그녀의 다리 사이에 자리를 잡고서 시진은 자신이 얼마나 그릇이 작은 인간인지 실감했다. 교태를 부리는 듯한 눈빛으로 눈을 깜빡이며 자신을 올려다보는 서주에게 시진은 얼굴을 바싹 들이댔다.

그러고는 야들야들한 입술을 차지했다.

'단 한 번도 반항하지 않았어.'

반항하는 시늉만 하다가 처음부터 아주 자연스럽게 입술이 열렸다. 이어 자신이 혀를 밀어 넣자마자 그녀의 혀가 노골적으로 얽혀 들어와 적나라한 리듬을 타는 것이다. 혹은 그의 입 안으로 들어와 뜨겁고 달콤한 자신만의 맛을 입안 가득 흩뿌려 놓기도 했다.

'헐떡이는 신음, 숨결마저도 얼마나 야한지 모르겠어.'

그것으로도 모자라 자신의 아래에서 에로틱하게 몸을 움직이는 것은 말할 것도 없었다. 탱글탱글한 유두가 탄탄한 가슴에 아슬아슬하게 닿아서 움찔거리니 환장할 지경이었다.

벌써부터 그의 일부는 단단해질 대로 단단해져 더 견뎠다간 자칫 폭발할지도 모른다는 위기감이 느껴졌다.

'지난 열흘, 참을 만큼 참았어.'

억지로 울타리를 쳐 놓고 그걸 넘어가지 않으려고 무진 애를 썼다. 처음에는 서주의 아버지를 떠올리니 아주 쉬웠다. 그런 사악한 인간과는 연을 끊는 것이 신상에 좋을 것이라는 확신이 들었으니 말이다.

그녀의 아버지를 만난 다음 날부터 시진은 방어막을 단단히 구축했고, 서주가 그 어떤 명목으로든 그 방어막을 뚫고 들어 오지 못하도록 단속했다. 우선 자기 자신부터 말이다. 그런데 하필이면 사고가 났다.

'머리가 확 돌아 버리는 줄 알았어.'

그 순간 그저 본능에 따라 움직였고, 아무 생각도 나지 않았 다. 꼭 그 순간만 누군가 떼어 간 것처럼 말이다.

시진은 강한 진통제로 의식을 잃듯 잠이 든 그녀를 두고 방 송국으로 곧장 달려갔다. 서주가 평소 부주의한 성격이긴 했지 만 요리할 때만큼은 달랐던 것을 모르지 않았던 것이다.

처음에는 한심하고 답답하게 보였고 셰프가 되기 위한 마음 의 준비 자체도 되어 있지 않은 여자라 생각했는데, 회를 거듭 하면 할수록 기본에 충실한 그녀의 진가가 드러났다. 심지어 처음과 달리 요리에 임하는 자세조차 진지해지더니 이젠 그 어 떤 도전자보다 셰프의 자질이 충분해졌다.

'단지 체력이 처지는 게 아까워.'

어쨌거나 애초부터 기본에 충실한 서주가 조리대 위에서 부주의하게 행동했을 리 없었다. 시진은 촬영분을 모니터한다는 명목으로 처음부터 사고가 난 시점까지 돌려보았고, 사고의 경위를 알게 되었다.

시진은 영상을 돌려본 일부의 스태프에게 함구하라 요청했다. 그는 공적으로 그 어떤 문제도 만들지 않겠다고 약조한 뒤, 증거 영상을 개인적으로 소장했다.

교묘하게 문제를 제기하지 않겠다는 개인의 범주에 서주는 넣지 않았다. 서주가 촬영분을 보고 어떻게 나올지는 그녀의 판단에 맡기는 것이 옳았으니 말이다.

잠시 덮어둔 이유는 지금 당장 서주의 간병이 가장 중요하다고 생각했기 때문이다. 그러니까, 서주의 병간호를 제대로 해주고 경위를 밝혀 준 뒤 시진은 홀가분하게 다신 뒤도 돌아보지 않을 작정이었다.

'내가 아니었다면 얜 또 그냥 흐지부지 넘어갔을 거야.'

돌려 본 영상으로는 분명히 서주도 사고의 경위를 어느 정도 알아챈 눈치였다. 그런데 단 한마디도 거론하지 않았던 것이다.

'역시 얘 곁에 내가 없으면 안 되겠어.'

그러나 함께 겪은 일련의 일들과 아울러 간병을 시작한 지 단 하루가 지나기도 전에, 서주와 완전히 정리하겠다던 그 결심은 조금씩 무너지기 시작하더니 결국은 완전히 와해되고 말았다.

'아니 이젠 내 곁에 애가 없으면 안 되겠어.'

심지어 이젠 이런 생각마저 든다. 혀와 혀가 얽힌 채로 서로의 입안으로 넘나들다가 떨어졌을 때, 두 사람의 달콤한 향기를 품은 타액이 실처럼 가늘게 늘어졌다가 서주의 입가로 툭 떨어졌다.

'투병하는 동안 혼자 있었을 거라고 생각하니 미칠 것 같아.'

시진은 혀끝으로 서주의 입가에 흘러내린 타액을 핥은 뒤 그녀의 눈을 들여다보았다.

'그냥 내 곁에 둘래. 내가 가질래. 이제 나 없이 결코 혼자 앓게 하지 않을 거야.'

시진은 무릎에 걸린 바지와 팬티를 밀어 내린 뒤 벗어 던졌다. 그러고는 다시 상기된 그녀의 얼굴을 눈빛으로 핥으며 다리 사이에 자리 잡았다.

이어 뜨겁고 움찔거리는 자신의 일부를 잡아 애액이 줄줄 흘러내리는 그녀의 예민하고 도톰한 살점에 쓱쓱 문질렀다.

"으음."

서주가 엉덩이를 들썩이며 낮게 신음했다.

"콘돔 있어?"

단단하게 솟아오른 부위를 문질러 대며 물었다.

"아니."

그녀가 입술을 깨물며 고개를 흔들었다.

'하긴 오늘이 처음이라는데, 집에 있을 리가 없지.'

"그럼, 밖에다 쌀게."

"……."

"그래도 안전하지 않을 거야. 생리 언제 했어?"

그렇게 물었지만, 하필이면 입원을 했었던 열흘 전 창백했던 서주의 입술이 기억났다. 돌이켜 보니 아마 그때 시작하지 않았을까, 싶었다.

"일주일 전쯤 끝났어."

아니나 다를까 그의 예상대로 그녀가 대꾸했다.

"그래도 밖에다 쌀게."

"굳이 그런 이야기, 해야 하는 거예요?"

"넌 임신하고 싶니?"

"아니 그건 아니지만……."

물론 이런 분위기에 찬물을 끼얹는 소리인 줄은 알고 있었다. 이러는 자신이 매력 없다는 것도 알고 있었다.

그러나 시진은 확실히 해야만 한다고 생각했다. 아주 잠깐 현실로 돌아온 시진은 기어이 그녀를 곁에 둘 결심이었지만, 사실상 두 사람에게는 미래가 없다는 것을 상기했다.

'서주 부모님을 결코 용서할 수 없으니까.'

그들 때문에 서주와 연애할 수는 있어도 아마 결혼으로 묶이는 것은 현실적으로 불가능한 일일 테니 말이다.

'그쪽도 분명 날 반대할 거야.'

또한 자신의 허물을 알고 있는 서주의 부모님은 더욱더 배척하려 할 거라는 생각도 하지 않을 수가 없었다. 원래 인간이라는 동물은 그런 동물이니 말이다.

그러니 만약 분위기가 싸해져서 여기서 멈추는 것도 나쁘지 않을 것이다.

'그렇게 되면 다신 기회가 없겠지?'

생각해 보면 그 또한 나쁘지 않을 것 같았다. 요는 두 사람에게 미래가 없기에 다른 건 몰라도 그런 일로 서주를 궁지에 몰 수는 없는 일이었으니 말이다.

언제는 곁에 두려고 했다가 이제는 미래가 없다고 단정하며 이랬다, 저랬다, 시진은 자신의 감정이 이렇게까지 널을 뛴 적이 없었다는 걸 깨달았다.

'그래, 차라리 밀어내.'

한 발 더 디디면 더 이상 퇴로가 없다는 것, 그 짧은 순간에 어쩌면 그런 마음이었을지도 모른다. 그런데 자신의 분신을 잡고 그녀의 음부에 대고 부드럽게 비비는 것을 멈출 수가 없었다.

'빌어먹을 정도로 느낌이 좋아.'

그 감촉을 참을 수가 없어서 그는 도저히 멈출 수가 없었던 것이다. 아니다. 사실 시진은 자신의 아래에서 반응하는 그녀가 좋아서 참을 수가 없었던 것이었다.

서주의 온몸이 흠칫흠칫 떨렸고, 동공은 이미 확장되어 지금

상대방이 무슨 말을 하고 있는지 전혀 귀에 들어오지도 않는 눈치였다.

'이런 여자를 어떻게 떠나보내겠어?'

"하아, 하아."

거칠게 가슴을 들먹이며 서주가 한 손으로 비스듬히 상체를 지탱하는 시진의 팔뚝을 움켜쥐었다. 다른 손으론 흔들리는 자신의 가슴을 애무하며 그녀가 나른하게 허리와 엉덩이를 뒤틀어 대며 리듬을 맞추고 있었다.

황홀경에 빠져서 본능에 온몸을 맡기고 자신을 향해 달려오는 서주를 보지 않을 수가 없었다.

'오직 나 하나를 향해, 이러니 더 멈출 수가 없잖아.'

상기된 두 볼의 달뜬 표정, 몽롱한 눈빛 그리고 에로틱한 혀끝이 넘나들며 윤기를 더해 욕망으로 부풀어 오른 그녀의 붉은 입술과 지금 이 순간까지 살아 있게 한 가슴의 아름다운 상흔까지.

그 때문에 그녀의 몸 안으로 이끄는 입구에 대고 불끈불끈 더 단단하게 솟구치는 분신을 자꾸만 문질러 댈 수밖에 없었다. 그러자 자극적인 그 촉감 때문인지 시진의 남성이 욱신욱신 맹렬하게 발버둥 쳤다.

"하악, 하악."

또한 서주가 숨을 헐떡일 때마다 시각적인 묘미도 이루 말할 수가 없었다. 들어가기 직전, 눈을 질끈 감았다.

'후회하지 않을까?'

몇 번을 물어도 답은 결국 하나였다. 눈을 감으니 몸을 떠는 서주의 반응이 오히려 더 생생하게 다가와 더욱더 그의 욕망을 자극할 뿐이었다. 결국 오감을 자극하는 그녀의 떨림에 시진은 열기를 띤 서주의 몸 안으로 통하는 입구에 자신의 남성을 찔러 넣었다.

"아앗!"

그녀가 비명을 질렀다. 그의 팔뚝을 움켜잡은 서주의 손톱이 날카롭게 파고들었다.

"아, 아파…… 흑."

겨우 입구에만 닿았을 뿐인데, 그녀가 부들부들 떨며 온몸을 경직했다. 그 와중에도 좁은 통로는 그의 일부를 본능적으로 빨아들이려 했다. 또 한 편으론 본능적으로 거부하는 것도 같았다. 그랬다. 뜨거우면서도 경직된 서주의 몸은 이율배반적이었다.

"알아, 아니까, 조금만 참아."

"흐으…… 오빠가 뭘 알아?"

울지 않으려고 입술을 꼭 깨문 서주가 눈을 흘겼다. 좁았다. 아니, 사실은 아주 많이 좁았다. 서주의 몸이 경직되어 있으니 더한 것 같았다. 처음이라는 그녀의 말을 믿었다. 그리고 그 믿음이 이렇게 증명되었다.

그의 내면에 있는 천사는 화를 냈고, 악마는 환호했다. 지금 시진은 그 누구도 들여다보거나 들어가 보지 못한 곳으로 탐험을 시작하게 된 것이다.

자신의 건강 때문에 포기한 것이 많았을 서주가 화가 날 정도로 안타까움과 동시에, 또 한 편으로는 그것이 얼마나 큰 자부심을 주는지.

아니 악마가 거의 압도적이었다. 적어도 자신의 일부가 그녀의 몸 안으로 처음 뚫고 들어간 순간에는.

'알아, 안다고. 나 찌질해. 원래부터 그랬어. 근데 이 와중에 빌어먹을 정도로 예뻐.'

그녀의 눈가가 물기로 촉촉이 젖어 있었고, 광대는 선홍빛으로 물들어 있었다. 아픔을 견디기 위해 깨문 입술은 핏빛으로 윤이 났다. 무엇보다도 좁은 통로에 아주 조금 밀고 들어간 자신의 분신을 휘감아 오는 압박이 말로 표현할 수 없을 정도였다.

"힘을 좀 빼. 힘을 빼면 나을 거야."

"어떻게 힘을 빼라고? 흐웃…… 아프단 말이에요."

"괜찮아, 괜찮아."

흐느끼듯 말하는 서주가 그의 팔뚝을 잡고 몸을 위로 밀어내려 하자, 시진은 부들부들 떨며 그녀를 달랬다. 이렇게 시진 또한 견디고 있었다.

"아파, 아프다고."

"곧 괜찮아질 거야."

"정말?"

"응."

시진이 이를 악물고 고개를 끄덕여 주자, 물기 어린 눈빛으로 서주가 그를 올려다보았다. 그런 그녀를 굽어보며 시진은 버티고 또 버텼다.

그러는 동안에도 그녀의 통로가 팽팽하게 부풀어 자신의 일부를 압박하는지, 바늘 끝만 대도 뻥, 하고 터질 것 같았다. 시진은 괜찮아질 거라고 연신 속삭이며 한 손을 내려 그녀의 음핵을 살살 문질렀다. 그러자 서주가 온몸을 휘며 파들파들 떨었다.

"아학, 아아앗."

약간의 쾌감을 느끼도록, 그 느낌 때문에 그녀의 몸이 이완되기를 바라는 마음에 음핵을 문질러 주었다.

시진이 멈추지 않고 천천히 무게를 실어 그녀의 몸 안으로 진입하기 시작하자, 등허리를 한껏 휘며 서주가 연신 비명을 질렀다.

시진은 고개를 숙여 그녀가 몸부림칠 때마다, 흔들리는 가슴을 입술로 비비고 혀로 핥았다.

"들여보내 줘, 서주야."

이어 젖꼭지를 잘근잘근 깨물면서 시진은 거듭거듭 자신의 일부가 진입하려고 불끈거리는 서주의 음부 주변을 만져 주었다.

그렇게 조금씩, 조금씩 전진하는 사이에도 서주는 부들부들 떨었다. 아니, 어쩌면 그가 떨고 있는 것일지도 몰랐다. 시진은 입술을 미끄러뜨려 그녀의 목덜미도 깨물어 주었다.

"아파, 아흐읏, 아파요, 오빠."

"조금만 더 들여보내 줘, 서주야."

그러고는 코끝으로 서주의 목덜미를 문질러 대며 거듭거듭 달랬다.

"아악. 오빠, 그만해. 오빠, 못 견딜 것 같아."

"조금만 더 열어 줘. 곧 들어갈 수 있을 거야."

턱을 타고 올라가 그녀의 입매도 더듬고 자신의 얼굴을 서주의 보들보들한 피부에 연신 비비며 조금 더 무게를 실어 안쪽으로 파고들었다.

"못해. 못 하겠어!"

서주가 그의 몸 아래에서 허리를 뒤틀고, 엉덩이를 들썩이며 몸부림을 쳤다. 그것도 모자라 시진의 어깨를 밀어내고 주먹으로 때리기까지 했다.

"미안해, 나도 멈추지 못하겠어."

"못 한단 말이……."

그렇게 그녀가 자신의 몸 아래에서 몸부림을 치던 그때, 자신의 일부가 쑥 안으로 빨려 들어갔다.

"아!"

"으읏!"

동시에 두 사람의 입술 사이에서 신음이 터져 나왔다. 시진은 눈을 질끈 감은 채로 홧홧하게 자신의 일부를 휘감는 압력을 음미했다. 뜨겁고 축축하고 움찔움찔 살아 움직이는 그 감각을 말이다.

한동안 그 느낌을 만끽하다가 눈을 떴을 때, 시진은 그녀와 눈이 마주쳤다. 서주의 촉촉한 눈빛이 눈꺼풀 때문에 깜빡깜빡. 그 눈동자 속의 자신도 동시에 점멸했다.

"이제 되었어. 다 채웠어."

시진은 그녀를 보며 나직이 속삭였다. 심장이 터질 것 같았다. 또한 움찔움찔 살아 움직이는 뜨겁고 축축한 근육에 휩싸인 자신의 분신도.

"흐윽, 내 몸을 찢고 들어올 거라는 소리는 안 했잖아."

서주가 울먹였다.

"네가 좁아서 그래."

그럼에도 흥건하게 젖어 있어 깊이 자리를 잡을 수가 있었다.

"그게 내 탓이에요?"

"널 탓하는 건 아닌데."

그렇게 말했지만, 사실 다 채우고 나서도 이렇게 견딜 수 없을 정도로 미치겠는 건 사실 서주 때문이라는 생각을 멈출 수가 없었다.

"꼭 내 탓으로 들리잖아. 오빠가 커서 그래요! 오빠 탓이라고!"

그의 아래에서 서주가 앙탈을 부렸다.

"그래, 내 탓이야."

"이제 끝이에요?"

"응?"

"이게 다냐고. 이젠⋯⋯."

"아니. 이제부터 시작이야."

"뭐?"

"지금부터 시작이라고."

"마, 말도 안 돼!"

"얼마나 갈지는 네가 하기에 달렸어."

"또 내 탓이에요?"

"아니, 네 덕이야."

"무슨 소리를 하는 거예요?"

"날 만져 줘. 그렇게 해서 날 최대한 빨리 보내 버려. 그럼 네가 아픈 시간이 줄 거야."

"어, 어떻게 하라고?"

서주가 당혹스러운 눈빛으로 묻자, 시진은 그녀의 손 하나를 잡아 손끝에 입을 맞춘 뒤 자신의 심장에 댔다.

"날 만져 줘."

그러고는 쉰 목소리로 말했다. 온몸이 떨렸다. 인내심은 어느새 바닥이었다. 그도 그럴 것이 아프다고 하면서도 서주의 깊숙한 통로는 움찔움찔 내내 시진을 자극하고 있었던 까닭이다.

그의 말을 들은 서주가 손이 얹어진 가슴을 쓰다듬었다. 보들보들한 손끝으로 시진의 어깨도 매만졌다. 그는 한 팔을 굽혀 팔꿈치로 몸을 지탱한 뒤, 다른 팔로 그녀의 허리를 감싸 안고 의지를 총동원하여 조심스럽게 꿰뚫은 그녀의 몸 안에서 움직였다.

"흐으읍."

시진은 고통에 찬 신음을 흘리는 그녀의 입술을 혀끝으로 핥았다. 극도로 끌어 올린 의지로 천천히 그리고 아주 조심스럽게.

"만져 줘."

그녀의 입술 위에 아슬아슬 떨리는 숨결을 토해 내며 거듭거듭 애원했다. 그러자, 서주의 한 손이 어깨에서 움직여 그의 얼굴을 어루만졌다.

시진은 서주의 눈을 바라보며 고개만 살짝 돌려 그녀의 손바닥에 입술을 누르고 혀끝으로 손바닥 안쪽 오목한 부위를 핥았다.

자신의 볼을 어루만지던 서주의 손이 또 어느새 겨드랑이를 타고 자신의 등으로 옮겨가는 것을 느꼈다. 붕대를 감은 손과 아울러 야들야들한 그녀의 왼쪽 손바닥이 자신의 등을 쓰다듬는 사이, 시진은 그녀의 입술을 탐닉하며 서주의 몸 안에서 잠시 빠져나왔다가 엉덩이를 부드럽게 튕겼다.

"으읍!"

고통에 몸부림치던 서주가 파들파들 떨며 그에게 매달렸다.

그녀의 통로가 기다란 그의 일부를 짜릿짜릿하게 휘감고는 안으로, 안으로 더 깊이 빨아들이는 것이 느껴졌다.

"하악!"

"미안해."

입술이 떨어진 순간 그녀를 굽어보게 되었는데, 더더욱 참을 수 없게 되어 버렸다. 통제력이 산산조각 나는 것을 알면서도 시진은 최대한 부드럽게 하고 싶었다. 하지만.

"하지만 못 참겠어, 이제."

차라리 고통스러운 서주의 표정을 보지 않는 것이 나을 것 같았다. 시진은 고개를 그녀의 목덜미에 묻었다.

"못 참으면?"

"결국 날 미치게 만들어, 넌."

그렇게 그녀의 목덜미에 대고 거칠게 이를 갈듯 말하고는 허리를 튕겼다.

"아학! 아파…… 흐읏."

그러자 서주가 날카롭게 비명을 질렀다. 폭주하는 시진의 아래에서 그녀는 끝까지 울부짖었다.

"그만해, 아프다고!"

어깨를 때리고 깨물고 펑펑 울고.

"으으으, 으윽!"

그의 몸이 빳빳하게 굳었다가 부르르 몸서리칠 때까지, 그의 아래에서.

* * *

"그러잖아도 기권했어요."

처음엔 대견해하더니 몇 차례 진행된 방송을 보고 난 이후 그녀의 어머니는 반대로 돌아섰다. 그녀가 어떤 음식을 만들어 내는지 또 어떻게 인정을 받고 있는지는 중요하지 않았다. 어머니의 레이더에는 지나치게 무리하는 서주만 눈에 들어갔을 테니 말이다.

– 기권했어?

그러니 기권했다는 그녀의 말에 어머니는 거의 환호했다.

"네."

– 잘했다.

"근데 엄마……."

'아무래도 다친 것을 방송으로 알게 되는 건 좀 그렇겠지?'

– 응?

'아냐, 그냥 나중에 알게 되는 게……. 아니다. 역시 안 되겠다.'

"사실은 기권한 이유가 있어."

– 혹시 잘렸어? 그래도 잘됐어.

"아니, 기권이라고."

– 이제 다신 그런 일은 하지 마. 느긋하게 요리해도 엄만 체력이 딸리던데, 그게 뭐니? 정해진 시간 안에 해내라니. 하다가

실패할 수도 있고 또⋯⋯.

"다쳤어."

─ 응?

"다쳐서 기권했다고."

─ 뭐? 다쳤어? 어딜!

'아, 귀청이야.'

"으응, 손을 다쳐서. 더 이상 요리할 수가 없어서 기권한 거라고. 잘린 게 아니라. 그건 엄연히 다른 거야."

서주는 미간을 찌푸리며 말했다.

─ 그걸 왜 이제야 말해! 얼마나 다쳤어? 지금 괜찮아? 아, 안 되겠다. 지금 당장 올라가야지. 대체 왜 그런 걸 이제야 말하는 거니?

"엄마, 엄마, 엄마아!"

─ 그래, 엄마라고 잘 불렀다. 내가 네 엄마긴 하니?

"당연히 엄마는 엄마지. 엄마긴 하냐니, 그게 무슨 소리야?"

─ 내가 네 엄마라면서, 왜 이제야 말을 하느냐고.

"걱정할까 봐."

─ 원래 자식 걱정은 엄마의 의무이자 권리야. 네가 왜 마음대로 엄마의 권리를 박탈하는 거니?

"그렇게 말하면 부모님 걱정할까 봐 걱정하는 건 자식의 의무이자 권리야."

─ 말로는 내가 널 못 당하지?

"엄마 딸인데 그럼. 엄마, 별일 아니야. 지금은 완쾌했으니 굳이 올라올 필요 없어."

– 너 그래서 방학 동안 집에도 안 내려온 거야?

"아니라니까. 그건 녹화 일정 때문에 그랬고, 아무튼 엄마 걱정하지 마."

– 아, 참. 간병은? 누가 여태 간병한 거야?

"그야, 오……."

– 뭐? 오?

"간병인이 했지. 간병인 성이 오 씨야."

그리고 그 간병인은 서주를 거의 신생아 다루듯 다루었었다.

– 지금은?

"당연히 이젠 그만뒀지. 지금은 말짱한데."

화상 자국은 피부 재생 연고를 꾸준히 바른 뒤 자외선을 쬐지 않기 위해 신경 쓰며 꽤 오랫동안 천천히 치료해야겠지만, 상처는 이미 다 아문 상태였다.

덕택에 한여름에도 오른쪽은 토시와 장갑을 끼고 외출을 해야만 했지만, 아직까지 외출할 일이 그리 많지 않아서 불편한 적은 없었다. 또한 다행인 것은 마른 그녀가 더위를 거의 안 탄다는 점이었다. 살다 보니 삐쩍 마른 체형이 이렇게 도움이 될 때도 있었다.

서주는 어머니의 걱정 어린 잔소리를 한동안 들은 뒤 전화를 끊었다. 이어 한숨이 길게 늘어졌다. 그렇게 만류했지만 십중

팔구 오늘 혹은 내일 중에 어머니가 들이닥칠 거라는 걸 누구보다 잘 알았기 때문이다.

'아무래도 미리 방비하는 것이 좋겠어.'

서주는 휴대폰을 들었다. 그러다 시간을 확인한 뒤, 도로 내려놓고는 여태까지 미뤄 두었던 다음 학기 수업 준비를 마무리하기 시작했다.

이미 개학은 했지만 아직 서주는 병가 중이었다. 그 와중에도 이따금 시간을 확인하던 서주는 그의 점심 영업이 끝날 시점에 다시 핸드폰을 들었다.

"저예요, 오빠."

— 음.

시진은 여전히 퉁명스러웠다. 그러나 단지 겉보기일 뿐, 이젠 그가 자신에게 얼마나 다정다감한지 잘 알고 있었다.

손이 다 아물어 물에 넣어도 상관이 없었음에도 가벼운 노동이든 뭐든 물 한 방울 손끝에 닿지 않게 했다. 그뿐만 아니라 그녀의 머리끝에서 발끝까지 여전히 씻겨 주고 있는 상황이었다. 심지어 아직도 자신을 위해 양치까지 해 주고 있으니 말해 뭣하겠는가.

'으엑, 오빠는 비위 안 상하나 몰라.'

서주는 아직도 그에게 자신이 양손잡이라는 사실을 말하지 않았다. 아니 이젠 말하지 못하게 되었다. 오른손을 사용할 수 없어 양치까지 해 주는 그에게 여태 속였다고 말하기가 좀 난

감했다.

'어쨌거나 조만간에 말해야 해.'

"영업 끝났죠?"

사실은 왼손 사용이 자유로워서 처음부터 자신의 몸은 건사할 수 있었을 것이라고 이실직고를 한 뒤 혼이라도 나야 마음이 편하겠다고 결심하며 물었다.

– 음.

"당분간은 오지 않는 것이 좋을 것 같아요. 적어도 오늘은."

– 왜?

시진이 의아한 어조로 물었다. 간병을 이유로 현재 그는 서주의 집에서 출퇴근 중이었다. 직장에 가서도 시진이 끼니마다 그녀의 도시락을 싸가지고 오갔다.

그의 집은 'ospite d'onore' 본점 건물 3층에 있었다. 서주가 시진의 편의를 위해 그곳으로 가면 'ospite d'onore'의 직원들이 두 사람의 관계를 어떤 식으로 정리할지 눈에 뻔했던 까닭이다.

서주는 적어도 'Challenge Star Chef K 시즌 7'이 끝날 때까지 그를 위해서 그리고 남은 도전자들을 위해서 두 사람의 관계가 외부로 드러나서는 안 된다는 생각이었다. 그리고 그녀의 생각에 시진도 동의한 상태였다.

"아무래도 오늘내일 부모님이 쳐들어오실 것 같아."

– …….

어쩐 일인지 시진이 한동안 입을 다물었다. 그런데 그 침묵이 예사롭지 않게 느껴지는 건 괜히 예민해져서일까? 여자의 직감, 뭐 그런 것 말이다.

"오빠?"

— 알았어.

시진이 끝내 무뚝뚝하게 대꾸했고, 전화를 끊었다.

'음…… 화난 것 같은데?'

늘 뚱한 표정에 무뚝뚝한 어조였지만, 예전에는 막연히 다른 감정을 느꼈던 것과 달리 이젠 아무런 의심 없이 확실히 내면을 볼 수 있게 되었다. 그 이면에 있는 미묘하지만 분명히 깃든 다정다감함을.

그런데 지금은 정말로 화가 난 것 같았다. 서주는 지금 당장 'ospite d'onore' 가서 시진의 화를 풀게 만들어야 한다고 생각했지만 실행은 늦추었다.

본가에서 여기까지 차로 달리면 한 시간 반의 거리. 그렇다면 부모님이 들이닥칠 때까지는 길어 봐야 고작 두 시간의 여유가 있는 것인데, 그 짧은 시간에 그에게 가서 달래고 되돌아오는 것은 좀 불안하게 느껴졌다.

역시 부모님이 돌아가신 이후에 마음 편히 부르거나 가는 것이 좋을 것 같다는 계산이 되어 서주는 그냥 눌러앉았다. 대신 서주는 서둘러 집 안을 오가며 정리했다.

"대체 이게 무슨 일이니?"

그녀의 예상대로 부모님은 단 두 시간 만에 경기도 끝에서 여기까지 내쳐 달려왔다.

"이건 가벼운 부상 정도가 아니잖니."

어머니는 보자마자 눈물 바람이었고, 아버지는 잔뜩 굳은 얼굴이었다.

"괜찮아. 이제 다 나았잖아."

서주는 어머니가 덥석 잡은 손을 슬그머니 뺐다.

"아, 미안. 아직 아프니?"

"아니, 안 아파. 좀 간지러울 뿐."

"얼마나 아팠니?"

"별로 아프지 않았어."

"화상이야, 어떻게 안 아파? 엄마를 바보로 아니? 음식하다 살짝 뜨거운 물만 튀어도 놀라는데."

"엄마, 울지 마. 정말 괜찮다니까?"

"손이 이 지경이었는데, 왜 여태 연락 안 했어?"

"엄마가 이럴까 봐. 내가 아픈데 엄마 걱정까지 해야겠어?"

"너 진짜……."

"됐어, 그만해."

가만히 지켜보던 아버지가 버럭 성질을 내자, 마침내 상황이 종료되었다. 어머니는 그녀를 위해 부산하게 움직였고, 아버지는 내내 어두운 표정이었다.

서주는 아버지가 신경이 쓰여 정말 괜찮다고 여러 번 말했지만, 이상하게 표정이 달라지지는 않았다.

"엄마가 밥 준비하는 동안 우리 잠깐 산책할까?"

급기야 아버지가 무슨 할 말이 있다는 뉘앙스로 그녀에게 제안했다.

"더운데 어딜 나가요?"

"좁은데 세 사람이 있는 것보다 잠시 시원한 곳에서 차 한잔하는 것도 나쁘지 않지."

"좀 기다렸다가 그럼 셋이 나가요."

"당신은 애 먹을 거나 챙겨. 살이 더 빠진 것 같잖아."

"나 괜찮은데? 살 안 빠졌어."

주고받는 부모님 사이에 끼어들어 서주는 말을 더하며 자신을 굽어보았다. 아무래도 부모님 눈은 못 속이나 보다. 애초에 말랐으니 크게 티가 나지 않았지만 살이 빠진 것은 사실이었다.

'솔직히 근래 들어 살이 빠질 수밖에 없긴 했지.'

몰래 붉히며 서주는 딴청을 피웠다. 더운 여름, 슈퍼싱글 사이즈의 침대에 덩치 큰 곰 인형 아닌 곰 인형과 부둥켜안고 자는 일이 아직은 익숙지 않아서 잠을 설치기도 했지만, 물론 잠을 설친 데는 또 다른 이유가 있기도 했다.

시진이 자신의 체력을 많이 배려하는 것을 모르지 않았다. 그럼에도 매일 밤 안기는 것은 좀 버거운 일이었다. 물론 할 때는 좋아서 그런 생각조차 하지 못하는 것이 화근이라면 화근일 것이다.

"뭘 안 빠져? 눈이 다 퀭해 보여. 그래, 아무래도 아빠 말이 맞는 것 같아. 엄마가 보양식 준비하는 동안 부녀 지간에 오붓하게 데이트하고 와."

어머니의 말에 결국 서주는 아버지와 오피스텔을 나오게 되었다.

16. 꼭 해야만 하는 말

산책을 한 것은 아니었고, 서주와 아버지는 오피스텔 로비에 있는 카페로 들어갔다. 아버지가 한동안 서두를 꺼내지 못하고 그녀의 눈치를 보았다.

"왜요, 아빠?"

결국 서주가 입을 열 수밖에 없었다.

"……."

"저에게 뭐 하실 말씀 있으세요?"

"서주야."

"응?"

"너 있잖니……."

"왜요, 아빠?"

"……."

"하실 말씀 있으면 하세요, 아빠."

또 한동안 우물쭈물하다가 아버지가 상의 주머니에 손을 넣었다. 그러고는 꺼내 놓은 것이 면도기였다. 순간 어리둥절했다가, 서주는 순식간에 그 의미를 알아차렸다.

그녀의 오랜 병원 생활로 부모님에게 습관이 되어 버린 것이 있었는데, 어딜 갔다 실내로 들어오면 제일 먼저 손을 닦는 일이었다.

방금도 아버지가 먼저 손을 닦으러 욕실로 들어갔고, 그때 시진의 면도기를 보았던 모양이다. 아마도 어머니가 보기 전에 아버지가 주머니에 쑤셔 넣었을 것이다.

그러고 보니 오피스텔에는 남자의 흔적이 아주 많았다. 거의 보름 가까이 시진과 함께 지냈으니 말이다. 그나마 부모님이 오시기 전에 미리 정리하여 눈여겨보지 않는다면 모를 정도라는 건 다행이었다.

애초에 욕실이 좁아서 시진의 화장품은 욕실 수납장에 넣어 두었다. 특히 그의 집이 바로 직장의 위에 위치했기에 옷가지를 많이 들고 들어오지는 않았다.

가지고 온 건 그의 실내복 단 두 벌이 전부였는데, 그것 모두 부모님이 오시기 전에 서주가 재빨리 개어 서랍장에 갈무리했던 것이다.

'그런데 면도기까지는 생각을 못 했어.'

"할 말 없냐?"

"……."

'뭐라고 말씀드리지?'

사실 그와 함께하는 동안 서주는 아무 생각도 하지 않았다. 두 사람의 미래 또한 생각하지 않았다. 매 순간, 순간이 중요했을 뿐, 그리고 그냥 같이 있고 싶었을 뿐 아무것도 따지지 않았다.

그에게 바라는 것도 없었고, 시진 역시 아무것도 그녀에게 바라지 않았다. 그는 그냥 서주의 곁에 있었다. 적어도 지금까지는 말이다.

'언제까지 그럴 수 있을지 모르지만 그냥 이렇게…… 아냐, 말도 안 돼. 함께하는 동안에는 오빠와의 관계를 숨길 수는 없어. 다른 사람이면 몰라도 부모님에게는 그럴 수 없어. 그건 부모님에게도 오빠에게도 못 할 짓이야.'

"혹시 내가 아는 남자냐?"

"네."

아주 짧은 순간, 그럼에도 아주 깊은 생각 끝에 서주는 순순히 대답했다.

"혹시……."

어쩐지 아버지의 손끝이 파르르 떨리는 것 같았다. 도저히 생각하고 싶지 않은 사람을 떠올린 듯한 표정을 짓고서 말이다.

"시진 오빠예요."

"……"

이어 순식간에 변하는 아버지의 표정은 뭐라고 표현하기 어려웠다. 갈증이 나는지 물컵으로 뻗은 아버지의 손끝이 떨리는 것을 보며 서주는 좀 의아했다.

물론 이해되지 않는 것은 아니었다. 시진에게는 부모님이 없었고, 유년의 환경이 좋지 않았다. 그것만 보면 부모 된 입장에서는 금이야 옥이야 바람이 불면 날아갈까 노심초사하며 키운 딸자식에게 어울리지 않는 남자로 보일 것이다.

'하지만 지금은 어엿한 사회인으로서 누구나 오빠를 인정해.'

솔직히 서주는 여태 살아오면서 시진의 나이 또래 남자가 그처럼 자수성가한 이를 단 한 명도 만나지 못했다. 어디 내놔도 손색이 없을 정도였는데, 어쩌면 그걸 부모님은 모를 수도 있겠다 싶긴 했다.

"혹시 걱정이시라면, 결혼까지는 안 할 거예요."

하지만 그걸 말하는 대신, 이렇게 대꾸했다. 그런 조건은 두 사람의 결혼 여부를 판단할 때나 필요한 것이기에. 서주가 생각하기에 연애는 그저 그 사람만 보고 하는 것이고, 아마도 그건 부모님의 생각도 같을 것이다.

"그 녀석이 그렇게 말해?"

그런데 아버지의 표정은 더 나빠졌다.

"네?"

"너랑 결혼을 안 하겠다고."

심지어 이를 가는 것 같기도 했다.

'하긴 딸 가진 부모 입장이라면 저럴 수 있어.'

"아뇨. 우린 그런 말 나누지 않았어요. 그냥……."

자신의 상황 때문에 결혼 생각이 없다는 소리를 하면 부모의 가슴을 찢는 일이 될 것이다.

"그냥?"

"제가 독신주의라서."

그래서 서주는 그렇게 대답할 수밖에 없었다.

"독신주의?"

"네, 결혼은 저하고 안 맞는 것 같아요."

"그 녀석도 알고?"

"아직 그렇게까지는 말하지 않았지만."

'미리 말해 둬야 하는 거겠지?'

시진이 미래를 생각하고 있는지 안 하고 있는지와는 별개로 자신의 의사는 분명히해야 한다는 생각에는 변함이 없었다.

'좀 늦었어.'

시작하기 전에 말했어야 했다. 그것이 상대방에 대한 예의였다. 그런데 왜 여태 그런 진지한 대화를 나누지 못했는지, 생각해 보았다.

'벌써 했어야 하는데, 왜지? 왜 말을 하지 못한 거지?'

이해되지 않았다. 가치관이 흔들리는 기분이 든다고 할까? 하지만 지금은 그게 중요한 게 아니었다.

"요즘은 그래?"

지금 당장 눈앞에 있는 그녀의 아버지가 전혀 이해하지 못하고 있었으니 말이다. 산은 한 걸음 한 걸음 올라야 하는 법이고, 고비도 하나하나 넘는 것이다. 지금은 아버지부터 넘어야만 했다.

"······."

"요즘 젊은 사람들은 어떤 약속도 없이 동거를 하고 그러느냐고."

"동거한 건 아니에요."

'아냐, 그게 동거인가?'

"그럼 뭐냐?"

"저를 간병했어요."

"뭐?"

"오빠가 절 간병했다고요. 같이 지내는 것이 간병하는데 더 편하니까, 그래서."

'그래도 동거나 다름없지?'

이유야 어떻든 두 사람이 한 공간 안에서 함께 먹고, 함께 자고 함께 그 많은 것을 나누었으니, 그래 동거였다. 사실 기간은 중요하지 않았다.

"그러게 왜 우리에게 연락을 안 한 거야?"

"걱정하실까 봐."

"남은 걱정해도 되고, 정작 부모의 걱정은 마다하겠다는 뜻이야?"

"오빠가 남은 아니에요."

"남이 아니면? 결혼도 안 할 거라면서? 결혼도 안 할 남은 네 걱정을 해도 되고 부모는 안 된다는 거냐?"

"그게 아닌 거 아시잖아요. 그냥……."

"그냥 뭐?"

"……."

그냥 시진과 함께하고 싶었고, 그렇게 함께하는 것이 자연스러웠다. 지금 생각해 보니 그랬다. 하지만 어쩐지 아버지에게 그리 말하면 안 될 것 같았다.

"이젠 간병 필요 없지?"

"네? 네."

"그럼 그 녀석이랑 같이 있을 필요도 없고."

"……."

"다신 그 녀석 집에 끌어들이지 마라."

아버지는 그 어느 때보다 엄한 표정을 지었다.

"……."

자신의 건강 때문에 오냐오냐, 물고 핥고 빨 정도로 아껴 가며 키우는 동안 단 한 번도 짓지 않았던 표정이기에 서주는 좀 당황스러웠다.

"알겠니?"

"……."

"대답해."

"네."

"독신주의로 자유롭게 연애하는 거 뭐, 전혀 이해는 안 된다마는 네가 그러길 바란다면 그래도 좋아."

"……."

"그런데 그 녀석은 안 된다."

"왜요?"

아버지가 단칼에 자르자, 서주는 의아한 눈으로 물었다.

"안 돼, 글쎄."

"그러니까, 왜요. 아빠?"

지금 생각해 보면 의아한 것이 한두 가지가 아니었다. 그래서인지 문득 고향에서 시진이 떠나던 그 날, 마지막으로 자신을 증오하던 그 눈빛이 이상하게 떠올랐다.

'아빠와 완전히 상관이 없는 것 같지가 않아. 아니 어쩐지 그때 그 눈빛, 꼭 아버지 때문인 것 같다면 망상인가?'

사실 그것만 이상한 게 아니었다. 자신이 그를 그리워할 때마다 아버지가 보이던 강한 적의는 충분히 갸웃거릴 수밖에 없는 것이었다.

지금 아버지의 반응도. 물론 상식적으로 결혼도 안 한, 결혼할 의사가 없는 자식이 남자와 거의 동거하고 있는 사실을 안 아버지의 반응이라고 생각한다면 이해가 아주 안 되는 것은 아니었다.

'하지만 좀 넘치잖아? 어쩐지 남자의 간병을 받았다는 것이 문제인 것 같지가 않아. 간병한 사람이 문제인 거지.'

뭐라고 딱히 꼬집을 수는 없었다. 그냥 보고 느껴지는 것이 그것이니 증거가 있는 것도 아니었다. 확실한 것은 아버지가 시진을 증오하고 있다는 점이었다. 시종일관 서른도 넘은 시진을 그 녀석, 이라고 칭하는 아버지의 눈빛이 그랬다.

"네 가치관이 자유로운 연애고, 배울 만큼 배웠고 양식도 충분하니 그 연애에 책임질 수 있다는 거 잘 아니까 반대는 안 하마. 연애하고 싶으면 해. 네가 원한다면 이 세상 모든 남자와 연애해도 돼."

"……."

"단 그 녀석은 안 된다."

심지어 이렇게까지 쐐기를 박는 것을 보면 더더욱 어리둥절할 수밖에 없었다. 왜냐고 묻는 그녀의 말에는 전혀 대꾸도 없이, 그 어떤 이유도 내어놓지 않고 무조건 반대였다. 아버지의 뉘앙스가 그랬다는 뜻이다. 그리고 그 뉘앙스를 통해 서주는 확신하는 지경에 이르렀다. 아버지의 낯빛이 오죽했으면 말이다.

"약속해. 그 녀석하고 다시는 엮이지 않는다고."

"약속 못 해요, 아빠."

"그 녀석과 결혼 안 할 거라며?"

"네. 오빠 아닌 그 누구라도."

"그럼 사랑하는 것도 아니잖아? 근데 왜 약속을 못 하겠다는 거냐?"

"사랑하면 다 결혼하나요?"

"그럼 사랑한다는 뜻이야?"

"……."

순간 말문이 막혔고, 서주는 뒤통수를 맞은 듯 눈앞이 환해졌다.

"정말 그 녀석을 사랑하기라도 한다는 뜻이야?"

귀로 들은 말을 강하게 부정하고 싶은 심정이었는지 아버지는 심지어 목소리마저 떨고 있었다.

"네, 아빠. 사랑해요. 진심으로."

그런데 그 떨림 때문에 오히려 서주는 깨달았다. 자신을 매우 잘 아는 아버지는 이미 자신이 시진에게 빠졌다는 것을 확신하고 있었던 것이다. 이렇게 아버지가 도움을 주지 않았다고 해도 서주는 언젠가 자신의 마음을 명징하게 알아챌 날이 왔을 것임을 본능적으로 알았다. 단지 아버지가 그걸 앞당겨 준 것뿐이다.

"사랑한다고? 그 녀석을 사랑한다는 말이냐?"

"네, 하지만 결혼은 하지 않을 거예요."

'혹, 오빠가 딩크일 가능성이 얼마나 될까?'

그녀가 알기로 시진은 참 외로운 사람이었다. 그건 굳이 깊게 파고들지 않아도 직관적으로 알 수 있는 것이었다. 외로운 사람들은 대개 그 외로움에 대한 보상을 갈망하고는 한다. 그러니 시진 역시 미래에 다복하게 살기를 바랄 것이다.

'어쩌면 나 하나로 충분할지도 몰…… 아냐, 왜 이런 생각을? 난 뭘 기대하는 거야?'

무엇보다도 서주는 그가 일생의 외로움을 보상받으며 살기를 그 누구보다 바랐다. 여우 같은 아내와 토끼 같은 자식들을 주렁주렁 매달고.

그와 그런 다복한 가정을 이루는 사람이 자신이었다면 참 좋았겠지만, 서주는 자신이 그에게 그런 다복함을 절대로 줄 수 없다는 것을 알고 있었다.

"왜? 사랑하는데 왜 결혼을 안 하겠다는 거냐?"

아버지의 표정을 본 순간 서주는 선의의 거짓말을 해야 하는 순간이 온 것을 직감했다. 그런데 그 선의의 거짓말이 과연 옳은 것인가 생각해 보았다. 옳고 그름을 떠나서 본능적으로 깨달았다.

"아이를 낳을 수 없으니까요. 아시잖아요."

지금 쐐기를 박아 두지 않으면 앞으로는 분명 기회가 오지 않을 것임을. 사람은 때론 누군가 말해 주지 않아도 본능적으로 알게 되는 것이 있는 법이다.

이 순간이 지나면 아버지는 시진과 자신이 엮이지 않도록 무슨 수든 필사적으로 쓰며, 이런저런 남자들을 들이밀 것임을 확신하고야 말았다.

'아버지와 오빠 사이에 뭔가 있어, 분명.'

왜 그러실지는 알 수 없지만.

"뭐?"

"저는 제 목숨을 아이와 바꾸고 싶지 않아요."

그래서 서주는 기꺼이 불효를 저질렀다.

"……."

"제 심장이 바람 앞의 등불인데, 전 어떻게든 끝까지 살아남고 싶거든요."

아버지의 안색이 창백해지는 것을 보면서도, 가책을 느끼면서도 그녀는 말을 이어 나갔다.

"제 목숨 그 누구에게도 양보 못 해요. 그게 내 아이라고 할지라도. 그러니까 전 아이를 낳을 생각이 없어요."

"그 녀석이 아이를 원하니?"

그녀가 이렇게까지 나오니 아버지는 생각이 많은 눈치였다.

"아뇨, 그런 말 나눈 적 없어요."

"말도 한번 해 보지 않았어?"

"그러고 싶지 않아요."

"그래서 결혼 생각이 애초에 없다고?"

"네."

"아니다. 그 녀석은 상관없어. 이 세상 어딘가에 너와 맞는

짝이 분명히 있을 거야. 아이 없이 너랑……."

"아이 낳을 생각은 없지만, 연애도 오빠 아니면 싫어요."

아버지의 말을 자르고 서주는 그 어느 때보다 단호하게 대처했다. 그래야 자신이 예상하는 그런 일이 일어나지 않을 것이라는 확신이 들었다.

"그 녀석은 안 돼, 글쎄."

"그러니까 말해 줘요. 왜요, 아빠?"

"……."

"왜 오빠는 안 되는 거예요?"

"그건……."

아버지는 대답하지 못했다. 서주는 끝까지 강요할 생각이 없었다. 분명 두 사람 사이에 뭔가 있는 것은 확실했지만 그녀는 모른 척 넘어가기로 했다.

그것이 크게 두 사람의 관계를 좌지우지할 것 같지 않았다. 어차피 결과는 같을 것이다. 아버지가 연애를 반대해도 그녀는 시진과 헤어질 생각이 없었다.

'하지만 한 가지 확실히 깨달았어.'

더 이상 시진과 지금처럼 매 순간, 순간만을 중시하며 지낼수 없다는 것을.

그의 마음이 어떨지 서주는 알 수 없었다. 그가 자신을 사랑할 수도 있고, 아닐 수도 있고. 사랑한다고 해도 청혼할 수도 있고, 또 독신주의일 수도 있고. 아울러 시진이 자신을 사랑해도 딩크일 수 있고, 그 또한 아닐 수도 있고.

이 수많은 변수를 안고 근시안처럼 코앞만 보며 더는 지낼 수 없다는 것을 그녀는 결국 인정할 수밖에 없었던 것이다. 마음이 복잡하게 엉켰지만, 서주는 예전의 모습대로 의연해졌다. 아니 그러려고 필사적으로 노력했다.

'더 미룰 수가 없겠어.'

서주는 아버지와 함께 카페에서 나와 엘리베이터로 향하던 걸음을 멈추었다.

보름이나 가까이 동거 아닌 동거를 했지만 서주와 시진은 정식으로 사귀는 사이가 아니었다. 이젠 확실히 해 둘 필요가 있었다. 자신의 마음을 확인한 순간 서주는 그래야만 한다고 결심했다.

"아빠, 먼저 올라가 계세요."

"……."

아버지가 말없이 돌아보았다.

"가서 꼭 해야 할 말이 있어요."

"꼭 지금 그래야겠니? 난 너희들의 연애까지 반대한다고 말했을 텐데?"

"지금 말하지 않으면 안 될 것 같아요. 그리고 오빠와 연애할래요. 결혼은 몰라도 연애까지 허락받아야 하는 미성년은 아니라고요, 난."

"……."

안색을 보아하니, 아버지는 분명히 상처를 받은 것 같았다.

"미안해요, 아빠. 먼저 올라가세요. 저녁은 집에서 먹을 거예요."

하지만 서주는 아버지의 말을 듣지 않고 몸을 돌렸다. 아버지가 자신의 인생을 살아 주지 않는다는 것은 병마와 싸우면서 이미 경험했던 것이다.

냉정할지 모르지만, 사실이 그랬다. 부모가 진심으로 자신을 사랑해 주는 걸 알지만, 아무리 부모라고 해도 자식 대신 아파 줄 수 없다는 것을. 삶도 마찬가지로 결국은 자기 자신이 살아내야만 하는 것이었다.

'사랑한다고 말할 거야. 하지만 아이를 낳을 수 없다고도 말할 거야. 그럼에도 괜찮다면 나랑 정식으로 연애하자고 말할 거야. 염치없지만.'

그리고 지금이 아니면 염치없는 이 고백을 할 용기가 영원히 나지 않을 것 같아서.

* * *

모르는 척하고 싶지만, 불현듯 상기할 수밖에 없는 많은 것들이 평온한 일상을 뒤흔들어 놓고는 한다. 그리고 그 파문의 중심에서 시진은 싸던 도시락을 미뤄 놓고 잠시 우두커니 서 있었다.

그는 태어나서 요즘처럼 행복했던 적이 없었다. 내가 이렇게 행복해도 되나, 이 행복이 과연 내 것인가, 싶어 불안할 정도였다.

그런데 그 행복 속에 이따금 보이는 불안함이 바로 앞으로 일어날 일들의 복선이었고, 그 복선은 이미 그가 다 알고 있는 것들이었다.

'이렇게 될 걸 몰랐던 것도 아니잖아. 걔 부모님들이 날 받아들이지 않을 거야.'

사람은 하나같이 참 비열한 동물이다. 자신이 기어이 숨기고 싶어 하는 일면을 누군가 알고 있다면, 알고 있는 그 누군가를 배척하고 오히려 핍박하는 것이 바로 인간의 본성 중 하나이기 때문이다.

그걸 뛰어넘는 사람이 있다면 그 사람이야말로 진정한 성인인 것이다. 그리고 그런 어른이 이 땅에 그리 흔치 않다는 것을 시진은 익히 경험한 바 있었다. 물론 서주의 아버지 또한 그 전제에서 자유롭지 못한 인간이기도 하다.

제대로 된 어른이었다면 일주일 상간으로 부모를 모두 잃은 미성년자의 재산을 갈취하지는 않았을 것이다. 그리고 제대로 된 성인이었다면 과거 그런 잘못을 저질렀다고 해도 18년 후에 만났을 때 그 일에 대해 사과부터 했을 것이다.

하지만 그녀의 아버지는 하지 않았다. 아니 오히려 적반하장이었다.

그러니 치부를 아는 자신을 서주의 아버지가 어떻게 대할지 불 보듯이 훤했다. 약육강식의 정글에 부모를 잃고 툭 내동댕이쳐진 그가 익히 경험해 보았으니. 무엇보다도 껄끄러운 자신에게 딸을 맡기는 일은 없을 터.

'이럴 줄 몰랐던 거야?'

그는 이미 삶을 통해 배워서 알고 있었다. 그리고 무의식중에도 자신의 마음은 확실히 깨닫고 있었다. 서주를 거부하지 못하리라는 것을.

그걸 본능적으로 알고 있었으면서도 시진은 서주의 아버지와 재회한 날 오랫동안 들쑤시던 앙금을 한 번에 터트렸다. 뒤는 생각지도 않고.

아주 경솔하게.

'서주와의 관계를 고려했다면 그분이 나에게 어떤 짓을 했든 모른 척했어야 했는데. 왜 과거 그분의 허물을 들춘 거야? 그래 봐야 체증이 내려간 기분은 고작 찰나였잖아? 겨우 찰나의 속 시원함을 누리자고 내가 무슨 짓을 한 거야?'

서주의 부모님을 떠올리면 한 때는 얼마든지 밟힌 대로 돌려주고 속 시원하게 퍼부어 대면 그만이라고 생각했었다. 그런데 얼마 전 서주의 아버지에게 막상 그러고 나니 오히려 그의 가슴은 더 답답하고 앙금이 남은 기분이었다.

'결국 나에게 이런 날이 올 거라는 걸 그때 알았던 거야.'

시진은 사랑에 빠져 버렸고, 이젠 자기가 한 행동 때문에 궁지에 몰렸다. 이미 벌어진 일을 어떻게 수습해야 하는지 알 수가 없었다.

심지어 서주를 통해 이 관계를 알게 된 부모님이 그녀를 끌고 내려가 버리면 어쩌나 두려워졌다. 생각이 그에 미치자 시진은 좌불안석이 되어 서성였다.

"사장님?"

홀 지배인이 그의 앞을 가로막기 전까지.

"네?"

"현승휘 씨를 부르셨다고요?"

"네? 아, 네."

홀 지배인이 무슨 말을 하는지 몰라 잠시 멍했다가, 순간 현실로 돌아왔다.

"이건 누구든 나와서 치우라고 해 주십시오."

의아한 눈으로 바라보는 희진에게 전 파티셰를 사무실로 안내하라는 지시를 한 뒤 덧붙였다.

"네, 사장님."

희진이 물러가고 시진은 앞치마를 벗은 뒤 세면실로 들어갔다. 손을 닦고 거울을 들여다보자 여전히 혼란과 두려움으로 폭풍이 이는 자신의 눈동자가 눈에 들어왔다.

'일단 당면한 것부터 차근차근, 두려워하지 말고.'

열다섯 살에 혼자 상경했을 때도 살아남았던 시진은 자신을 믿어 보기로 했다. 그러고는 심호흡한 뒤 수건에 손을 닦고 세

면실에서 나와 곧장 사무실로 향했다.

안으로 들어가자, 전 'ospite d'onore'의 파티셰가 자리에서 일어났다.

"앉으세요. 차 드시겠습니까?"

그는 손짓하며 사무적으로 물었다.

"아뇨."

아직 자신이 왜 여기에 불려 왔는지 모르겠다는 표정으로 승휘가 책상을 향해 걸어가는 시진에게 시선을 두었다.

"푸치니에서 근무한다고 들었습니다만?"

"어떻게 아셨어요?"

"아무래도 이 바닥이 좁으니까요."

"혹시 무슨 용건이신지? 오후 영업을 준비해야 해서요."

시진의 말에 그녀가 새초롬한 표정을 지었다. 다시 불러들이려고 부른 게 아닌가, 하고 행여 어떤 기대가 있는 것도 같았지만 여자란 동물은 표정을 보고서는 알 수 없는 종족인지라 예사롭게 넘겼다.

무엇보다도 현승휘를 다시 불러들일 그런 의사 따위는 없었다. 시진은 책상에 있던 노트북을 들고 와 그녀의 맞은편에 앉았다.

"확인할 것이 있어 자리를 청한 겁니다."

테이블에 노트북을 내려놓은 뒤 승휘 앞으로 밀어주었다.

"무슨? 달리 확인할 것이 뭐가 있죠? 전 잘렸고, 이곳과는 전혀 상관없는 사람인데요."

전 파티셰가 미심쩍은 눈으로 말했다.

"보여 줄 게 있습니다."

"뭘 보여 주신다는 거죠?"

"일단, 보세요. 보면 대답해야 할 것이 있을 겁니다."

시진은 노트북에 대고 고갯짓하며 그녀에게 말했다. 그제야 승휘가 시선을 내려 노트북을 보았다. 그 속에는 서주가 마지막 녹화를 하던 날의 영상이 재생되고 있었다.

재생되는 동영상 속에는 조별 과제 진행으로 스태프와 도전자가 어지럽게 얽혀 있었다. 각 도전자들은 과제를 처리하기 위해 정신이 없었고, 스태프들은 영상을 따기 위해 도전자 사이를 오갔다.

그중에는 스태프로 보이지만, 관계자가 아닌 인물이 단 한 사람 있었다.

"이건……."

바로 지금 시진의 앞에서 낯빛이 창백해지는 'ospite d'onore' 전 파티셰 현승휘 말이다. 아마도 도전자들은 그녀를 스태프 중 한 사람이라고 생각하고 크게 주목하지 않았을 것이다. 스태프는 또 스태프대로 각자 할 일에 집중하느라 승휘에게 관심이 없었을 것이고.

팀별 경연 도중, 김현주 도전자가 불을 쓰기 위해 닭을 삶고 있는 냄비를 조리대에 내려놓았다. 그리고 아무도 그녀를 눈여겨보지 않던 어느 순간 승휘가 그 냄비를 아슬아슬한 위치로 옮겨 놓았다.

아주 슬쩍.

그리고 얼마 뒤 서주가 그 냄비를 쳤고 반사적으로 잡아 올리며 그대로 주저앉았다. 그것이 그날 사고의 경위였다.

그날 이 영상을 함께 확인한 카메라 감독과 프로듀서를 제외한 모든 사람에게 함구해 달라고 요청했다. 그 결과 아무것도 모르고 승휘가 지금 그의 앞에 앉아 있게 된 것이다.

방송 관계자는 그냥 넘어가기를 바랐다. 이런 자극적인 일이 생기면 오히려 시청률은 오를 수도 있겠지만, 안전 관리를 제대로 못 한 것에 대한 비난을 감수해야 했고 사고에 대한 책임을 져야 하는 부담감이 더 커 일을 덮으려고 한 것이다.

'하지만 난 이대로 못 넘겨.'

서주에게 이 사실을 말한 뒤 시진은 승휘를 관계 기관에 고소할 예정이었다. 단지 이렇게 불러들인 것은 그 이유가 궁금했을 뿐이다.

"왜 그런 겁니까?"

"전, 그러니까…… 전……."

평범한 사람은 어떤 의미로든 비이성적인 사람들의 생각을 따라잡지 못한다. 그리고 싶은 생각도 애초에 없었다. 그저 바라는 것은 딱 하나뿐.

"하실 말 없습니까?"

"······."

승휘가 손만 쥐어뜯었다.

"서주 말로는 고등학교 때도 현승휘 씨 때문에 생과 사를 오고 갔다던데, 대체 왜?"

사실은 죽이고 싶었다. 그럴 수만 있다면. 서주를 아프게 하는 건 그녀의 인생에서 모조리 치워 버리고 싶었던 것이다. 그런데 할 수 있는 일이 아무것도 없었다. 승휘를 보고 있으니 그런 무기력함이 들었다.

"걔가 끼어들지 않았다면 제가 지금 이 지경에 이르렀겠어요? 푸치니에서 제가 어떤 위치인지 모르시죠? 아, 바닥이 좁으니 이미 들었을지도 모르겠네요? 네, 그래요. 보조라고요, 보조. 겨우 보조. 온갖 잡심부름이나 하는 보조. 한때 파티셰라면 누구든 동경하는 오스삐떼 도노레의 메인 파티셰였던 제가 지금 푸치니에서 온갖 잡심부름을 한다고요. 고작 학사 자격증이 없어서."

"설마 그게 서주 때문이라고 생각하는 겁니까?"

"그럼 아니에요? 제가 왜 대학을 못 갔게요? 제가 대학을 못 간 것도 다 그 재수 없는 걔 때문이라고요."

"까마득한 선배 걔를 풀어서, 대학을 못 간 거겠지요."

이러니 죽이고 싶다는 것이다. 지금이라도 그럴 수만 있다면.

"아니죠. 한서주, 걔 때문이죠. 걔만 없었으면 내가 좋아하는 남자를 잃지도 않았을 거예요. 고등학교 때도 그러더니 지금도 어쩜 똑같이. 걔만 없었다면 분명 시진 씨는 내 남자가 되었을 거예요. 그건 분명 인정하시죠? 그리고 전 아직도 누구나 동경하는 오스삐떼 도노레의 메인 파티셰였을 거예요. 대학을 나오지 않았다고 해도 어디 가서 빠지지 않는 제 실력 누구보다 시진 씨가 인정하셨잖아요."

"네, 인정합니다. 현승휘 씨의 실력은 어디 내놔도 손색이 없을 정도였죠. 대학 졸업장과는 상관없이, 대단한 실력이긴 했죠. 지금도 간간이 현승휘 씨 디저트에 대해 문의하는 고객이 있어요."

"거봐요, 인정하시죠? 그러니까 한서주, 걔가 도중에 끼어들어서, 내가 이 지경이 된 거라고요!"

"말은 바로 해요. 근데 그건 서주의 탓이 아닙니다. 현승휘 씨 당신이 한 짓 때문에 그렇게 된 거지. 그리고 뭔가 착각하시는데, 서주가 아니었다고 해도 전 현승휘 씨의 남자가 되지 않았을 겁니다. 서주를 제외한 그 어떤 여자의 남자도 되지 않았을 겁니다."

"거짓말, 왜 말을 또 바꿔요? 방금 제 말 인정한다고 하셨잖아요!"

"현승휘 씨는 듣고 싶은 말만 듣는 재주가 있는 것 같습니다. 네, 실력은 인정합니다. 그리고 거듭 말하지만 난 서주를 제외한 그 어떤 여자의 남자도 되지 못합니다."

"대체 왜! 한서주 걔가 뭐 그리 특별해서!"

"모든 면에서 특별합니다. 적어도 나에게는 그 누구보다 특별합니다."

사랑하게 되었다. 사랑에 빠졌다. 언제부터 이런 감정이었는지 궁금하지 않았다. 중요한 것은 이미 황시진이라는 인간이 한서주라는 여자에게 빠져 버렸다는 것이다. 행여나 잃을까 공포를 느낄 정도로.

그리고 시진은 본능적으로 자신의 감정을 확신한 순간을 완벽하게 기억하고 있음을 이제 와 알아차렸다. 그녀에게 처음으로 키스했던 날, 충동이 아니었다. 이 세상에 서주가 없을 수도 있다는 소리를 들은 순간 급격히 몰려왔던 공포와 함께 그의 본능은 느낀 것이다.

내가 이 여자를 사랑하고 있다고.

"하!"

"그만 일어나시죠. 지금 당장 경찰을 부르고 싶지만 아직 서주가 모르는 일이라 다른 사람들을 통해 듣게 하고 싶지 않으니까, 오늘은 그냥 돌려보내 주죠."

"그게 당신 뜻대로 될 줄 알고! 이것만 없으면 돼!"

전 파티셰가 느닷없이 일어나 노트북을 던져 버렸다. 그리고는 책상과 소파 사이에 떨어진 노트북을 발로 자근자근 밟는 것을 시진은 무덤덤한 표정으로 바라보았다.

"지금 뭐 하는 겁니까?"

"이제 증거가 있나요?"

노트북을 걸레로 만들어 버린 전 파티셰가 가슴을 시근거리며 의기양양하게 웃었다.

승휘의 천성은 악하고 머리는 좀 나쁜 것 같았다. 그게 여러모로 다른 사람에게는 다행일 수밖에 없었다. 천성이 삐뚠 인간이 머리까지 좋으면 사이코패스밖에 더 되겠는가. 지금도 사이코패스 같긴 마찬가지였지만 말이다.

"볼일 다 봤으면 그만 나가요."

시진은 비릿하게 웃으며 문을 향해 손짓했다. 승휘가 그런 그를 매섭게 노려보더니 획 몸을 돌려 사무실을 나갔다. 시진은 천천히 몸을 일으켜 부서진 노트북 쪽으로 느릿느릿 다가가 허리를 숙였다.

"기물 파손 추가."

그 여자 참, 노트북을 부수면 동영상이 사라질 거라고 생각하다니. 기가 막힌다고 비실비실 웃으며 상체를 들려는데, 노크도 없이 느닷없이 사무실 문이 열렸다. 의아한 눈으로 돌아보니 서주가 안으로 쇄도했다.

"황시진, 이 나쁜 놈아!"

느닷없이 자신의 눈앞에 나타난 그녀에게 반가움을 느낀 것도 잠시, 난데없이 주먹을 휘둘렀다.

"대체 왜 그래?"

시진은 창졸간의 일이었지만 반사적으로 고개를 틀어 피하고는 의아한 눈으로 물었다.

"나쁜 놈."

대답도 하지 않고 서주가 그를 마구잡이로 때렸다. 어쩌다가 그녀의 주먹이 턱에 정통으로 들어왔다.

"앗, 아파."

흠칫 뒤로 물러나서 턱을 쥐고는 그녀를 뜨악하게 보았다.

"아프라고 때리는 거거든?"

이렇게 죽자 살자 달려든 건 또 처음이었다. 좀 놀랍기도 하고 귀엽기도 하고.

"대체 왜…… 앗, 야!"

어리둥절한 사이에 또 몇 대나 정통으로 맞았다.

"뭐, 야아? 야아?"

"대체 왜 이러는 건데?"

'아, 서주 심장!'

하지만 그녀의 숨소리가 이상할 정도로 평소와 달라서, 이러다가는 크게 잘못될 것 같다는 생각이 들어 시진은 그녀의 몸을 확 끌어당기며 물었다.

"몰라, 이 나쁜 자식아!"

서주가 거칠게 가슴을 식근거리며 그를 흘겨보았다. 그러고는 시진을 확 밀어냈다. 그는 어리둥절해서 그녀를 다시 돌려세웠다.

서주가 다시금 그를 밀어내고는 사무실을 나가려 했다. 하지만 시진이 잡아 세우는 게 더 빨랐다.

"놓으라고, 하악, 하악, 이 나쁜 자식아!"

그러자 서주가 숨을 몰아쉬며 거칠게 반항했다. 계속되는 저항에 어처구니가 없을 정도로 느닷없이 화가 났다. 시진은 무의식중에 깔린 불안감이 소환되더니, 자신을 밀어내는 서주의 행동을 참을 수가 없었던 것이다.

'날 밀어내?'

그녀의 등을 본 순간, 알 수 없는 감정들이 물밀 듯이 밀려와서 그는 미쳐 버리는 줄 알았다. 그 등만으로 속이 부글부글 끓더니 분화구로 어마어마한 감정이 폭발했다.

그녀의 부모 때문에 분명 끝이 있을지도 모른다는 것을 알고 있었지만, 그때가 지금은 결코 아니었다. 아니 끝이 오도록 하지 않을 결심이었다. 아무래도 살아 낼 수 없을 것 같아서 말이다.

'그래서 애 등은 더더욱 보고 싶지 않아.'

직원들은 대체적으로 휴식 시간에 사장실 부근에는 얼씬도 하지 않았다. 하지만 혹시 모른다는 생각에 그 와중에 사무실 문을 잠가 버릴 정신이 어디서 나왔는지 모른다.

시진은 거칠게 그녀를 제압하여 커다란 손으로 두 볼을 움켜쥐었다.

'네 등은 영원히 보고 싶지 않다고! 끝내지 않을 거야.'

그것으로 모자라 순식간에 발버둥 치는 서주의 입술을 차지했다.

'그 어떤 사람이 끼어들어도. 그 사람이 이 여자의 부모라고
해도.'

내심 그렇게 포효하며.

17. 빛과 그림자

'어떻게 용기를 내어 왔는데!'

"읍, 읍!"

시진의 거친 숨결이 곧장 자신의 입술에 닿은 순간, 서주는 고개를 흔들었다.

"아니죠. 한서주. 걔 때문이죠. 걔만 없었으면 내가 좋아하는 남자를 잃지도 않았을 거예요. 고등학교 때도 그러더니 지금도 어쩜 똑같이. 걔만 없었다면 분명 시진 씨는 내 남자가 되었을 거예요. 그건 분명 인정하시죠?"

"네, 인정합니다."

'그런 말을 내 귀로 들을 거라곤 생각하지 못했어.'

브레이크 타임 중 홀은 잠겨 있었다. 어쩐 일인지 그에게 전화를 하지 않고 서프라이즈를 해 주고 싶은 충동이 일었다. 다행히도 서주는 레스토랑으로 통하지 않고 그의 사무실로 갈 수 있는 루트를 알고 있었다. 아마도 이런 꼴을 보려고 했던 모양이다.

서주는 승휘의 남자가 될 수도 있었다는 시진의 말에 다른 건 아무것도 들리지 않았다. 간신히 들은 것을 종합해 보면 그거였다. 비틀거리며 왔던 길을 되짚어 나오는데, 도저히 걸음이 떨어지지 않았다. 그때 레스토랑에서 나오는 승휘와 맞닥뜨렸다.

"저 남자 너 가져. 잠깐 한눈판 거라고 잘못했다며 빌기는 하는데, 한 번 쓰레기는 영원한 쓰레기, 쓰레기는 난 이제 필요 없어."

그런 말을 던진 승휘가 비릿하게 웃으며 턱을 치켜들고 갔던 것이 떠올라서 서주는 필사적으로 저항했다.

"놔…… 읍!"

그러나 그의 커다란 손이 자신의 두 볼을 단단히 고정한 채

여서 벗어날 수 없었다. 아니 그럴 의지가 결국 강한 것도 아니었다.

한발 양보해, 거부의 의지가 강했다고 해도 그에게 욕이라도 퍼붓고 싶은 마음에 입을 연 순간, 자신의 입안으로 곧장 파고들어 짜릿한 감각을 흩뿌리는 혀의 움직임 때문에 서주는 그대로 무릎을 꿇고 말았던 것이다.

'하아, 의지박약.'

가슴을 가득 채우는 어떤 감정 때문에 이젠 정말 어쩔 수 없게 되었다고, 서주는 내심 투덜대며 팔을 들어 그의 목을 휘감았다.

'누가 뭐라고 해도 지금 이 순간만큼은 내 남자인데, 뭐.'

누가 들으면 한심하다고, 정말 이해 안 된다고 할 것이다.

'하지만 그 사람들이 날 대신해 살아 줄 거 아니잖아? 결혼할 것도 아니고 연애할 건데, 남자의 정절을 어디다 써? 오빠가 바람피우면 나도 피우면 돼. 난 앞으로 오빠가 하는 대로 할 거야.'

입안 깊숙한 곳에서부터 치아와 입술 사이의 살점까지 격하게 훑어 맛을 본 시진의 입술이 마침내 떨어졌다.

"하아, 하아."

서주는 몽롱해진 눈빛으로 그를 보았다. 고개를 기울인 채로 그녀의 입술을 슬쩍슬쩍 쓸던 시진은 이제 넌 날 밀어내지 못해, 하는 표정으로 서주의 기분을 의기양양하게 가늠하는 듯했다.

"왜 이러는 거야?"

그가 무시무시한 표정으로 물었다. 짧고 격하게 탐한 그의
입술 때문에 그녀의 입술은 아주 쉽게 부풀어 있었다.

"묻잖아, 왜 이러는 거냐고."

"흡."

그리고 시진의 커다란 손이 자신이 입고 있는 재킷 속으로
들어와 블라우스 위로 도드라진 가슴을 움켜쥐자, 그녀는 그
저 맥없이 연신 숨을 들이켜고 내쉬며 가슴을 크게 들먹이기
만 했다.

"기회를 줄게."

"하아, 하아."

"너, 지금 왜 이러는지 말해."

"하아, 하아."

그제야 약간의 이성이 돌아온 서주는 한 발 뒤로 물러났다.
짧고 격한 키스로 몸이 뜨거워질 대로 뜨거워진 상태여서 가슴
은 여전히 들먹였다.

거기다 어쩐지 화가 난 듯 위험해 보이는 시진의 눈이 집요
하게 자신을 쫓아오니 서주는 도저히 그에게서 눈을 뗄 수가
없었다.

"말해."

"싫어."

"말하기 싫어?"

"그래, 싫어요."

"그럼, 차라리 화를 내지 마. 그냥."

"⋯⋯."

"말을 안 하는데 네가 왜 화가 난 건지 알 수가 없잖아. 말도 안 하고 화를 내는 건 나에게 아주 부당한 일이야."

"부당?"

'하! 기가 막혀.'

"아니라고 생각해?"

"부당?"

"그래, 부당해."

"지금 나에게 부당하다고⋯⋯ 뭐, 뭐야?"

그의 눈빛이 이상하게 무서워서, 꼭 살인이라도 저지를 사람처럼 보여서 저도 모르게 뒷걸음치던 서주는 움찔하며 뒤를 돌아보았다. 그녀의 퇴로를 막은 것은 책상이었다.

"이유도 말해 주지 않고 멀어지는 게 부당한 일이라는 걸, 모를 나이는 아니지 않아?"

시진이 이를 갈듯 말했다.

"지금 내가 애처럼 화를 내고 있다는 거예요?"

서주는 그 눈빛 때문에 저도 모르게 침을 꿀꺽 삼키고는 되물었다.

"그렇게 말하지 않았지만 그렇게 느꼈다면 그런 의미겠지."

"뭐가 그리 어려워?"

"어려운 건 너야. 화가 난 이유를 말해. 말하기 싫으면 화를 내지 마."

"난⋯⋯."

"이렇게 나에게서 뒷걸음치지도 말고."

"⋯⋯."

"두 번 다시 등을 보이지도 마."

"오빤 나에게 바라는 게 뭐가 이렇게 많아⋯⋯ 흡!"

그가 확 다가와 허리를 휘감았을 때, 서주는 고개를 뒤로 한껏 젖히고 그를 쏘아보려고 했다. 하지만 그러지 못했다. 반사적으로 눈을 질끈 감아 버렸다. 시진의 숨결이 순식간에 목덜미에 닿더니 날카롭게 깨문 탓이다.

"두 번 다시!"

"아!"

혀끝으로 깨문 부위를 쓸다가 다시 한번 더 깨물린 순간 짜릿한 전율이 넘실넘실 혈관을 타고 온몸으로 흘렀다.

"또 그러면 죽을 것 같으니까."

목덜미에 대고 거칠게 웅얼거리던 시진이 팔의 흉을 보호하려 입은 자신의 여름용 재킷을 벗겨 내는 동안에도 그녀는 속수무책이었다.

사실 그가 무슨 말을 하고 있는지 알 수 없었다. 재킷이 아래로 툭 떨어지고, 시진의 손이 능숙하게 셔츠 단추를 푸는 동안에도 그저 목덜미를 내어 준 채로 가슴만 들먹이며 짜릿한 한기에 온몸을 제압당한 상태였으니 말이다.

"하아, 하아."

그녀의 목덜미를 쓰다듬던 시진의 커다란 손이 척추를 쓰다듬으며 내려가 엉덩이를 움켜잡는 동안에도 아무것도 할 수 없었다.

머리가 텅 비어 아무 생각도 들지 않았다. 그저 시진의 팔 어디쯤을 움켜쥐고는 파들파들 떨며 숨결만 간신히 토해 낼 뿐이었다.

"넌 날 미치게 만들어."

양쪽 엉덩이를 쥐고 단단하게 끌어당긴 채 시진이 그의 몸을 자신의 은밀한 부위에 문질러 댔다. 자신의 몸 위에서 딱딱하게 존재를 드러내는 감촉에 자극을 받은 서주의 몸 안이 죄어 오기 시작하더니 급기야 팬티가 축축해졌다.

손바닥으로 거칠게 엉덩이를 주물러 대던 시진의 손이 아래로 내려가 치마를 끌어 올렸다. 서주의 치마가 등허리까지 순식간에 올라가자, 시진의 단단한 허벅지가 그녀의 다리 사이로 파고들었다.

"자제력을 앗아간다고."

그러고는 거칠게 으르렁대며 노골적으로 젖어 드는 핵심을 나른하게 문질러 대는 것이다.

"하악, 하…… 읍."

뜨거워진 욕망으로 점점 더 거칠어진 서주의 숨결을 시진이 곧장 삼켜 버렸다. 동시에 그의 손가락이 남은 셔츠의 단추를 풀어 헤쳤다. 이어 어깨로 올라간 그의 손이 셔츠마저 밀어내었다.

고개를 한껏 꺾은 서주는 입안을 내어 준 채로 소매에서 팔을 빼냈다. 그러고는 그 팔을 들어 시진의 목을 끌어안았다. 그가 느긋느긋 그녀의 다리 사이에 밀어 넣은 허벅지로 핵심을 자극하며 브래지어 채 그녀의 가슴을 움켜잡았다.

"하아!"

격한 키스 끝에 두 사람의 입술이 떨어지고, 시진의 숨결이 턱을 타고 내려가 목덜미를 깨물었다. 순간 머리가 텅 비어 버리고 눈앞이 몽롱해졌다.

온몸의 열기는 시진이 허벅지로 자극하는 그곳보다 더 깊은 곳에 집중되었다. 순식간에 아랫배 깊은 곳이 움찔움찔 경련하며 위까지 조였다.

"아아아아, 아흐흣."

시진이 비벼 대는 허벅지의 리듬에 따라 그녀의 다리 사이보다 더 깊은 곳에서 연신 짜릿짜릿한 쾌감이 휘몰아쳤다. 필연적으로 틈 사이에서 물이 줄줄 흘러내리기 시작하자, 급기야 그녀의 입술 사이로 쾌락에 찬 흐느낌이 새어 나왔다. 그저 원초적인 본능, 마음보다 앞선 육신의 욕망을 채우는 리듬이 계속되었다.

"흐아아아아."

그렇게 절정에 도달했다. 리듬에 맞춰 마치 말을 타듯이 그의 허벅지에 몸이 흔들리면서. 몸 안이 조였다가 풀어지고 조였다가 풀어지고, 순식간에 무엇인지 익히 경험한 것이 팍, 터져 나왔다.

"하악, 하악."

서주는 그에게 기댄 채 거칠게 숨을 헐떡였다. 어떻게 해서든 빨리 진정하고 싶었지만 늘 그러했듯이 그게 그리 쉽지 않았다. 시진이 뿜어내는 영향력에 언제나 속수무책으로 무너지고야 말았다.

"제발, 그만해."

그래서 결국은 울상이 되어 그에게 애원하게 되었다.

"뭘?"

"다리, 움직이지 말란 말이야."

"지금 내가 움직이고 있다고 생각해?"

시진이 야유하듯 물었다.

"그건……."

그러고서야 봤더니 사타구니 높이에 맞춰 살짝 굽힌 채 단단히 버티고 있는 시진의 허벅지 위에서 몸을 비벼 가며 움직이는 것은 그녀 자신이었다.

"너야말로 내 위에서 움직이지 마."

"하아, 하아."

"이렇게 내 몸 위에서 너무 야하게 움직이지 말라고."

"나쁜 놈."

서주는 화르륵 달아오른 얼굴로 그를 휙 흘겨보았다. 여전히 등허리 아래는 제멋대로 리듬을 타고 있었다.

"너 승마 잘할 것 같아. 생각해 보니 승마는 네 심장에 무리를 주지 않을 것 같아."

그 와중에 자신의 심장 걱정을 해 주며, 시진이 재빠르게 삐쳐서 쭉 나온 그녀의 입술에 쪽하고 입을 맞추며 픽 웃었다.

'이 와중에 너무 다정하잖아.'

이런 언뜻언뜻 나오는 배려들이 자꾸만 마음을 약하게 한다. 의지를 총동원해서라도 서주는 그를 밀어내려고 했다. 그런데 도저히 그녀의 몸이 말을 듣지 않았다. 그녀의 의지와 상관없이 쾌락을 찾는 자신의 몸뚱어리가 음부를 그곳에 대고 비벼 대고 있었던 것이다.

"멈출 수가 없어요, 어떻게 해, 오빠?"

급기야 서주는 울상이 되어 말했다. 거기다 훤한 대낮, 이곳은 영업이 아직 끝나지 않은 레스토랑의 일부였다. 그러니 난감하고 당혹스럽고, 또 뜨거웠다.

"나도 다른 방법은 없는데."

"하악, 하악…… 차라리 오빠가 다리를 빼요."

"빼?"

시진이 정말 뺄 것처럼 움직였다.

"아냐, 아냐, 그러지 마. 움직이지 마. 하아, 하아, 가만히 있어. 흐아아아아, 느낌이 너무 좋아."

들킬지도 모른다는 생각에 더 자극을 받아서, 서주는 상기된 표정으로 허벅지 위에 대고 음부를 앞뒤로 움직였다. 그러자 민감한 부위가 계속 자극되어 흥분감이 온몸으로 번져 나갔다. 또다시 몸 안이 조여들었다. 아주 쉽게 흐리멍덩해지고 머릿속이 하얗게 변하며 텅 비어 버렸다.

"아학...... 어떻게 해? 이대로 갈 것 같아."

절로 도리질하며 끅끅 숨을 몰아쉬었다.

"멈추게 해 줄까?"

시진이 은근한 어조로 물었다.

"오빠, 어떻게 해 봐요, 좀. 하악, 하악. 정말 갈 것 같단 말이에요!"

숨이 가빴다. 움찔움찔 경련하고 울컥울컥 흘러내리고, 다시 움찔움찔 몸 안이 경련하고 역시나 울컥울컥 틈 사이로 흘러내리고, 미칠 것만 같았다. 더 많은 것을 바라서. 그리고 자신이 뭘 바라고 있는지 매우 잘 알아서.

"뭘 하고 싶은데?"

"제발."

그런 자신의 반응을 너무나도 잘 아는 시진이 이렇게 물었을 때, 미워서 차라리 죽여 버리고 싶었다.

"음?"

"하아, 하아…… 멈추게 해 줘요, 제발."

"어떻게?"

"어떻게든!"

그녀가 앙칼지게 소리치자, 시진이 그녀의 다리 사이에서 허벅지를 뺐다.

"아, 왜…… 앗!"

원망스럽게 그를 올려다보며 투덜대는 서주를 번쩍 들어 책상 위에 올려놓았다.

"널 멈추게 하는 건 이 방법밖에 없어, 안 그래?"

몸과 마음이 둘로 쪼개져 언행일치가 되지 않는 서주의 본심을 매우 잘 아는 시진이 나직이 웃으며 팬티에 손을 댔다. 서주가 자연스럽게 엉덩이를 들자, 팬티가 끌어 내려졌다.

서늘한 책상의 원목 질감이 엉덩이에 닿았다. 사무실의 서늘한 공기 때문인지 아니면 욕망 때문인지 그녀의 온몸이 바들거렸다.

"빨리, 빨리."

팬티가 허벅지를 지나 종아리 아래로 내려오자, 서주는 다리를 하나 들어 올려 팬티에서 발을 빼냈다. 그녀는 브래지어와 허리에 걸린 치마 그리고 스타킹과 구두의 차림으로 가슴을 들먹이며 그를 올려다보았다.

"만져 줘요."

"미치겠어."

시진이 쉰 목소리로 말하며 벨트와 바지 단추를 풀고 지퍼를 내리는 사이, 서주는 손을 들어 그의 와이셔츠 단추를 떨리는 손끝으로 풀어냈다.

그러고는 손을 안으로 밀어 넣어 뜨겁게 불끈거리는 근육들을 손끝으로 어루만졌다. 혀끝으로 자신의 입술을 핥으며 시진을 올려다보았다.

"키스해 줘요, 오빠."

그가 바지와 드로어즈를 한 번에 끌어 내린 뒤 손을 뻗어 자신의 골반을 확 끌어당긴 순간, 서주는 더 이상 기다릴 수 없었다. 그의 두 볼을 잡아 자신을 향해 끌어당겨서는 초조하게 입술을 차지했다.

"으읍!"

순식간에 시진의 일부가 자신의 내부를 묵직하게 채워 들어오는 것을 느끼며, 그녀는 그의 입안으로 격한 숨결을 토해 냈다.

굵은 그의 일부가 욱신욱신 뒤틀리며 조여 대는 자신의 몸 안으로 가득 들어와 차자, 서주는 흐느낌과 함께 신음을 흘렸다. 시진이 허리를 돌리며 자신의 한쪽 엉덩이를 움켜잡자 결국 자지러졌다.

리드미컬하게 내부를 휘저어 대며 그녀의 엉덩이를 주물러 대다가, 커다란 손바닥을 미끄러뜨려 허벅지를 쓰다듬고서 마지막으로 서주의 한쪽 다리를 허리에 감았다. 묵직한 것이 조금 뒤로 물러났다가 거듭거듭 격렬하게 밀고 들어오자, 서주의 여성이 조여들고 흥분하여 날뛰었다.

"음음."

울컥울컥 물이 거침없이 흘러내리는 것이 고스란히 느껴지자, 서주는 야릇한 감각에 진저리를 치며 신음했다. 어느 순간에는 꼭 숨이 멎을 것만 같았다. 강렬한 비트가 계속될수록 본능적으로 시진의 일부를 빨아들이는 압력은 거세졌다.

"흐아아, 흐흐윽."

급기야 참을 수 없을 정도의 무아지경에 빠져 서주는 흐느끼기 시작했다. 엄청난 쾌락이 그녀의 몸을 점령했다. 희열에 지배당한 서주의 몸이 뜨겁게 뒤흔들렸다.

"아학, 하아, 하아, 흐아아앗, 오빠아, 이젠 못 견디겠어!"

짜릿한 한기가 머리끝까지 번져 온몸이 오그라드는 것 같더니 또 어느 순간 모조리 태울 것 같은 열기로 폭발했다. 그의 일부가 자신의 몸 안에서 잠시 빠져나갔다가 들어와 질 내부를 빙글빙글 휘돌며 긁어 대는 동안, 이완하고 수축하고 또 이완하고 수축하고.

"아흐웃!"

그리고 마침내 새하얗게 폭발하고야 말았다.

"하아, 하아."

긴 여운 끝에 서주는 정신이 확 들었다. 그녀는 시진의 어깨를 세게 물었다. 그는 나직이 툴툴거리면서도 가만히 견디고 있었다. 끝까지 물고 늘어질 생각이었지만 그럴 수 없었다.

"사랑해요."

어깨를 놔주며 웅얼거렸다.

"......"

그러자 시진이 움찔 몸을 굳혔다. 그러다가 천천히 고개를 들어 서주를 보았다. 그의 눈동자가 그 어느 때보다 강렬하게 일렁였다.

"사랑한다고요."

"나도. 나도 사랑해."

어쩐지 그의 목이 잠긴 것 같았다.

"거짓말."

"왜 그런 말을?"

"방금 제 귀로 들은 게 있으니 굳이 거짓말할 필요 없어요."

"방금?"

시진이 의아한 눈으로 그녀를 보았다.

"그래도 난 오빠를 사랑해요."

"방금 뭐?"

"오빠가 바람피우면 나도 피울 거야."

"방금 뭐?"

"오빠가 떠나면 나도 떠날…… 읍."

시진이 그녀의 입을 막아 버렸다. 서주는 그의 목에 팔을 두

르고는 기꺼이 입을 열었다.

"바람피우면 죽여 버릴 거야."

격한 키스 끝에 그가 말했다.

"죽는 거 별로 안 무서운데."

"날 떠나면 내가 죽어 버릴……."

"쉬, 그런 소리 하지 마요."

서주는 손을 들어 그의 입술을 막았다.

"그럼 너도 죽음 같은 거 두렵지 않다는 소리 하지 마. 그래서 방금 뭐? 넌 물음에 답하는 게 어려워? 왜 매번 딴소리야?"

"승휘."

"승휘?"

시진이 잠시 이해할 수 없다는 듯 그녀를 바라보았다.

"저만 없었으면 오빠가 개 남자가 되었을 거라면서요?"

"그게 무슨 소리야?"

"방금, 여기서, 승휘에게 인정한다고 했잖아요."

"뭘 제대로 듣고 질투를 하는지."

"질투는 무슨."

"그럼 이건 왜 이런 건데? 이거 안 보여?"

시진이 퉁명스럽게 말하며 그녀의 손목을 들었다.

"보여요."

왼쪽 손등이 빨갰다.

"그럼 여긴?"

아마도 내일 멍이 들 것 같았다.

"보여요."

"졸업장이 없지만 능력 하나는 인정해 준다고 말했을 뿐이야."

"정말?"

"날 사랑한다면서 의심이나 하고 다짜고짜 주먹질하는 여자라니, 내가 이런 여자를 사랑해서 미칠 지경이라니."

"정말이라고요? 그런데 걔는 왜 그런 말을?"

시진이 고개를 절레절레 흔들었고, 서주는 멍하니 그를 보았다.

"걔? 아, 현승휘? 그 여자를 믿어, 날 믿어? 노선 빨리 정해."

'아…… 내가 이간질 대 마녀의 말을 믿었다니. 고등학교 때 그렇게 당하고도 또.'

"오빠. 오빠를 믿어요, 당연히."

그녀는 마침내 자신의 한심한 오해를 접었다. 인간은 망각의 동물이라더니 하나도 틀림이 없다. 학창 시절에 교묘히 당했던 것을 단 하나만이라도 잊지 않았다면 그렇게 바보같이 믿어 버리지는 않았을 텐데 말이다.

"다른 말 필요해?"

"아뇨."

"그럼 다시 말해 줘."

"뭘?"

"사랑한다고."

"아……."

"빨리, 돌아 버리기 전에."

시진은 그 어느 때보다 안달이 나 있었다. 서주는 자신의 몸 안에서 그의 존재가 명확해지는 것을 느꼈다.

"이미 돌아 버렸으면서."

서주는 다리를 들어 그의 엉덩이를 감으며 생긋 웃었다.

"사랑해."

"사랑해요, 오빠…… 아앙!"

바로 그 순간 묵직하게 더 밀고 들어왔다. 시진이 으르렁대 며 키스를 퍼부어 댔다.

서주는 그에게 매달린 채로 리드미컬하게 허리를 움직였다. 그러다가 지치자, 시진이 완급 조절을 하며 그녀를 관능적으로 몰아붙였다.

강하게 자신의 몸 안으로 들어오는 시진의 신음이 귓가에 맴 돌았다. 어느 순간 폭주하던 그의 흔적들이 몸 안 깊숙이 스며 들었다.

그때 노크 소리가 들렸다. 서주는 움찔 경직되어 고개를 들 었다. 그를 밀어내려 했지만 그의 폭주를 도저히 막을 길이 없 었다.

'흐아아아앙, 너무 좋아서 미칠 것 같아.'

그나마 그가 서주의 입을 한 치의 빈틈도 없이 막아 버려서 그녀의 짜릿한 울부짖음은 새어 나가지 않았다.

"쉿!"

얼마 뒤 두 사람은 도둑고양이처럼 시진의 사무실에서 나왔다. 혹시 몰라서 살금살금 주변을 경계하며 서주와 시진은 주차장으로 이동했다.

그러다 흠칫 섰다. 막 주차장으로 차 한 대가 들어왔고, 그 차에서 'ospite d'onore'의 직원들이 내렸다. 피할 틈도 없이 불시에 맞닥뜨린 것이다.

두 사람은 낭패한 얼굴로 어정쩡하게 섰다. 대부분의 'ospite d'onore'의 직원들은 묵례만 하고 뒷문을 통해 레스토랑 안으로 들어갔다.

"오늘은 여기서 식사한 겁니까?"

안면이 있는 셰프만 다가와 피식 웃으며 물었다.

"네? 아, 네……."

"그럼 살펴 가십쇼."

무표정한 시진과 발그레 얼굴을 붉히고 있는 서주를 번갈아 보던 안면이 있는 셰프도 레스토랑 안으로 들어갔다. 도둑고양이처럼 다녔던 것, 그리고 사람들의 눈을 피해 비밀 연애를 한다고 생각했던 것 모두가 아무래도 좀 낯 뜨거운 짓이었던 것 같다.

"어째, 이미 알고 있었던 것 같죠?"

"……."

얼굴을 붉힌 채 서주가 말했고, 시진이 말없이 고개를 끄덕였다.

"대체 지금까지 무슨 쓸데없는 짓을 한 거야?"

"처음부터죠. 우리가 사장님과 한솥밥을 먹은 게 어디 원 데이, 투 데이입니까? 딱 보면 사이즈 나오지. 연애와 재채기는 못 참는다는 것이 학계의 전설, 사장님이 누굴 위해 나서는 사람도 아니고, 또 도시락을 싸 들고 다닐 위인은 더더욱 아니고, 또 여자 때문에 외박할 사람은 더더욱 아니고, 그걸 다 했잖습니까, 사장님께서. 누구에게. 그 누구가 누구인지, 뭐 굳이 말안 해도 아실 테고."

언제 두 사람의 관계를 알았냐는 시진의 물음에 헤드 셰프가 그 특유의 야유 섞인 웃는 얼굴로 그렇게 말한 것은 좀 더 나중의 일이었다.

어쨌거나 서주는 그의 차를 타고 집으로 돌아왔다. 시진이 어쩔 줄 몰라 하는 얼굴로 내리려는 그녀의 팔을 몇 번이나 잡았다. 그가 어쩐지 불안해한다고 느꼈지만, 지금 당장은 매우 행복해서 유념하지 않았다.

'아, 다 말하지 못했어.'

심지어 그의 차가 자신을 내려놓고 떠나고서야 서주는 자신의 건강 상태와 아이에 대해 말하지 못한 것을 떠올릴 정도였다.

'뭐, 내일. 오늘만 날도 아니고.'

서주는 아무 생각 없이 어깨를 들썩이고는 집으로 올라갔다. 어머니와 아버지가 초조하게 그녀를 기다리고 있었다.

"서주야, 너……."

특히 어머니는 몇 시간 전과 확연히 달랐다.

"응?"

"아, 아니다. 아무것도."

서주는 의아한 눈으로 어머니를 보았다. 세 사람은 뭔가 묘한 분위기 속에서 밥을 먹었다. 그리고 식사를 마친 뒤, 어쩐 일인지 두 분은 서둘러서 집으로 내려가셨다. 잔뜩 굳은 채로. 평소라면 이 좁은 오피스텔에서 어떻게든 하룻밤이라도 함께 보내려 했을 것이다.

'두 분 그사이 또 싸우셨나?'

잠시 갸우뚱했지만 아직도 젊은 부부처럼 뭐가 그리 포기가 안 되고 체념이 안 되는지 매사 티격태격하는 양반들이니, 서주는 이내 털어 버리고 시진에게 전화를 걸었다.

영업을 마치고 한달음에 달려온 그의 행동도 이상한 건 마찬가지였다.

"하지만 다른 직원들이 절 뭐라고 생각하겠어요?"

그녀가 아무래도 자신이 알아야 할 것을 모르고 있는 것이 아닌가 생각하게 된 것은 시진이 무조건 자신의 집으로 가자고 고집을 피웠을 때였다.

"이미 알 사람은 다 알고 있는 상황인데 굳이 번거롭게 여기서 내가 출퇴근할 이유가 없잖아. 어서 필요한 짐 싸. 아님 내가 무작위로 싼다."

결국 서주는 그 밤 시진의 집으로 들어가게 되었다.

"진주야."

그가 집 안으로 들어서자마자 누군가를 불렀다.

"진주?"

"진주, 나와서 인사해."

"저 몰래 여자 숨겨 놓고 살았어요?"

"진주, 야옹."

"야옹?"

"날 강제로 집사로 간택한 고양이."

"이름이 진주?"

"이름 때문에 오해할지도 모르겠는데, 진주는 사내 녀석이야."

"아. 진주? 야옹, 우리 통성명은 하고 살자."

서주도 시진을 따라 여기저기를 기웃거렸다.

"저기 나오네. 오늘 기분 나쁘지 않은 모양인데?"

그가 가리킨 쪽으로 시선을 두었다. 하얀 솜뭉치 같은 것이 어슬렁어슬렁 나른하게 기어 나왔다.

"그래요? 오, 반가워."

곧이어 하얀 고양이가 그녀의 다리 사이를 팔자로 오가더니 그것도 잠시, 상체를 숙여 등이라도 쓰다듬어 주려는데 시큰둥하게 사라져 버렸다.

"별로 반가워하는 것 같진 않죠?"

서주는 어정쩡하게 쪼그려 앉은 자세에서 몸을 일으키며 아쉬운 표정으로 고양이의 통통한 엉덩이를 보았다.

"방금 진주 딴에는 엄청 반가워한 거야."

"에게? 겨우?"

"열화와 같은 성원을 한 거야, 방금."

"헐."

"통성명은 했으니, 이제 당분간 서로 모른 척하고 지내면 돼."

시진이 그녀를 번쩍 안아 들고 침실로 이동했다. 침대에 내려놓은 그가 노골적인 눈빛으로 덮쳐 왔다.

그의 집, 그리고 그의 침실에서 처음으로 둘만의 짜릿한 시간을 보낸 뒤.

"어떻게 이 길을 가게 되었어요?"

서주는 그의 품에 나른하게 안겨서 물었다.

"18년 전에 날 길에서 주운 분이 셰프였어."

"주워요?"

"말 그대로 주웠어, 날. 길에서."

"헐."

"그분의 고향이 진주였어."

"혹시, 저 진주가, 그 진주?"

"맞아. 이번에는 내가 길에서 고양이를 주웠고, 그분 고향 이름을 따 진주라고 부르게 되었어."

"언제는 강제로 간택 당했다더니?"

"뭐, 그거나, 그거나."

"그런데 오빠."

"응?"

"혹시 내 부모님과 오빠 사이에 무슨 일 있었어요?"

"……."

"어쩐지 분위기가……."

"자자."

갑자기 몸을 굳힌 시진이 그녀를 부실 듯 안고서 정수리에 턱을 괬다. 자신이 두말할 수 없도록 어떤 압박을 주는 것도 같았다.

그렇게 뭔가 묘하게 거슬리는 기분으로 그의 집에서 첫 밤을 맞았다. 분명 부모님과 시진의 행동에 그 어떤 연관성도 없었는데, 사람의 직감이라는 건 상상을 초월할 정도로 예리한 것이었다.

하지만 입을 열려는 순간 시진이 자신의 입술을 막아 버렸고 그 여느 날과 다름없이 몰아붙여 끝내 묻지 못했다. 그래서 서주는 결국 녹초가 되어 버렸다. 까무룩 잠으로 빨려 들어가며 내일은 그게 뭔지 꼭 물어봐야겠다고 흐리멍덩하게만 생각했다.

18. 텅 빈 마음

"텔레비전에서 보았네."

시진은 덤덤하게 기다리고 있었다. 어차피 넘어야 할 장애물이라면 최대한 빨리 넘는 것이 좋을 것 같았다.

"자네가 이렇게 대단한 사람이 될 줄 몰랐어."

그녀의 부모님은 그렇게 내려가고 꽤 오랫동안 고민했던 모양이다. 이보다는 더 빨리 이런 날이 올 줄 알았는데 말이다.

"감사합니다."

시진은 무덤덤한 표정으로 고개를 숙였다.

"서주 아빠에게 들었네."

"……."

"두 사람 사귄다고?"

"네."

"우리 서주에게 접근한 이유가 뭔가?"

"……."

접근하지 않았다. 18년 전 고향을 등진 이후로 얼마 전까지 가급적 그때의 기억을 떠올리게 하는 모든 사람과의 접촉을 차단했다.

그런데 서주가 자신에게로 왔고, 시진은 늪에 빠져 버렸다. 발버둥 치면 칠수록 더 깊이 빠져드는 한서주라는 이름의 늪에.

"복수 때문인가?"

"……."

시진은 서주의 어머니를 바라보았다.

'복수? 어쩌면 하고 싶었을지도 몰라.'

서주의 어머니와 이렇게 마주하기까지 18년 동안 가끔 꿈을 꾸었다.

어떻게 하면 살아도 산 것이 아니고 죽어도 죽은 것이 아닌 상태로 만들어 줄 수 있을까?

그러다가 그런 감정들이 되레 자기 자신을 잠식한다고 여겼을 때, 그런 마음을 접었다. 가장 잔인한 복수는 자신의 원수보다 더 잘 살아 내는 것임을 깨달았던 것이다.

그러나 가끔은 묻고 싶기도 했다. 대체 왜 그랬느냐고, 어머니를 살려내라고, 악다구니를 하고 포한 정도는 터트려도 되지 않나, 생각하기도 했었다.

하지만 이젠 안다. 사실 그것도 별로 자기 자신에게 좋은 일이 아니라는 것을. 한번 해 봤더니 그 일이 얼마나 부질없는 일인지 알았다.

시진은 결코 도덕군자가 아니었다. 혼자 어떻게든 살아남기 위해 좀 이기적인 성향으로 나이를 먹고 지금에 이르렀을 뿐이었다.

그는 자기에게 해가 되는 일은 그 어떤 것도 하지 않았다. 그것이 하물며 사회적인 이익이 된다고 해도 자신에게 이익이 없으면 거들떠보지 않게 된 것이다.

지금 시진에게 꼭 지켜야 할 것이 생겼다. 한서주, 지금은 그 사람이 바로 황시진이라는 인간이 추구하는 이익이었다.

"말해 보게."

"아니라면 믿으시겠습니까?"

"내가 그 말을 어떻게 믿겠나?"

"……."

하긴 그라고 해도 믿을 수 없을 것이다. 지금 그의 눈앞에 있는 사람은 한마디로 그림자였다.

'서주의 그림자.'

그녀가 자신의 가슴에 빛으로 스며들었지만 빛이 있으면 당연히 그림자가 존재하는 법. 그에게 서주와 그녀의 부모는 결코 떼어낼 수 없는 빛과 그림자였던 것이다.

"입장 바꿔 자네라면 그 말을 믿겠나?"

서주의 어머니가 재차 물었다.

"……."

묻는 의도를 알겠어서, 자신의 대답이 사실은 상식적이지 않아서 입을 다물 수밖에 없었다. 하지만 사실이 그러한 걸 어떻게 하랴. 한서주, 그녀가 없으면 그의 심장이, 그의 세상이 텅 비어 버릴 것인데.

"자네도 자네 엄마가 나 때문에 자살한 거라고 생각하고 있지 않나? 지금까지 그렇게 생각하고 있었으니 서주에게 접근한 거 아닌가?"

"생각을 하는 게 아니라 그것이 사실 아닙니까?"

"그건……."

서주 어머니의 안색이 창백해졌다. 그랬다. 18년 전 어머니를 죽음으로 본 것은 사람들이 아는 것과 달리 가정 폭력이 아니었다. 어머니는 아버지가 왜 그렇게까지 폭력적으로 나오는지 잘 알고 있었다.

'아버지는 어머니를 목숨보다 더 사랑했어.'

물론 폭력은 정당화될 수 없다. 어떤 이유로든 변명할 수 없는 나쁜 일이었다. 그러나 그냥 사실이 그렇다는 것이다.

아버지는 어머니를 자기 목숨보다 사랑했다. 어머니가 시선을 두는 것이 무엇이든 다 맹렬하게 질투할 정도로.

그런데 아버지의 감정을 어머니는 누구보다 잘 알고 있었다. 그래서 기꺼이 그 폭력을 다 감수했던 것이다. 물론 어머니의 대처 또한 현명치 못한 것임을 안다. 그냥 사실이 그랬다는 뜻이다.

'어머니를 죽음으로 몬 것은 아버지의 폭력이 아니라, 이분의 입방아 때문이었다는 걸 난 알아.'

어머니가 극단적인 선택을 하도록 내몰고, 결국 사랑하는 아내의 죽음으로 아버지에게 삶의 의지마저 꺾게 만든 것은 다름 아닌 지금 자신의 앞에 있는 서주 어머니의 입에서 만들어진 구설수 때문이었다.

그랬다. 시진은 어머니가 자살한 이유에 대해 정확히 알고 있었다. 서주의 어머니가 그의 가족을 그 마을에서 몰아내지 못해 안달이었던 이유도 알고 있었다. 그것이 사소한 오해에서 비롯되었다는 것도.

무슨 연유에서인지 서주의 아버지는 아주 돈 욕심이 과하다 못해 넘쳤다. 하루가 멀다 하고 시진의 집에 들락거렸다. 그런데 자신의 속셈을 모든 사람에게 숨기면서 들락거린 것이 화근이었다.

서주의 아버지는 자신의 아내도 못 믿었던 것 같다. 몰래 땅을 어떻게든 가져야 했는데, 자신의 재산 상태를 비밀에 부쳤다. 재산이 많으면 날파리가 꼬인다는 것이 아마도 그분의 지론이었을지도 모른다.

그런데 그 지론이 틀린 것 같지도 않았다. 자신의 아버지를 보면 말이다. 아버지에게 날파리가 꼬여 인생마저 꼬인 것은 부정할 수 없는 사실이었다.

'아무튼 남편이 다른 여자에게 흑심이 있어 하루가 멀다 하고 우리 집을 드나든 것으로 서주의 어머니가 오해한 것이 불씨였어.'

서주의 어머니는 시진의 엄마와 자신의 남편이 바람을 피운다고 믿었던 것 같다. 서주의 어머니는 남편에게 대놓고 따지지는 못하고 중상모략의 방법으로 시진의 어머니를 그 마을에서 쫓아내려고 했다.

서주의 어머니는 자기 남편의 이름은 쏙 빼고 시진의 어머니에 대해서만 입방아를 찧어 댔다. 동네방네 꼬리를 치고 다니느니, 술집에서 웃음을 파느니, 별의별 해괴한 소문이 나돌기 시작했다.

'오죽하면 내 귀에까지 다 들어올 정도였으니 말해 뭣해.'

그것이 폭력의 시발이었다. 아버지의 의처증이 그 기점에서 발화되었고, 심화되었으며 폭발했다. 아버지의 의심과 폭력, 동네 사람들의 시선 그리고 생활고까지.

유추하건대 자신의 어머니는 당시 궁지에 몰린 기분이었을 것이다. 그렇기에 그런 극단적인 선택을 할 수밖에 없었을 테지.

'단지 오해로 비롯된 한 사람의 질투 때문에.'

질투가 이렇게 무서운 것이다. 다름 아닌 자신의 아버지와,

서주의 어머니처럼 질투가 사랑의 표현을 넘어선 광적인 집착으로 변질되면 변이되고는 한다. 두 분 모두 질투에 사로잡혀 한 사람에게 폭력을 행사한 것이다.

"그런데도 서주를 사랑합니다."

"못 믿겠네. 서주는 충분히 힘들게 살았어. 자네가 복수로 이용하지 않는다고 해도 앞으로 내내 위태위태하게 살아갈 거야. 그러니 서주는 그냥 놔두게."

어떻게 보면 평범한 얼굴을 하고서, 평범한 사람들 틈에 여전히 잘살고 있는 서주의 어머니는 참 이기적이고 악한 사람이었다.

아마도 그녀의 어머니는 앞으로도 계속 저런 평범함 속에 악함을 숨기고 잘 살아갈 것이다. 그럼에도 딸을 걱정하는 마음 하나는 충분히 이해할 수가 있었다. 아이러니하게도 그런 점에서는 시진과 마음이 일맥상통했다.

"그 위태위태한 삶에 제가 기대어 살아갈 겁니다."

지금 눈앞에 앉아 있는 이 사람 보란 듯이. 무엇보다도 그녀에게 기대지 못하면 이젠 자신은 아무것도 아니라는 생각이 들었다.

"왜 이러는 건가 대체? 자네는 날 참을 수 있을지 몰라도 난 자네를 참을 수 없네. 이기적이라고 해도 상관없어. 그게 오해였는지 아닌지 알 게 뭐야? 사람이 안 보이는 뒤에서 무슨 짓을 했을지……."

"어머님."

시진은 서릿발이 날리는 표정으로 여전히 오해가 아닐지도 모른다고 생각하는 서주의 어머니의 말을 잘랐다.

그는 사람을 불신했다. 자라 온 환경이 그럴 수밖에 없는 구조였다. 하지만 믿어야 한다고 생각하는 사람에게만큼은 차라리 속을지언정 끝까지 믿음을 거두지 않았다.

어머니는 아버지를 사랑했다. 밖에서 치고받고 깨부수는 소리만 들은 사람들은 이해가 안 가겠지만 분명 어머니는 아버지를 사랑했다. 술기운에 잠이 든 아버지를 살뜰히 보살피던 어머니가 아직도 기억이 난다.

"시진아, 아버지 좀."

"뭘 해 달라고요?"

"아버지 좀 부축해 줘. 한데서 자면 감기 걸려."

"그게 지금 할 소리예요? 대체 왜 그러고 살아? 제발 도망이라도 가라고! 그러다 언젠가는 맞아 죽는다고요!"

"난 맞아도 싸. 죽어도 싸다고."

"맞아도 싼 사람이 어디에 있어요? 맞아 죽어도 싸다고? 그게 말이 돼?"

"난 그래도 돼. 내가 이 사람을 이렇게 망가뜨렸어. 그러니까 아버지 좀……."

"싫어! 어머니가 하세요! 그럼에도 사랑한다며! 난 아니니까 어머니가 하라고, 빌어먹을!"

그것도 방금까지 맞아서 눈에 멍이 가득한 채로. 그런 몰골로 아버지를 바라보던 어머니의 안타까움과 애정이 미치도록 싫었다.

어머니를 때리는 아버지를 강하게 말리는 아들을 오히려 혼내고 심지어 버릇없다고 등짝을 때리던 사람이 아버지의 아내였다. 아버지가 사랑했던 여자는 그런 아내였던 것이다. 그런 환경에 노출된 여자들이 흔히 자식 때문에 참고 산다지만 어머니는 아니었다.

'사랑은 다 그런 것인가? 저렇게 맹목적일까? 결혼이라는 게 이렇게 지옥인데도 그걸 견딜 만큼?'

그런 부모님의 모습에서 그는 사랑과 결혼에 대한 아주 부정적인 일면만 보았다. 그럼에도 어머니는 죽는 날까지 아버지를 사랑했다.

'그런 어머니가 부정한 짓을 했다는 걸 나더러 믿으라고?'

차라리 마약 환자가 마약을 단칼에 끊었다는 말이라면 믿을 수 있을지 몰라도, 어머니의 부정을 시진은 결코 믿지 않았다.

"어머님 말씀대로……."

"난 자네의 어머님이 아니네."

"네, 아주머니 말씀대로 지금 많이 참고 있습니다. 그러니 더 길게 말씀하지 마시고 그냥 돌아가 주셨으면 합니다."

"자네 어머니가 그렇게 갈 거라고는 생각하지 못했어. 난 그때……."

"듣고 싶지 않습니다. 혹시 사과할 생각이시면 절 모독하시는 겁니다."

"……"

과거를 덮겠다는 것이 아니다. 그냥 놔두겠다는 것이다. 서주를 위해서 그리고 자신을 위해서.

"사과하지 마십시오. 그때의 일은 평생 입에 올리지도 마십시오."

"정 그렇게 바란다면 알았네. 어쨌거나 서주와 헤어져 주게."

"헤어지지 않습니다."

"자네가 헤어져 주지 않으면 우리가 헤어지게 만들 걸세. 돈이든 인맥을 이용한 권력이든 자네가 가진 모든 것을 무너뜨리겠네."

"원하시는 대로 하십시오. 어떻게 하셔도 전 서주 못 놓습니다. 전 결코 서주와 헤어지지 않습니다."

부모님의 사랑은 결코 진실한 사랑이 아니라고 생각했고, 시진은 극단적으로 감정에 사로잡힌 생전의 부모님을 그토록 미워했다.

'그런데 이제 보니 결국 그 미운 모습까지 닮아 버린 모양이야.'

미워하면서도 닮는다는 소리가 왜 나온 것인지 알 것 같았다. 아버지가 어머니를 사랑한 것처럼, 어머니가 아버지를 사랑한 것처럼 시진은 서주를 사랑했다. 그 사랑이 부모님의 감정처럼 극단적이지 않기를 바랄밖에.

"어디 다녀오는 길이에요?"

그녀의 어머니와 헤어지고 돌아와 주차장에 차를 세우니, 막 퇴근하고 돌아온 듯 서주가 있었다.

"음."

시진은 좀 흠칫했다. 서주를 향한 사랑과 그녀의 부모님에 대한 증오가 상충한 마음을 아직 가다듬지 못한 것이다.

요식업을 하며 어른이 어른답지 못하고 나이만 먹은 사람들을 꽤 만나 왔는데, 오늘 그보다 더한 인간을 만났다. 그리고 그게 하필이면 서주의 부모님이라는 것도 속상하고 그녀에게 드러낼 수 없음에 답답했다.

'좀 배회하다 올 걸 그랬어.'

마음을 정리하고 그녀를 만났으면 좀 나았을 텐데, 아무런 준비도 없이 서주와 맞닥뜨리고 나니 그녀의 부모님에 대한 감정이 더 끓어오르는 것 같았다.

'왜 하필이면 그런 사람들이 네 부모야?'

"누구 만나고 오는 길이에요?"

"음."

그래서 점점 더 방어적이고 퉁명스러워졌을지도 모르겠다.

"오빠."

"……."

"혹시 무슨 일 있어요?"

이렇게 서주가 눈치를 채고 말 정도로 저도 모르는 사이 벽이 세워진 것이다. 그 벽 안에 있는 그녀 부모의 추악한 모습을 들키고 싶지 않았다. 증오와 별개로 자기 부모님이 어떤 사람인지 아는 순간 받을 서주의 충격을 시진은 지금으로서 도저히 감당할 자신이 없었던 것이다.

며칠 전, 'Challenge Star Chef K 시즌 7'을 촬영하면서 그녀가 당했던 사고의 경위에 대해 시진은 서주에게 말해 주었다. 그리고 증거가 확실하니 진단서를 첨부하여 경찰에 고소 조치를 할 것이라고 했다.

"그러지 마요."

그때 서주가 강력하게 만류하고 나섰다.

"그러지 말라고? 무슨 소리야?"

"지금 한창 시청률 고공 행진인데, 분명히 구설수에 오를 거고 그럼 나머지 도전자들은요?"

"지금 남 걱정할 때야? 동영상 보면 손만 다친 건 정말 운이었다고."

"제가 그렇게 운이 좋은 사람이라니까요? 무슨 행운이 화수분처럼 쏟아져, 난."

"지금 그런 실없는 소리 할 때야?"

"실없는 소리 아닌데. 사실인데."

"한서주."

"도전자 중에 챌린지 스타 셰프 케이가 마지막 보루인 사람도 있어요. 이번이 정말 마지막이라고, 여기에 모든 것을 걸겠다고 비장하게 나온 친구가 있고, 심지어 어머니의 병원비를 벌겠다고 나온 친구도 있어요. 그런데 그런 구설수에 올라 봐요. 그 꿈이 다 꺾이는 거잖아."

"다른 사람들 때문에 네 억울함을 풀지 않겠다고?"

"이미 다 나았어요. 누가 응급조치를 너무 기똥차게 하는 바람에 어쩌면 흉도 안 질 거라잖아요. 흉이 생겨도 희미한 자국만 남을 거라잖아요. 억울하긴 한데 다른 도전자들은 인생이 걸린 거라고요. 무엇보다도 내 제자가 내년에 무슨 일이 있어도 도전할 거라고 했단 말이에요. 왕따로 자살 직전까지 갔던 아이를 겨우 설득해 학교 다니게 하고, 요리하게 만들고 꿈을 키우게 했는데, 그 꿈을 펼칠 큰 마당을 내가 엉망으로 만들어 버리라고요? 나, 개 선생인데?"

"너가 이렇게 물러 터졌으니까, 까마득한 선배 개를 풀어서 널 죽일 뻔하고도 또 그 짓을 했다는 생각은 안 들어?"

"그렇게 살다가 걘 내가 아니어도 언젠가 큰코다칠 거예요.

난 결코 가만히 있지 않아요. 내가 얼마나 못됐는데? 매일 저주할 거야 내가. 내 복수는 남이 해 준다는 말도 있으니, 내 복수를 남이 해 주기를 벼르고 있을 거예요. 그러니까 응? 응? 제발."

'이런 여자야, 한서주는.'

그런데 자기 부모님 때문에 사랑하는 남자의 부모님이 모두 극단적인 선택을 했다는 사실을 알게 되면 아니, 그건 생각하고 싶지도 않다.

그 사실을 알면 그녀가 얼마나 낙담할지, 나아가 서주라면 분명 부모님의 불행을 떠올리게 만드는 자신이 사라져 주겠다고 할지도 몰랐다. 그러니 끝내 숨기려는 것이다.

"아니."

그러나 애써 마음을 가다듬으려 했지만, 그게 쉽지 않았다. 진정이 되지 않은 상태로 귀가했더니 아직까지 파리했던 어머니의 주검이 떠오르고, 그 원흉이나 다를 바 없는 사람이 떠올랐다.

이 와중에 가장 두려운 것은 서주가 자신의 부모님에 대한 실체를 알아 버리는 것인데, 그게 어쩌면 현재 감정적으로 변한 자신의 입을 통해 새어 나갈까 무서웠다.

'하아, 미치겠네. 그러게 왜 그런 사람이 네 부모냐고!'

그런데 마음은 점점 더 들끓기만 할 뿐, 안정되지 않았다. 서주를 보고 있는데 인내심은 자꾸만 바닥이 나고 감정이 널을 뛰었다.

"누굴 만났기에 기분이 이렇게 저기압이에요?"

이 와중에 이렇게 걱정하며 물어 대니, 그의 신경은 폭발하기 일보 직전이었다.

"나 원래 이렇게 생겨 먹었어."

시진은 저도 모르게 이를 갈아붙이고 말았다.

"아닌데, 내가 눈이 없는 것도 아니고. 대체 누구 만났어요?"

"누굴 만났다고 하면 네가 알아?"

"모르죠, 말을 안 하는데. 그래서 묻잖아요. 누굴 만났기에 이렇게 화가 났어요?"

"나 원래 이렇게 생겨 먹었다고."

"아니라니까, 나 바보 아니거든요?"

"왜 이렇게 집요하게 묻는 거야?"

"네?"

"그냥 누구 좀 만나고 왔어. 그래, 네 말대로 만나고 왔더니 기분이 좀 그래. 그냥 그렇게 넘어가면 안 돼?"

기어이 폭발하고 말았다. 시진은 감정을 주체할 수 없었다. 표정에서도 그것이 완연히 드러났을 것이다.

"알았어요. 그냥 그렇게 넘어가요, 됐죠?"

그러니 서주가 이렇게 두 손을 번쩍 드는 시늉을 하고는 놀란 눈을 하고 있을 터.

"하아."

시진은 참아야 한다고 생각했다. 폭주하지 않기 위해서는 자리를 피하는 것이 상책일 것 같았다. 그는 서주를 주차장에 두고 차를 몰고 나와 버렸다. 망연자실 그 자리에 서서 그녀가 자신을 보고 있다는 것을 알면서도.

* * *

시진을 잡지 못했다. 잡아서는 안 된다는 생각이 들었다. 그런데 멀어지는 그를 보고 있자니 왜 이렇게 불길한지 알 수가 없었다. 서주는 그의 집으로 들어갔다.

"진주야, 야옹. 진주, 야옹. 쳇, 너도 나랑 말하고 싶지 않은 거니? 어쩜 집사나 고양이나 똑같니?"

얼마 뒤 전화벨이 울렸다.

'이제 마음이 좀 풀렸나? 그럼 왜 그렇게 날카롭게 굴었는지 말해 주겠지?'

행여 그일지도 몰라서 황급히 휴대폰을 들었다. 하지만 어머니였다. 서주는 애써 실망감을 감추고는 전화를 받았다.

— 지금 어디니?

"지금 퇴근했어."

— 네 오피스텔이야. 곧장 집으로 와.

"어?"

– 너에게 할 말 있어.

"아……."

– 기다리마.

전화를 끊고 나서야 어머니의 목소리가 심상치 않다는 것을 알아차렸다.

"어라. 진주, 나왔어?"

그때 하얀 털 뭉치가 그녀의 곁으로 앉았다.

"으힉, 큰일이다."

무심코 털 뭉치를 손으로 쓰다듬다가 움찔했다.

"아, 미안. 진주 놀랐어?"

길에서 살 때 사람에게 해코지를 당했던 모양인지, 미묘한 기척에도 민감하게 반응한 고양이가 펄쩍 뛰더니 사라져 버렸다. 녀석은 또 어디론가 숨어들었을 것이다.

"그나저나 엄마가 집이 꽤 오래 비워졌던 걸 알면……. 아, 안 되겠다."

머릿속으로 오피스텔을 방문했던 마지막 날을 떠올리며, 서주는 시진의 집에서 나와 곧장 오피스텔로 향했다. 생각해 보니 다행히 짐을 완전히 옮기지 않아서 들킬 염려는 없겠지만 그래도 좀 불안한 기분으로 집으로 들어갔다.

"저녁은?"

"아직이지."

"너 밥 안 해 먹니?"

"아……."

"냉장고도 텅텅 비어 있고, 불 피운 흔적도 없고."

아마도 구석구석 검열했던 모양이다. 어머니의 표정이 잔뜩 굳은 걸 보면.

'아, 욕실!'

거기에는 세제가 거의 없었다.

"요즘은 좀 그래. 엄마, 나 손 좀 씻고."

그녀는 서둘러 욕실로 들어가 수건 하나를 걸어 놓고 선반에 세제들과 칫솔을 꺼내 진열해 두었다.

'이만하면 괜찮겠지?'

"내가 보낸 반찬들은 다 어디 간 거야?"

그러고는 나왔더니 어머니의 잔소리 폭탄이 기다리고 있었다.

"그야……."

서주는 쩔쩔매는 표정으로 어머니를 보았다. 어쩐지 어머니의 기분이 아주 안 좋았다.

'그러고 보니 지난번에 올라오셨다 내려가셨을 때도 이상했어. 다른 이유가 있는 줄 알았는데, 내가 자리를 비운 그사이에 다투신 거였어? 그렇다고 해도 지금이 며칠이야? 이렇게까지 끄실 양반이 아닌데? 기력도 대단하셔. 아직도 티격태격할 힘이 남으신 거 보면. 그나저나 부부 싸움이 이번에는 심각하신 건가? 나에게 할 말이라는 게 설마…….'

아직도 혈기가 왕성하신지, 부모님은 종종 삐걱거렸다. 하지만 여느 부부와 다를 바 없는 수준이었다. 그런 사소한 다툼으로 설마 이혼이니 어쩌니 할 것 같지는 않았다.

　사실 그보다 두 분은 서로에게 잔정이 없는 것이 더 문제라면 문제였다. 두 분은 요즘 말로 딸 한 명 같이 키우며 의리로 사는 분들 같았다.

　만약 두 분 사이에 딸이라는 구심점이 없었다면 어떻게 되었을지 상상할 필요도 없었을 것이다. 그렇게 서로에게 정이 없다가 어느 날 아침 이혼하는 게 아니냐는 우려 섞인 자신의 말에 어머니가 침을 튀기며 했던 말이 있었다.

　"너, 네 아버지가 재산을 얼마나 짱 박아 놨는지 모르지? 사실 한 이불을 덮고 사는 나도 몰라. 예금도 예금이지만, 네 아버지에게 내가 모르는 땅이 수두룩해. 어디 그뿐이게? 전에 엄마 엄지발가락 왜 깨졌는지 아니? 장롱 위를 청소하다 갑자기 뭐가 확 떨어져서 발가락에 금이 갔는데, 대체 뭐가 떨어져 이 난리인가 봤더니. 글쎄 금덩이더라, 금덩이. 자그마치 2킬로그램이 넘어 보였어. 근데 엄마 발가락 걱정보다 그거 나에게 걸린 거 더 걱정하던 양반이 네 아빠야, 글쎄. 그런 금덩이들을 집 안 곳곳 어딘가에 숨겨 놓은 것 같은데 이혼해 봐야 뭐 하니? 재산 기여도니 뭐니 해서 푼돈이나 건질 건데, 내가 누구 좋으라고 이혼해 줘? 절대 이혼 안 하니까 너는 걱정 마."

하지만 서주는 알고 있었다. 말은 그렇게 하지만 어머니가 아버지의 해바라기인걸. 그런데 아버지는 어머니의 마음을 너무 당연하게 생각해 고마운 줄 모르는 것이 좀 문제라면 문제였다.

'아빠는 돈이 아까워서 바람을 못 피우실 양반이라는 게 그나마 다행이라고 해야 할지, 나 참.'

"병원비는 내 몫이야. 네가 낼 생각 절대 하지 마. 널 그렇게 낳아 준 게 미안해 죽을 것 같은데, 당연히 병원비는 평생 내가 대야지. 난 네가 직장에 다니며 스트레스 안 받았으면 좋겠어. 아빠가 돈을 왜 모으겠어? 아빠가 네 일생 책임지려고 악착같이 번 건데."

근데 그 정도로 수전노가 된 아버지에게는 분명한 명분이 있었다. 그래서 부부 싸움의 모든 발화가 돈이었다. 그렇다고 어머니가 사치를 하는 것도 아닌데, 아버지는 아주 숨이 막힐 정도로 어머니의 지출에 관여했다.

'나 때문에 돈 악착같이 모으실 필요는 없는데. 호봉도 계속 오를 테고, 나중에 연금도 빵빵할 테니 그럴 필요 없다고 아무리 말씀드려도 아빠는 들으시지 않고. 하아, 이거야말로 난감하네, 난감해.'

"또 경로당에 보낸 거야?"

눈치를 살피며 이런저런 생각을 하는데, 어머니가 그녀에게 물었다.

"어? 어······ 뭐, 그러니까······ 으음."

"하아, 되었다. 앉아라."

어머니가 식탁 의자에 앉으며 맞은편에 고갯짓했다.

'어라? 이건 적어도 잔소리 한 시간 이상 늘어질 상황인데 뭐가 이리 쉽게 끝나? 설마 진짜 이혼하시려는 건?'

"자, 앉았어. 왜요?"

두 분이 이혼하신다고 하면 서주는 아무렇지 않을 자신이 없었다. 그러나 닥치면 의연하게 받아들이기는 해야 할 것 같았다. 한두 살 어린애도 아니고 이미 어엿한 성인이었으니 말이다.

"너 감나무 집 아들이랑 사귀니?"

"해요, 이혼. 두 분 인생 사셔야죠. 전 괜찮······ 네?"

"너 감나무 집 아들이랑 사귀냐고."

"감나무 집? 시진 오빠?"

서주는 어머니를 보며 눈을 깜빡였다. 이건 좀 예상치 못한 전개였다.

"그래."

"네. 아빠에게 들었어요?"

하지만 곧 전후 사정이 머릿속에 들어왔다.

"안 된다."

어머니가 단칼에 잘랐다.

"네?"

"안 된다고, 두 사람."

"왜요? 아빠에게 들었으면 아실 거 아니에요? 결혼하겠다는 것도 아니고, 연애만 하겠다는데 왜 안 돼요?"

"결혼이고 연애고 안 된다고, 글쎄."

"엄마랑 아빠, 진짜 이상한 거 아세요?"

아무리 생각해도 이해가 되지 않았다.

"무슨 말을 그렇게 하니?"

"아니, 그렇잖아요. 내가 세 살도 아니고, 열세 살도 아니고, 무려 나이가 서른 살인데 결혼을 하겠다는 것도 아니고 연애를 하겠다는데. 다 큰 딸 연애까지 관여하시는 건 좀 아니지 않나?"

"그럼 차라리 결혼을 해."

"오빠랑요? 내가 왜 결혼을 안 하는 건지 아빠가 말 안 하셨어요? 다시 고스란히 들려 드려요?"

"내 말은 적당한 다른 사람과 하라고. 그러잖아도 은수네 건너, 건너 친척 중에 아이를 못 가져서 이혼한 남자가 있어. 그러니까 아이 걱정은 안 해도 돼."

"엄마, 지금 그걸 말이라고? 지금 흠 있는 딸 헐값에 치워요?"

"너 정말 무슨 말을 그렇게 하니!"

어머니가 펄쩍 뛰었다.

"아니 말이 그렇잖아. 이혼남을 이제 한창인 딸에게 소개하고 싶으세요?"

서주는 어머니를 빤히 보며 말했다. 하지만 퉁명스럽게 내뱉은 말과 달리 본심은 좀 달랐다.

사실 그 남자가 아이를 가질 수 없는 몸이라서 한 번 결혼했다는 것은 문제가 아니었다. 그건 그녀에게 전혀 문제가 되지 않았다. 사람이 살다 보면 그럴 수도 있는 것이니 말이다.

더욱이 아이를 가질 수 없어 이혼을 당했다니, 솔직히 안타까움도 일었다. 단지 그 남자가 시진이 아니라는 것이 그녀에게는 가장 큰 문제였던 것이다.

"혼인신고는 안 해서 총각이나 다를 바 없어. 거기다 그 남자 집안이 알부자라······."

'나도 뭐 혼인신고 없이 동거 중인데, 다른 사람은 몰라도 나에겐 문제가 안 돼.'

하지만 어쩔 수 없이 그걸 문제로 만들어야만 했다. 아니면 부모님에게 등 떠밀려 결혼하게 될지 누가 알겠는가.

"아빠 생각도 같아요?"

서주는 냉랭하게 물었다.

"네 아빠는 뭐 좀 떠름하긴 하지만······."

"정말 실망이에요."

손을 들어 어머니의 말을 자르고는 얼굴을 찌푸렸다.

"뭐?"

"부모님이 날 그렇게 생각하고 있는 줄 몰랐다고요."

"아니, 난······."

그녀의 말에 어머니가 어쩔 줄 몰라 하며 얼굴을 굳혔다. 그런데 어쩐지 자신의 말 때문이 아니라, 어떻게든 자신을 설득하지 못하는 사실이 답답하다는 눈치였다.

그게 참 이상했다. 꼭 시진과 자신을 떼어 놓는 일 말고는 어머니에게 다른 건 눈에도 들어오지 않는다는 식이었으니 말이다.

"그렇게까지 해서 시진 오빠랑 연애하는 걸 반대하는 이유가 대체 뭐예요? 들어 합당하면 생각해 볼게요. 힘들겠지만, 부모님이 이렇게까지 반대하는 이유가 분명 있을 테니까. 혹시 저모르는 사이 시진 오빠가 살인이라도 했어요?"

그래서 물었다.

"……."

'설마 뜨끔하신 거야?'

"아니면 저 모르는 사이 시진 오빠가 도둑질이라도 했느냐고요."

"……."

'으잉? 엄마 표정이 왜 저래?'

"아니 왜 말씀을 못 하세요?"

점점 더 이상해졌다.

'모르는 사람이 보면 오빠가 살인을 하고 도둑질을 했다는 것처럼 느껴질 정도야.'

시진이 도둑질을 했거나 살인을 하지 않았다는 것은 잘 알았다. 그는 자타가 인정하는 이른바 공인이었다. 서주가 모르는 사실까지 지난 18년간의 일들이 대부분 각종 포털 사이트에서 검색만 하면 나왔다.

물론 요리에 입문하기 전 그의 불행했던 과거는 베일에 가려져 있었지만, 그 이전 시진이 어떤 사람인지 서주는 알고 있었으니 문제 될 것이 없었다.

'그럼에도 내가 알지 못하는 그 정도의 이유가 있는 거야? 그래서 반대하는 거야?'

"엄마."

"이유를 말하면 엄마 말 들을 거야?"

"그러니까 말해 보시라니까요?"

"혹시 약 가지고 있어?"

"무슨?"

"너 놀랠까 봐."

"그 정도예요?"

뭔가 불길했다. 어머니의 표정을 본 순간 아무래도 듣지 않는 것이 좋겠다는 생각이 들 정도로. 하지만 계속 이렇게 끌려다닐 수는 없는 일이었다.

'그래, 뭐 얼마나 충격적인 일이 기다리고 있는지 들어봐야겠어.'

온실의 화초로 매번 살아갈 수도 없고, 또한 매번 시진을 반대하는 부모님과 실랑이를 벌일 수도 없는 일이었다. 언제가 되었든 그와 함께 있는 시간 동안은 온전히 시진에게만 집중하고 싶었던 것이다.

'내가 지금 뭘 들은 거야?'

하지만 얼마 지나지 않아 서주는 차라리 듣지 않았으면 좋았을 것이라는 후회를 하게 되었다.

'대체 뭘⋯⋯.'

어머니의 비명에 이어 의식이 까무룩 넘어가는 그 와중에.

* * *

"수고하셨습니다."

저녁 영업이 끝이 났다. 시진은 앞치마를 벗어 빨래 바구니에 던져 넣고는 일일이 인사를 받아 주었다. 사무실로 들어가 의자에 앉아 책상에 기대어 손으로 미간을 쓸었다.

그렇게 서주에게서 도망치듯 자리를 떠 브레이크 타임이 한참 지나고서야 레스토랑으로 돌아온 시진은 주방 일을 바쁘게 했다. 아무 생각 없이 접시를 채우고 내가는 동안 마음이 가까스로 진정되었다.

'뭐라 변명을 하지?'

그리고 이제 하나의 관문이 남았다. 자신이 그렇게 나간 이유에 대해 뭘 어떻게 설명해야 서주가 납득할지 감이 잡히지 않았다.

서주는 머리가 매우 좋았다. 그건 경연 중에 누가 가르쳐 주지 않았음에도 그녀가 한 행동들을 보면 알 수 있었다.

머리가 나쁜 사람은 요리를 잘하지 못하는 것이 사실이다. 그리고 머리가 좋으면 배우지 않아도 이내 요령을 터득하는 법이다.

서주가 그랬다. 그러니 어지간한 말로는 그녀를 납득시키지 못하리라는 생각이 들었다.

시진은 잠시 고민하다가 이렇게 시간을 끄는 것은 오히려 상황 정리에 도움이 되지 않을 것이라는 생각에 사무실에서 나왔다. 그리고 집으로 올라온 그의 걸음이 문득 멈춰졌다.

'자나?'

의아한 눈으로 불 꺼진 집 안을 기웃거리다 문을 따고 들어갔다. 시간을 확인했다. 오후 10시 30분, 결코 잠을 잘 시간은 아니었다.

'화가 난 건가?'

사실 화를 내는 것이 당연한 일이었다. 서주의 입장에서는 종로에서 뺨 맞고 한강에서 눈 흘김을 당한 것과 다를 바 없이 참 느닷없는 일이었을 것이다.

'그러게 그때 왜 곧장 돌아와서는, 생각도 없이 감정을 드러내기까지 하고.'

시진은 미간을 찌푸리며 거실에 불을 켰다. 아주 고요했다. 침실을 바라보며 난감한 표정을 지었다가, 머뭇머뭇 그쪽으로 다가갔다.

그러고도 한참이나 문을 열지 못하고 닫힌 문 앞에서 쩔쩔맸다. 진주가 그의 발밑에서 배회했다.

"진주, 그냥 무릎을 확 꿇어 버릴까?"

시진은 겁이 나는 표정으로 고양이에게 중얼거렸다. 시진은 평소 무언가를 잘못한 사람이 무릎을 꿇는 것만큼 한심해 보인 적이 없었다. 그건 자신의 잘못을 인정하고 책임을 지기보다는 꼭 그런 것으로 상황을 모면하는 것처럼 느껴지고는 했던 것이다.

무릎 꿇을 정성으로 자신이 저지른 잘못을 수정하고 대가를 치를 것이지, 그냥 편하게 무릎 한 번으로 넘어가려는 것이 아닐까, 하고 삐딱하게 보고는 했었다.

그런데 정작 닥치고 보니 그것 말고는 할 것이 없었다. 용서를 받고 싶은데 어떻게 해야 용서를 받을 수 있는 건지, 감도 잡히지 않았다. 아마도 여태 잘못하고 무릎을 꿇는 사람들은 지금의 그와 같은 심정이었을 것이다.

"어쨌든 시간을 끌면 죄가 더 커지겠지? 나랑 같이 들어가서…… 그래, 가라, 가. 나 혼자 저지른 일이니, 나 혼자 혼나야지, 뭐."

자신의 발밑에서 배회하던 고양이가 사라지자 괜히 중얼거리며, 시진은 심호흡한 뒤 용기를 내어 문고리를 잡았다. 그리고 그대로 얼어붙었다.

곧이어 시진의 몸이 용수철처럼 침실에서 튀어나와 집을 박차고 나갔다. 침실이 텅 비어 있었던 것이다.

동시에 그의 머리도 텅 비어 버렸다. 불길한 예감이라고 굳이 말할 필요도 없었다. 그저 본능적으로 내달렸고, 또 한 번 망연자실했다.

휴대폰이 생각난 것은 역시나 텅 빈 그녀의 오피스텔 서실 가운데에서 우두커니 그것도 한참이나 서 있고 난 후였다.

– 전화를 받지 않아 소리샘으로 넘어갑니다. 소리샘으로 넘어간 뒤에는……

연이어 시진의 심장마저 텅 비어 버렸다. 그 아주 짧은 시간 동안에.

19. 다시 그를 만나기 몇 미터 전

요리 경연 프로그램이 시청자가 보는 것과 촬영장의 분위기가 아주 많이 다르다는 것을 서주는 안다. 개인의 긴장감은 몰라도, 촬영장 분위기는 편집으로 보는 방송과 완전히 달라 박진감 같은 건 기대할 수 없다는 것도.

물론 참가자가 많으니 촬영장의 분위기가 좀 정신 사나운 것은 어쩔 수 없는 일이었는데, 서주는 그것조차 전혀 느끼지 못했다.

'하아, 떨려.'

그녀는 긴장으로 속옷까지 흥건하게 젖는 것 같았다. 어찌나 긴장을 했던지 그 긴 대기 시간이 조금도 무료하지 않았다.

"선생님. 저, 떨려요. 숨도 못 쉬겠어."

지난해와 달리 'Challenge Star Chef K 시즌 8'에는 올해 초 졸업한 제자와 함께했으니.

"이하 동문이다."

서주는 가슴을 쓸어내리며 떨리는 음성으로 말했다.

"한서주 씨!"

방송 관계자가 그녀를 호명했다.

"네!"

"미리 대기해 주세요."

"네."

가슴을 한 번 더 쓸어내린 뒤, 서주는 수혁을 돌아보며 말을 덧붙였다.

"매 먼저 맞고 나올게."

"이럴 줄 알았으며 제가 먼저 할 걸 그랬어요."

"그래 봐야 다음이 넌데 뭐."

"선생님, 파이팅."

"그래, 제자님도 파이팅."

서주는 주먹을 불끈 쥐며 대기했다. 곧이어 그녀의 차례가 돌아왔다. 서주는 앞치마를 동여매고는 조리대 앞에 섰다.

사전 인터뷰 때, 서주는 꽤 많은 이슈를 몰고 올 것이라고 스태프들이 나누는 대화를 우연히 들었다.

그녀가 지난해 'Challenge Star Chef K 시즌 7' 도전자이고, 회를 거듭할수록 우수한 기량을 선보이다가 불의의 사고로 하차할 수밖에 없었다는 것이 이슈의 하나요. 하차한 이후 인공심장박동기가 멈춰 또 한 번 고비를 넘겼다는 것도 이야깃거리가 될 소재였는데, 'Challenge Star Chef K 시즌 8'에 지원하면서 이렇게 든든한 제자까지 데리고 나왔으니. 반색하는 스태프들에게 서주는 우스개로 이렇게 말했다.

'작년에 왔던 각설이가 죽지도 않고 또 왔어요.'

액면 그대로 서주는 죽지도 않고 다시 'Challenge Star Chef K 시즌 8'에 지원한 것이다.

'오빠를 만나기 위해. 이만하면 내 운빨을 따라올 자는 없겠지?'

얼마 뒤, 서주는 음식이 담긴 트레이를 밀고 멘토가 기다리는 녹화 장소로 이동했다.

'그러니까 오빠를 만나서도 아주 잘 해낼 거야.'

몇 미터 앞에 시진이 있다고 생각하니 그녀는 심장이 터질 것 같았다. 그가 자신을 보고 무슨 표정을 지을지 고민하지 않았다.

'둘 중 하나겠지. 무표정하거나, 또 무표정하거나. 냉랭한 눈빛은 옵션. 그래도 상관없어.'

서주는 두근거리는 심장 위에 손을 올렸다. 의료 기술은 나날이 발전하여 그녀의 가슴에는 최신형 인공심장박동기가 아주 든든하게 장착되어 있었다.

'이제 몇 발짝만 더 가면 오빠를 또 만날 수 있는 거야.'

서주는 눈을 질끈 감았다가 뜨고는 대기하던 방송 스태프에게 눈짓했다. 문이 그녀 앞에서 자동으로 열리더니 시진에게 가는 길을 터 주었다.

"네 아빠가 바람을 피웠어."

"어? 바람? 수전노 아빠가? 누구와?"

"감나무 집 여자와."

지난해, 자신에게 어머니가 그렇게 말했다.

부모님이 우리 사이를 반대한 이유가 다름 아닌 시진의 어머니와 자신의 아버지의 불륜 때문이라니!

그 충격은 이루 말할 수가 없었다. 자신이 사랑하는 남자의 어머니가 아버지의 내연녀였다는 사실에 서주는 그 순간 세상이 끝난 줄 알았다.

그리고 정말 끝날 뻔했다.

'아니, 끝낼 생각이었어.'

당시 자신의 컨디션 따위는 안중에도 없었다. 서주는 혼이 나갈 정도 발광했다. 나중에는 과호흡이 왔다.

원 없이 연애하다가 어쩌면 먼 훗날 시진이 가정을 원한다면 끝날지도 모른다는 생각은 했었다. 그런데 결코 그런 식의 결

말은 아니었다.

아니다. 생각해 보니 그건 단지 허세일 뿐, 자신은 어떤 핑계를 만들어서라도 영원히 그와 헤어질 생각조차 하지 않았다는 것을 깨달았다.

그러나 부모님들의 불륜 사실을 들은 순간, 우리의 관계가 끝이 났다는 것을 알았다. 하지만 이별을 받아들일 수가 없었다.

그러다 문득, 시진의 어머니가 자살한 이유가 다름 아닌 아버지와의 불륜 때문일지도 모른다는 생각이 들며 세상이 까마득해졌다.

연이은 충격으로 급기야 인공심장박동기가 멈추었다. 아무런 기계적인 결함도 없었음에도 말이다.

의식을 찾았을 때는 지금의 새로운 박동기가 가슴에 박혀 있었다. 그런데 빌어먹을 정도로 성능이 좋아서 이후로는 멈출 생각을 하지 않았다.

서주는 식음을 전폐했고, 그 누구와도 만나지 않았다. 집중치료실에서 나와서도 마찬가지였다. 그런데 시간이라는 건 참 요사스러웠다. 그녀는 가슴에 점점 쌓이는 그리움 때문에 견딜 수가 없게 되었다.

그에 비례하여 이 지경으로 만든 부모님을 태어나 처음으로 원망했다. 서주는 죽기를 작정했다. 틈만 나면 박동기가 있는 가슴을 쳐 대니 나중에는 정신 병동에나 있을 조치가 취해졌다. 하지만 침대에 묶인 상태로도 발광했다.

"왜 살려 놓으셨어요? 대체 왜!"

"서주야……."

"다들 꼴 보기 싫어! 어떻게 그런 얼굴로 내 앞에 있는 거야!"

서주는 특히 아버지를 증오했다. 자신의 심장을 끝까지 뛰게 하기 위해 아버지가 수전노 노릇을 하면서 돈이 아까워 바람조차 피울 수 없는 분이라고 생각했었는데, 그게 아니었다니. 그것도 하필이면 시진의 어머니와.

'오빠의 부모님이 그렇게 불행하게 가신 건 다, 아빠 때문인 거잖아. 그런 사람의 딸이니 결국은 나 때문인 거나 다름없잖아?'

서주는 아버지를 그리고 자기 자신을 저주했다. 비정상적일 정도로. 어느 날 아버지가 울며 성토하기 전까지.

"대체 왜 이러는 거니? 그래, 내가 다 잘못했어. 아빠가 잘못했지만 그래도 살아야 할 거 아냐?"

"내가 살아서 뭐 해. 우리 가족 때문에 오빠의 부모님이 그렇게 불행하게 가셨다는데, 내가 살아서 뭐 하냐고!"

"대, 대체 그게 무슨 소리냐?"

"제발 날 죽게 내버려 두라고!"

"대체 그게 무슨 소리냔 말이다!"

"아빤 내 입으로 시진 오빠 엄마와 아빠가 바람피웠다는 말을 기어이 듣고 싶어?"

"그게 무슨 소리야?"

"엄마에게 다 들었어. 시진 오빠 엄마가 아빠의 내연녀였다며?"

"이게 다 무슨 소리야! 당신이 말해 봐."

"당신 바람피운 거 맞잖아."

"이 여자가 미쳤나! 그런 생각으로 여태 나랑 살았다는 거야?"

"그때 당신이 매일 감나무 집에 들락거렸잖아!"

"나한테 땅을 팔라고 설득하러 간 거였어. 그 땅에 십 년 뒤 도로가 나고 신도시가 건설된다는 소리를 국토부에 있는 동창에게 우연찮게 듣고서 그 땅을 사려고 매일 같이 들락거린 거라고. 선산을 끼고 있어서 못 판다는 걸 억지로 설득했다고. 지금 우리가 어떻게 이 정도까지 살게 된 건지 몰라? 그게 다 그 땅 덕이잖아!"

결국 아버지의 불륜 사실은 없었다. 어머니의 오해였던 것이다. 그 오해 때문에 서주는 또 한 번 생사의 갈림길에서 간신히 되돌아왔다.

어머니는 놀라 어쩔 줄 몰라 했고, 아버지는 이혼하자고 고래고래 고함을 질렀다. 기어이 두 분은 법정까지 가는 사태에 이르렀다.

그제야 서주는 정신을 차리고 부모님을 다시 설득했다. 이혼

직전에 모든 것을 멈추었지만, 서주는 덕택에 참 파란만장한 몇 달을 보낸 셈이다.

'오빠…….'

그 와중에도 서주는 하루아침에 떠나 버린 자신을 걱정했을 시진 생각에 여념이 없었다. 그를 만나고 싶었다. 사죄하고 싶었다. 그렇게 꼭 마침표를 찍어야만 했다. 그게 자신과 자신의 가족이 그에게 저질렀을지도 모를 지난 잘못을 책임지는 일이라고 생각했다.

"한서주 씨?"

"네, 셰프님."

그래서 이렇게 시진의 앞에 다시 섰다.

"오랜만이에요."

안나경 셰프가 반갑게 그녀를 맞이했다. 물론 시진은 무표정했고, 냉랭한 눈빛이었다.

"네, 셰프님."

"손은 이제 괜찮아요?"

"걱정해 주신 덕분에 말짱해요."

서주는 손을 흔들어 보였다. 살짝 흔적만 남아 있을 뿐, 그녀조차도 자세히 보지 않으면 찾을 수 없었다.

"그래요, 다시 찾아와 줘서 고마워요."

"저도 셰프님을 다시 만나 뵙게 되어……."

서주는 시진에게 시선을 돌린 뒤에야 말을 덧붙였다.

"기뻐요."

진심으로.

'여전히 잘생겼어! 좀 더 차가워진 것 같은데, 그래도 잘생긴 건 잘생긴 거야.'

"한서주 씨, 올해는 무슨 음식을 준비하셨죠?"

"너비아니와 샐러드요."

"너비아니요?"

"네."

"작년에 이어 올해도, 또 누군가에게 대접하고 싶어서 준비한 음식이에요?"

"네. 알고 봤더니 그 사람이 잡채를 좋아했던 게 아니더라고요."

언젠가 그가 했던 말을 떠올리며 서주는 말 했다.

"그래요?"

"네, 사실은 너비아니를 좋아했더라고요. 그 사람이 이걸 맛보고 절 용서해 줬으면 좋겠습니다."

두 사람이 동거를 하며 자신이 유일하게 해 주었던 음식이 다름 아닌 너비아니였다. 그날 시진이 너비아니를 참 맛있게 먹었던 것이 기억났다.

"용서요?"

"제가 아주 큰 잘못을 저질렀거든요."

"그럼 이 자리를 빌려 제대로 사과할 기회를 드리면 될까요?"

"그래 주시면 더 바라는 것이 없을 것 같아요."

"좋아요, 그럼 카메라를 보고 하고 싶은 말을 해 주세요."

"미안해요. 그렇게 떠나서."

안나경 셰프의 말에 서주는 카메라가 아닌 시진을 똑바로 보며 말했다.

"한서주 씨?"

시진이 처음으로 입을 열었다.

"네?"

"아마 이번에도 틀렸을 겁니다."

"그럴까요?"

"그 사람이 좋아한 건 이러다가 독살을 당하는 게 아닐까 싶을 정도의 병맛 컵케이크였을 겁니다."

"그걸 황시진 셰프가 어떻게 아시죠?"

"병맛 컵케이크요? 독살이요?"

시진의 말에 안나경 셰프와 함진우 셰프가 동시에 물었다. 서주는 정확히 그가 무슨 말을 하는지 알아차렸다. 그러자 심장이 다시 터질 것 같았다. 눈물이 차오르더니 아무것도 보이지 않았다.

"……."

"……."

그 너머에서 시진이 자신을 뚫어져라 바라보고 있는 것을 느꼈다.

"한서주 씨? 자기소개를 부탁합니다."

분위기가 묘하게 흘러가고 있다는 것을 눈치챈 안나경 셰프가 재빨리 녹화를 진행했다.

"이름은 한서주, 현재 아이들을 가르치기 위해 복직을 기다리고 있습니다."

목이 메었지만 말했다. 서주는 흘러내리는 눈물을 닦을 생각조차 하지 못했다.

"오늘 준비한 음식은 누군가에게 대접하고 싶었던 너비아니인데, 황시진 셰프님의 말씀을 듣고 보니 그 사람이 너비아니보다 다른 걸 좋아했을 것 같습니다."

"샐러드도 준비하셨네요?"

"네, 샐러드 소스는 유자 소스입니다. 유자 시럽을 베이스로 만들었는데, 언젠가 그 사람에게 대접했더니 좋아했던 것이 떠올라 만들어 보았습니다."

안나경 셰프가 묻는 말에 답했다. 하지만 자꾸만 시선은 시진에게 향했다.

"너무 달았습니다."

"……."

시진의 말에 서주는 고개를 들어 그를 바라보았다. 쿵쿵쿵, 새로 장착한 심장 박동기가 어찌나 성능이 좋은지, 이러다가 심장이 터질 것 같았다.

시종일관 가슴이 두근두근, 미친 듯이 심장이 뛰어서 이후로 어떤 말을 주고받았는지 알 수가 없었다. 정신이 돌아왔을 때는 안나경 셰프가 건넨 앞치마를 들고서 함께 도전했던 수혁에게 안겨 있었다.

그렇게 그녀의 녹화가 끝이 났다.

"한서주 씨, 기권입니까?"

"네, 처음 도전한 제자가 떨까 봐 응원하러 나온 거라서요."

서주는 미리 준비한 말을 한 뒤 스태프에게 앞치마를 반납했다.

"하지만……."

"물론 저도 이렇게 기권하는 것이 아쉽지만, 촬영 일정을 보니 제 복직과 겹치더라고요."

이로써 완전한 마침표를 찍은 것이다. 서주는 앞치마를 들고 나온 제자를 부둥켜안고 환한 얼굴로 웃으며 또 한편으로 소리 없이 울었다.

"한서주 씨, 아마도 그 사람은 사과할 필요가 없다고 말했을 것 같습니다. 이젠 아무 의미 없다고 말하고 싶을 겁니다."

시진이 자신의 음식을 맛보며, 그리고 자신을 똑바로 바라보며 한 말이 아니어도 서주는 그가 자신을 용서하지 못하리라는 것을 이미 알고 온 것이다. 용서는 그의 몫이지만, 사과는 자신의 몫이기에.

'그래 사과했으니 된 거야. 잘했어.'

집으로 돌아온 서주는 이불 속으로 기어들어 갔다. 긴장이 한꺼번에 풀리니 제대로 서 있을 수도 없었다. 그녀는 이불을 뒤집어쓰고 몸을 옹크렸다.

'아냐, 이건 아냐. 잘하긴 뭘 잘해?'

결국 서주는 자신의 본심을 도저히 견딜 수가 없었다. 기어이 또 그렇게 시진을 찾아간 의도를 끝까지 속일 수가 없었던 것이다.

* * *

예심 1차전 마지막 녹화가 끝이 났다. 시진은 지난 시즌을 끝으로 'Challenge Star Chef K'에서 하차할 예정이었다. 하지만 스태프의 긴 설득 끝에 'Challenge Star Chef K 시즌 8'에도 출연하게 되었다.

그러나 가만히 생각해 보니 담당 프로듀서의 간곡함 때문에 'Challenge Star Chef K 시즌 8'로 돌아온 것이 아니었다. 어디선가 서주가 자신을 봐주길 바라던 간절함이 또 한 번 이 방송으로 이끈 것이었다.

어느 날 갑자기 서주가 자신의 인생에서 사라졌다. 그 사이 서주가 죽음의 문턱을 혼자 넘었다는 걸 그녀의 부모님을 통해 들었다. 서주가 생과 사의 고비를 넘는 사이 시진은 그녀에게 아무것도 해 주지 못했다.

그렇게 느닷없이, 그녀의 인생에서 배제되고 버림을 받은 것이다. 그것도 결정적인 순간에 그의 존재조차 완전히 부정당하는 것으로.

'왜 돌아온 거야? 정작 자기가 힘들 땐 내 도움도 받지 않고 혼자 견디더니, 내가 그렇게 자기에게 아무것도 아닌 존재였어?'

서주를 본 순간 미친 듯이 화가 났다.

'또 그렇게 사라질 거면서 불쑥 왜 찾아와?'

또 한편으로는 북받쳐 올랐다. 서주가 기권했다는 것을 프로듀서에게 들었다. 안나경 셰프는 아쉬워했고, 함진우 셰프는 화를 냈다. 'Challenge Star Chef K'가 장난이냐고. 그런데 생각해 보니 시진의 생각에는 그녀가 'Challenge Star Chef K'가 아닌 자신을 가지고 장난치는 것 같았다.

'대체 날 뭐로 보고!'

생각이 그에 미치니 다시 머리가 폭발할 것처럼 화가 났다. 이대로는 도저히 참을 수가 없었다. 시진은 그녀를 향해 가려 했다. 가서 목이 부러져라 흔들어 놔야 직성이 풀릴 것 같았다. 대체 나를 얼마나 하찮게 보면 이러느냐고 따지기라도 해야 숨을 쉴 수 있을 것 같았다.

자기가 지난 몇 달, 거의 1년 동안 어떻게 지냈는지 알기는 하냐고. 악다구니라도 해야만 완전히 서주를 놔 버릴 수 있을 것 같았다.

그때 현관 벨이 울렸고, 시진은 그대로 얼어붙었다. 바로 그 순간, 여태 혼자서 했던 생각들이 부질없다는 것을 깨달았다.

'저 여자 못 봐.'

완전히 무너지고 말았다.

* * *

이 문 바로 뒤에 시진이 있다는 것, 그것은 결코 예감이 아니었다. 확신이었다. 그의 숨소리가 손에 잡힐 듯 그녀의 귀에 들리는 것 같았다. 그래서 굳이 한 번 더 벨을 누를 필요가 없다고 생각했다.

'기다리면 돼. 열릴 때까지.'

서주는 자신들을 가로막고 있는 문을 가만히 바라보았다. 어쩐지 시진 또한 그러고 있을 것 같다는 확신이 들었다. 마침내 기척이 들리고 문이 열릴 때까지 서주는 숨조차 제대로 쉬지 않았다.

얼마나 지났을까, 드디어 문이 열렸고 문손잡이를 잡은 시진이 그녀를 보고 있었다. 서주는 그의 눈빛을 보았다. 시진이 들어오라는 말은 하지 않았지만, 그녀는 단호하게 집 안으로 발을 들였다.

등 뒤에서 느껴지는 그의 시선 때문에 영원처럼 느껴졌던 찰나의 순간이 지났다. 그리고 마침내 시진이 한쪽 팔을 들어 자신의 어깨를 뒤에서 와락 껴안았을 때, 서주는 또 한 번 확신했다.

'그에게 돌아온 거야, 내가.'

그렇게 매 순간이 확신의 연속이었다. 서주가 그의 어깨에 머리를 기대자, 자신의 어깨를 안은 그의 팔에 더욱 힘이 들어가는 것을 느꼈다.

'우릴 떼어놓지 못해.'

그 순간 그 확신에 쐐기를 박았다. 시진이 한 팔로 그녀의 어깨를 으스러질 듯 안은 채 다른 한 손을 뒤로 뻗어 문을 닫았다.

'아무도, 그 누구도.'

등 뒤에서 문이 닫히는 기척이 들렸다. 그의 품 안에서 몸을 돌린 서주는 기다렸다는 듯이 고개를 비스듬히 들어 올렸다. 그리고 기다렸다는 듯이 뜨거운 숨결이 내려와 자신의 입술을 덮어씌우는 것을 느꼈다.

'이렇게 내가 그에게 돌아왔으니.'

서주는 기꺼이 그를 품었다. 몇 달, 근 1년 만에 느끼는 시진의 키스는 기억했던 것보다 더 달콤했다. 자신의 입술을 삼키는 그의 방식이 부드럽고 느려서 오히려 더 절박하게 느껴졌다. 벽으로 밀리며 서주가 입술을 벌리자, 느릿느릿 그녀의 입 안으로 들어온 혀가 자유자재로 움직였다.

'흐읏⋯⋯.'

모든 것을 앗아갈 듯이 집요하게 파고드는 그 감각을 느끼며 서주는 한껏 발돋움했다. 그러고는 그의 목을 쓸어안고서 격하게 숨을 헐떡였다.

나른하게 그녀의 입술을 핥다가 다시 깊숙이 밀고 들어와 볼 안쪽, 입천장을 더듬고 혀를 매만지는 동안, 서주는 반쪽으로 쪼개져서 허무하고 힘겨웠던 자신의 심장이 조금씩 완전해지고 있다는 것을 비로소 깨달았다.

'마침내 돌아온 거야. 내 집으로.'

그의 체취가 한껏 밀려오자, 가슴이 터질 것처럼 행복했다.

"하악!"

두 사람의 입술이 떨어지고, 서주는 눈을 깜빡이며 시진을 올려다보았다. 시진은 자신의 목을 쓸어안은 팔을 풀어내 양손을 한 번에 모아 쥐고서 그녀의 머리 위로 들어 올려 벽에 꼭 눌러놓았다.

"하아, 하아."

잠시 그녀의 이마에 자신의 이마를 댄 채로 거칠게 숨을 몰아쉬던 시진이 고개를 들었다. 이어 그의 시선이 그녀의 눈에서 떨어져 집요하게 얼굴을 더듬고 서서히 움직여 격하게 들먹이는 가슴으로 내려갔다.

동시에 한 손으로 서주의 손목을 벽에 눌러놓고, 다른 손으로 그녀의 팔과 겨드랑이 그리고 허리선까지 나른하게 어루만졌다.

시진의 손이 서주의 엉덩이를 매만지더니 그녀가 입고 있는 원피스와 네글리제 자락을 한 번에 끌어 올렸다. 곧이어 옷들을 그녀의 머리 위로 벗겨 냈다. 그러고 나서 시진이 레이스 브래지어 사이로 뽀얗게 비치며 들먹이는 그녀의 가슴을 시선으로 핥았다.

매우 탐하고 싶은 마음이 고스란히 드러난 눈빛으로 천천히 늑골을 타고 내려가던 시진이 고개를 들었다. 두 손을 내려뜨린 채, 서주는 몽롱한 눈빛으로 그를 마주 보았다. 저도 모르게 혀로 입술을 핥으면서 흔들리는 눈동자로.

혀끝의 움직임을 시선으로 쫓던 시진의 눈빛이 빠르게 짙어지며 점점 더 위험해졌다. 그야말로 서주가 바라던 바였다. 그녀의 심장이 쿵쾅거렸다. 설레고 행복해서 그리고 지금 이 상황이 믿기지 않아서. 몽롱하게 눈을 깜빡이며 눈빛으로 그를 쫓았다.

"그렇게 보기만 할 거야?"

그 눈빛에 참을 수 없게 되자 서주는 떨리는 음성으로 물었다.

"……."

말없이 그의 눈동자가 격렬하게 흔들렸다.

"나 지금 기다리고 있는데."

서주는 다분히 의도한 매혹적인 눈빛으로 시진에게 말했다.

"믿기지 않아서."

그가 나직한 음성으로 말했다.

"……."

"지금 내 눈앞에 네가 있는 게 맞는지."

어쩐지 시진의 목이 멘 듯했다. 그가 왜 이러는지 그녀는 그 이유를 알 수 있었다. 서주 또한 행복해서 금방이라도 울음이 터질 것 같았기 때문이다.

"오빠 앞에 내가 있어요."

그녀는 울음을 터트리는 대신, 그의 손을 잡아 자신의 가슴에 올려놓았다. 점점 더 완벽해지는 자신의 심장이 그의 손바닥 아래에서 어떻게, 또 얼마나 강렬하게 뛰는지 들려주고 싶었던 것이다.

"내 앞에, 네가."

시진이 그녀의 가슴을 커다랗게 감싸 쥐었다.

"으응."

"지금, 내 앞에."

그녀의 눈을 바라보며 조몰락거리다가 번쩍 들었다.

"응."

"키스해 줘, 서주야."

시진의 말에 양쪽 다리로 그의 허리를 휘감고서 그녀는 기꺼이 두 볼을 감싸 쥐었다. 서주가 천천히 고개를 숙여 입술을 차치하는 동안 시진은 몽롱한 눈을 깜박이며 그녀를 올려다보았다.

"네 맛이 그리웠어. 제발, 빨리."

그가 입을 살짝 벌린 순간, 서주는 재빨리 혀를 밀어 넣어 따스한 그의 입안에서 움직였다. 그녀는 혀끝으로, 혓바닥으로 입안 가득 밀려드는 시진의 맛을 한껏 들이켜며 빨고 또 빨았다.

시진의 체취는 강렬하게 서주의 목구멍 너머까지 침범했다. 격렬하게 심장이 뛰어서인지 아니면 키스 때문인지 숨을 제대로 쉴 수가 없었다.

그렇게 두 사람의 입안으로 서로의 혀가 넘나드는 동안 시진이 그녀를 안고 어디론가 향했다. 그렇게 그녀를 안은 채로 털썩 앉았을 때야 그곳이 거실인 걸 알았다.

자신을 꼭 안고 소파에 털썩 주저앉은 시진의 허벅지 위에서, 서주는 연신 입술과 혀로 그를 맛보았다. 그리고 시진이 입고 있는 셔츠의 단추를 손끝이 떨리지만 빠른 속도로 풀어냈다.

그는 그녀의 브래지어 밖으로 가슴을 꺼내어 감싸 쥐다가 손끝으로 뾰족하게 도드라진 유두를 긁어 댔다.

"음음."

키스와 동시에 숨을 격하게 들이켜며, 서주는 빳빳하게 곤두선 존재감 위에서 몸을 노골적으로 움직여 비비고 문질렀다. 그러자 아랫배 깊은 곳이 간질간질 죄어 왔다. 뭔가 아래로 당기는 것처럼 욱신거리기도 했다.

'이런 느낌을 얼마나 그리워했었는지.'

그도 알 것이다. 지금 자신이 얼마나 안달이 나 있는지.

"하아!"

두 사람의 입술이 떨어지고 그녀의 입가에 뭔가 기대하는 은밀한 미소가 어렸다. 그녀의 가슴을 매만지는 시진의 입가도 마찬가지였다. 두 사람은 서로의 눈을 바라보며 옷을 벗기 시작했다.

사실 현관에서 원피스와 네글리제가 한꺼번에 위로 벗겨졌던 서주는 벗을 것이 그리 많지 않았다. 그녀는 브래지어를 벗어 던지고 팬티를 아래로 밀어 내린 뒤, 바지를 벗으려는 시진을 위해 몸을 일으켜 소파로 올라갔다.

그러다 보니 자연히 그의 시선이 틈 사이 애액이 흘러내리는 그곳에 있게 되었다.

바로 그의 코앞에 자신의 음부가 음란하게 드러났음에도 아무렇지 않았다. 아니 서주는 오히려 더 흥분되었다. 아니나 다를까, 옷을 벗던 시진의 숨결이 그곳에 닿았다.

"으음!"

서주는 손으로 벽을 짚어 소파 위에 불안정하게 선 몸을 간신히 지탱했다. 그의 입술이 그녀의 사타구니 안쪽으로 자리 잡았다.

시진의 입술이 뜨거운 물이 흐르는 틈을 막고 있었다. 그러다가 혀끝으로 러플 사이를 파고들었다. 꼼꼼히 그리고 감각적으로 핥아 주는 숨결이 미치도록 짜릿했다.

"하아, 하아."

더욱이 그가 입술로 젖은 살점을 물어 당겼을 때, 서주는 쾌감에 심취한 나머지 숨을 헐떡이며 벽에 닿은 손을 움켜쥐었다. 바지를 허벅지 아래로 끌어내린 시진이 손가락으로 갈라진 틈을 만지자, 그녀의 심장이 미친 듯이 뛰었다.

은밀한 부위에 손가락을 살짝 밀어 넣고 긁어 대다가 이어 줄줄 흘러내리는 것을 시진이 혀로 핥아 대자, 심장이 너무 뛰어 아플 정도였다.

"아아아, 하악, 하악."

서주는 숨을 헐떡이며 무너지지 않으려고 애를 썼다. 한 손을 내려 그의 어깨를 움켜쥐고 다른 손으로 벽을 짚은 채 제대로 서 있기 위해 필사적으로 노력했다. 하지만 그의 혀가 살점을 갈라 음부 주위에 빙글빙글 원을 그리자, 격한 신음이 절로 그녀의 입술 사이로 새어 나왔다.

"아아으읏."

뜨겁고 간지럽고, 자신의 몸 안에서 뭔가가 꿈틀거리는 것 같았다. 시진이 손가락으로 입구 주변을 더듬다가 혀로 쓰윽 핥아 올렸을 때, 서주는 거의 자지러졌다.

머리끝에서 뭔가 차갑고 날카로운 것이 뻗치는 것 같았다. 그가 촉촉하게 부풀어 오른 부위를 희롱하자, 세상이 빙글빙글 도는 것 같았다.

"하하, 아흐훗!"

서주는 저도 모르게 웃다가 또 한편으로는 흐느꼈다. 시진의 혀가 틈 사이 도톰한 살점을 문지르고, 톡톡 건드리고 어루만지며 몰아붙이자 그녀는 전율했다. 온몸이 쾌감으로 격렬하게 떨렸다.

"하으읏…… 아하앗……."

그가 은밀한 부위를 감싼 채 살점을 물고 잡아당겼다가 흡입했을 때는 숨도 껵껵 넘어갈 것 같았다. 그것으로 모자라 핵심을 손가락으로 느릿느릿 나른하게 비며 대며, 벌어진 틈 사이로 애액이 줄줄 흘러내리는 곳을 혀끝으로 짜릿하게 핥을 때면 온몸이 뜨거웠다.

"흐아아앗!"

서주는 고개를 흔들며 황홀경에 빠져 버렸다. 몸이 끝도 없는 나락으로 떨어져 내리는 것 같았다.

그러나 그것은 끝이 아니었다. 언젠가 시진이 말했듯이 그것은 시작이었다. 그렇게 절정의 순간, 실로 아슬아슬 무너지는 그녀를 안은 뒤, 시진이 서주를 자신의 허벅지 위로 내려 앉혔다.

"아흑!"

서주의 등허리가 휘어지며 뒤로 젖혀졌다. 시진이 손을 뻗어 그녀의 가슴을 움켜쥐었다. 그것도 모자라 아플 정도로 뾰족해진 젖꼭지를 손가락 두 개로 비틀더니 잡아당겼다. 이어 고개를 한껏 숙여 입으로 그녀의 가슴을 날카롭게 물었다.

그녀의 몸이 더욱 휘어졌다. 짜릿한 쾌감을 더욱 가까이 느끼고 싶어 서주는 그의 입에 대로 가슴을 밀어붙이며 비벼 댔다.

시진의 혀가 탱글탱글 도드라진 젖꼭지를 아래위로 쓸면서 서주의 허리를 움켜잡았다. 이로 탱글탱글 그녀의 가슴 살점을 깨물어 잘근잘근 씹어 대며, 그가 무자비하게 골반을 쥔 채 자신을 향해 끌어당겼다.

"아아아."

격렬하게 신음하며 서주는 그의 허벅지 위에서 너울을 탔다. 시진이 끝내 그녀를 달콤한 궁지로 몰았다. 느릿느릿 감각적으로 비벼 대다가 또 이따금 그녀의 몸을 밀었다가 끌어당기고 밀었다가 다시 끌어당기고, 거듭거듭 그렇게.

"흐아아아앙, 오빠!"

서주가 흐느끼며 격하게 도리질할 때까지.

* * *

"왜 날 버렸던 거야?"

시진은 그녀를 부술 듯이 안고 물었다. 거실에서 침실로 옮겨와 또 한 차례 열망의 폭풍이 지나간 뒤였다.

"……."

"왜 날 떠났어?"

"나 때문에 오빠가 불행해졌다고 생각했어."

"뭐?"

서주의 말에 시진은 머리끝이 바짝 서는 것 같았다.

"나 때문에."

"누구한테 무슨 소리 들은 거야?"

그는 벌떡 일어나 서주를 일으켜 세웠다.

'설마 우리 사이를 갈라놓으려고 그렇게까지? 딸의 마음은 안중에도 없는 거야?'

서주의 부모님은 완강하게 그의 면회를 거부했다. 그녀가 집중 치료실에 있는 동안 이 모든 일이 그가 서주를 놓지 않아서 일어난 일이라고 퍼부어 댔다. 그 잘난 복수, 이제 제대로 한 것 같으니 그만 사라져 달라고 했다.

시진은 그들의 말을 전혀 이해할 수가 없었다. 그들의 입이 아니면 대체 서주가 어디서 그런 말들을 들었다는 것일까? 그는 죽는 그 날까지 그녀의 부모와 얽힌 악연을 함구할 결심이었다. 그러기 위해 시진은 필사적으로 몸부림을 쳤었는데 말이다.

대체 어디서 그런 이야기를 들었는지 알 수는 없었지만 분명히 그녀가 들었고, 그 충격으로 쓰러졌다고 그녀의 부모님이 만나게 해 달라는 그에게 번번이 악다구니를 했다.

그러다가 집중 치료실에서 나와서도 서주가 자신을 거부하자, 어디서든 들은 것은 확실한 것 같다고 생각하기에 이른 것이다.

그리고 그녀가 사실을 듣게 된 것이 어떤 입인지 굳이 따지지 않아도 알 수 있는 일이었다.

'서주야, 넌 왜 저런 사람들의 딸인 거야?'

그녀와 헤어져 있는 동안 자신의 심장이 비어 버린 것 같다고 생각했다. 살아도 산 것 같지 않았다.

'그런데 오늘 갑자기 돌아왔어.'

분명 부모님들 사이에 얽힌 악연을 다 알면서도 돌아왔다. 이게 무엇을 의미하는지 한동안 혼란스러웠다.

"1년 전 그날, 엄마가 그러더라고. 어머님과 아빠가 내연 관계였다고."

"뭐?"

"아, 최근에 알게 되었어요. 근데 아빠가 오빠 집에 드나든 건 돌아가신 아버님에게 땅을 사기 위해서였다며?"

"……."

아무래도 그녀의 부모님이 또 유리한 방향대로 각색한 모양이다.

"오빠도 알고 있었어요?"

"음."

하지만 적어도 지금의 입장에서는 그분들의 이기적임이 나쁘지 않았다.

'그분들의 악한 거짓말에 안도하는 날이 오다니.'

"그래서 날 떠난 거라고? 그래서 나에게 돌아온 거라고? 대체 왜 나에게 한마디도 묻지 않았던 거야?"

시진은 몰래 가슴을 쓸어내리면서도 따졌다.

"미안해."

"나에게 한마디만 물었어도."

'불안해서 견딜 수가 없어. 또 서주가 내 곁을 떠나면 난 죽고 말 거야.'

"정말 미안해요, 오빠."

"그게 사과로 될 일이야?"

"그럼 어떻게 하면 용서해 줄 건데요?"

"결혼하자."

그것 말고는 서주를 곁에 매어 둘 방법이 없었다. 시진은 결혼에 회의적이었다.

부모님의 결혼 생활이 그토록 서로 사랑했음에도 불행했기에, 사랑과 결혼은 불행과 다르지 않은 의미인 줄 알았다. 하지만 서주를 곁에 두기 위해서라면 기꺼이 그 지옥 불을 감당할 작정이었다.

"응?"

"내가 아무래도 너에게 그 정도로 하찮은 존재인 것 같아."

"무슨 소리예요, 그게?"

서주의 눈이 휘둥그레졌다.

"또 이런 일이 있으면 순식간에 사라질 거잖아. 나 혼자 두고. 내가 어떻게 될지 관심도 없이, 너 편하자고."

말을 거듭하면 할수록 두려움은 더 커졌다. 꼭 그런 일이 다시 기다리고 있을 것 같은 불안감에서 벗어날 수가 없었다.

"그동안 내가 편했다고 말하는 거예요?"

그녀가 완강하게 몸을 뺐다. 부러질까 봐 강제로 잡을 수도 없었다.

"말꼬리 잡지 마. 내가 왜 이런 말을 하는지, 그게 누구 때문인지 잘 알잖아?"

오전에 그녀가 벗어 두었던 로브에 팔을 끼는 것을 보았다. 얼마나 야위었는지 이제야 눈에 들어왔다. 정신이 없었을 때는 미처 보지 못했는데, 서주는 너무 작고 연약해서 마음이 아플 정도였다.

물론 체격 차이가 있긴 했지만 자신의 로브를 입은 서주는 거의 이불을 둘둘 말고 있는 것 같았다.

"두 번 다시 이러면 내가 못 견뎌. 지금도 두려워서 죽을 것 같다고."

주방으로 들어가는 그녀의 뒤를 따라가며 시진은 말을 이어 나갔다.

"내일 아침에 네 마음이 어떻게 달라졌을지 알 게 뭐야? 난 너에게 아무 쓸모도 없는 존재인 것 같으니, 쉽게 왔다, 쉽게 가 버리지 않을 거라는 걸 어떻게 장담하겠어?"

"오빠, 지난번에도 난 죽을 고비를 넘겼어요."

"그래서 하는 말이잖아, 그래서."

서주가 찬장에서 컵을 꺼내 들자, 시진이 알아채고 물을 따라 주며 말을 덧붙였다.

"난 너에게 아무것도 아니었어. 네가 그 지경인데도 난……."

그러나 지난 몇 달간의 일이 주마등처럼 스쳐서 그만 목이 메고 말았다.

"또 언제 그렇게 될지 몰라요. 자칫하다가는 오빠 혼자 남게 된다고. 난 오빠를 두고 혼자 가야 한단 말이에요. 내가 무슨 말을 하는지 모르겠어요?"

서주가 식탁 의자에 앉았고, 시진은 그녀의 앞에 무릎을 꿇은 채 시선을 맞춰 똑바로 바라보았다.

"넌 내가 내일 당장 교통사고로 옥황상제를 알현하게 될지 아닐지 어떻게 알아?"

"무슨 말을 그렇게 해요?"

그녀가 손을 들어 시진의 입을 막았다.

"네 말이 그렇잖아? 내일 당장 죽을지도 모르니까, 나랑 결혼 안 하겠다고?"

그는 그 손을 잡아 입을 맞추었다.

"내 말은……."

"나도 내일 당장 죽을 수 있어. 난 불사신이 아니고, 생로병사를 겪는 평범한 인간이야. 그런데 내일 어떻게 될지 몰라 오늘 지레 단정하고 우리의 미래를 네 마음대로 정하진 마."

"무엇보다도 난 아이를 낳을 수 없어요."

"난 생기지도 않은 아이를 사랑하는 게 아니야. 너를 사랑해.

너랑 함께 있고 싶다고."

"함께 있어요, 그러려고 온 거야."

"하루를 함께해도 마음 편하게."

"그 정도로 불안한 거예요?"

"입장을 바꿔 생각해 봐. 갑자기 네가 사라졌어. 날 만나 주지도 않아. 단 한 번만 만나고 싶다고 해도 완강하게 버티면서 넌 혼자 죽음의 경계를 넘나들었어. 중환자실 밖에서 내가 어땠을 것 같아?"

시진은 눈앞이 뜨겁게 차오르는 것을 느꼈다.

"……."

흠칫 놀란 서주가 손끝으로 그의 눈매를 만졌다.

"응? 네 생각에는 내가 어땠을 것 같아?"

그는 서주의 작은 어깨에 기댔다.

"미안해, 내가 잘못했어요."

그녀가 시진을 쓸어안았다. 시진이 살짝 고개를 돌리자마자, 두 사람의 입술이 부딪쳤다. 그는 서주에게 절박하게 매달렸다.

"결혼해 줘. 나와 단 하루만 함께 할 수 있다고 해도 곁에 있어 줘."

두 사람의 입술이 떨어진 순간 간절하게 애원했다.

"그래요, 우리 결혼해요, 오빠."

결국 이런 말이 나올 때까지.

"사랑해."

시진은 너무 안도한 나머지 현기증을 느낄 정도였다. 그는 거듭거듭 서주에게 고백했다. 자신과 그녀의 목숨이 다할 때까지, 사랑하겠노라고.

에필로그

두 사람이 부부가 되는 건 참 간단하고 쉬운 일이었다. 증인만 2명 있으면 말이다. 행복 복지 센터에서 혼인신고를 했고, 두 사람은 서주의 제자와 그의 헤드 셰프를 증인으로 세우고 법의 테두리 안에서 합법적인 부부가 되었다.

'돌이켜 보니 그것이야말로 탁월한 선택이었어.'

부부가 되는 일보다 어려운 것은 결혼식이라는 것을 나중에 알았으니 말이다. 서주 부모님의 반대는 상상을 초월했다. 두 분은 시진의 의도를 자신들의 잣대로 단정했고, 완강하게 등을 돌렸다.

심지어 그들의 딸인 서주에게까지.

"이렇게까지 반대하는 이유가 뭐예요? 늘 궁금했어요."

"우리 말 들어, 서주야."

"네 아빠 말이 맞아. 부모가 반대하는 데는 다 그만한 이유가 있어."

"그러니까 묻잖아요. 반대하는 이유가 뭐냐고, 늘 한결같이. 그런데 엄마, 아빠는 역시나 늘 그 이유를 말하지 않았어요. 생전 어머님과 아빠의 불륜은 엄마의 오해로 판명이 났고, 대체 또 뭐가 있어요?"

"그 남자는 고아야."

"고작 생각해 낸 이유가 그거예요?"

좀 한심하다는 소리를 들을 수도 있겠지만 시진은 고향이자 그녀의 집이 있는 곳으로 내려가 결혼식에 초대한다는 말이 오갈 때 서주의 뒤에 숨어 있었다. 그녀가 자신을 대신해 아주 잘 싸워 주었던 것이다.

"그것 말고 또 뭐가 중요한데?"

"너 엄마 말 틀리지 않아. 고아라는 건 아주 큰 핸디캡이야. 사랑을 받지 못한 사람은 사랑을 줄지도 몰라."

"어디 그뿐이니? 너 이 남자 부모가 어떻게 살았는지 알잖아? 열악한 환경에서 살았으니 정상적인 부부가 어떻게 서로를 배려하고 희생하며 살아야 하는지 몰라. 넌 하루가 멀다 하고 눈물 바람 하게 될 거야."

"두 분 정말 야비한 거 아세요?"

"야비하다고?"

"너 지금 그게 부모에게 할 소리야?"

"할 소리 못 할 소리 안 가리시는 건 지금 두 분이시잖아요."

두 사람을 상대로 그것도 부모인 사람을 상대로 어찌 그리 가차 없던지, 시진은 영원히 그녀의 적이 되지 않겠다고 결심할 정도였다.

"가만히 듣고만 있으니까, 한계를 모르시는 거 아시냐고요? 지금 사람 면전에 대놓고 상처를 들쑤시는 분들이 제 부모님 맞아요? 원래 이런 분들이었어요?"

"……."

"……."

"오빠, 그만 일어나자. 더 들을 것도 없는 것 같아. 내가 오빠 보기 부끄러워서 견딜 수가 없어."

벌떡 일어난 서주가 자신의 말에 말문이 막힌 표정의 부모를 아주 냉정하게 굽어보았다.

"서주야. 앉아 봐."

"너 지금 뭐 하는 거니?"

"시간과 장소는 청첩장에 있으니까. 저희 결혼식에 오시든 안 오시든 그건 두 분이 결정하세요. 우린 성인이고 이미 법적으로 부부예요. 우리 두 사람 어떤 식으로든 이제 떼어낼 수 없으니까. 정말 우리 두 사람이 헤어지길 바라면 반대하는 정확한 이유를 말해요. 자식이 사랑하는 사람의 상처 후벼 파지 마시고. 정말 제가 다 부끄럽네요. 가자, 오빠."

그렇게 말한 서주는 그의 손을 잡고 자리를 떴다. 시진은 자신의 손을 잡고 나가는 그녀의 아주 작은 어깨를 보며 참 든든했다.

'내가 비련의 여주인공인 줄.'

괜히 웃음이 실실 날 정도로 말이다. 하지만 끝까지 뒤에 숨어 지낼 수는 없었다. 서주가 전면에서 싸우면 시진은 측면전을 벌였다.

"자네 뜻대로 되었을 텐데, 또 뭐가 모자라 이러는 건가?"

"결혼을 하든 복수를 하든 마음대로 하게. 우린 마음을 굽히지 않아."

서주의 어머니와 아버지를 상대로.

"이렇게 부끄러울 짓을 왜 하신 겁니까?"

"뭐라?"

"한마디도 듣기 싫으니 썩 나가게!"

"창피한 줄 모르는 분들이라 생각했는데, 그건 아닌 것 같아서 그나마 여지는 있겠습니다."

"이보게!"

"썩 나가라는 말……."

"제 한마디가 얼마나 큰 영향력을 가지는지 두 분이 알게 되길 원치 않습니다. 제 한마디 한마디에 저를 아는 모든 사람이 주목할 겁니다. 방송이라는 건 참 무서운 겁니다. 그 파급력은 가히 상상할 수조차 없어서, 전 늘 살얼음판을 걷듯이 걷고 있습니다."

"무슨 소릴 하려는 건가?"

"혹시 협박하는 건가?"

"네, 협박입니다. 결혼식에 참석하십시오. 아버님은 서주의 손을 잡고 들어와 저에게 인계하셔야 합니다. 서주가 그러길 바랍니다. 서주가 원하는 건 전 뭐든 할 겁니다."

"누가 아버님인가! 당장 나가란 말이네. 끌어내야 나갈 텐가?"

"제 아버지 사망신고서와 부동산의 움직임이 고스란히 드러나는 토지등기부 등본 한 통이면 두 분을 이 지역사회에서 몰아낼 수 있습니다. 또한, 전 국민의 손가락질을 받게 해 드릴 수도 있습니다."

시진은 그녀의 아버지에게서 서주의 어머니에게로 공격을
옮겼다.

"그리고 어머님께서는 저희의 화촉을 밝혀 주십시오. 그때의
일을 기억하는 분들이 아직도 이곳에 많은 것으로 아는데, 어
머님께서 제 어머니에게 어떤 짓을 했는지 슬쩍 흘리기만 해도
입방아 찧기 좋아하는 사람들이 벌떼처럼 몰려들 거, 어머님도
아시지 않습니까?"

그리고 할 말을 잃은 두 사람에게 쐐기를 박았다.

"전 서주가 두 분의 실체를 알길 바라지 않습니다. 두 분이
저에게 한 일들, 꼭 무덤까지 가져가셔야만 합니다. 행여 지난
해 서주를 위험에 빠뜨린 것처럼 경솔해지시면 저도 제가 어디
까지 하게 될지 모르겠습니다."

"그럼 우리는 뭐 가만히 있을 줄 아는가!"

"자네가 지금 뭐라도 되는 줄 아는데, 큰 오산이야."

"두 분, 가만히 계시지 않으시겠거든 그렇게 하십시오. 기꺼
이 기다리고 있겠습니다. 다만, 저에게 어떤 공격을 하든 서주
가 다치는 일은 없었으면 합니다. 서주가 다치는 날에는 저 정

말 가만히 있지 않습니다."

그렇게 두 사람이 전면과 측면을 각각 공격하는 사이 결혼식 준비는 차근차근 진행되었다. 서주의 부모님이 공을 들여 준비한 결혼식에 참석할지는 확률상 반반이었다.

그리고 그런 우여곡절 끝에 오늘 정오, 결국 시진은 그녀의 아버지에게서 서주의 손을 넘겨받았다. 그나마 그녀의 부모님도 딸이 걸려 있으니 어쩔 수 없었던 모양이다. 그들이 어떤 후안무치라고 해도 자식 앞에선 떳떳한 부모가 되고 싶었던 모양이다. 아마도 방송에 대고 떠들겠다던 그의 협박도 먹힌 것 같았다.

손을 넘겨주던 서주의 아버지는 손을 부들부들 떨고 있었다. 놔주고 싶지 않다고 한참이나 버티다가, 아까운 거 다 안다고 그래도 딸이 좋다는데 어쩌냐는 사회자의 익살맞은 멘트에 마지못해 넘겨주었던 것이다.

예식이 치러지고, 잠깐 그녀의 아버지와 따로 만나 또 한 번 신경전을 벌였다. 시진은 그녀의 아버지에게 절대로 서주가 과거에 있었던 어른들의 일에 대해 알아서는 안 된다고 다시 한번 엄포를 놓았다.

시진은 뒤가 아주 긴 사람이었다. 적어도 서주가 엮인 한은.

한 번은 이런 일이 있었다. 촬영 차, 한 중소도시를 방문했다. 주말이었고, 서주를 혼자 두고 장거리를 가는 것이 편치 않아서 데리고 갔다.

사실 서주는 그렇지 않은 듯했지만 시진은 그녀가 곁에 없으면 불안해서 견딜 수가 없었다.

두 사람은 방문한 중소도시의 한 호텔에 묵었다. 그리고 그 호텔 레스토랑에서 파티셰로 근무하는 현승휘를 우연히 만났다.

그와 눈이 마주친 순간, 현승휘가 두려운 표정으로 황급히 두 사람을 피했지만, 서주가 이미 알아채고 그녀를 의아한 표정으로 보았다.

그러다가 어쩐지 저 여자에 대한 소식이 들리지 않더라는 생각을 하며 매섭게 노려보는데, 그것을 알아차린 서주가 옆구리를 찔렀다. 그러고는 두 사람 사이에 자신이 모르는 뭐가 있는 것 같다고 따졌다.

"언제 그랬잖아. 내 복수는 남이 해 주는 거라며?"

시진은 의미심장한 표정으로 그녀에게 말했다. 그랬다. 서주가 저 여자를 다른 사람들을 위해 용서했는지 몰라도 그는 아니었다. 현승휘가 서울 시내 그 어디에서도 발을 붙이지 못하도록 했던 것이다.

거기에서 멈추지 않고 'Challenge Star Chef K 시즌 8'에 잔류하는 조건으로 그녀의 동생이라는 스크립터를 배제했다.

'Challenge Star Chef K 시즌 7'이 구설수에 오를 법한 사고의 책임이 현승휘를 현장에 데리고 들어온 스크립터에게 없지 않았기에 물론 정당한 사유였다.

시진은 자신이 한 모든 조치에 대해 현승휘에게 낱낱이 알렸다. 그가 생각하기에 자기가 당하면서도 왜 당하는지 모르는 건 징벌이 아니었다. 그녀가 왜 이 바닥에 발을 못 붙이게 된 건지 확실히 알아야 자기가 저지른 일의 대가가 무엇인지도 알 테니 말이다.

그 결과 쫓기고 쫓긴 현승휘가 서울에서 4시간이나 떨어진 중소도시까지 밀려온 모양이었다. 아마도 지금의 그 호텔에서도 언제 쫓겨나게 될지 몰라 현승휘는 두려움에 떨고 있을 것이다.

"내가 남은 아니지만 이럴 때만 남이라 치고, 네 복수를 대신해 주는 중이라고 정리하자."

"뭐래는 거야? 말은 좀 알아듣게…… 흡."

"다른 사람 이야기하고 싶지 않은데."

"서주를 잘 부탁하네."

그런데 서주에 관련된 일에 한해 자신의 뒤가 긴 것이 의외로 그녀의 아버지를 안도하게 만들었을지도 모른다. 아마도 자신을 영원히 받아들여 주지 않을지도 모르지만, 그나마 서주와 자신을 떼어 놓을 수는 없다는 것은 확실하게 이해하고 있는 듯했다.

"앞으로 서주를 위해 저에 대한 감정은 숨겨 주십시오."

마지막까지 시진은 경계를 늦추지 않았다.

"……."

"저 또한 내색하지 않을 겁니다. 아, 버, 님."

"하나만 묻겠네. 나와의 악연은 정말 아무렇지 않은 건가?"

"그럴 리가 있습니까?"

"그런데 왜 굳이?"

"제가 아버님과 살 게 아니지 않습니까. 아버님은 아버님이고, 서주는 서주입니다."

"그게 정말 말이 된다고? 자네 부모가 잘못된 건 우리 탓이 크다고 생각했지 않나."

"지금도 그렇게 생각합니다. 하지만 제가 부모님과 산 시간보다 서주와 함께할 시간이 더 깁니다. 부모님은 제 과거고, 서주는 제 미래입니다. 그러니 아버님 절대 내색하지 마십시오. 아울러 어머님 단속도 부탁드립니다. 또 한 번 서주가 충격을 받아 위태로워지는 걸 원치 않습니다."

"알았네."

냉랭한 그의 어조에, 서주의 아버지가 마침내 고개를 끄덕였다. 그렇게 예식은 대미를 장식했다.

결혼식이 끝난 직후 두 사람은 'ospite d'onore' 본점 3층에 있는 그의 집으로 신혼여행 아닌 신혼여행을 왔다. 서주의 말에 따르면 신상인 자신의 인공심장박동기가 비행에 안전한지 몸소 검증하고 싶은 생각이 전혀 없다는 것이었다. 그 의견에 시진은 적극 찬성이었다.

"해외로 신혼여행 갈 수 없는 게 아쉽지 않아요?"

그녀가 물었고, 시진은 그저 웃었다. 시진에게 휴양지는 서주가 있는 곳이었다. 물론 그는 결혼 첫날밤을 위해 서울 시내 호텔에서 숙박을 하자고 했지만, 서주가 내일 자동차로 전국 일주를 시작해야 하니 편안한 곳에서 푹 쉬는 것이 나을 것이라고 한 탓이다.

지금 보니 예식을 하는 동안 그녀의 체력에 꽤 무리가 있었던 것 같아, 이 또한 현명한 선택이었다. 서주는 아무리 생각해도 참 현명한 여자였다. 어디서 이런 아내를 얻게 되었는지, 비로소 그간의 불행이 모두 보상되는 기분이었다.

* * *

'ospite d'onore' 본점 3층에 오르자마자 시진은 그녀를 번쩍 들어 안았다.

"앗, 뭐 해요?"

"안고 들어가야지."

"새삼스럽게, 내가 여길 처음 온 것도 아니고. 오늘 아침까지 여기 살았거든요?"

그녀가 곱게 눈을 흘겼다.

"그때와 지금이 같아?"

"달라요?"

"지금 넌 내 신부니까."

"훗, 은근히 유치해?"

"몰랐어? 나 원래 찌질하고 유치해."

시진이 말은 그렇게 했지만 사실 서주는 한 번도 그걸 느낀 적이 없었다. 아, 물론 좀 유치해지긴 했다. 하지만 그건 애교 수준이었다.

"진주야, 야옹. 우리 막 결혼했어. 나와서 축하해 줘야지?"

시진이 품에 안긴 채 고양이를 찾는 그녀를 안고 침실로 들어왔다.

"진주야, 네 축하는 다음에."

그러고는 진주 코앞에서 문을 닫았다. 이어 몸을 돌려 그녀가 입고 있는 드레스를 성급하게 벗기기 시작했다.

"조심해요."

"대체 왜 이렇게 손이 많이 가는 거야?"

뭐가 그리 초조한지 좀 투덜거렸을 때는 살짝 아이 같기도 했다.

"그러다가 찢겠어."

"그래, 차라리 찢어 버리자. 그게 편하겠어."

그녀의 말이 떨어지지가 무섭게 시진이 정말 웨딩드레스를 찢을 기세로 말했다.

"그러지 마요, 싫어. 조심하란 말이야."

"왜? 일생 한 번만 입으면 되는 옷인데."

"누가 일생에 한 번만 입는데?"

서주는 눈을 흘기며 우악스러운 그의 손을 쳐냈다.

"그럼?"

"난 매년 이 드레스 입을 건데?"

"뭐?"

"매년 결혼할 거란 말이에요. 이 드레스 입고."

"……."

"물론 오빠와."

"흐음?"

그녀의 말에 웨딩드레스를 뜯을 듯 다급했던 시진의 손이 한결 부드러워졌다.

"그러니까 오빠도 턱시도 아주 소중히 다뤄요."

"매년 나에게 시집온다고?"

"그렇다니까요?"

서주는 비자발적인 독신주의였다. 하지만 결혼을 준비하고 식을 치르며 이 재미있는 것을 왜 안 하려고 했는지, 안 했다면 후회할 뻔했다고 생각할 정도였다.

그녀는 단 한 번도 결혼할 거라고 생각하지 않았다. 그랬던 서주가 결혼을 하겠다고 쉽게 마음을 바꾼 이유가 바로 지금 자신의 앞에서 성급하게 드레스를 벗기고 있는 시진이었다.

청혼한 사람이 시진이기 때문에 결혼하기로 아주 쉽게 결심했다. 그리고 그 사람이 앞으로 갖게 될 수 있을지 없을지 모르는 아이보다 자신이 더 소중하다고 말해 주었기 때문이기도 했다.

만에 하나 그의 마음이 바뀔 수도 있지만 서주는 그가 한 입으로 두말하는 사람이 아님을 믿었다. 골골 80년을 살 동안 자신이 유일하게 믿을 수 있는 사람이 누구인지 확신하고 있었던 까닭이다.

"뭐, 나쁘지는 않지만."

"그러니까 조심하란 말이에요."

"알았어."

그는 순순히 대답했다. 하지만 이내 인내심이 바닥난 건지 그의 손이 다시 거칠어지더니 고개를 흔들며 말을 이었다.

"아니다, 그냥 확 찢어 버리고 매년 다른 드레스 입는 건 어때?"

"좀 참아요, 왜 이렇게 인내심이 없어?"

서주는 그의 손등을 찰싹 쳐 냈다.

"몰랐어? 너에 관한 한 내 인내심은 언제나 바닥이야."

"쳇, 가까이 오지 마요. 오기만 해."

서주는 다시금 눈을 흘기고는 그에게서 떨어졌다. 그런 우여곡절 끝에 그녀는 자신의 손으로 웨딩드레스를 벗었다. 시진 역시 턱시도를 모두 벗고 걸어 두고는 그녀를 번쩍 안았다.

그는 늘 그랬듯이 서주를 씻겨 준 뒤, 거품이 가득한 욕조에 먼저 밀어 넣었다. 서주는 순순히 욕조 안에 들어가 앉았다.

따스한 온기가 온몸을 감싸자 그것도 결혼식이라고 꽤 긴장했던지 경직되어 있던 온몸이 순식간에 이완되며 눈꺼풀이 무거워졌다.

체력은 예전과 크게 변함이 없었다. 인공심장박동기도 별 무리 없이 제 할 일을 충실하게 했다. 하지만 애초부터 체력이 비루한 것이 문제라면 문제였다. 참 재미는 있었지만, 결혼식이 이렇게 피곤한 일인 줄 몰랐다.

"으음."

따스한 온기 때문에 노곤해진 서주는 욕조 가장자리에 머리를 기댄 채 눈을 감았다. 곧이어 맞은편으로 그가 들어오는 기척이 느껴졌지만 어찌 된 일인지 눈을 뜰 수가 없었다. 시진의 커다란 손이 종아리 부위에 닿는 것을 느끼고서야 무거운 눈꺼풀을 간신히 들어 올려 그를 보았다.

"피곤했어?"

"으음."

"여기가 이렇게 뭉친 걸 보면, 힐이 너무 높았어."

그의 말대로 힐 높이만 해도 15㎝였고, 그나마 앞굽 5㎝가 가보시라 제대로 서 있을 수 있었다. 그러나 그렇게 높은 힐을 서주는 여태 신어 본 적이 없었다. 그래서인지 체감상으로는 앞굽 없는 것과 다름이 없이, 발레리나처럼 토로 걷는 기분이었던 것이다.

하지만 그것 때문에 시진과 자신의 키 차이가 줄어 웨딩 사진이 예쁘게 나왔을 것이라 생각하니 크게 나쁘지 않았다. 다만, 예식 내내 잔뜩 긴장하고 있던 발가락과 종아리 아니, 척추까지 욱신거리는 것이 문제였다.

그런데 그걸 이미 알고 시진이 종아리를 부드럽고 강하게 쓸어 올리기 시작했다. 아픈 듯하면서도 매우 시원해서 서주는 더욱더 나른해졌다.

"으음…… 오빠와 키 차이가 너무 많이 나니까, 할 수 없죠."

흡족한 신음을 흘리며 서주는 그에게 말했다. 눈꺼풀이 더욱더 무거워져서 천근만근이었다. 시진이 그렇게 종아리를 풀어준 뒤 발바닥과 발가락을 지압하고 마사지했다.

"으흐훗."

그것 또한 믿을 수 없을 정도로 아프고 시원해서 그녀는 욕조 가장자리에 뒷머리를 기댄 채로 끙끙 앓는 소리를 냈다. 그렇게 한쪽 다리의 마사지가 끝이 났다. 그리고 다른 쪽 종아리의 뭉침을 푼 손이 발바닥으로 내려오는 동안 이미 온몸의 근육들이 모두 풀어지는 느낌을 받았다.

"흐음, 졸려."

몽롱하게 중얼거리며 간신히 눈을 떴을 때, 시진이 발가락

하나하나 꼼꼼히 마사지하며 자신을 바라보고 있었다.

"마사지 배운 거예요?"

서주는 그에게 나른한 미소를 지었다.

"아니."

"느낌이 너무 좋아."

"원래 내가 야들야들하게 만들어서 먹는 걸 선호하거든."

이어 시진이 자신의 발가락을 입으로 가져가는 것이 보였다.

"큭, 변태. 마음껏 맛보게 하고 싶은데, 너무 졸려요."

그 촉감이 이루 말할 수 없이 좋아서 그녀의 미소는 점점 더 몽롱해졌다. 몸이 늪에 휘감겨 천천히 그리고 아주 평안하게 휩쓸려 들어가는 기분을 느낌과 동시에 따스한 어둠이 들이닥 쳤다.

'아, 맞다. 오늘 명색이 첫날밤이지.'

다시 간신히 눈을 떴다. 그런데 어쩐 일인지 짙은 어둠만 보였다.

'헐, 내가 언제?'

새벽이었던 것이다. 그리고 무엇이 자신을 일깨웠는지 알아 차리게 되었다.

"흐음."

서주는 자신의 가슴을 핥고 깨무는 느낌에 서서히 잠에서 벗어났다. 시진이 다리 사이는 또 얼마나 괴롭혔는지 벌써부터 화끈화끈 질척거리고 있었다.

분명 욕실에서 잠이 들었을 테고, 그런 자신을 시진이 이곳으로 데리고 왔을 테니, 어리둥절할 이유는 없었다. 나른한 졸음에 겨워 굽어보니 벌어진 그의 입술이 한껏 머금은 자신의 가슴을 적시고 있었다.

"내가 어쩌다가 잔 거예요?"

그의 머리카락을 부드럽게 쓰다듬으며 물었다.

"한참 네 발가락을 맛있게 먹고 있는데, 갑자기 거품 속으로 사라지더니 좀처럼 나올 생각을 하지 않더라고."

그녀의 젖꼭지 주변을 혀끝으로 빙글빙글 돌리며 타액으로 적시던 그가 말했다.

"으음!"

이어 시진의 단단한 이가 유두 끄트머리를 깨물자, 서주의 몸이 튕겨졌다.

"이건 날 기겁하게 만든 벌."

나직이 으르렁대며 말하던 시진이 동시에 다리 사이 축축하게 젖은 살점을 갈라서 손가락 하나를 밀어 넣었다.

"하악, 하악…… 아으응!"

순식간에 서주의 몸이 관능적으로 뒤틀리더니 숨결이 거칠어졌다. 나아가 엄지로 통로 입구 위 핵심을 비벼 대자, 서주는 저도 모르게 그의 머리카락을 움켜잡고는 고개를 젖혔다. 몸 안에서 느껴지는 손가락의 움직임 때문에 아랫배 깊숙한 곳이 뜨겁게 울렁거리는 것이 고스란히 느껴졌다.

마음껏 맛본 가슴에서 멀어진 그의 숨결이 쇄골을 타고 올라와 목덜미에 닿았다. 시진이 입술을 살포시 누르더니 코를 그녀의 목덜미에 대고 문질러 댔다.

"얼마나 더 먹으면 네가 일어날까, 싶었어."

"으응?"

"머리로는 네가 너무 곤히 자기에 깨우고 싶지 않았는데, 이 녀석이 도통 말을 들어야지."

시진이 나직이 말하며 킬킬 웃었다. 그리고 그녀의 허벅지에 대고 자신의 하체를 꾹 누르듯이 노골적으로 비벼 댔다.

"하아, 하아."

여전히 시진의 손가락은 젖은 통로를 자극하고 있어서, 그녀는 점점 더 격하게 헐떡이게 되었다. 목덜미를 깨물며 시진이 그녀를 부드럽게 돌려놓았다.

서주는 그의 가슴에 등을 기댄 채로 몸 안을 자극하는 리듬에 맞춰 들썩이며 신음했다. 목덜미를 유린하던 시진의 입술이 올라와 귓불을 빨았다.

"뿜어내지 못하면 날밤을 새울 것 같아서 말이야."

"아흐으으응!"

그러고는 뜨거운 숨결을 귓속에다 뿜어 대자 서주는 그만 자지러졌다. 핵심 부위를 자극하며 손가락으로 내부를 꾹 눌렀을 때, 단단한 근육질의 가슴에 부딪혀 가며 몸을 튕겼다.

"흐아아, 으흣!"

그녀는 엄청난 쾌락에 몸부림쳤다. 그렇게 한 번의 절정을 맛보았다. 몸 안에서 뜨거운 것이 팍 터져서 그의 손가락을 적시는 것을 고스란히 느꼈다. 질척한 곳에서 빠져나온 그의 손가락이 멀어지자, 대기에 노출된 속살에 에로틱한 공허가 들어찼다.

"아직 시작도 안 했는데 가 버리면."

시진이 그녀의 귓불을 핥으며 속삭였다.

"그럼 빨리 시작해요."

서주는 자신의 엉덩이 골 사이에서 존재감을 드러내는 그것을 겨냥하여 하체를 노골적으로 비벼 댔다.

"원한다면 얼마든지."

서주가 뿜어낸 애액 때문에 축축해진 손으로 허벅지 안쪽을 쓰다듬다가 부드럽게 들어 올려 자신의 허벅지에 올려놓았다. 한쪽 다리가 들려 올라가자, 틈새로 울컥울컥 애액이 흘러내리는 은밀한 부위가 완전히 노출되었다.

"빨리 채워 줘."

그리고 그녀의 말이 떨어지기가 무섭게 시진이 그녀의 은밀한 부분, 갈라진 틈새에 딱딱한 머리를 막았다.

"아핫!"

그것만으로 머리끝에서 발끝까지 열기가 치솟아서 서주는 날카로울 정도로 높은 신음을 내질렀다. 그 비명과 같은 신음은 이내 그녀의 입술을 차지한 시진의 입안으로 흡수되었다.

고개를 돌려 입술을 열자마자, 그의 혀가 물밀 듯이 밀려들었다. 동시에 시진의 일부가 비어 있던 그녀의 구멍을 완벽하게 채우며 들어와 박혔다.

"으읍!"

그의 입에 의해 완벽하게 봉인된 상태로 서주는 격한 교성을 내질렀다. 그렇게 아래위 할 것 없이 꽉 막아 채운 채로 시진의 혀와 남성은 구멍을 자극하며 놀아났다. 서주는 마음껏 그의 입안으로 신음을 흘러 대며 격렬하게 리듬을 맞췄다.

시진의 원초적인 박자에 맞춰서.

얼마 뒤, 서주는 그의 커다랗고 단단한 품에 폭 안겨서 몽롱하게 졸았다.

"오빠."

고개를 들고 천천히 눈을 떴다.

"음?"

"말해 봐요."

"뭘?"

"부모님하고 오빠, 뭐 있죠?"

"……"

또 움찔했다. 고개를 숙여 자신을 바라보는 시진의 표정은 변함이 없는데, 그의 몸은 다른 말을 했다. 결혼식 내내 어머니는 어쩐지 두려워했다. 그런데 이상한 것은 아버지는 오히려 안도하는 표정이었다. 예식이 끝나고 부모님은 꼭 영영 안 볼 것처럼 잘살라고 말하며 눈물 바람이었다. 끝내 노후를 보내려고 외국으로 나가게 되었다는 것이다.

"아니. 엄마, 왜 갑자기?"

"너 하나만 보고 여태 노심초사했는데, 믿음직한 보호자가 생겼으니 이젠 우리도 마음 놓고 쉬어야지 않겠니? 저 사……황 서방이 널 잘 챙길 거야."

"그런데 왜 하필이면 필리핀이냐고. 내가 찾아갈 수도 없잖아."

"곧 비행기 안에서도 전자파에 안전한 박동기가 나올 거야. 그때 되면 얼마든지 와도 되지. 사실 지금 박동기도 안전한 편이잖아."

"하지만 내 목숨을 담보로 도박하고 싶지는 않아."

"그래, 도박할 필요는 없지. 널 보러 우리가 자주 나올게."

그렇게 말한 어머니는 또 눈물을 찍어 냈다.

'어쩐지 부모님 표정이 꼭 은퇴 후 노후를 즐기는 것이 아니라 필리핀으로 유배 가는 것 같단 말이지.'

"끝까지 말해 주지 않을 거예요?"

"살다 보면 말이야, 모른 척 넘어가는 눈치가 필요한 순간도 있는 거야."

"눈치가 없다는 소리예요?"

"그럼 아니야?"

"이러니 더 궁금하잖아."

"호기심이 고양이를 죽인다. 그런 소리 못 들어본 사람처럼 보챈다, 너?"

"진주는 별로 호기심 없어 보이던데."

"그러니까, 고양이인 진주에게도 없는 호기심이 사람인 너에 겐 왜 이렇게 많은 거야? 세 살 아이도 아니고."

"아, 뭔가 분명히 있는데……."

"다른 건 신경 쓰지 마. 기억할 건 네가 내 심장이고 내 세계 관이고 내 우주라는 거야. 다른 건 그 우주 아래에 아주 티끌 만한 존재라는 거야."

"아, 뭔가 손발 오그라드는데."

"그럼에도 진심이라는 거, 기억해. 너 아닌 다른 건 그냥 티 끌이야. 그게 무슨 일이었든."

"흐응, 알았어요."

서주는 그의 가슴에 얼굴을 묻었다. 시진이 그녀를 꼭 안았 다. 그의 품속에서 안온한 잠 속으로 빨려 들어가며 서주는 생 각해 보았다.

'내가 이 사람의 심장이고, 세계관이고, 우주. 다른 건 다 티 끌, 그 어떤 것도, 그 어떤 일도. 그래, 다른 건 중요하지 않아.'

그리고 과거에 부모님과 시진에게 무슨 일이 있었든, 보아하니 우리의 미래와는 전혀 상관이 없을 것임을 확신했다. 그가 자신을 사랑하는 동안에는, 그리고 자신이 시진을 사랑하는 동안에는 말이다.

그런 확신 끝에 서주의 입매가 부드럽게 휘어져 올라갔고, 이내 아주 달콤한 꿈속으로 빨려 들어갔다. 기꺼이 아주 행복한 마음으로.